Diogenes Taschenbuch 23885

detebe

Weihnachts-Detektive

Weihnachten mit
Sherlock Holmes, Pater Brown,
Kommissar Maigret, Albert Campion,
Miss Marple, Hercule Poirot
und Nero Wolfe

Herausgegeben von
Daniel Kampa

Diogenes

Nachweis am Schluss des Bandes
Umschlagzeichnung von Hans Höfliger

Originalausgabe

www.diogenes.ch
400/08/8/1
ISBN 978 3 257 23885 3

Inhalt

Arthur Conan Doyle

Der blaue Karfunkel

Am zweiten Weihnachtstag besuchte ich morgens meinen Freund Sherlock Holmes, um ihm fröhliche Weihnachten zu wünschen. Er lag in einem purpurfarbenen Schlafrock auf der Couch; zu seiner Rechten stand leicht erreichbar ein Pfeifenständer, daneben lag ein Stoß zerfledderter Morgenzeitungen, die offenbar gerade gelesen worden waren. Neben der Couch stand ein Holzstuhl, an dessen Lehne ein sehr schäbiger, unansehnlicher, steifer Filzhut hing, der aufgrund seines hohen Alters an einigen Stellen gebrochen war. Vergrößerungsglas und Pinzette auf dem Stuhlsitz ließen vermuten, daß der Hut zu Untersuchungszwecken dorthin gehängt wurde.

»Sie sind beschäftigt«, sagte ich, »hoffentlich störe ich Sie nicht.«

»Überhaupt nicht. Ich bin froh, einen Freund zu haben, mit dem ich meine Resultate durchsprechen kann. Die Angelegenheit ist ganz alltäglich«, und er deutete mit dem Daumen in Richtung des alten Hutes, »aber in dem Zusammenhang gibt es ein paar Punkte, die nicht uninteressant sind.«

Ich setzte mich in einen Lehnstuhl und wärmte meine Hände über dem prasselnden Feuer. Ein heftiger Frost hatte eingesetzt, und die Fensterscheiben waren mit Eisblumen übersät. »Ich nehme an«, bemerkte ich, »so gewöhnlich der Hut auch aussieht, so ist er wohl doch mit einer todbringenden Geschichte verbunden – er ist der Faden, der Sie zur Lösung eines Rätsels und zur Bestrafung eines Verbrechens führen wird.«

»Nein, nein! Kein Verbrechen«, lachte Sherlock Holmes. »Nur eine dieser absonderlichen Nebensächlichkeiten, die zuweilen vorkommen, wenn vier Millionen Menschen auf einem auf einige Quadratmeilen beschränkten Raum zusammenleben müssen. Bei der Interaktion einer so dichten Menschenmasse kann man jede nur denkbare Kombination von Ereignissen erwarten; viele kleine Probleme tauchen auf, die zwar verblüffend und bizarr, aber nicht kriminell sind. Wir haben diesbezüglich schon einige Erfahrungen gemacht.«

»Ja, sogar so viele«, erwiderte ich, »daß von den letzten sechs Fällen, die ich in meine Notizensammlung aufgenommen habe, drei in keiner Weise ein Verbrechen darstellen.«

»Genau. Sie spielen auf meinen Versuch an, die Photographie der Irene Adler zu bekommen, auf den einzigartigen Fall der Miss Mary Sutherland oder auf das Abenteuer mit dem Mann mit der Narbe. Nun, ich hege keinerlei Zweifel, daß diese kleine Angelegenheit in dieselbe harmlose Kategorie fallen wird. Sie kennen Peterson, den Hotelportier?«

»Ja.«

»Ihm gehört diese Trophäe.«

»Es ist also sein Hut.«

»Nein, nein, er hat ihn nur gefunden. Der Besitzer des

Hutes ist nicht bekannt. Ich bitte Sie, einen Blick auf ihn zu werfen, ihn aber nicht als einen abgetragenen Filzhut, sondern als intellektuelles Problem zu sehen. Doch lassen Sie sich zuerst berichten, wie der Hut überhaupt hierherkam. Er tauchte zusammen mit einer prachtvollen, fetten Gans am Weihnachtsmorgen hier auf; die Gans brutzelt in diesem Augenblick ohne Zweifel bei Peterson daheim in der Röhre. Die Fakten lauten folgendermaßen: Am Weihnachtsmorgen gegen vier Uhr in der Frühe kehrte Peterson, der, wie Sie wissen, ein sehr ehrenwerter Mann ist, von einer kleinen Feier über die Tottenham Court Road nach Hause zurück. Im Lichtschein der Gaslaternen sah er einen ziemlich großen Mann, der etwas schwankte und eine weiße, tote Gans über seiner Schulter hängen hatte, vor sich hergehen. Als der Mann um die Ecke zur Goodge Street bog, brach ein Tumult zwischen diesem Fremden und einem kleinen Haufen Raufbolde aus. Einer dieser Raufbolde schlug dem Mann den Hut vom Kopf, worauf der zu seiner Verteidigung mit seinem Stock ausholte. Dabei zertrümmerte er eine hinter ihm gelegene Schaufensterscheibe. Peterson stürmte auf den Fremden zu, um ihn vor seinen Angreifern zu schützen, aber als der Mann, schon entsetzt über die zerbrochene Fensterscheibe, eine offiziell aussehende Person in Uniform auf sich zurennen sah, ließ er seine Gans fallen, ergriff die Flucht und verschwand im Labyrinth der kleinen Straßen, die von der Tottenham Court Road abgehen. Die Raufbolde machten sich beim Anblick Petersons auch davon, so daß er allein auf dem Schlachtfeld zurückblieb und die Kriegsbeute in Form eines zerbeulten Hutes und einer prachtvollen Weihnachtsgans an ihn fiel.«

»Er hat sie doch dem Eigentümer wieder zurückgegeben?«

»Mein Lieber, darin liegt das Problem. Es stimmt, daß eine kleine Karte mit ›Für Mrs. Henry Baker‹ in Druckbuchstaben ans linke Gänsebein gebunden war, und es stimmt auch, daß die Initialen ›H. B.‹ deutlich im Hutfutter zu erkennen sind; aber da es in unserer Stadt einige Tausende Bakers und einige Hundert Henry Bakers gibt, wird es nicht einfach sein, das verlorene Eigentum dem Besitzer zurückzuerstatten.«

»Was tat Peterson also?«

»Er brachte beides, Hut und Gans, noch am selben Weihnachtsmorgen zu mir, weil er weiß, daß mich selbst die kleinsten Probleme interessieren. Die Gans haben wir bis heute morgen aufbewahrt, aber dann waren trotz des Frostes die ersten Anzeichen dafür zu erkennen, daß man gut daran täte, sie ohne weitere Verzögerung zu essen. Ihr Finder hat sie somit nach Hause genommen, damit das Tier seine eigentliche Aufgabe als Weihnachtsgans erfüllen kann. Ich aber bleibe weiterhin im Besitz des Hutes dieses unbekannten Gentleman, der so um sein Weihnachtsessen gekommen ist.«

»Hat er keine Anzeige aufgegeben?«

»Nein.«

»Haben Sie irgendwelche Hinweise auf seine Person?«

»Nur die, die wir logisch herleiten können.«

»Etwa aus seinem Hut?«

»Genau.«

»Sie machen Witze. Was können Sie diesem alten, abgetragenen Hut entnehmen?«

»Hier haben Sie mein Vergrößerungsglas. Sie kennen meine Methoden. Welche Schlüsse können Sie in bezug auf die Persönlichkeit des Mannes ziehen, der dieses Kleidungsstück getragen hat?«

Ich nahm den abgetragenen Gegenstand in die Hand und drehte ihn etwas hilflos zwischen den Fingern herum. Es war ein ganz gewöhnlicher, runder, schwarzer Hut, eine sogenannte Melone, allerdings recht mitgenommen. Der Hut war mit roter Seide gefüttert, die aber mittlerweile ziemlich verblichen war. Der Hutmachername fehlte, aber wie Holmes schon bemerkt hatte, waren die Initialen ›H. B.‹ auf der Innenseite eingezeichnet. Die Krempe war für ein zur Sicherung des Hutes dienendes Gummiband durchstochen worden, aber das Gummiband fehlte. Außerdem war der Hut voller Risse, Staub und Flecken, auch wenn der Besitzer den Versuch unternommen zu haben schien, die verblichenen Stellen mit Tinte zu überdecken.

»Ich kann nichts sehen«, sagte ich und gab den Hut meinem Freund zurück.

»Im Gegenteil, Watson, Sie können alles sehen, aber Sie können das Gesehene nicht auswerten. Sie sind zu ängstlich bei Ihren Schlußfolgerungen.«

»Bitte, dann sagen Sie, was Sie aus diesem Hut schließen können.«

Er nahm den Hut und betrachtete ihn in der seltsam konzentrierten Art, die so typisch für ihn war. »Vielleicht ist der Hut weniger informativ, als er sein könnte«, bemerkte er, »und doch gibt es einige Hinweise, die teils eindeutige, teils zumindest sehr wahrscheinliche Schlüsse zulassen. Es fällt natürlich sofort ins Auge, daß der Mann intelligent ist. Es muß ihm in den letzten drei Jahren materiell gutgegangen sein, doch jetzt ist er in eine Notlage geraten. Er war wohl früher vorsorglich, aber diese Vorsorglichkeit hat nachgelassen. Das deutet auf moralische Zerrüttung hin, die, zusammen mit der Verschlechterung seiner finanziellen Situation betrachtet, darauf schließen läßt, daß er einem Laster verfallen ist: vermutlich trinkt er. Das dürfte auch der Grund dafür sein, daß ihn seine Frau nicht mehr liebt.«

»Aber, mein lieber Holmes!«

»Er hat sich aber eine gewisse Selbstachtung erhalten«, fuhr Holmes fort, ohne meinen Einwand zu beachten. »Er ist ein Mann, der ein beschauliches Leben führt, selten ausgeht, körperlich nicht durchtrainiert und mittleren Alters ist, ergraute Haare hat, die er innerhalb der letzten Tage hat schneiden lassen und mit Brillantine eincremt. Das sind die mehr offensichtlichen Tatsachen, die man von dem Hut herleiten kann. Außerdem, nebenbei gesagt, ist es höchst unwahrscheinlich, daß er Gasbeleuchtung in seinem Haus hat.«

»Jetzt scherzen Sie sicherlich, Holmes.«

»Nicht im mindesten. Ist es möglich, daß Sie sogar jetzt, nachdem ich Ihnen meine Ergebnisse mitgeteilt habe, noch nicht fähig sind zu erkennen, wie ich sie gewann?«

»Ich bezweifle nicht, daß ich sehr dumm bin, aber ich muß gestehen, daß ich Ihnen nicht folgen kann. Zum Beispiel: Wie kamen Sie zu der Schlußfolgerung, daß der Mann intelligent ist?«

Statt einer Antwort setzte sich Holmes den Hut auf. Der Hut rutschte ihm über die Stirn und lag auf dem Nasenbein auf. »Es ist eine Frage des Volumens«, erklärte er, »ein Mann mit so einem großen Kopf muß darin auch etwas Verstand haben.«

»Und die finanziellen Schwierigkeiten?«

»Dieser Hut ist drei Jahre alt. Diese flachen, am Rand nach oben gebogenen Hutkrempen waren damals in Mode. Es ist ein Hut von bester Qualität. Schauen Sie sich das Ripsband und das exzellente seidene Innenfutter an. Wenn dieser Mann es sich vor drei Jahren leisten konnte, einen derart teuren Hut zu kaufen, es aber seitdem nicht mehr schaffte, diesen zu ersetzen, dann ist sein Glücksstern bestimmt gesunken.«

»Nun, das ist verständlich genug. Aber wie steht es mit der Vorsorglichkeit und der moralischen Zerrüttung?«

Sherlock Holmes lachte. »Hieran ist die Vorsorglichkeit zu erkennen«, erwiderte er und legte seinen Zeigefinger auf eine Öse, eine Haltevorrichtung für ein durchzuziehendes Gummiband zur Sicherung des Huts. »Hüte werden niemals mit einer solchen Vorrichtung verkauft. Wenn dieser Mann dafür Sorge trug, daß sich eine derartige Sicherheitsvorrichtung gegen Windstöße an seinem Hut befand, dann deutet das auf ein gewisses Maß an Vorsorglichkeit hin. Aber, wie wir sehen, seitdem das Gummiband gerissen ist, hat er sich nicht mehr die Mühe genommen, es zu ersetzen; offensichtlich ist er weniger vorsorglich als früher, das heißt, er hat an Charakter verloren. Auf der anderen Seite hat er sich bemüht, diese Flecken auf dem Hut zu verdecken, indem er sie mit Tinte überschmierte. Das ist wiederum ein Zeichen dafür, daß er seine Selbstachtung nicht völlig verloren hat.«

»Ihre Beweisführung klingt plausibel.«

»Die anderen Punkte, daß er mittleren Alters ist, ergraute Haare hat, die vor kurzem geschnitten worden sind, und Brillantine benutzt, ergeben sich alle aus einer gründlichen Untersuchung des Hutfutters. Das Vergrößerungsglas offenbarte eine stattliche Anzahl durch die Schere eines Friseurs sauber abgeschnittene Haarspitzen. Sie blieben alle aneinander hängen, und es haftete ihnen ein deutlicher Geruch von Brillantine an. Wie Sie sehen, ist dieser Staub hier nicht grau und grobkörnig wie Straßenstaub, sondern braun und flaumig wie Hausstaub; also hängt dieser Hut die meiste Zeit im Haus. Die Feuchtigkeitsflecken auf dem Innenfutter beweisen, daß der Träger stark transpiriert und darum kaum in bester körperlicher Verfassung sein kann.«

»Aber seine Frau – Sie behaupten, daß sie aufgehört hat, ihn zu lieben.«

»Dieser Hut ist seit Wochen nicht mehr gebürstet worden. Wenn ich Sie so sehen würde, mein lieber Watson, mit einer einwöchigen Staubladung auf Ihrem Hut, und wenn Ihre Frau es Ihnen erlauben würde, so auszugehen, müßte ich befürchten, Sie hätten das Unglück gehabt, die Zuneigung Ihrer Frau zu verlieren.«

»Aber er könnte ja Junggeselle sein?«

»Nein, er brachte die Gans seiner Frau als Friedensangebot mit nach Hause. Erinnern Sie sich an die Karte am linken Gänsebein.«

»Sie haben auf alles eine Antwort. Aber woraus, um Himmels willen, schließen Sie, daß sich in seinem Haus keine Gasbeleuchtung befindet?«

»Ein oder zwei Talgflecken könnten zufällig auf dem Hut sein, aber ich habe nicht weniger als fünf entdeckt. Ich denke, es besteht kein Zweifel, daß der Mann häufig mit brennendem Talg in Kontakt kommt – höchstwahrscheinlich steigt er abends mit dem Hut in der einen Hand und einer tropfenden Kerze in der anderen die Treppe hinauf. Wie dem auch sei, er kann niemals Talgflecken von einer Gasflamme bekommen. Sind Sie nun zufriedengestellt?«

»Es hört sich sehr ausgeklügelt an«, sagte ich und lachte. »Aber da kein Verbrechen verübt worden ist, wie Sie gerade selbst sagten, und außer dem Verlust einer Gans kein Unrecht geschehen ist, scheint mir, daß Ihre Überlegungen reine Energieverschwendung sind.«

Sherlock Holmes öffnete den Mund, um mir zu antworten. In diesem Moment flog die Tür auf, und Peterson, der Hotelportier, stürzte mit geröteten Wangen und einem fassungslosen Gesichtsausdruck ins Zimmer.

»Die Gans, Mr. Holmes! Die Gans, Sir!« keuchte er.

»Hm? Was ist mit ihr? Ist sie von den Toten auferstanden und aus dem Küchenfenster davongeflogen?« Holmes drehte sich ein wenig auf der Couch um, um den aufgeregten Mann besser sehen zu können.

»Sehen Sie, Sir! Schauen Sie, was meine Frau im Kropf der Gans gefunden hat!« Er streckte seine Hand aus: In der Mitte seines Handtellers lag ein irisierender, blauer Stein, etwas kleiner als eine Bohne, aber von solcher Reinheit und solchem Glanz, daß er wie ein elektrischer Funke in der dunklen Höhlung der Hand aufblitzte.

Sherlock Holmes setzte sich mit einem Pfiff auf.

»Du lieber Gott, Peterson!« rief er. »Da haben Sie wirklich einen Schatz gehoben! Ich nehme an, Sie wissen, um was es sich handelt.«

»Um einen Diamanten, Sir? Einen Edelstein. Er durchschneidet Glas, wie wenn es Kitt wäre.«

»Ist das nicht der blaue Karfunkel der Gräfin Morcar?« stieß ich hervor.

»Genau! Ich sollte über seine Größe und seine Form informiert sein, denn ich habe die Verlustanzeige in den letzten Tagen in jeder Ausgabe der *Times* gelesen. Der Stein ist absolut einmalig, sein Wert kann nur geschätzt werden. Die ausgesetzte Belohnung von tausend Pfund entspricht sicherlich nicht einmal dem Zwanzigstel seines Marktpreises.«

»Tausend Pfund! Grundgütiger Gott!« Der Portier ließ sich in den Stuhl fallen und starrte uns einen um den anderen an.

»Das ist der Finderlohn. Ich weiß, daß die Gräfin aus sehr persönlichen Gründen bereit wäre, ihr halbes Vermögen zu opfern, um wieder in den Besitz dieses Steins zu gelangen.«

»Wenn ich mich recht erinnere, ist er im *Hotel Cosmopolitan* abhanden gekommen«, bemerkte ich.

»So ist es, am 22. Dezember, also vor fünf Tagen. John Horner, ein Klempner, wurde beschuldigt, ihn aus dem Schmuckkasten der Dame entwendet zu haben. Das Beweismaterial gegen ihn war so belastend, daß er bereits unter Anklage gestellt wurde. Ich glaube, hier habe ich einen Zeitungsartikel über diesen Vorfall.« Er wühlte in seinen Zeitungen, überflog flüchtig die Ausgabedaten, bis er zu guter Letzt die gewünschte fand. Er strich die Zeitung glatt, faltete sie auseinander und las folgenden Absatz vor:

»›Juwelen-Raub im *Hotel Cosmopolitan.* John Horner, 26 Jahre alt, Klempner, wird beschuldigt, am 22. diesen Monats einen wertvollen Edelstein, bekannt unter dem Namen ›Der blaue Karfunkel‹, aus dem Schmuckkasten der Gräfin Morcar gestohlen zu haben. James Ryder, Hotelangestellter, gab zu Protokoll, daß er Horner am Tag des Raubes in das Ankleidezimmer der Gräfin Morcar geführt habe, wo er eine locker gewordene Eisenstange des Kamingitters reparieren sollte. Er blieb eine Zeitlang mit Horner dort, wurde aber dann weggerufen. Als er zurückkehrte, sah er, daß Horner verschwunden und der Schreibtisch gewaltsam geöffnet worden war. Ein kleines marokkanisches Schmuckkästchen, in dem, wie später verlautbart wurde, die Gräfin gewöhnlich ihren Stein aufbewahrte, lag leer auf dem Frisiertisch. Ryder alarmierte sofort die Polizei, und noch am selben Abend wurde Horner verhaftet. Aber der Stein konnte weder bei ihm noch in seiner Wohnung gefunden werden. Catherine Cusack, die Zofe der Gräfin, sagte aus, sie habe den entsetzten Schrei Ryders gehört, als dieser den Raub entdeckte, und sei sofort ins Zimmer geeilt, wo sie alles so vorfand, wie es der Zeuge Ryder beschrieben habe. Inspektor Bradstreet gab zu Protokoll, daß Horner sich bei seiner Verhaftung heftig zur Wehr gesetzt und seine Unschuld aufs energischste beteuert habe. Da der Verhaftete bereits wegen Raubes vorbestraft war, weigerte sich der Polizeirichter, sich näher mit dem Delikt zu beschäftigen, und leitete den Fall sofort ans Geschworenengericht weiter. Horner war während der Gerichtsverhandlung sehr erregt und wurde bei der Urteilsverkündung ohnmächtig, so daß man ihn aus dem Gerichtssaal tragen mußte.‹

Hm! So weit der Polizeibericht«, meinte Holmes gedankenverloren und warf die Zeitung zur Seite. »Es stellt sich jetzt für uns das Problem, den Ablauf der Ereignisse zu rekonstruieren, die von einem ausgeraubten Schmuckkästchen am einen Ende zum Kropf einer Gans in der Tottenham Court Road am anderen Ende führen. Sie sehen, Watson, unsere kleinen Schlußfolgerungen haben plötzlich einen viel gewichtigeren und weniger harmlosen Aspekt bekommen. Hier ist der Stein: der Stein tauchte aus der Gans auf, die Gans kam von Mr. Henry Baker, dem Herrn mit dem zerbeulten Hut und all den anderen Besonderheiten, mit denen ich Sie gelangweilt habe. Wir müssen uns jetzt ernsthaft darum bemühen, diesen Gentleman ausfindig zu machen und in Erfahrung zu bringen, was für eine Rolle er in diesem kleinen Rätsel spielt. Um das zu ermitteln, sollten wir zuerst den einfachsten Weg einschlagen: eine Anzeige in allen Abendzeitungen. Sollte das zu nichts führen, werde ich auf andere Methoden zurückgreifen müssen.«

»Wie lautet der Text der Anzeige?«

»Bitte geben Sie mir einen Bleistift und ein Blatt Papier. Also:

›Ecke Goodge Street eine Gans und einen schwarzen Filzhut gefunden. Der Besitzer, Mr. Henry Baker, wird gebeten, heute abend um 18.30 Uhr in die Baker Street, Nr. 221 B, zu kommen.‹

Das ist klar und deutlich.«

»Ja, aber wird er die Anzeige lesen?«

»Nun, er wird einen Blick auf die Zeitungen werfen, denn für einen armen Mann ist das ein schwerer Verlust. Durch sein Pech mit der zerbrochenen Schaufensterscheibe und das Auftauchen Petersons war er so verstört, daß er nur noch an Flucht dachte. Aber seitdem hat er es sicherlich bitter bereut, seinen Vogel fallen gelassen zu haben. Die Erwähnung seines Namens macht es außerdem noch wahrscheinlicher, daß er die Anzeige sieht, denn jeder, der ihn kennt, wird ihn darauf aufmerksam machen. Peterson, hier ist der Text der Anzeige, bitte gehen Sie damit zur Anzeigen-Agentur und sorgen Sie dafür, daß die Anzeige in den Abendzeitungen erscheint.«

»In welchen, Sir?«

»Oh, im *Globe, Star, Pall Mall, St. James's Gazette, Evening News, Standard, Echo* und allen anderen, die Ihnen noch einfallen.«

»Gern, Sir. Und was passiert mit dem Stein?«

»Ach ja, den werde ich verwahren. Vielen Dank! Und Peterson, ich meine, Sie sollten auf Ihrem Rückweg eine Gans kaufen und sie bei mir deponieren. Wir müssen doch dem Herrn die Gans ersetzen, die Sie jetzt mit Ihrer Familie verzehren.«

Als der Hotelportier gegangen war, nahm Holmes den Stein in die Hand und hielt ihn gegen das Licht. »Ein schönes Stück«, sagte er. »Schauen Sie nur, wie der Stein glitzert und funkelt. Natürlich ist er ein Quell des Verbrechens, das ist jeder schöne Edelstein. Juwelen sind die Lieblingsköder des Teufels. Bei größeren, älteren Steinen könnte jede Facette für eine Bluttat stehen. Dieser hier ist nicht älter als zwanzig Jahre. Er wurde am Ufer des Amoy-Flusses in Südchina gefunden und ist insofern bemerkenswert, als er jede der typischen Eigenschaften eines Karfunkels aufweist außer der Farbe: blau statt rubinrot. Obwohl er noch nicht sehr alt ist, besitzt er schon eine bewegte Lebensgeschichte. Zweieinhalb Gramm kristallisierter Kohlenstoff gaben Anlaß zu zwei Morden, einer Vitriolverätzung, einem Selbstmord und verschiedenen Raubüberfällen. Wer kann sich vorstellen, daß ein so schönes Spielzeug ein Lieferant für Galgen und Gefängnisse ist? Ich schließe ihn jetzt in meinem Geldschrank ein und benachrichtige die Gräfin, daß wir den Stein haben.«

»Glauben Sie, daß dieser Horner unschuldig ist?«

»Ich weiß es nicht.«

»Oder meinen Sie eher, daß dieser andere Mann, Henry Baker, etwas mit der Sache zu tun hat?«

»Höchstwahrscheinlich ist Henry Baker ein absolut unschuldiger Mann, der nicht die leiseste Ahnung gehabt hat, daß die Gans, die er mit sich trug, beträchtlich wertvoller war, als wenn sie aus purem Gold bestanden hätte. Das werde ich allerdings mit Hilfe eines ganz einfachen Tests feststellen können, sobald wir eine Antwort auf unsere Anzeige haben.«

»Und bis dahin können Sie nichts unternehmen?«

»Nichts.«

»In diesem Fall werde ich jetzt meinen beruflichen Verpflichtungen nachgehen und meine Krankenbesuche machen. Aber ich werde abends zu der von Ihnen angegebenen Zeit zurückkehren, denn ich möchte doch die Lösung dieser ausgesprochen verwickelten Angelegenheit erfahren.«

»Ich freue mich, wenn Sie kommen. Ich esse um sieben zu Abend. Es stehen Waldschnepfen auf dem Speiseplan. In Anbetracht der letzten Ereignisse sollte ich Mrs. Hudson vielleicht bitten, vorher den Kropf zu überprüfen.«

Durch einen Krankheitsfall verspätete ich mich etwas und gelangte erst nach halb sieben in die Baker Street. Als ich mich dem Haus näherte, sah ich im hellen Schein der Lünette einen großen Mann davor stehen, der eine Schottenmütze und einen bis zum Kinn zugeknöpften Mantel trug. Just in dem Moment, da ich dort eintraf, öffnete sich die Tür, und wir wurden beide in Holmes' Zimmer geführt.

»Ich nehme an, Sie sind Mr. Henry Baker.« Holmes erhob sich aus einem Lehnsessel und begrüßte seinen Besucher mit jener lockeren, jovialen Art, die er so leicht annehmen konnte. »Bitte nehmen Sie doch am Feuer Platz, Mr. Baker. Es ist ein kalter Abend, und ich stelle fest, daß Ihr Kreislauf eher dem Sommer als dem Winter angepaßt ist. Ah, Watson, Sie kommen gerade zur rechten Zeit. Mr. Baker, ist das Ihr Hut?«

»Ja, Sir, das ist zweifellos mein Hut.«

Er war ein großer Mann mit runden Schultern, einem voluminösen Kopf und einem breiten intelligenten Gesicht, das von einem grau-braunen Spitzbart abgeschlossen wurde. Die leicht geröteten Nase und Wangen, das leichte Zittern der ausgestreckten Hand riefen in mir Holmes' Vermutungen in bezug auf seine Gewohnheiten ins Gedächtnis zurück. Sein verschossener, schwarzer Gehrock war bis oben hin zugeknöpft, der Kragen hochgeschlagen, und seine mageren Handgelenke ragten ohne Anzeichen für Manschetten oder Hemd aus den Ärmeln hervor. Er sprach mit einer leisen, stakkato-artigen Stimme, wählte seine Worte sorgfältig und machte insgesamt den Eindruck eines gebildeten und belesenen Mannes, dem das Schicksal übel mitgespielt hat.

»Wir haben diese Dinge ein paar Tage für Sie aufbewahrt«, sagte Holmes, »weil wir erwarteten, eine Annonce mit Adressenangabe von Ihnen in der Zeitung zu finden. Ich verstehe eigentlich nicht, warum Sie keine Verlustanzeige aufgegeben haben.«

Unser Besucher lachte etwas beschämt. »Geld ist bei mir nicht mehr in dem Maße vorhanden wie früher einmal«, erwiderte er. »Ich bezweifelte nicht, daß die Bande Raufbolde, die mich angriffen, beides, Gans und Hut, mitgenommen hatten. Ich wollte nicht noch gutes Geld in einen hoffnungslosen Versuch stecken, Hut und Vogel wiederzuerhalten.«

»Sehr verständlich. Übrigens, was die Gans betrifft: Wir waren gezwungen, sie zu verspeisen.«

»Zu verspeisen!« Aufgeregt sprang unser Besucher von seinem Stuhl auf.

»Ja, es wäre niemandem damit gedient gewesen, wenn wir sie hätten verderben lassen. Aber ich vermute, daß diese Gans dort auf der Anrichte etwa dem Gewicht der anderen entspricht; sie ist ganz frisch und wird hoffentlich ebenso nützlich für Sie sein.«

»Oh, gewiß, gewiß«, antwortete Mr. Baker mit einem Seufzer der Erleichterung.

»Wir haben natürlich noch die Federn, Beine und den Kropf Ihres Vogels, wenn Sie wünschen –«

Der Mann brach in aufrichtiges Gelächter aus. »Sie könnten mir höchstens als Erinnerungsstücke dienen«, sagte er, »aber abgesehen davon fällt mir wirklich kein sinnvoller Verwendungszweck für die *disjecta membra* meiner verstorbenen Bekannten ein. Nein, Sir, ich werde mit Ihrer Erlaubnis mein Interesse auf den prachtvollen Vogel beschränken, den ich auf der Anrichte erspähe.«

Sherlock Holmes warf mir einen bedeutsamen Blick zu und zuckte leicht mit den Schultern.

»Hier haben Sie Ihren Hut und Ihre Gans«, sagte er. »Übrigens, würde es Ihnen etwas ausmachen, mir zu verraten, wo Sie die andere Gans gekauft haben? Ich interessiere mich für Geflügelzucht, und ich meine, selten eine so gut gemästete Gans gesehen zu haben.«

»Selbstverständlich, Sir«, antwortete Baker. Er war aufgestanden und klemmte sich sein neu erworbenes Eigentum unter den Arm. »Einige von uns sind regelmäßig im *Alpha Inn* zu Gast, einem Pub in der Nähe des Museums – wir arbeiten im Museum, wissen Sie. Nun hat dieses Jahr unser Wirt, ein Mann namens Windigate, einen Gänseklub gegründet: Durch Einzahlung von ein paar Pence pro Woche in die Klubkasse sollten wir zu Weihnachten eine Gans erhalten. Ich habe meinen Anteil brav bezahlt; der Rest ist Ihnen bekannt. Sir, ich bin Ihnen sehr zu Dank verpflichtet, denn diese Schottenmütze entspricht weder meinem Alter noch meinem Status.« Er verbeugte sich mit komischer Würde vor uns und ging seines Wegs.

»Soweit Mr. Henry Baker«, meinte Holmes, als der Besucher die Tür hinter sich geschlossen hatte. »Es ist ziemlich sicher, daß er nichts von dieser Sache weiß. Sind Sie hungrig, Watson?«

»Nicht sehr.«

»Dann schlage ich vor, daß wir zu späterer Stunde essen und diese heiße Spur jetzt weiter verfolgen.«

»Auf alle Fälle!«

Es herrschte klirrende Kälte, so daß wir unsere Ulster überzogen und uns unsere Schals um den Hals schlangen.

Draußen funkelten die Sterne kalt vom wolkenlosen Himmel herab, und der Atem der Passanten stieg auf wie Rauchwölkchen aus Pistolenmündungen. Unsere Schritte hallten laut und deutlich auf dem Pflaster wider; über meine Wohngegend, über die Wimpole Street, Harley Street und die Wigmore Street gelangten wir schließlich in die Oxford Street. Eine Viertelstunde später waren wir in Bloomsbury im *Alpha Inn*, einem kleinen Pub an der Ecke einer der Straßen, die nach Holborn führen. Holmes stieß die Eingangstür auf. Wir setzten uns an einen Tisch, und mein Freund bestellte zwei Gläser Bier beim rotgesichtigen Wirt, der eine weiße Schürze trug.

»Ihr Bier muß hervorragend sein, wenn es so gut ist wie Ihre Gänse«, bemerkte Holmes.

»Meine Gänse!« Der Mann schien überrascht.

»Ja. Ich habe etwa vor einer halben Stunde mit Henry Baker gesprochen, der ein Mitglied Ihres Gänseklubs ist.«

»Ach so, ich verstehe. Aber wissen Sie, Sir, das sind nicht *unsere* Gänse.«

»Tatsächlich? Woher kommen sie denn?«

»Nun, ich erhielt zwei Dutzend Gänse von einem Händler in Covent Garden.«

»Wirklich! Ich kenne einige von ihnen. Welcher war es?«

»Er heißt Breckinridge.«

»Oh, der ist mir kein Begriff. So, auf Ihre Gesundheit, Herr Wirt, und viel Glück für Ihr Geschäft. Gute Nacht!«

»Auf zu Mr. Breckinridge«, sagte Holmes und knöpfte seinen Mantel zu, als wir wieder in die frostige Nacht hinaustraten. »Vergessen Sie nicht, Watson, daß zwar so ein harmloses Ding wie eine Gans am einen Ende der Kette hängt, aber am anderen Ende ein Mann, der sicherlich zu sieben Jahren Zuchthaus verurteilt wird, wenn wir seine Unschuld nicht beweisen können. Es ist natürlich auch möglich, daß unsere Ermittlungen seine Schuld bestätigen. Aber auf jeden Fall befinden wir uns auf einer Fährte, die der Polizei unbekannt ist und uns nur durch einen einzigartigen Zufall in die Hände gespielt wurde. Lassen Sie sie uns bis zum bitteren Ende verfolgen. Also, Richtung Süden und vorwärts marsch!«

Wir gingen durch Holborn, die Endell Street entlang und dann durch ein Gewirr von schmutzigen Hintergassen zum Markt von Covent Garden. Auf einem der größten Verkaufsstände stand der Name BRECKINRIDGE. Der Inhaber, dem Aussehen nach ein Pferdenarr, mit scharfen Gesichtszügen und einem gepflegten Backenbart, war gerade dabei, einem Jungen beim Schließen der Rolläden zu helfen.

»Guten Abend. Kalt heute«, begann Holmes.

Der Händler nickte und sah meinen Freund fragend an.

»Ich stelle fest, daß die Gänse ausverkauft sind«, fuhr Holmes fort und zeigte auf die leere Marmorplatte.

»Morgen früh können Sie fünfhundert Stück haben.«

»Das hilft mir nicht weiter.«

»Nun, es gibt noch welche dort an dem Stand mit der Gasbeleuchtung.«

»Oh, Sie sind mir aber empfohlen worden.«

»Wer hat mich empfohlen?«

»Der Wirt des *Alpha Inn.*«

»O ja, ich schickte ihm zwei Dutzend zu.«

»Wirklich prächtige Vögel. Von wem beziehen Sie sie denn?«

Zu meinem Erstaunen löste diese Frage einen Wutausbruch des Händlers aus.

»So, Mister«, schnaubte er, legte den Kopf schräg und stemmte die Arme in die Seiten, »worauf wollen Sie hinaus? Kommen Sie zur Sache, sofort.«

»Ganz einfach: ich möchte gerne wissen, wer Ihnen die Gänse verkauft hat, die Sie ans *Alpha Inn* geliefert haben.«

»So, aber das verrate ich Ihnen nicht. Punktum.«

»Nun gut, es ist nichts von Bedeutung. Aber ich verstehe nicht, warum Sie sich über eine so belanglose Frage so aufregen können.«

»Aufregen! Sie würden sich auch aufregen, wenn Sie so belästigt würden wie ich. Wenn ich für gute Ware gutes Geld bezahle, sollte damit das Geschäft beendet sein. Aber nein, andauernd die Fragen ›Wo sind die Gänse?‹ und ›An wen haben Sie die Gänse verkauft?‹ und ›Was wollen Sie für die Gänse?‹. Man könnte glauben, es gäbe nur diese Gänse auf der Welt, wenn man sieht, was für ein Aufhebens um diese Gänse gemacht wird.«

»Ich stehe in keinerlei Verbindung zu den anderen Leuten, die Ihnen diese Fragen gestellt haben«, erwiderte Holmes unbekümmert. »Wenn Sie es uns nicht verraten wollen, gilt die Wette eben nicht, das ist alles. Aber ich verstehe etwas von Geflügel, und deshalb habe ich einen Fünfer gewettet, daß die Gans, die ich gegessen habe, auf dem Land gezüchtet worden ist.«

»Nun, dann haben Sie Ihren Fünfer verloren, die Gans stammt aus einer Zucht in der Stadt«, schnauzte der Händler.

»Das kann nicht sein.«

»Wenn ich es aber sage.«

»Ich glaube Ihnen nicht.«

»Bilden Sie sich etwa ein, mehr von Geflügel zu verstehen als ich, der seit seiner frühesten Jugend damit handelt? Ich sage Ihnen, alle Gänse, die ans *Alpha Inn* geliefert wurden, kamen aus einer Zucht in der Stadt.«

»Sie werden mich nicht überzeugen. Ich glaube es nicht.«

»Wollen wir wetten?«

»Damit würde ich Ihnen nur das Geld aus der Tasche ziehen, denn ich weiß, daß ich recht habe. Aber ich werde einen Sovereign setzen, um Ihnen zu zeigen, daß man nicht so halsstarrig sein soll.«

Der Händler lachte grimmig. »Bill, bring mir die Bücher!« rief er.

Der Bursche brachte ein kleines, dünnes Heft und ein großes Buch voller Fettflecke und legte beides unter die Lampe.

»So, Sie Besserwisser«, begann der Händler, »ich dachte, ich hätte alle Gänse verkauft, aber es scheint noch eine im Laden zu sein. Sehen Sie dieses kleine Heft?«

»Ja?«

»Das ist das Verzeichnis meiner Lieferanten. Sehen Sie? Hier, auf dieser Seite, stehen die Züchter auf dem Land, und die Zahlen hinter ihren Namen geben an, wo sich ihre Konten in dem Kassabuch finden lassen. Gut. Sehen Sie diese andere Seite, mit der roten Tinte? Das ist die Liste der Züchter in der Stadt. Jetzt achten Sie auf den dritten Namen von oben. Lesen Sie ihn mir vor.«

»Mrs. Oakshott, 117 Brixton Road – 249«, las Holmes vor.

»Richtig! Jetzt schlagen Sie das im Kassabuch auf.«

Holmes schlug die angegebene Seite auf. »Hier, Mrs. Oakshott, 117 Brixton Road, Eier- und Geflügellieferantin.«

»Wann war die letzte Eintragung?«

»Am 22. Dezember. 24 Gänse zu sieben Shilling und sechs Pence das Stück.«

»Richtig. Und was steht darunter?«

»Verkauft an Mr. Windigate, Wirt vom *Alpha Inn*, zu je zwölf Shilling.«

»Und was sagen Sie jetzt?«

Sherlock Holmes schaute äußerst zerknirscht drein. Er zog einen Sovereign aus seiner Tasche, warf ihn auf die Marmorplatte und wandte sich mit dem Gesicht eines Mannes ab, dessen tiefer Widerwillen sich nicht in Worte fassen läßt. Nach ein paar Schritten blieb er lautlos in sich hineinlachend unter einer Laterne stehen.

»Wenn Sie einen Mann mit einem so geschnittenen Bakkenbart sehen, dem ein Rennprogramm aus der Tasche ragt, können Sie ihn immer mit seiner Wettlust erwischen«, sagte er. »Wenn ich hundert Pfund vor diesen Mann hingelegt hätte, hätte ich keine so umfassende Information von ihm erhalten wie dadurch, daß ich ihn glauben ließ, er könne gegen mich eine Wette gewinnen. Nun, Watson, ich glaube, wir nähern uns dem Ende unserer Ermittlungen; im Moment müssen wir uns nur entscheiden, ob wir noch heute abend zu Mrs. Oakshott gehen oder ob wir es uns bis morgen aufsparen sollen. Nach dem, was dieser mürrische Herr sagte, sind offenbar noch andere außer uns an der Sache interessiert, und ich möchte –«

Seine Überlegungen wurden plötzlich von lautem Geschrei unterbrochen, das aus dem Verkaufsstand ertönte, den wir gerade verlassen hatten. Wir drehten uns um und sahen im Lichtkegel der schaukelnden Lampe einen kleinen Mann mit einem Rattengesicht; vor ihm stand Breckinridge, der Händler, und schüttelte wütend seine Fäuste gegen die sich duckende Gestalt.

»Jetzt habe ich aber genug von Ihnen und Ihren Gänsen«, brüllte er. »Ich wünsche euch alle zusammen zum Teufel! Wenn Sie mich noch einmal mit Ihrem dummen Gerede belästigen, hetze ich den Hund auf Sie. Bringen Sie mir Mrs. Oakshott hierher, und ich werde ihr Rede und Antwort stehen. Aber was haben Sie damit zu tun? Habe ich die Gänse etwa von Ihnen gekauft?«

»Nein, aber eine von ihnen gehörte mir«, jammerte der kleine Mann.

»Dann fragen Sie Mrs. Oakshott nach der Gans.«

»Sie sagte mir, ich solle Sie fragen.«

»Sie können meinetwegen den Kaiser von China fragen. Ich habe genug von Ihnen. Scheren Sie sich zum Teufel!« Er machte wütend einen Schritt nach vorn, und der Mann floh in die Dunkelheit.

»Ha, das könnte uns den Besuch in der Brixton Road ersparen«, flüsterte Holmes. »Kommen Sie mit, wir wollen einmal nachsehen, was es mit diesem Burschen auf sich hat.« Mit großen Schritten bahnte er sich einen Weg durch die verschiedenen Menschengrüppchen, die noch vor den beleuchteten Verkaufsständen herumlungerten, holte den kleinen Mann rasch ein und klopfte ihm auf die Schulter. Der drehte sich erschrocken um, und im Gaslicht sah ich, daß er kreidebleich wurde.

»Wer sind Sie? Was wollen Sie?« fragte er mit zitternder Stimme.

»Entschuldigen Sie bitte«, antwortete Holmes freundlich, »ich konnte nicht umhin, Ihre Fragen an den Händler mit anzuhören. Ich glaube, ich könnte Ihnen behilflich sein.«

»Sie? Wer sind Sie? Was können Sie von der Angelegenheit wissen?«

»Mein Name ist Sherlock Holmes. Es ist mein Beruf zu wissen, was andere Leute nicht wissen.«

»Aber von dieser Angelegenheit wissen Sie doch nichts?«

»Entschuldigen Sie, aber ich weiß alles darüber. Sie bemühen sich, einige Gänse aufzuspüren, die von Mrs. Oakshott in der Brixton Road an einen Händler namens Breckinridge verkauft worden sind, der sie wiederum an Mr. Windigate, dem Wirt vom *Alpha Inn,* lieferte. Mr. Windigate schließlich händigte sie seinem Gänseklub aus, dessen Mitglied Henry Baker ist.«

»Oh, Sir, Sie sind genau der Mann, nach dem ich gesucht habe«, rief der kleine Mann mit ausgestreckten Händen und zitternden Fingern. »Ich kann Ihnen gar nicht sagen, wie interessiert ich an der Sache bin.«

Sherlock Holmes winkte eine an uns vorüberfahrende Droschke heran. »In diesem Fall sollten wir uns besser in einem gemütlichen Raum als auf einem windigen Marktplatz unterhalten. Aber bitte, bevor wir gehen, wem habe ich das Vergnügen helfen zu können?«

Der Mann zögerte einen Augenblick. »Mein Name ist John Robinson«, antwortete er mit einem Seitenblick.

»Nein, nein, bitte Ihren richtigen Namen«, sagte Holmes

betont freundlich. »Es ist immer so unangenehm, mit einem Alias Geschäfte zu tätigen.«

Die aschfahlen Wangen des Fremden röteten sich leicht. »Mein richtiger Name ist James Ryder.«

»Richtig, der Angestellte aus dem *Hotel Cosmopolitan.* Steigen Sie doch bitte in die Droschke ein. Ich werde Ihnen bald alles erzählen können, was Sie wissen möchten.«

Der kleine Mann blickte vom einen zum anderen mit einem halb erschrockenen, halb hoffnungsvollen Blick, wie jemand, der nicht weiß, ob er sich am Rand eines unerwarteten Glücksfalls oder am Rand einer Katastrophe befindet. Er stieg in den Wagen, und eine halbe Stunde später saßen wir im Wohnzimmer in der Baker Street. Während der Fahrt wurde nicht gesprochen, aber die schnelle, flache Atmung unseres neuen Gefährten und die unruhigen Hände sprachen für seine Nervosität.

»So, da wären wir!« erklärte Holmes fröhlich, als wir den Raum betraten. »Ein Kaminfeuer ist in dieser Jahreszeit wirklich sehr angebracht. Mr. Ryder, Sie sehen so verfroren aus. Nehmen Sie doch bitte im Korbstuhl Platz. Ich ziehe mir nur noch meine Hausschuhe an, bevor wir zu Ihrem kleinen Anliegen kommen. So! Sie möchten gerne wissen, was aus den Gänsen geworden ist?«

»Ja, Sir.«

»Oder vielleicht aus der einen Gans. Ich glaube, es ist nur ein Vogel, an dem Sie besonders interessiert sind – weiß, mit einem schwarzen Streifen auf dem Schwanz.«

Ryder zitterte vor Erregung. »Oh, Sir«, rief er, »wissen Sie etwa, wohin sie gelangte?«

»Ja, hierher.«

»Hierher?«

»Ja, und es zeigte sich, daß sie eine äußerst beachtliche Gans war. Es wundert mich nicht, daß Sie an ihr interessiert sind. Sie legte noch ein Ei, als sie schon tot war – das schönste, leuchtendste kleine blaue Ei, das ich je gesehen habe. Ich habe es hier in meine Sammlung aufgenommen.«

Unser Besucher erhob sich schwankend und ergriff mit seiner rechten Hand den Kaminsims. Holmes schloß seinen Safe auf und hielt den blauen Karfunkel in die Höhe, der sein kaltes, funkelndes Licht wie ein Stern rundum erstrahlen ließ. Ryder stierte ihn mit einem verzerrten Gesichtsausdruck an, unsicher, ob er seinen Anspruch darauf geltend machen sollte oder nicht.

»Das Spiel ist aus, Ryder«, sagte Holmes ruhig. »Halten Sie sich fest, oder Sie werden ins Feuer fallen. Watson, helfen Sie ihm in seinen Stuhl zurück. Er ist nicht kaltblütig genug, um ein schweres Kapitalverbrechen straffrei verüben zu können. Geben Sie ihm einen Schluck Brandy! So, nun sieht er schon etwas menschlicher aus. Was für ein Schwächling, wirklich!«

Einen Moment lang taumelte Ryder und wäre beinahe hingefallen, aber der Brandy brachte wieder etwas Farbe in seine Wangen, und er saß mit starrem und erschrockenem Blick seinem Ankläger gegenüber.

»Ich habe fast den lückenlosen Ablauf der Ereignisse beisammen und alle Beweise, die ich benötige. Es gibt also nur wenig, was Sie mir noch erzählen müssen. Aber dieses wenige könnten wir auch noch klären, um den Fall abzurunden. Sie hatten vom blauen Stein der Gräfin Morcar gehört, Ryder?«

»Catherine Cusack hatte mir davon erzählt«, antwortete er mit gebrochener Stimme.

»Aha, die Zofe der Gräfin? Nun, der Versuchung, so leicht in einen plötzlichen Wohlstand zu gelangen, konnten Sie nicht widerstehen; schon bessere Männer als Sie sind dieser Versuchung erlegen. Aber Sie waren nicht skrupellos genug. Trotzdem scheint es mir, Ryder, daß in Ihnen ein großer Schuft steckt. Sie wußten, daß dieser Mann, Horner, der Klempner, schon einmal in eine ähnliche Angelegenheit verwickelt war und daß der Verdacht sofort auf ihn fallen würde. Was taten Sie? Sie verursachten einen kleinen Schaden im Ankleidezimmer der Gräfin – Sie und Ihre Komplizin Cusack – und arrangierten es so, daß ausgerechnet Horner zum Reparieren geholt wurde. Dann, nachdem Horner gegangen war, plünderten Sie den Schmuckkasten, schlugen Alarm, und dieser unglückselige Mann wurde festgenommen. Sie haben dann –«

Ryder warf sich plötzlich auf den Teppich nieder und umfaßte die Beine meines Freundes. »Um Himmels willen, lassen Sie Gnade walten!« stieß er schrill hervor. »Denken Sie an meinen Vater! An meine Mutter! Es würde ihnen das Herz brechen. Ich habe bisher noch nie in meinem Leben etwas Unrechtes getan! Ich will es nicht wieder tun. Ich schwöre es. Ich schwöre es bei Gott. Oh, bringen Sie den Fall nicht vor Gericht! Um Gottes willen, bitte nicht!«

»Setzen Sie sich wieder auf Ihren Stuhl!« befahl Holmes streng. »Es ist sehr einfach, jetzt zu flehen und auf dem Boden zu kriechen, aber Sie haben kaum einen Gedanken an diesen armen Horner verschwendet, der für ein Verbrechen auf der Anklagebank sitzt, von dem er nichts weiß.«

»Ich werde fliehen, Mr. Holmes. Ich werde das Land verlassen, Sir. Damit würde der Verdacht von ihm genommen.«

»Hm! Wir werden noch darauf zurückkommen. Und jetzt lassen Sie uns den wahren Sachverhalt im nächsten Akt des Dramas wissen. Wie gelangte der Stein in den Schlund der Gans? Und wie kam es dazu, daß die Gans zum Verkauf feilgeboten wurde? Sagen Sie uns die Wahrheit, darin liegt Ihre einzige Chance.«

Ryder befeuchtete seine trockenen Lippen. »Ich werde Ihnen genau berichten, wie es geschehen ist, Sir«, sagte er. »Als Horner verhaftet wurde, dachte ich, daß es das Beste wäre, den Stein verschwinden zu lassen. Denn ich wußte ja nicht, in welchem Moment es der Polizei nicht doch einfallen könnte, mich und mein Zimmer zu durchsuchen. Im Hotel existierte kein sicheres Versteck. So verließ ich das Hotel, als ob ich etwas Berufliches zu erledigen hätte, und begab mich direkt zu meiner Schwester. Sie hat einen Mann namens Oakshott geheiratet und lebt in der Brixton Road, wo sie Geflügel für den Verkauf mästet. Auf dem Weg dorthin meinte ich, daß jeder, dem ich begegnete, ein Polizist oder ein Detektiv wäre. Obwohl es ein kalter Abend war, brach mir der Schweiß aus, bevor ich noch in die Brixton Road kam. Meine Schwester fragte mich, warum ich so blaß wäre. Ich erzählte ihr, daß ich so aufgeregt wäre wegen eines Juwelenraubs im Hotel. Dann betrat ich den Hinterhof, rauchte eine Pfeife und überlegte, was am besten zu tun wäre.

Ich hatte einmal einen Freund namens Maudsley, der auf die schiefe Bahn geraten war und seine Zeit im Gefängnis von Pentonville gerade abgesessen hatte. Eines Tages war ich ihm zufällig begegnet, und wir kamen auf die Methoden von Dieben zu sprechen, wie sie ihr Diebesgut loswerden können. Ich wußte, daß ich mich auf ihn verlassen konnte, weil ich ein, zwei Geheimnisse von ihm kannte. So entschloß ich mich, sofort zu ihm nach Kilburn zu fahren und ihn ins Vertrauen zu ziehen. Er würde mir den Weg zeigen, wie man diesen Stein zu Geld macht. Aber wie konnte ich den Stein sicher zu ihm nach Kilburn bringen? Ich erinnerte mich an die Ängste, die ich durchgestanden hatte, als ich vom Hotel zu meiner Schwester lief. Jeden Moment könnte ich gefaßt und durchsucht werden, und dann wäre der Stein in meiner Westentasche! Ich lehnte mich gegen die Mauer und schaute auf die vor mir herumwatschelnden Gänse. Plötzlich schoß mir eine Idee durch den Kopf, mit der ich den besten Detektiv der Welt überlisten konnte.

Meine Schwester hatte mir vor einigen Wochen angeboten, daß ich mir als Weihnachtsgeschenk eine ihrer Gänse auswählen dürfte. Ich wußte, daß sie Wort halten würde. Ich beschloß, die Gans jetzt zu nehmen und den Stein in ihr nach Kilburn zu transportieren. Auf dem Hof stand ein kleiner Schuppen. Hinter diesen trieb ich eine der Gänse, ein prachtvolles, großes, weißes Tier mit einem schwarzen Streifen auf dem Schwanz. Ich schnappte sie mir, zwängte ihren Schnabel auf und steckte ihr den Stein so weit in den Hals hinunter, wie ich nur mit den Fingern reichen konnte. Der Vogel schluckte den Stein, und ich fühlte ihn die Speiseröhre bis zum Kropf hinabrutschen. Aber das Tier wehrte sich und schlug mit den Flügeln, so daß meine Schwester herauskam, um sich nach dem Anlaß der Unruhe zu erkundigen. Als ich mich umdrehte, um mit ihr zu reden, befreite sich das Vieh und flatterte eiligst zu den anderen zurück.

›Was hast du mit dem Vogel gemacht, Jem?‹ fragte sie.

›Nun‹, antwortete ich, ›du hast mir eine Gans zu Weihnachten versprochen, und ich fühlte jetzt, welches die fetteste sei.‹

›Oh‹, erwiderte sie, ›wir haben dir schon eine reserviert. Wir nennen sie immer Jems Vogel. Es ist die große, weiße Gans dort drüben. Wir haben sechsundzwanzig Stück; eine für dich, eine für uns und zwei Dutzend für den Markt.‹

›Vielen Dank, Maggi‹, sagte ich, ›aber wenn es dir recht ist, würde ich gern die haben, die ich grade in der Hand hatte.‹

›Die andere ist aber um gut drei Pfund schwerer‹, meinte sie, ›und wir haben sie extra für dich gemästet.‹

›Macht nichts! Ich möchte die andere haben und sie jetzt mitnehmen.‹

›Wie du meinst‹, sagte sie etwas beleidigt. ›Welche willst du denn?‹

›Die weiße mit dem schwarzen Streifen auf dem Schwanz, da rechts mitten in der Schar.‹

›In Ordnung! Schlachte sie und nimm sie mit.‹

Nun, ich tat, wie mir geheißen wurde, Mr. Holmes, und trug den Vogel nach Kilburn. Ich erzählte meinem Freund, was ich getan hatte, denn ihm gegenüber brauchte ich mich nicht zu genieren. Er lachte sich halbtot. Wir griffen nach einem Messer und nahmen die Gans aus. Mein Herz blieb stehen, als wir keinen Stein fanden und mir klar wurde, daß mir ein schrecklicher Fehler unterlaufen war. Ich ließ die Gans Gans sein, rannte eiligst zu meiner Schwester zurück und stürzte auf den Hinterhof. Dort war keine Gans mehr zu sehen.

›Wo sind denn die Gänse, Maggi?‹ schrie ich.

›Beim Händler.‹

›Bei welchem Händler?‹

›Breckinridge, in Covent Garden.‹

›Gab es noch eine andere Gans mit einem schwarzen Streifen auf dem Schwanz?‹ fragte ich. ›Das heißt, eine ähnliche wie die, die ich ausgewählt habe?‹

›Ja, Jem, es gab zwei Gänse mit gestreiften Schwänzen, und ich konnte sie auch nie auseinanderhalten.‹

Natürlich erklärte diese Auskunft alles, und ich rannte, so schnell ich konnte, zu diesem Händler Breckinridge. Aber er hatte die ganze Lieferung auf einmal verkauft, und mit keinem einzigen Wort wollte er mir verraten, wo sie hingewandert waren. Sie haben ihn heute abend selbst gehört. In dieser Art hat er mir jedesmal geantwortet. Meine Schwester glaubt, daß ich langsam verrückt werde. Manchmal glaube ich das selbst. Und jetzt – jetzt bin ich als Dieb gezeichnet, ohne je etwas von dem Reichtum gehabt zu haben, für den ich meinen Charakter verkauft habe. Gott, hilf mir! Gott, hilf mir!« Er brach in heftiges Schluchzen aus und schlug die Hände vors Gesicht.

Es folgte eine lange Pause, in der nur sein schwerer Atem und das Trommeln von Sherlock Holmes' Fingerspitzen auf der Tischplatte zu hören waren. Dann erhob sich mein Freund und riß die Tür auf.

»Hinaus!« sagte er.

»Was, Sir! Der Himmel segne Sie!«

»Kein Wort mehr! Raus!«

Es waren keine Worte mehr nötig. Er eilte hinaus, polterte die Treppe hinunter, schlug die Tür hinter sich zu und rannte schnellen Fußes auf der Straße davon.

»Schließlich, Watson«, meinte Holmes, während er nach seiner Tonpfeife griff, »bin ich nicht verpflichtet, die Fehler der Polizei auszubügeln. Wenn Horner Gefahr gedroht hätte, wäre es eine andere Sache, aber dieser Bursche wird nicht gegen ihn aussagen, und so muß der Fall ad acta gelegt werden. Ich vermute, daß ich gesetzwidrig handle, aber es ist möglich, daß ich damit eine Seele rette. Dieser Mann wird nie mehr vom rechten Pfad abkommen. Er ist zu erschrocken. Schicken Sie ihn jetzt ins Gefängnis, und er bleibt für immer ein Krimineller. Außerdem haben wir gerade die Zeit der Vergebung. Der Zufall hat uns ein einzigartiges, wunderliches Rätsel aufgegeben, und die Lösung ist unsere schönste Belohnung. Seien Sie so freundlich und klingeln Sie, Doktor, wir werden mit einer anderen Ermittlung beginnen, in der ebenfalls ein Vogel die Hauptrolle spielen wird.«

G. K. Chesterton

Die Sternschnuppen

»Das schönste Verbrechen, das ich je begangen habe«, pflegte Flambeau zu sagen, als er zu Jahren gekommen und ungemein moralisch geworden war, »wurde durch ein eigenartiges Zusammentreffen auch zu meinem letzten. Ich verübte es zu Weihnachten. Als Künstler war ich immer bestrebt, meine Verbrechen der jeweiligen Jahreszeit oder der Landschaft, in der ich mich gerade befand, anzupassen, wobei ich für jede besondere Untat die besonders geeignete Terrasse oder einen bestimmten Garten auswählte, wie man das ja auch bei Statuen tut. Landedelleute sollte man nur in großen, holzgetäfelten Räumen betrügen; während wieder jüdische Finanziers sich plötzlich zu ihrer Überraschung im grellen Lichterglanz des Café Riche ohne einen Penny in der Tasche finden müßten. Wenn ich etwa in England einen Dekan von seinen weltlichen Gütern befreien wollte (was nicht so einfach ist, wie man annehmen könnte), wünschte ich – wenn Sie verstehen, was ich meine –, ihn in die grünen Rasenflächen oder die grauen Türme eines alten Bischofssitzes einzurahmen. Ebenso empfand ich künstlerische Befriedigung, wenn in Frankreich, nachdem ich einen reichen, bösartigen Bauern um sein Geld gebracht hatte (was nahezu unmöglich ist), sich sein empörtes Haupt von der dunklen Reihe beschnittener Pappeln und jenen feierlichen gallischen Ebenen abhob, über denen der mächtige Geist Millets ruht.

Nun, mein letztes Verbrechen war ein Weihnachtsverbrechen, ein fröhliches, gemütliches, englisches Mittelstandsverbrechen; ein Verbrechen, wie man es bei Charles Dickens findet. Ich beging es in einem soliden alten Bürgerhaus in der Nähe von Putney, einem Haus mit einer halbrunden Auffahrt, einem Stall und großem Garten, einem Haus mit sauber geschnitztem Namen an beiden Eingangstüren, einem Haus im Schatten eines seltsamen alten Baumes. Sie kennen ja diese Art Häuser. Ich glaube wirklich, ich habe Dickens' Stil geschickt und beinahe literarisch getroffen. Eigentlich ein Jammer, daß ich noch am gleichen Abend in mich ging und meine Laufbahn aufgab.«

Flambeau pflegte dann die Geschichte von innen her aufzurollen, und selbst aus diesem Blickwinkel war sie sonderbar. Von außen betrachtet aber schien sie völlig unverständlich, und doch muß sie ein Fremder gerade von daher studieren. Und von diesem Standpunkt aus könnte man sagen, daß das Drama begann, als sich die Vordertür des Hauses nach dem Garten, in dem der seltsame Baum stand, öffnete und ein junges Mädchen mit Brot herauskam, um an diesem zweiten Weihnachtsnachmittag die Vögel zu füttern. Sie hatte ein hübsches Gesicht mit guten, braunen Augen; wie ihre Gestalt war, konnte man nicht einmal vermuten, denn sie war so tief in braune Pelze vermummt, daß es schwer festzustellen war, wo das Haar anfing und der Pelz aufhörte. Ohne ihr anziehendes Gesicht hätte man sie für einen netten kleinen Zottelbären halten können.

Der Winternachmittag war schon in leichte Abendröte

getaucht, und auf den blumenlosen Beeten lag ein fast rubinrotes Licht, in dem die Geister der toten Rosen zu schweben schienen. An der einen Seite des Hauses stand der Stall, an der anderen führte eine Art Allee oder Kreuzgang von Lorbeer zu dem Garten dahinter. Nachdem die junge Dame Brotkrumen für die Vögel gestreut hatte (zum vierten oder fünften Male, da der Hund die Krumen immer wieder wegfraß), ging sie lässig den Lorbeerpfad hinunter zu der schimmernden Immergrünpflanzung, die dahinter lag. Hier stieß sie einen Laut der Überraschung aus – ob echt oder gespielt, war nicht ganz zu unterscheiden – und sah zu der hohen Gartenmauer empor, auf der rittlings eine etwas phantastische Figur saß. »Oh, springen Sie nicht herunter, Mr. Crook«, rief sie erschrocken, »es ist viel zu hoch.«

Die Person, die auf der Gartenmauer wie auf einem Luftroß ritt, war ein großer, ungelenker, junger Mann, dessen dunkles Haar wie eine Bürste hochstand, ein Mann mit gescheiten und charakteristischen Zügen, doch von blassem und beinahe fremdartigem Aussehen. Dieser Eindruck wurde durch eine herausfordernd rote Krawatte unterstrichen – offenbar der einzige Teil seiner Kleidung, auf den er Wert legte. Vielleicht war es ein Sinnbild. Unbekümmert um die ängstliche Bitte des Mädchens sprang er wie ein Grashüpfer neben ihr zu Boden, wobei er ganz gut die Beine hätte brechen können.

»Ich glaube, ich bin eigentlich zum Einbrecher bestimmt«, sagte er ruhig, »und zweifellos wäre ich auch einer, wenn ich nicht zufällig in dem hübschen Haus nebenan geboren wäre. Übrigens finde ich nichts Schlimmes an einem Einbrecher.«

»Wie können Sie nur so reden?« sagte sie vorwurfsvoll.

»Nun«, antwortete der junge Mann, »wenn man auf der falschen Seite der Mauer zur Welt gekommen ist, muß man eben auf die richtige hinübersteigen.«

»Bei Ihnen weiß man nie, was Sie im nächsten Augenblick sagen oder tun werden.«

»Das weiß ich oft selbst nicht«, gab Mr. Crook zurück; »jedenfalls bin ich jetzt auf der richtigen Seite der Mauer.«

»Und wo ist die richtige Seite?« fragte die junge Dame lächelnd.

»Dort, wo Sie sind«, sagte der junge Mann namens Crook.

Als sie gemeinsam durch die Lorbeerbäume zum Vorgarten gingen, ertönte dreimal eine Autohupe, jedesmal etwas näher, und ein Wagen von beachtlicher Geschwindigkeit, großer Eleganz und blaßgrüner Farbe brauste wie ein Vogel bis zur Haustür und blieb dort zitternd stehen.

»Hallo, sieh mal an«, sagte der junge Mann mit der roten Krawatte; »da ist jemand auf der richtigen Seite geboren. Ich wußte gar nicht, Miss Adams, daß Sie über einen so modernen Weihnachtsmann verfügen.«

»Oh, das ist mein Pate, Sir Leopold Fischer. Er besucht uns immer am zweiten Feiertag.«

Dann, nach einer kleinen, unschuldigen Pause, die unbewußt einen Mangel an Begeisterung verriet, fügte Ruby Adams hinzu: »Er tut viel Gutes.«

John Crook, der Journalist, hatte von dem berühmten City-Magnaten gehört; und es war bestimmt nicht sein Fehler, wenn der City-Magnat noch nichts von ihm gehört hatte, denn in gewissen Artikeln des *Clarion* oder der

Neuen Zeit war Sir Leopold von ihm recht kräftig hergenommen worden. Doch er sagte nichts und beobachtete nur finster das Entladen des Autos, was beträchtliche Zeit in Anspruch nahm. Ein großer netter Chauffeur in Grün stieg vorne aus und ein kleiner netter Diener in Grau hinten, sie stellten Sir Leopold auf der Türschwelle ab und begannen ihn auszuwickeln wie ein besonders zerbrechliches und wertvolles Paket. Genügend Decken, um einen Basar auszustatten, Pelze von allen Tieren des Waldes und Shawls in sämtlichen Regenbogenfarben wurden nacheinander abgewickelt, bis sie etwas enthüllten, was einer menschlichen Gestalt ähnelte: einen freundlichen, jedoch ausländisch anmutenden alten Herrn mit grauem Ziegenbart und strahlendem Lächeln, der seine Pelzhandschuhe aneinander rieb. Lange bevor diese Enthüllung vollendet war, hatten sich die beiden großen Flügeltüren der Vorhalle geöffnet, und Oberst Adams (der Vater der bepelzten jungen Dame) war herausgekommen, um seinen berühmten Gast ins Haus zu bitten. Er war ein hochgewachsener, sonnenverbrannter und sehr schweigsamer Mann, der eine fezartige Hauskappe trug, was ihm das Aussehen eines englischen Sirdars oder ägyptischen Paschas verlieh. Mit ihm kam sein Schwager, der vor einiger Zeit aus Kanada zurückgekehrt war, ein kräftiger und etwas lärmender junger Grundbesitzer mit blondem Bart, der James Blount hieß. Danach erschien noch die recht belanglose Gestalt des Priesters der nahe gelegenen römisch-katholischen Kirche; denn die verstorbene Frau des Obersten war Katholikin gewesen, und wie es in solchen Fällen üblich ist, waren die Kinder im gleichen Glauben erzogen worden. Nichts an dem Priester schien bemerkenswert, nicht einmal sein Name, der einfach Brown lautete; doch der Oberst war seltsamerweise der Ansicht, daß er irgendwie ein guter Gesellschafter sei, und lud ihn deshalb oft zu solchen Familientagen ein.

In der großen Vorhalle des Hauses war sogar für Sir Leopold und die Beseitigung seiner letzten Hüllen genügend Raum. Portal, Vorraum und Halle waren im Verhältnis zum übrigen Haus ungewöhnlich breit und bildeten einen einzigen gewaltigen Raum, mit der Eingangstür am einen und dem Treppenaufgang am anderen Ende. Vor dem mächtigen Kaminfeuer der Halle, über dem der Säbel des Obersten hing, war die Prozedur endlich beendigt, und die Gesellschaft, einschließlich des düsteren Crook, konnte Sir Leopold Fischer vorgestellt werden. Dieser ehrwürdige Kapitalist indessen schien noch immer mit Teilen seines Anzugs zu kämpfen und zog schließlich aus seiner innersten Gehrocktasche ein schwarzes, ovales Etui hervor, von dem er glückstrahlend erklärte, es sei das Weihnachtsgeschenk für sein Patenkind.

Mit kindlichem Stolz, der etwas Entwaffnendes an sich hatte, hielt er den anderen das Etui hin; ein leichter Druck, es sprang auf, und alle standen wie geblendet. Es war, als ob eine Kristallfontäne vor ihren Augen emporgeschossen sei. In einem Nest aus orangefarbenem Samt lagen wie drei Eier drei weiße, feurige Diamanten, welche die Luft ringsum in Brand zu setzen schienen. Fischer strahlte in lächelnder Befriedigung und berauschte sich an der Verblüffung und dem Entzücken des Mädchens, an der grimmigen Bewunderung und dem bärbeißigen Dank des Obersten, an dem Erstaunen der ganzen Gruppe.

»Ich werde sie wieder wegstecken, Liebling«, sagte Fischer und beförderte das Etui in seinen Rockschoß zurück. »Ich mußte gut darauf aufpassen, als ich hergefahren bin. Es sind die drei afrikanischen Diamanten, die man ›Sternschnuppen‹ nennt, so oft sind sie schon gestohlen worden! Alle großen Verbrecher sind hinter ihnen her, aber selbst die einfachen Leute von der Straße und in den Hotels hätten kaum die Finger davon lassen können, wenn ich sie unterwegs verloren hätte.«

»Was ich nur natürlich fände«, brummte der Mann mit der roten Krawatte. »Ich würde die Leute nicht tadeln, wenn sie sie genommen hätten. Wenn sie um Brot bitten und nicht einmal einen Stein bekommen, können sie sich den Stein ruhig selber nehmen, finde ich.«

»Ich mag es nicht, daß Sie so reden«, rief das Mädchen in seltsamer Erregung. »Seit Sie so ein schrecklicher – ich weiß nicht, was – geworden sind, sprechen Sie nur noch so. Sie wissen schon, was ich meine. Wie nennt man doch einen Mann, der auch einen Kaminkehrer brüderlich umarmen würde?«

»Einen Heiligen«, sagte Pater Brown.

»Ich glaube eher«, bemerkte Sir Leopold mit herablassendem Lächeln, »daß Ruby einen Sozialisten meint.«

»Jemand, der von Radieschen lebt, ist deshalb noch kein Radikaler«, rief Crook heftig; »und wer Konserven vorzieht, muß noch kein Konservativer sein. Ebensowenig ist ein Sozialist ein Mensch, der mit einem Kaminkehrer sozial verkehren möchte. Unter einem Sozialisten versteht man einen Mann, der fordert, daß alle Kamine gekehrt und alle Kaminkehrer dafür bezahlt werden.«

»Der Ihnen aber nicht erlauben würde«, warf der Priester leise ein, »daß Ihnen Ihr eigener Ruß gehört.«

Crook sah ihn interessiert, ja fast respektvoll an. »Möchte denn irgend jemand Ruß besitzen?« fragte er.

»Es könnte schon sein«, antwortete Brown nachdenklich. »Ich habe gehört, daß Gärtner ihn gebrauchen. Und einmal machte ich Weihnachten sechs Kinder glücklich, nur mit Ruß, äußerlich angewendet, als der Weihnachtsmann nicht erschien.«

»Oh, großartig«, rief Ruby. »Ich wünschte, Sie würden es uns heute vormachen.«

Mr. Blount, der geräuschvolle Kanadier, spendete diesem Vorschlag mit lauter Stimme Beifall, und auch der Finanzmann ließ die seinige vernehmen, allerdings durchaus mißbilligend. In diesem Augenblick klopfte es an der vorderen Doppeltür. Der Priester öffnete, und wieder sah man den Vorgarten mit seinem Immergrün, dem hohen alten Baum und allem übrigen; dunkel hob sich jetzt der Garten von einem prächtigen violetten Sonnenuntergang ab. Und die solcherart eingerahmte Szene war so farbenprächtig, so seltsam wie der Hintergrund einer Bühne, daß niemand im Augenblick die unscheinbare Gestalt vor der Tür bemerkte. Es war ein ganz gewöhnlicher Bote, der ein wenig mitgenommen aussah und in einem abgetragenen Mantel steckte.

»Ist jemand von den Herren Mr. Blount?« fragte er und wies unschlüssig einen Brief vor. Mr. Blount hörte mit seinen Begeisterungsrufen auf und griff nach dem Briefumschlag. Offensichtlich überrascht, riß er ihn auf und las; sein Gesicht bewölkte sich ein wenig, heiterte sich aber gleich wieder auf, als er sich an seinen Schwager und Gastgeber wandte.

»Tut mir leid, Schwager, daß ich dir so viele Ungelegenheiten verursache«, entschuldigte er sich in der fröhlich konventionellen Art der Koloniebewohner, »aber würde es dich sehr stören, wenn mich ein alter Bekannter heute abend hier geschäftlich besucht? Es ist Florian, der bekannte französische Knockabout-Komiker; ich habe ihn vor Jahren drüben im Westen kennengelernt (er ist französischer Kanadier von Geburt), und er scheint eine berufliche Sache mit mir vorzuhaben, obgleich ich mir kaum vorstellen kann, was es ist.«

»Natürlich«, erwiderte der Oberst. »Mein lieber Junge, jeder deiner Freunde ist willkommen. Zweifellos wird er eine Bereicherung unseres Abends bedeuten.«

»Der *wird* sein Gesicht schwarz anmalen, wenn du das meinst«, rief Blount lachend. »Er kann es auch weiß machen, und ich bin sicher, er wird euch allen etwas weismachen. Ich bin allerdings mehr für die alte, lustige Pantomime, wo sich ein Mann auf seinen Zylinder setzt.«

»Bitte nicht auf meinen«, sagte Sir Leopold Fischer würdevoll.

»Immerhin«, bemerkte Crook leichthin, »es gibt billigere Späße, als sich auf einen Hut zu setzen.«

Der rotbeschlipste Jüngling, seine anarchistischen Anschauungen und seine offensichtliche Vertraulichkeit mit dem hübschen Patenkind mißfielen Fischer mehr und mehr; das verleitete ihn, in höchst sarkastisch schulmeisterhafter Art zu erwidern: »Ohne Zweifel haben Sie etwas entdeckt, was noch läppischer ist als das Sitzen auf einem Zylinder.«

»Gewiß, wenn man zum Beispiel den Zylinder auf sich sitzen läßt«, sagte der Sozialist.

»Genug«, rief der kanadische Farmer mit lärmender Gutmütigkeit dazwischen, »wir wollen uns den netten Abend doch nicht verderben! Ich bin dafür, daß wir heute abend etwas wirklich Amüsantes anstellen. Nicht Gesichter schwärzen oder auf Hüten sitzen, wenn Ihnen das nicht gefällt – aber etwas in der Art. Weshalb führen wir nicht eine richtige altenglische Pantomime auf – Clown, Columbine und alles übrige? Als ich England mit zwölf Jahren verließ, habe ich eine gesehen, und die hat seitdem in meinem Geist wie ein Freudenfeuer geleuchtet. Erst voriges Jahr bin ich hierher zurückgekehrt und fand den Brauch der alten Pantomime erloschen. Ich wünsche mir eine rotglühende Feuerzange und einen Polizisten, aus dem man Kleinholz macht, und statt dessen bietet man mir Prinzessinnen, die bei Mondschein Moral predigen. Blaue Vögel und dergleichen! Blaubart wäre mehr in meiner Richtung, und ich fand immer am nettesten, wie er sich in den Hanswurst verwandelte.«

»Ich bin sehr dafür, aus dem Polizisten Kleinholz zu machen«, sagte John Crook. »Es ist eine bessere Definition des Sozialismus als alle vorher gegebenen … Aber die Improvisation einer altenglischen Pantomime ist höchstwahrscheinlich sehr schwierig.«

»Nicht die Spur«, rief Blount, nun völlig hingerissen. »Eine Hanswurstiade läßt sich am allerleichtesten aufführen, aus zwei Gründen. Erstens kann man eben sehr viel improvisieren, und zweitens braucht man eigentlich nur Dinge aus dem Haushalt – Tische und Handtuchhalter und Waschkörbe und solche Sachen.«

»Stimmt«, bestätigte Crook, nickte eifrig und ging auf und ab. »Ich fürchte nur, ich kann keine Polizistenuniform auftreiben. In der letzten Zeit habe ich keinen Polizisten umgebracht.«

Blount runzelte eine Weile nachdenklich die Stirn, dann schlug er sich auf die Schenkel und rief: »Doch, wir können. Ich habe Florians Adresse, und er kennt jeden Maskenverleiher in London. Ich will ihn anrufen, er soll eine Uniform mitbringen.« Und entschlossen ging er zum Telefon.

»Oh, das wird lustig, Pate«, rief Ruby und tanzte fast vor Begeisterung. »Ich werde Columbine sein und du der Hanswurst.«

»Ich glaube, Liebling, du mußt dir einen anderen Hanswurst suchen«, sagte der Millionär steif und mit fast heidnischer Würde. »Wenn du willst, spiele ich den Hanswurst«, sagte Oberst Adams, der damit zum ersten und letzten Male zu diesem Thema sprach, und nahm die Zigarre aus dem Mund.

»Du verdienst ein Denkmal«, rief der Kanadier, der eben strahlend vom Telefon zurückkam. »Jetzt haben wir alles beisammen. Mr. Crook kann der Clown sein; als Journalist kennt er alle abgedroschenen Witze. Ich kann Harlekin sein, dazu braucht man nur lange Beine und muß herumhopsen können. Mein Freund Florian bringt die Polizistenuniform mit und zieht sich schon unterwegs um. Wir können gleich hier in der Halle spielen, die Zuschauer haben auf den Treppenstufen Platz, eine Reihe über der anderen. Die Vordertüren bilden den Hintergrund, offen wie geschlossen. Geschlossen sieht man das Innere eines englischen Hauses, offen einen Garten im Mondschein. Alles klappt wie durch Zauberei.«

Er holte ein Stück Billardkreide heraus, das er zufällig in der Tasche hatte, lief durch die Halle und zog zwischen Eingangstür und Treppe die Linie für die Rampenlichter.

Wie selbst eine so improvisierte Veranstaltung rechtzeitig fertig werden konnte, war rätselhaft. Aber sie gingen mit jenem unbekümmerten Eifer daran, den man findet, wenn junge Leute im Haus sind; und Leidenschaft der Jugend war da, wenn sich auch nicht alle über die beiden Gesichter und Herzen, in denen sie brannte, im klaren waren. Wie es immer so geht, führte grade das sonst überzahme bourgeoise Milieu zu immer tolleren Einfällen. Columbine sah reizend aus in ihrem abstehenden Rock, der eine verdächtige Ähnlichkeit mit dem Lampenschirm aus dem Wohnzimmer hatte. Clown und Hanswurst puderten sich mit Mehl aus der Küche, und die rote Farbe lieferte irgendein anderer Dienstbote, der wie alle wahrhaft christlichen Wohltäter ungenannt bleiben soll. Der Harlekin, mit Silberpapier aus alten Zigarrenkisten bekleidet, konnte nur mit Mühe davon abgehalten werden, den alten viktorianischen Kronleuchter zu plündern, um sich mit den Kristallstücken zu schmükken. Und er hätte es auch getan, wenn Ruby nicht irgendwo ein paar vergessene Theaterjuwelen ausgegraben hätte, die sie einmal auf einem Maskenball als Diamantenkönigin getragen hatte. Ihr Onkel, James Blount, war vor Spielfreude tatsächlich fast aus dem Häuschen; er war wie ein Schuljunge. Dem Pater Brown setzte er heimlich einen papiernen Eselskopf auf, den dieser geduldig trug; ja der Priester enthüllte dabei noch die private Fähigkeit, mit den Ohren zu wackeln. Blount versuchte sogar, Sir Leopold Fischer einen Papierschwanz an die Rockschöße zu stecken, was allerdings stirnrunzelnd abgelehnt wurde.

»Onkel ist zu verrückt«, rief Ruby Crook zu, um dessen Schultern sie mit großem Ernst einen Kranz Würste geschlungen hatte. »Warum benimmt er sich so wild?«

»Der richtige Harlekin zu Ihrer Columbine«, erwiderte Crook. »Ich bin nur der Clown, der die alten Späße macht.«

»Ich wünschte, Sie wären der Harlekin«, sagte sie und schwang den Wurstkranz.

Obwohl Pater Brown jede Einzelheit, die hinter der Bühne vorbereitet wurde, kannte und durch die Verwandlung eines Kissens in ein Pantomimenbaby sogar selbst Beifall geerntet hatte, begab er sich doch in den Zuschauerraum und setzte sich mit all der feierlichen Erwartung eines Kindes, das zum erstenmal ins Theater geht, unter das Publikum. Es gab nur wenige Zuschauer; ein paar Freunde und Bekannte aus dem Ort und die Dienstboten. Sir Leopold Fischer saß in der Mitte, und seine breite Gestalt mit dem Pelz, den er immer noch um den Hals hängen hatte, nahm dem kleinen Geistlichen hinter ihm fast ganz die Aussicht, doch ist von keinem Kunstausschuß festgestellt worden, ob ihm dadurch viel entging. Die Pantomime war äußerst chaotisch, doch nicht zu verachten; sie war erfüllt von wilder Improvisation, die hauptsächlich von Crook, dem Clown, ausging. Er war auch sonst ein gescheiter Mann, aber an diesem Abend war er von so phantastischer Allwissenheit erfüllt, von einer die Welt an Weisheit überflügelnden Narrheit, wie sie einen jungen Mann überkommt, der für einen Augenblick einen bestimmten Ausdruck auf einem bestimmten

Gesicht erblickt hat. Eigentlich sollte er nur den Clown spielen, in Wirklichkeit aber war er beinahe alles andere auch, der Autor (soweit von einem solchen die Rede sein konnte), der Souffleur, der Bühnenbildner, der Regisseur und vor allem das Orchester. Mitten in der zügellosen Vorstellung wirbelte er im Kostüm ans Klavier und hämmerte irgendein verrücktes, passendes Musikstück herunter.

Höhepunkt der Pantomime und überhaupt des ganzen Abends war der Augenblick, als die Flügeltüren im Hintergrund der Bühne aufflogen und den lieblich vom Mond überfluteten Garten zeigten, doch noch deutlicher den berühmten Künstler und Gast – den großen Florian, als Polizisten verkleidet. Der Clown am Klavier spielte den Schutzmannchor aus den »Piraten von Penzance«, doch er ertrank in dem betäubenden Beifall, denn jede Bewegung des großen Komikers war eine wundervolle, nicht übertriebene Darstellung des Auftretens und Benehmens eines wirklichen Polizisten. Der Harlekin sprang auf ihn los und hieb ihn über den Helm; der Pianist spielte: »Wo hast du denn die schönen blauen Augen her?«, der Polizist blickte sich in wunderbar gemimtem Staunen um, dann versetzte ihm der Harlekin noch einen Schlag (während der Pianist mit ein paar Takten von »Immer mal wieder« nachhalf). Dann warf sich der Harlekin dem Polizisten direkt in die Arme und fiel unter tosendem Beifall auf ihn drauf. An dieser Stelle gab der fremde Schauspieler jene berühmte Darstellung eines Toten zum besten, von der man sich in Putney noch heute erzählt. Es schien fast unglaublich, daß ein lebender Mensch so blaß und benommen aussehen konnte.

Der athletische Harlekin warf ihn wie einen Mehlsack hin

und her oder schwang ihn wie eine indische Keule, während gleichzeitig die passendsten und unpassendsten Melodien vom Klavier her ertönten. Als der Harlekin den komischen Polizisten keuchend vom Boden aufhob, spielte der Clown: »Reich mir die Hand, mein Leben.« Als er ihn den Rücken herunterrutschen ließ: »Ich bin nur ein armer Wandergesell«, und als der Harlekin schließlich den Schutzmann mit einem sehr überzeugenden Plumps fallen ließ, schlug der Verrückte am Klavier ein wirbelndes Tempo an, begleitet von ein paar Worten, die klangen wie: »Ich schickte meiner Liebsten einen Brief, doch unterwegs verlor ich ihn.«

Etwa bei diesem Höhepunkt geistiger Anarchie verdunkelte sich Pater Browns Aussicht vollständig; denn der City-Magnat vor ihm erhob sich zu voller Höhe und suchte mit den Händen in allen seinen Taschen herum. Dann setzte er sich, noch immer nervös kramend, wieder hin, um gleich wieder aufzustehen. Einen Augenblick lang schien es, als wolle er allen Ernstes über die Rampenlichter steigen; dann warf er einen durchdringenden Blick auf den klavierspielenden Clown und stürzte, ohne ein Wort zu sprechen, aus dem Raum.

Der Priester sah noch ein paar Minuten länger dem tollen, aber nicht ungewandten Kriegstanz des Harlekins um sein herrlich bewußtloses Opfer zu. Mit wirklicher, wenn auch etwas primitiver Kunst tanzte der Harlekin langsam zur Tür hinaus in den Garten, der voller Mondlicht und Frieden war. Das aus Silberpapier zusammengekleisterte Kostüm, das im Schein der Lichter zu grell gewirkt hatte, sah nun weitaus zauberhafter und silberner aus, als er im Schimmer des Mondes davontanzte. Das Publikum klatschte begeistert. Plötzlich wurde Pater Brown heftig am Arm ergriffen und flüsternd in das Arbeitszimmer des Obersten gebeten.

Er folgte dieser Aufforderung mit wachsender Besorgnis, die nicht einmal durch die feierliche Komik der Szene im Arbeitszimmer zerstreut wurde. Dort saß Oberst Adams, immer noch unverändert als Hanswurst verkleidet, dem das knochige Walbein über der Stirn tanzte, doch seine armen, alten Augen blickten traurig drein in dem Gefühl, ein Spielverderber sein zu müssen. Sir Leopold Fischer lehnte am Kaminsims und trug alle Anzeichen des Entsetzens an sich.

»Es ist eine sehr peinliche Geschichte, Pater Brown«, begann Adams. »Um mich kurz zu fassen: Die Diamanten, die wir alle heute nachmittag gesehen haben, sind aus dem Rockschoß meines Freundes verschwunden. Und da Sie –«

»Da ich«, ergänzte Pater Brown mit breitem Grinsen, »genau hinter ihm saß –«

»Nichts dergleichen soll angedeutet werden«, fiel Oberst Adams mit einem festen Blick auf Fischer ein, dessen Augen eher bestätigten, daß etwas Ähnliches angedeutet worden war. »Ich bitte Sie nur um den Beistand, den mir jeder Ehrenmann geben würde.«

»Nämlich, daß er seine Taschen umkehrt«, sagte Pater Brown und fing gleich damit an, wobei ein paar Kupfermünzen, eine Rückfahrkarte, ein kleines silbernes Kruzifix, ein schmales Brevier und ein Stück Schokolade zum Vorschein kamen.

Der Oberst betrachtete ihn lange und sagte dann: »Wissen Sie, ich würde lieber den Inhalt Ihres Kopfes als den Ihrer Taschen kennenlernen. Meine Tochter gehört zu Ihren

Glaubensgenossen; nun, sie hat vor kurzem –«, und er stockte.

»Sie hat vor kurzem«, rief der alte Fischer dazwischen, »ihres Vaters Haus einem halsabschneiderischen Sozialisten geöffnet, der ohne Scheu erklärt, er würde von einem Reicheren alles stehlen. Das ist das Um und Auf der Sache. Denn hier haben wir den Reicheren – und jetzt doch um nichts reicheren.«

»Wenn Sie der Inhalt meines Kopfes interessiert, den können Sie haben«, sagte Pater Brown etwas müde. »Was er wert ist, können Sie mir später erzählen. Doch das erste, was ich in diesem nicht sehr bedeutenden Kopf finde, ist dies: Männer, die Diamanten stehlen wollen, sprechen nicht über Sozialismus. Sie neigen eher dazu«, fügte er ernsthaft hinzu, »ihn anzuklagen.« Die anderen beiden sahen grimmig drein, und der Priester fuhr fort: »Wir kennen ja solche Leute mehr oder weniger. Dieser Sozialist würde ebensowenig einen Diamanten stehlen wie eine Pyramide. Nein. Wir müssen sofort nach dem einzigen Mann sehen, den wir nicht kennen. Und das ist der Bursche, der den Schutzmann spielte – Florian. Ich wüßte gern, wo er in diesem Augenblick steckt.«

Der Hanswurst sprang auf und ging mit langen Schritten aus dem Zimmer. Eine Pause folgte, während der Millionär den Priester anstarrte und der Priester sein Brevier; dann kam der Hanswurst zurück und berichtete mit abgehackter Würde: »Der Schutzmann liegt noch immer auf der Bühne. Der Vorhang ist schon sechsmal auf- und niedergegangen, aber er liegt noch immer dort.«

Pater Brown ließ sein Buch sinken und stand da, ein Bild

völliger geistiger Niederlage. Nur sehr langsam flackerte Erkenntnis in seinen grauen Augen auf; und dann stellte er eine völlig absurde Frage: »Bitte, verzeihen Sie, Oberst, aber wann ist Ihre Frau gestorben?«

»Meine Frau!« wiederholte der Oberst verblüfft, »vor einem Jahr und zwei Monaten. Ihr Bruder James kam leider eine Woche zu spät und konnte sie nicht mehr sehen.«

Der kleine Priester machte einen Sprung wie ein angeschossenes Kaninchen. »Vorwärts!« rief er in ungewöhnlicher Erregung. »Vorwärts! Wir müssen uns um diesen Schutzmann kümmern!« Sie eilten durch den Vorhang auf die Bühne, drängten sich roh zwischen Columbine und Clown (die sehr befriedigt miteinander zu flüstern schienen), und Pater Brown beugte sich über den am Boden liegenden, komischen Schutzmann.

»Chloroform«, sagte er, als er aufstand, »es fiel mir eben erst ein.«

Ein erschrecktes Schweigen war die Antwort, und dann sagte der Oberst langsam: »Bitte, erklären Sie uns doch genau, was das alles bedeutet.«

Pater Brown schüttelte sich vor Lachen, dann hielt er inne und kämpfte nur noch einmal dagegen an, während er weitersprach.

»Meine Herren«, keuchte er, »wir haben nicht viel Zeit zum Reden. Ich muß dem Verbrecher nachlaufen. Doch dieser große französische Schauspieler, der so überzeugend den Schutzmann gespielt hat – dessen Körper der Harlekin geschaukelt und herumgewälzt und herumgeworfen hat –, der war –« Die Stimme versagte ihm, und er drehte ihnen den Rücken zu.

»Der war was?« fragte Fischer streng.

»Ein wirklicher Schutzmann«, sagte Pater Brown und verschwand im Dunkel.

Am Ende des dichtbewachsenen Gartens gab es Hecken und Lauben, deren Lorbeer und immergrünes Buschwerk sich sogar jetzt im tiefsten Winter von dem Saphirhimmel und dem Silbermond in warmen, südlichen Farbtönen abhoben. Das freundliche Grün des sich wiegenden Lorbeers, das satte Purpurindigo der Nacht, der einem riesigen Kristall ähnelnde Mond ergaben ein fast unverantwortlich romantisches Bild. Und zwischen den höchsten Zweigen der Bäume klettert eine seltsame Gestalt, die weniger romantisch als völlig phantastisch wirkt. Sie glitzert von Kopf bis Fuß, als wäre sie mit zehn Millionen Monden bekleidet; bei jeder Bewegung fällt das echte Mondlicht auf sie und setzt einen neuen Fleck an ihr in Feuer. Aber funkelnd und gewandt schwingt sie sich von den niedrigen Bäumen des Gartens zu den höheren, und sie hält nur einen Augenblick inne, weil ein Schatten unten dahingeglitten ist und unverkennbar zu ihr hinaufgerufen hat.

»Ja, Flambeau«, sagte die Stimme, »Sie sehen wirklich wie eine Sternschnuppe aus; aber im Grunde versteht man darunter immer einen fallenden Stern.«

Die silberne, glitzernde Gestalt oben scheint sich über den Lorbeer zu neigen, und da sie ohnehin leicht entkommen kann, hört sie der kleinen Gestalt unten zu.

»Sie haben niemals Besseres geleistet, Flambeau. Es war eine kluge Idee, aus Kanada zu kommen (vermutlich mit einem Pariser Billett); genau eine Woche nach Mrs. Adams Tod, als keiner in der Stimmung war, Fragen zu stellen.

Noch klüger war es, sich die Sternschnuppen und den Tag von Fischers Ankunft vorzumerken. Aber es war nicht nur Klugheit, sondern wirkliches Genie in dem, was dann folgte. Der Diebstahl der Steine war wohl keine Kunst für Sie. Sie hätten es durch einen Taschenspielertrick auf hundert andere Arten fertiggebracht, auch wenn Sie nicht vorgegeben hätten, einen Papierschwanz an Fischers Rock zu heften. In allem übrigen aber haben Sie sich selbst übertroffen.«

Die silberne Gestalt im Grün der Blätter scheint wie hypnotisiert zu zögern, obwohl die Flucht nach rückwärts ganz einfach ist; sie starrt auf den Mann dort unten.

»O ja«, fuhr der Mann dort unten fort, »ich kenne die ganze Geschichte. Ich weiß, Sie haben die Pantomime nicht nur angeregt und durchgesetzt, sondern sie zu einem doppelten Zweck benutzt. Sie haben in aller Ruhe die Steine gestohlen; dann erfahren Sie von einem Komplizen, daß Sie verdächtigt werden und ein tüchtiger Polizeioffizier bereits unterwegs ist, um Sie noch am gleichen Abend zu verhaften. Ein gewöhnlicher Dieb wäre für die Warnung dankbar gewesen und hätte sich aus dem Staub gemacht; doch Sie sind ein Dichter. Sie waren bereits auf die Idee verfallen, die Diamanten im Glanz der falschen Theaterjuwelen Ihres Kostüms zu verbergen. Nun begreifen Sie, daß zum Gewand eines Harlekins das Erscheinen eines Polizisten recht gut passen würde. Der brave Offizier kam von der Polizeiwache in Putney, um Sie festzunehmen, und geriet in die merkwürdigste Falle, die je in dieser Welt gestellt worden ist. Als sich die Flügeltüren des Hauses öffneten, marschierte er direkt auf die Bühne einer Weihnachtspantomime, wo er von dem tanzenden Harlekin unter dem schallenden Gelächter aller ehrenwerten Leute von Putney geschlagen, gestoßen, herumgewirbelt und betäubt werden konnte. Oh, Sie werden nie mehr etwas Besseres leisten! Und jetzt könnten Sie mir eigentlich diese Diamanten zurückgeben.«

Der grüne Zweig, auf dem die glitzernde Gestalt schaukelte, raschelte wie in Erstaunen; doch die Stimme fuhr fort.

»Ich möchte wirklich, daß Sie sie zurückgeben, Flambeau, und ich möchte auch, daß Sie dieses Leben aufgeben. Noch steckt Jugend, Ehrgefühl und Humor in Ihnen; bilden Sie sich nicht ein, die würden bei diesem Gewerbe lange vorhalten. Man kann sich vielleicht auf einer gewissen Stufe des Guten halten, doch beim Bösen hat das noch kein Mensch vermocht. Dort führt der Weg nur immer weiter abwärts. Ein freundlicher Mensch trinkt und wird grausam; ein aufrichtiger Mensch tötet und leugnet es ab. Ich habe manchen gekannt, der gleich Ihnen damit anfing, ein ehrbarer Gesetzesverächter zu sein, der munter nur die Reichen beraubte und damit endete, daß er im Schlamm erstickte. Maurice Blum begann als überzeugter Anarchist, ein Vater der Armen; er endete als schäbiger Spion und Angeber, den beide Seiten ausnützten und verachteten. Harry Burke gründete seine Bewegung zur Beseitigung des Geldes reinen Herzens; jetzt schmarotzt er bei seiner halb verhungerten Schwester und bettelt um endlose Schnäpse. Lord Amber begab sich gewissermaßen aus Ritterlichkeit in eine wüste Gesellschaft; jetzt läßt er sich von den übelsten Geiern Londons erpressen. Hauptmann Barillon war der große Gentleman-Verbrecher vor Ihrer Zeit; er starb im Irrenhaus, heulend in Angst vor den Spitzeln und Hehlern, die ihn betrogen und zu Tode gehetzt haben. Ich weiß, Flambeau, die Wälder hinter Ihnen sehen offen und grenzenlos aus; ich weiß, Sie können im Nu wie ein Affe darin verschwinden. Aber eines Tages, Flambeau, werden Sie ein alter grauer Affe sein. Sie werden auf Ihrem Baum im Wald sitzen mit kaltem Herzen und dem Tode nahe, und die Baumwipfel werden sehr kahl sein.«

Alles blieb still, als wenn der kleine Mann unten den anderen auf dem Baum an einer langen, unsichtbaren Leine hielte; und er fuhr fort:

»Ihr Abstieg hat bereits begonnen. Sie haben sich immer gerühmt, nichts Gemeines zu tun, aber heute abend tun Sie etwas Gemeines. Sie bringen einen ehrlichen Jungen, gegen den schon einiges spricht, noch mehr in Verdacht; Sie trennen ihn von der Frau, die er liebt und die ihn liebt. Und Sie werden noch Gemeineres tun, ehe Sie sterben.«

Drei funkelnde Diamanten fielen vom Baum auf den Rasen. Der kleine Mann bückte sich, um sie aufzuheben, und als er wieder zu dem grünen Gitterwerk des Baumes emporblickte, war der silberne Vogel fort. Die Rückgabe der Schmuckstücke (die ausgerechnet der kurzsichtige Pater Brown zufällig aufgelesen hatte), beschloß den Abend mit ungeheurem Triumph; und Sir Leopold Fischer, in strahlendster Laune, versicherte dem Priester sogar, er selbst sei natürlich viel aufgeschlossener für alles in der Welt, aber dennoch könne er jene achten, deren Glaube sie zu Abgeschlossenheit und Weltfremdheit verurteile.

Georges Simenon

Weihnachten mit Maigret

1

Es war jedesmal dasselbe. Beim Zubettgehen hatte er seufzend gesagt:

»Morgen werde ich mich ordentlich ausschlafen.«

Und Madame Maigret hatte ihn beim Wort genommen, als hätte sie in all den Jahren nichts gelernt, als wüßte sie nicht, daß man solcherart hingeworfenen Bemerkungen keinerlei Bedeutung beimessen durfte. Auch sie hätte ausschlafen können. Sie hatte keinen Grund gehabt, früh aufzustehen.

Trotzdem war es noch nicht ganz hell gewesen, als er gehört hatte, wie sie sich vorsichtig zwischen ihren Laken bewegte. Er hatte keinen Mucks von sich gegeben und sich gezwungen, regelmäßig und tief zu atmen wie jemand, der schläft. Das Ganze glich einem Spiel. Es war rührend, wie sie sich mit der Behutsamkeit eines Tiers der Bettkante näherte und nach jeder Bewegung innehielt, um sich zu vergewissern, daß er nicht aufgewacht war. Es gab einen Augenblick, auf den er immer gleichsam gespannt wartete: wenn sich die Sprungfedern des Betts, von dem Gewicht seiner Frau befreit, mit einem leisen, seufzenden Geräusch dehnten.

Dann nahm sie ihre Kleider vom Stuhl, brauchte eine Ewigkeit, um den Knauf der Badezimmertür zu drehen: dann, endlich, in der sicheren Entfernung der Küche, bewegte sie sich normal.

Er war wieder eingeschlafen. Nicht sehr tief, nicht für lange. Trotzdem lange genug für einen verworrenen und bewegenden Traum. Hinterher gelang es ihm nicht mehr, sich daran zu erinnern, aber er wußte, daß es bewegend gewesen war, und befand sich danach in gleichsam weicherer Stimmung.

Durch die Vorhänge, die sich nie ganz zuziehen ließen, drangen die ersten bleichen und harten Lichtstrahlen. Er blieb noch einen Augenblick auf dem Rücken liegen, die Augen geöffnet. Der Kaffeeduft stieg ihm in die Nase, und als er hörte, wie sich die Wohnungstür öffnete und wieder schloß, wußte er, daß Madame Maigret eilig hinuntergegangen war, um warme Croissants für ihn zu holen.

Er aß morgens nie etwas, sondern trank nur schwarzen Kaffee. Aber auch das war ein Ritus, eine Idee seiner Frau: An Sonn- und Feiertagen wurde von ihm erwartet, daß er bis in die späten Morgenstunden im Bett blieb, während sie für ihn an der Ecke der Rue Amelot Croissants holte.

Er stand auf, zog seine Pantoffeln an, schlüpfte in seinen Morgenmantel und öffnete die Vorhänge. Er wußte, daß er das nicht tun sollte, daß sie betrübt sein würde. Um ihr eine Freude zu machen, wäre er zu großen Opfern bereit gewesen, nur im Bett bleiben, wenn er dazu keine Lust mehr hatte, das konnte er nicht.

Es schneite nicht. Es war lächerlich, noch enttäuscht zu sein, er, ein Mann jenseits der Fünfzig, weil an einem Weihnachtsmorgen kein Schnee fiel. Aber ältere Leute sind nie so vernünftig, wie es die jungen Leute glauben.

Der dicht verhangene, scheußlich weiße Himmel schien auf den Dächern zu lasten. Der Boulevard Richard-Lenoir war wie leergefegt, und auf der anderen Straßenseite über der großen Toreinfahrt wirkten die Buchstaben der Inschrift *Entrepôts Legal, Fils & C*ie pechschwarz. Das E sah, Gott weiß warum, traurig aus.

Er hörte seine Frau wieder in der Küche hin und her gehen, sich auf Zehenspitzen ins Eßzimmer schleichen, weiterhin darauf bedacht, leise zu sein, ohne zu ahnen, daß er schon am Fenster stand. Er sah auf seine Uhr auf dem Nachttisch und stellte fest, daß es erst zehn Minuten nach acht war.

Am Abend zuvor waren sie ins Theater gegangen. Sie hätten gerne, wie alle anderen, hinterher im Restaurant einen Happen gegessen, aber überall waren die Tische für das Festessen am Heiligabend vorbestellt gewesen, und so waren sie Arm in Arm zu Fuß nach Hause gegangen. Es war kurz vor Mitternacht gewesen, als sie zu Hause ankamen, und sie hatten sich nicht lange gedulden müssen, bis sie mit der Bescherung beginnen konnten.

Eine Pfeife für ihn, wie immer. Für sie das neueste Modell einer elektrischen Kaffeemaschine, die sie sich gewünscht hatte, und traditionsgemäß ein Dutzend fein gestickter Taschentücher.

Er stopfte mechanisch seine neue Pfeife. Einige Häuser auf der anderen Seite des Boulevards hatten Jalousien vor den Fenstern, andere nicht. Nur wenige Menschen waren schon wach. Hier und dort brannte noch immer Licht, wahrscheinlich, weil einige Kinder in aller Frühe aufgestanden waren, um zum Weihnachtsbaum und zu ihrem Spielzeug zu stürzen.

Sie würden zusammen in ihrer warmen Wohnung einen friedlichen Vormittag verbringen. Maigret würde, ohne sich zu rasieren, lange im Morgenmantel herumtrödeln, er würde in der Küche mit seiner Frau plaudern, während sie das Mittagessen zubereitete.

Er war nicht traurig. Nur hatte sein Traum – an den er sich immer noch nicht erinnern konnte – ihn in einem Zustand von Überempfindlichkeit zurückgelassen. Doch vielleicht war es im Grunde nicht sein Traum, sondern das Weihnachtsfest. An diesem Tag mußte man vorsichtig sein und seine Worte genau abwägen, so wie Madame Maigret ihre Bewegungen wohl überlegt hatte, um aus dem Bett zu steigen. Denn auch sie war in einer viel rührseligeren Stimmung als gewöhnlich. Ach was! Einfach nicht daran denken! Nichts sagen, was daran erinnern könnte. Nicht zu oft auf die Straßen schauen, gleich, wenn die Kinder sich draußen ihr neues Spielzeug zeigen würden.

In den meisten, wenn nicht sogar in allen Häusern lebten Kinder. Man würde piepsende Trompetentöne, Trommeln und Pistolen hören. Kleine Mädchen wiegten bereits ihre Puppen in den Armen.

Einmal – das war vor einigen Jahren gewesen – hatte er, etwas leichthin, gesagt:

»Warum sollten wir zu Weihnachten nicht einmal eine kleine Reise machen?«

»Wohin?« hatte ihm seine Frau mit ihrem unbestechlichen guten Menschenverstand geantwortet.

Zu wem hätten sie fahren sollen? Sie hatten nicht einmal Angehörige, die sie hätten besuchen können, außer ihrer Schwester, die zu weit weg wohnte. In einer fremden Stadt im Hotel absteigen? Oder in einem Gasthof, irgendwo auf dem Lande?

Ach was, es war Zeit, daß er seinen Kaffee trank, und danach würde er sich wieder auf der Höhe fühlen. Bevor er nicht seine erste Tasse Kaffee getrunken und seine erste Pfeife geraucht hatte, war ihm nie wohl in seiner Haut.

Gerade in dem Moment, als er seine Hand nach dem Knauf der Tür ausstreckte, öffnete sich diese geräuschlos, und Madame Maigret erschien mit einem Tablett, sah auf das leere Bett und blickte dann enttäuscht ihren Mann an, so, als wollte sie im nächsten Augenblick anfangen zu weinen.

»Du bist aufgestanden!«

Sie war bereits gewaschen und frisiert und hatte eine saubere Schürze umgebunden.

»Und ich hatte mich so darauf gefreut, dir dein Frühstück ans Bett zu bringen!«

Er hatte schon hundertmal versucht, ihr taktvoll klarzumachen, daß das kein Vergnügen für ihn war, daß es ihm vielmehr Unbehagen bereitete und ihm das Gefühl gab, krank oder gebrechlich zu sein. Trotzdem blieb für sie ein Frühstück im Bett weiterhin der Inbegriff eines Sonn- oder Feiertags.

»Möchtest du dich nicht wieder hinlegen?«

Nein! Das brachte er nicht fertig.

»Na gut, dann … Frohe Weihnachten!«

»Frohe Weihnachten! … Bist du mir böse?«

Sie waren im Eßzimmer. Das Silbertablett stand auf einer Tischkante, die Kaffeetasse dampfte, die goldbraunen Croissants waren in eine Serviette gehüllt. Er legte seine Pfeife ab und aß ihr zuliebe einen Croissant, blieb jedoch stehen und bemerkte, während er aus dem Fenster schaute:

»Es schneit ein wenig.«

Es war kein richtiger Schnee, was da wie feiner, weißer Staub vom Himmel fiel und ihn daran erinnerte, wie er als kleiner Junge die Zunge herausgestreckt hatte, um ein paar solcher Körnchen zu erhaschen.

Sein Blick blieb auf der Tür des gegenüberliegenden Hauses links neben den Lagerhallen haften. Zwei Frauen verließen gerade ohne Hut das Haus. Die eine von ihnen, eine Blondine von etwa dreißig Jahren, hatte sich einen Mantel um die Schultern gelegt, war nicht in die Ärmel geschlüpft, während die andere, die ältere von beiden, in ein Umschlagtuch gehüllt war. Die Blonde schien zu zögern und war nahe daran, wieder umzukehren. Die Dunkelhaarige, die sehr klein und mager war, bestand darauf weiterzugehen, und Maigret schien es, als deutete sie auf die Fenster seiner Wohnung. Hinter ihnen erschien die Concierge im Türrahmen, die der Mageren anscheinend zu Hilfe kam. Nun entschloß sich die junge Frau zum Überqueren der Straße, nicht ohne sich noch einmal unsicher umzudrehen.

»Was beobachtest du?«

»Nichts ... Frauen ...«

»Was machen sie?«

»Es sieht so aus, als kämen sie zu uns.«

Beide blickten nämlich, in der Mitte des Boulevards angekommen, direkt zu ihm herauf.

»Man wird dich doch hoffentlich nicht am Weihnachtstag stören. Ich bin nicht einmal mit dem Haushalt fertig.«

Darauf wäre niemand gekommen, denn außer dem Tablett lag nichts herum, und auf den polierten Möbeln war kein Stäubchen zu sehen.

»Bist du sicher, daß sie hierherkommen?«

»Wir werden ja sehen.«

Für alle Fälle zog er es vor, sich kurz mit dem Kamm durchs Haar zu fahren, die Zähne zu putzen und schnell das Gesicht zu waschen. Er war noch im Zimmer und zündete sich gerade seine Pfeife wieder an, als es an der Tür läutete. Madame Maigret war wohl sehr abweisend, denn erst nach geraumer Zeit kam sie zu ihm ins Zimmer zurück.

»Sie wollen dich unbedingt sprechen«, flüsterte sie. »Sie sagen, es sei vielleicht wichtig, und sie brauchten einen Rat. Ich kenne eine der beiden.«

»Welche?«

»Die kleine Dünne, Mademoiselle Doncœur. Sie wohnt in der gleichen Etage wie wir im Haus gegenüber und arbeitet den ganzen Tag am Fenster. Sie ist eine sehr anständige Person, die für ein Modehaus am Faubourg Saint-Honoré feine Stickereien anfertigt. Ich frage mich schon eine Weile, ob sie nicht in dich verliebt ist.«

»Warum?«

»Weil es oft genug vorkommt, daß sie aufsteht und hinter dir herschaut, wenn du weggehst.«

»Wie alt ist sie?«

»Zwischen fünfundvierzig und fünfzig. Ziehst du dir keinen Anzug an?«

Warum sollte er nicht das Recht haben, sich im Morgenmantel zu zeigen, wenn er schon am Weihnachtsmorgen um halb neun gestört wurde? Dennoch zog er darunter eine Hose an und öffnete dann die Tür zum Eßzimmer, wo die beiden Frauen standen.

»Entschuldigen Sie bitte, Mesdames...«

Vielleicht hatte Madame Maigret tatsächlich recht. Mademoiselle Doncœur errötete nämlich nicht, sondern wurde abwechselnd blaß, lächelte, blickte sodann ernst, lächelte wieder, öffnete den Mund, ohne sofort die Sprache wiederzufinden.

Die Blonde dagegen hatte sich völlig in der Gewalt und gab unwirsch zu verstehen:

»Ich wollte gar nicht kommen.«

»Möchten Sie sich nicht setzen?«

Er bemerkte, daß die Blonde unter ihrem Mantel ein Hauskleid trug und keine Strümpfe anhatte, während Mademoiselle Doncœur angezogen war, als begebe sie sich zur Messe.

»Sie fragen sich vielleicht, woher wir die Kühnheit nehmen, uns an Sie zu wenden«, begann Mademoiselle Doncœur, wobei sie nach jedem Wort suchte. »Wie jeder hier im Viertel wissen wir natürlich, mit wem wir als Nachbarn die Ehre haben...«

Jetzt errötete sie leicht und starrte das Tablett an.

»Wir halten Sie davon ab, zu Ende zu frühstücken.«

»Ich war schon fertig damit. Worum geht es?«

»Heute morgen, oder besser gesagt, heute nacht, geschah in unserem Haus etwas so Merkwürdiges, daß ich es für unsere Pflicht hielt, mit Ihnen darüber zu sprechen. Madame Martin wollte Sie nicht stören. Ich sagte ihr...«

»Sie wohnen ebenfalls gegenüber, Madame Martin?«

»Ja, Monsieur.«

Man sah ihr an, daß sie nicht glücklich über diesen Schritt war, zu dem man sie gedrängt hatte. Mademoiselle Doncœur dagegen war in Schwung gekommen.

»Wir wohnen auf derselben Etage, Ihrer Wohnung genau gegenüber.« (Sie errötete aufs neue, als hätte sie ein Geständnis gemacht.) »Monsieur Martin befindet sich oft auf Geschäftsreise, er ist nämlich Handelsvertreter. Seit zwei Monaten liegt die kleine Tochter der Martins infolge eines dummen Unfalls im Bett.«

Höflich wandte sich Maigret der Blonden zu.

»Sie haben eine Tochter, Madame Martin?«

»Das heißt: Eigentlich ist sie nicht unsere Tochter, sondern unsere Nichte. Ihre Mutter ist vor etwas mehr als zwei Jahren gestorben, und seitdem lebt das Kind bei uns. Sie hat sich auf der Treppe das Bein gebrochen und hätte nach sechs Wochen wieder gesund sein müssen, wenn es keine Komplikationen gegeben hätte.«

»Ihr Mann ist zur Zeit nicht in der Stadt?«

»Er müßte sich in der Dordogne aufhalten«, mischte sich Mademoiselle Doncœur ein.

»Ich bin ganz Ohr, Mademoiselle Doncœur.«

Madame Maigret hatte einen Umweg durch das Badezimmer gemacht, um in die Küche zu gelangen, wo man sie nun mit Kochgeschirr hantieren hörte. Hin und wieder blickte Maigret zum grauen Himmel.

»Heute morgen bin ich wie gewöhnlich früh aufgestanden, um zur ersten Messe zu gehen.«

»Sind Sie hingegangen?«

»Ja. Ich bin gegen halb acht wieder nach Hause gekommen, da ich drei Messen besucht habe. Dann habe ich mir mein Frühstück gemacht. Sie hätten Licht in meinem Fenster sehen können.«

Er gab ihr zu verstehen, daß er darauf nicht geachtet hatte.

»Ich wollte anschließend Colette ein paar Süßigkeiten bringen, weil es für die Kleine doch ein so trauriges Weihnachtsfest ist. Colette ist die Nichte von Madame Martin.«

»Wie alt ist sie?«

»Sieben. Nicht wahr, Madame Martin?«

»Sie wird im Januar sieben.«

»Um acht Uhr habe ich an die Wohnungstür geklopft.«

»Ich war noch nicht aufgestanden«, sagte die Blonde. »Manchmal schlafe ich ziemlich lange.«

»Nun, ich habe also geklopft, und Madame Martin hat mich einen Augenblick warten lassen, um sich einen Morgenrock überzuziehen. Ich hatte beide Hände voll und fragte sie, ob ich Colette meine Geschenke überreichen könne.«

Er merkte, daß die Blonde sich unterdessen genau im Zimmer umgesehen hatte, wobei sie ihm von Zeit zu Zeit einen scharfen Blick voller Mißtrauen zuwarf.

»Wir haben zusammen die Tür zu ihrem Zimmer geöffnet.«

»Hat das Kind ein eigenes Zimmer?«

»Ja. Die Wohnung besteht aus zwei Zimmern, einer Toilette, einem Eßzimmer und einer Küche. Aber ich muß Ihnen dazu sagen ... Nein! Ich werde gleich darauf zurückkommen. Wo war ich stehengeblieben? ... Ach ja, wir öffneten die Zimmertür. Da es im Zimmer dunkel war, knipste Madame Martin das Licht an.«

»War Colette schon wach?«

»Ja. Man sah gleich, daß sie schon länger wach lag und wartete. Sie wissen doch, wie Kinder am Weihnachtsmorgen sind. Wenn sie sich nicht das Bein gebrochen hätte, wäre sie sicherlich aufgestanden, um nachzuschauen, was der Weihnachtsmann ihr gebracht hatte. Ein anderes Kind hätte vielleicht gerufen. Aber sie ist bereits eine junge Dame. Man merkt, daß sie viel nachdenkt, daß sie weiter ist als andere Kinder in ihrem Alter.«

Madame Martin schaute nun ebenfalls aus dem Fenster, und Maigret versuchte herauszubekommen, welche ihre Wohnung war. Es mußte die auf der rechten Seite ganz am Ende des Hauses sein, wo zwei Fenster erleuchtet waren.

Mademoiselle Doncœur fuhr fort:

»Ich wünschte ihr ein frohes Weihnachtsfest. Wörtlich sagte ich zu ihr: ›Schau, mein Liebling, was der Weihnachtsmann bei mir für dich abgegeben hat.‹«

Die Finger von Madame Martin wurden unruhig, verkrampften sich.

»Und wissen Sie, was sie mir geantwortet hat, ohne das, was ich ihr mitgebracht hatte – es waren übrigens nur ein paar Kleinigkeiten –, anzusehen?

›Ich hab ihn gesehen.‹

›Wen hast du gesehen?‹

›Den Weihnachtsmann.‹

›Wann hast du ihn gesehen? Und wo?‹

›Hier, heute nacht. Er ist in mein Zimmer gekommen.‹

Genau das hat sie uns gesagt, nicht wahr, Madame Martin? Bei einem anderen Kind hätte man darüber gelächelt, aber ich habe Ihnen ja gesagt, daß Colette bereits eine junge Dame ist. Sie meinte es ernst.

›Wie konntest du den Weihnachtsmann sehen? Es war doch dunkel!‹

›Er hatte eine Lampe.‹

›Hat er das Licht angeknipst?‹

›Nein, er hatte eine Taschenlampe. Schau, Mama Loraine ...‹

Ich muß dazu sagen, daß die Kleine Madame Martin Mama nennt, was ganz natürlich ist, da sie keine Mutter mehr hat und Madame Martin diesen Platz jetzt einnimmt ...«

Maigret bekam so langsam Ohrensausen von all dem konfusen Gerede. Er war noch nicht dazu gekommen, seine zweite Tasse Kaffee zu trinken. Soeben war seine Pfeife ausgegangen.

»Hat sie tatsächlich jemanden gesehen?« fragte er zweifelnd.

»Jawohl, Herr Kommissar. Und aus diesem Grund habe ich darauf bestanden, daß Madame Martin mit Ihnen spricht. Wir haben nämlich den Beweis dafür. Die Kleine schlug mit einem verschmitzten Lächeln ihre Bettdecke zurück und zeigte uns eine wunderschöne Puppe, die sie fest im Arm hielt. Gestern befand sich diese Puppe noch nicht im Haus.«

»Sie haben ihr keine Puppe geschenkt, Madame Martin?«

»Ich wollte ihr eine schenken, nicht eine so schöne, die ich gestern nachmittag in den Galeries Lafayette gekauft habe. Ich hielt sie hinter meinem Rücken versteckt, als wir in das Zimmer gingen.«

»Das heißt also, daß irgend jemand heute nacht in Ihre Wohnung eingedrungen ist?«

»Das ist noch nicht alles«, beeilte sich Mademoiselle Doncœur zu sagen, die jetzt so richtig in Fahrt war. »Colette ist ein Kind, das sich weder irrt noch lügt. Wir haben sie genau ausgefragt, ihre Mama und ich. Sie ist sicher, jemanden gesehen zu haben, der wie ein Weihnachtsmann angezogen war, mit einem weißen Bart und einem weiten, roten Mantel.«

»Wann genau ist sie aufgewacht?«

»Sie weiß es nicht. Irgendwann im Laufe der Nacht. Sie öffnete die Augen, weil sie glaubte, ein Licht zu sehen. Und tatsächlich brannte ein Licht im Zimmer, wodurch ein Teil des Bodens gegenüber dem Kamin beleuchtet wurde.«

»Ich weiß nicht, was das bedeuten soll«, seufzte Madame Martin. »Vielleicht weiß mein Mann weiter...«

Mademoiselle Doncœur riß das Gespräch wieder an sich. Man merkte, daß sie es war, die das Kind ausgefragt hatte, ohne auf das geringste Detail zu verzichten, genauso wie sie es war, die daran gedacht hatte, zu Maigret zu gehen.

»›Der Weihnachtsmann‹, hat Colette gesagt, ›bückte sich und schien sich, auf dem Boden hockend, mit irgend etwas abzumühen.‹«

»Hatte sie keine Angst?«

»Nein. Sie beobachtete ihn, und heute morgen sagte sie uns, er habe versucht, ein Loch in den Fußboden zu bohren. Sie glaubte, er wollte durch dieses Loch zu den Leuten, den Delormes, gelangen, die unter uns wohnen. Die Delormes haben einen kleinen Jungen von drei Jahren. Sie fügte hinzu, daß der Kamin sicherlich zu eng dafür sei. Der

Mann muß sich beobachtet gefühlt haben. Anscheinend stand er auf und kam ans Bett, auf das er eine große Puppe setzte, wobei er den Finger auf den Mund legte.«

»Hat sie ihn hinausgehen sehen?«

»Ja.«

»Durch den Fußboden?«

»Nein, durch die Tür.«

»In welches Zimmer führt diese Tür?«

»Sie geht direkt auf den Flur. Das Zimmer ist früher vermietet worden. Es ist sowohl mit der Wohnung als auch mit dem Hausflur verbunden.«

»War das Zimmer nicht abgeschlossen?«

»Natürlich war es das«, schaltete sich Madame Martin ein. »Ich lasse das Kind doch nicht in einem Zimmer schlafen, das nicht abgeschlossen ist.«

»Ist die Tür aufgebrochen worden?«

»Wahrscheinlich. Ich weiß es nicht. Mademoiselle Doncœur hat sofort vorgeschlagen, zu Ihnen zu gehen.«

»Haben Sie ein Loch im Boden entdeckt?«

Madame Martin zuckte mit den Achseln, als wäre sie am Ende ihrer Weisheit, aber das ältere Fräulein antwortete für sie.

»Nicht gerade ein Loch, aber man sieht sehr genau, daß die Dielen hochgehoben worden sind.«

»Sagen Sie, Madame Martin, haben Sie eine Ahnung, was sich unter diesen Dielen befunden haben könnte?«

»Nein, Monsieur.«

»Wie lange wohnen Sie schon in dieser Wohnung?«

»Seit meiner Heirat vor fünf Jahren.«

»Gehörte das Zimmer damals schon zur Wohnung?«

»Ja.«

»Wissen Sie, wer vor Ihnen dort gewohnt hat?«

»Mein Mann. Er ist achtunddreißig Jahre alt. Als ich ihn heiratete, war er bereits dreiunddreißig und hatte eine eigene Wohnung; wenn er von seinen Reisen nach Paris zurückkam, wollte er in seinen eigenen vier Wänden wohnen.«

»Meinen Sie nicht, daß er Colette vielleicht überraschen wollte?«

»Er befindet sich sechs- oder siebenhundert Kilometer weit weg von hier.«

»Wissen Sie, wo er ist?«

»Höchstwahrscheinlich in Bergerac. Seine Reisen werden im voraus geplant, und es kommt selten vor, daß er sich nicht daran hält.«

»In welcher Branche arbeitet er?«

»Er ist Vertreter für Zenith-Uhren in Zentral- und Südostfrankreich. Es ist ein bedeutendes Unternehmen, wie Sie sicherlich wissen, und er hat eine ausgezeichnete Stellung.«

»Er ist der beste Mann der Welt!« rief Mademoiselle Doncœur und verbesserte sich dann errötend:

»Nach Ihnen!«

»Wenn ich Sie recht verstehe, ist heute nacht jemand als Weihnachtsmann verkleidet bei Ihnen eingedrungen!«

»Jedenfalls behauptet das die Kleine.«

»Sie haben nichts gehört? Liegen Ihr Zimmer und das des Kindes weit auseinander?«

»Dazwischen befindet sich das Eßzimmer.«

»Lassen Sie die Verbindungstüren nachts nicht auf?«

»Das ist nicht nötig. Colette ist nicht ängstlich, und gewöhnlich wacht sie nicht auf. Wenn sie mich rufen möchte, kann sie eine kleine Kupferglocke benutzen, die auf ihrem Nachttisch steht.«

»Sind Sie gestern abend weggegangen?«

»Nein, Herr Kommissar«, antwortete sie schroff und beinahe beleidigt.

»War niemand bei Ihnen?«

»Gewöhnlich empfange ich in Abwesenheit meines Mannes keinen Besuch.«

Maigret blickte kurz zu Mademoiselle Doncœur hinüber, deren Gesicht unbewegt blieb. Also mußte das wohl der Wahrheit entsprechen.

»Sind Sie spät zu Bett gegangen?«

»Gleich nachdem das Radio die Mitternachtsmesse gesendet hatte. Bis dahin hatte ich gelesen.«

»Sie haben nichts Ungewöhnliches gehört?«

»Nein.«

»Haben Sie die Concierge gefragt, ob sie für einen Fremden die Tür geöffnet hat?«

Wiederum mischte sich sofort Mademoiselle Doncœur ein:

»Ich habe mit ihr gesprochen. Sie behauptet, nein.«

»Und heute morgen fehlte nichts bei Ihnen, Madame Martin? Sie haben nicht das Gefühl, daß jemand das Eßzimmer betreten hatte?«

»Nein.«

»Wer ist jetzt bei dem Kind?«

»Niemand. Sie ist es gewohnt, allein zu sein. Ich kann nicht den ganzen Tag über im Haus sein. Ich muß einkaufen, auf den Markt gehen...«

»Ich verstehe. Colette ist Waise, nicht wahr?«

»Ihre Mutter ist tot.«

»Ihr Vater lebt also noch? Wo ist er? Wie heißt er?«

»Er ist der Bruder meines Mannes, Paul Martin. Wo er allerdings ist...«

Sie machte eine unbestimmte Handbewegung.

»Wann haben Sie ihn das letzte Mal gesehen?«

»Das ist jetzt mehr als einen Monat her. Es war in der Zeit um Allerheiligen herum. Er beendete gerade eine mehrtägige Klausur.«

»Pardon?«

Sie antwortete etwas ungehalten:

»Da wir jetzt ohnehin in unserer Familiengeschichte herumwühlen, kann ich Ihnen das auch sofort erzählen.«

Man merkte, daß sie Mademoiselle Doncœur böse war, die sie für die Situation verantwortlich machte.

»Der Lebenswandel meines Schwagers ist, vor allem seit dem Tod seiner Frau, nicht mehr einwandfrei.«

»Was wollen Sie damit genau sagen?«

»Er trinkt. Er hat schon vorher getrunken, aber nicht so übermäßig und nicht derart, daß er deswegen Dummheiten machte. Er arbeitete regelmäßig. Er hatte sogar eine ziemlich gute Stellung in einem Möbelgeschäft am Faubourg Saint-Antoine. Seit dem Unfall...«

»Sie meinen den Unfall seiner Tochter?«

»Ich spreche von dem Unfall, der zum Tod seiner Frau geführt hat. An einem Sonntag hatte er sich in den Kopf gesetzt, das Auto eines Kollegen zu leihen, um mit seiner Frau und dem Kind aufs Land zu fahren. Colette war noch ganz klein.«

»Wann genau war das?«

»Vor ungefähr drei Jahren. Sie fuhren zum Essen in ein Ausflugslokal in der Nähe von Mantes-la-Jolie. Paul konnte sich nicht zurückhalten und trank Weißwein, und der ist ihm zu Kopf gestiegen. Auf der Rückfahrt nach Paris sang er aus vollem Halse. Der Unfall ereignete sich nahe der Brücke von Bougival. Seine Frau war sofort tot. Er selbst erlitt einen Schädelbasisbruch, und es ist ein Wunder, daß er noch lebt. Colette blieb dabei unverletzt. Seitdem ist er nicht mehr er selbst. Wir haben die Kleine zu uns genommen. Wir haben sie praktisch adoptiert. Von Zeit zu Zeit besucht er sie, aber nur, wenn er mehr oder weniger nüchtern ist. Danach trinkt er gleich wieder weiter...«

»Wissen Sie, wo er sich aufhält?«

Eine unbestimmte Geste.

»Überall. Einmal sahen wir ihn an der Bastille, wie einen Bettler. Er konnte kaum gehen. Manchmal verkauft er auf der Straße Zeitungen. Ich erzähle das vor Mademoiselle Doncœur, weil leider das ganze Haus darüber Bescheid weiß.«

»Glauben Sie nicht, daß es ihm in den Sinn gekommen sein könnte, sich als Weihnachtsmann zu verkleiden, um seine Tochter zu besuchen?«

»Genau das habe ich gleich zu Mademoiselle Doncœur gesagt. Sie hat trotzdem darauf bestanden, mit Ihnen darüber zu sprechen.«

»Weil er keinen Grund gehabt hätte, Fußbodendielen hochzuheben«, gab diese etwas spitz zurück.

»Wer weiß, ob Ihr Mann nicht früher als vorgesehen nach Paris zurückgekommen ist und ob...«

»Irgend so was wird es sicher sein. Mich beunruhigt das auch nicht. Wäre Mademoiselle Doncœur nicht gewesen...«

Schon wieder! Sie hatte den Boulevard sicher nicht aus freien Stücken überquert!

»Können Sie mir sagen, in welchem Hotel Ihr Mann aller Wahrscheinlichkeit nach abgestiegen ist?«

»Im ›Hôtel de Bordeaux‹, in Bergerac.«

»Haben Sie nicht daran gedacht, ihn anzurufen?«

»In unserem Haus haben nur die Leute in der ersten Etage ein Telefon, und die lassen sich nicht gerne stören.«

»Hätten Sie etwas dagegen, wenn ich anriefe?«

Sie willigte zunächst ein, zögerte dann jedoch:

»Er wird sich fragen, ob etwas passiert ist.«

»Sie können selbst mit ihm sprechen.«

»Gewöhnlich rufe ich ihn nicht an.«

»Sie möchten lieber im ungewissen bleiben?«

»Nein. Wie Sie meinen. Ich werde mit ihm sprechen.«

Er nahm den Hörer ab und meldete das Gespräch an. Zehn Minuten später war er mit dem ›Hôtel de Bordeaux‹ verbunden. Er reichte Madame Martin den Hörer.

»Hallo! Ich möchte mit Monsieur Martin sprechen, bitte ... Monsieur Jean Martin, ja ... Das macht nichts ... Wecken Sie ihn ...«

Sie erklärte, die Hand auf der Hörmuschel:

»Er schläft noch. Man holt ihn.«

Sie legte sich offensichtlich die Worte zurecht.

»Hallo! Bist du's? ... Wie bitte? ... Ja, fröhliche Weihnachten!... Es ist alles in Ordnung, ja... Colette geht es sehr gut ... Nein, ich rufe dich nicht nur deswegen an ... Aber nein! Nichts Unangenehmes, mach dir keine Sorgen ...«

Sie wiederholte die letzten Worte, indem sie jede einzelne Silbe betonte:

»*Ich sagte, du sollst dir keine Sorgen machen*... In der letzten Nacht ist etwas Seltsames vorgefallen ... Jemand war, als Weihnachtsmann verkleidet, in Colettes Zimmer... Aber nein! Er hat ihr nichts getan... Er schenkte ihr eine große Puppe... *Puppe,* ja... Und er hat sich am Boden zu schaffen gemacht... Er hob zwei Dielen hoch, die er dann eilig wieder an ihren Platz legte ... Mademoiselle Doncœur wollte, daß ich mit dem Kommissar von gegenüber spreche... Ich rufe aus seiner Wohnung an... Du verstehst das nicht?... Ich auch nicht... Soll ich ihn dir geben?... Ich frag ihn mal...«

Und, zu Maigret gewandt:

»Er möchte mit Ihnen sprechen.«

Maigret hörte am anderen Ende der Leitung eine angenehme Stimme, die Stimme eines besorgten und offenbar ratlosen Mannes.

»Sind Sie sicher, daß meiner Frau und der Kleinen nichts passiert ist?... Das ist so verwirrend!... Wenn es nur die Puppe wäre, würde ich an meinen Bruder denken ... Loraine wird Ihnen von ihm erzählen... Das ist meine Frau... Fragen Sie sie nach Einzelheiten... Aber er hätte die Fußbodendielen nicht hochgehoben ... Glauben Sie, es wäre besser, wenn ich sofort nach Hause käme? Ich könnte den Nachmittagszug gegen drei Uhr nehmen... Ich kann mich darauf verlassen, daß Sie auf sie aufpassen?...«

Loraine nahm den Hörer wieder.

»Siehst du! Der Kommissar ist zuversichtlich. Er versichert, daß nicht die geringste Gefahr besteht. Es lohnt sich nicht, daß du deine Reise unterbrichst, gerade jetzt, wo du vielleicht nach Paris versetzt wirst...«

Mademoiselle Doncœur schaute sie unverwandt an, und es lag nicht viel Zärtlichkeit in ihrem Blick.

»Ich verspreche dir, dich anzurufen oder dir ein Telegramm zu schicken, wenn es etwas Neues geben sollte. Sie ist ruhig und spielt mit ihrer Puppe. Ich bin noch nicht dazu gekommen, ihr das Geschenk zu geben, das du ihr geschickt hast. Ich gehe sofort zu ihr...«

Sie legte auf und sagte:

»Sehen Sie!«

Und dann, nach einem kurzen Schweigen:

»Bitte entschuldigen Sie, daß wir Sie gestört haben. Es ist nicht meine Schuld. Ich bin sicher, es handelt sich um einen üblen Scherz oder um einen Einfall meines Schwagers. Wenn er getrunken hat, weiß man nie genau, was ihm durch den Kopf geht.«

»Werden Sie ihn heute nicht sehen? Glauben Sie nicht, daß er seine Tochter besuchen wird?«

»Das kommt drauf an. Wenn er getrunken hat, nein. Er ist darauf bedacht, sich ihr in diesem Zustand nicht zu zeigen. Wenn er kommt, nimmt er sich zusammen, um so anständig wie möglich zu erscheinen.«

»Darf ich Sie um die Erlaubnis bitten, ein wenig mit Colette zu plaudern?«

»Ich kann Sie nicht daran hindern. Wenn Sie glauben, es sei nützlich...«

»Ich danke Ihnen, Monsieur Maigret«, rief Mademoiselle Doncœur mit einem vertraulichen und gleichzeitig dankbaren Blick.

»Es ist ein so interessantes Kind! Sie werden sehen!«

Rückwärtsgehend gelangte sie zur Tür. Wenige Augenblicke später sah er die beiden hintereinander den Boulevard überqueren, wobei Mademoiselle Doncœur dicht hinter Madame Martin herging und sich noch einmal umdrehte, um einen Blick auf die Fenster des Kommissars zu werfen.

In der Küche wurden Zwiebeln gebraten. Madame Maigret kam heraus und sagte sanft:

»Bist du zufrieden?«

Er durfte nicht einmal so tun, als verstünde er. Man ließ ihm an diesem Weihnachtsmorgen nicht die Muße, an das alte Ehepaar, das sie waren, zu denken, das niemanden hatte, den es verwöhnen konnte.

Es war Zeit, sich zu rasieren, um Colette zu besuchen.

2

Mitten in seiner Morgentoilette, als er gerade dabei war, seinen Rasierpinsel naß zu machen, hatte er beschlossen, zu telefonieren. Er hatte sich nicht die Mühe gemacht, seinen Morgenmantel überzuziehen, sondern saß im Pyjama in dem Sessel des Eßzimmers, in *seinem* Sessel nahe dem Fenster, und wartete auf die Verbindung, während er den Rauch beobachtete, der langsam aus allen Schornsteinen emporstieg.

Das Läuten des Telefons dort am Quai des Orfèvres hatte für ihn nicht denselben Klang wie das anderer Telefone. Er meinte, die großen, leeren Korridore, die offenen Türen der leeren Büros und den Telefonisten zu sehen, der Lucas mitteilte:

»Der Chef ist am Apparat.«

Er kam sich ein wenig vor wie eine Freundin seiner Frau, für die das höchste Glück – das sie fast jeden Tag genießen konnte – darin bestand, bei geschlossenen Fenstern, zugezogenen Vorhängen und beim sanften Licht einer Nachttischlampe den Vormittag im Bett zu verbringen und auf gut Glück die eine oder andere ihrer Freundinnen anzurufen.

»Wie, es ist zehn Uhr? Wie ist draußen das Wetter? Es regnet? Waren Sie schon draußen? Haben Sie eingekauft?«

So versuchte sie, am Telefon etwas vom bewegten Treiben draußen zu erfahren, während sie sich immer behaglicher in ihr leicht verschwitztes Bett kuschelte.

»Sind Sie's, Chef?«

Maigret hatte ebenfalls Lust, Lucas zu fragen, wer mit ihm zusammen Dienst machte, was sie so trieben und wie es heute morgen im Haus aussah.

»Gibt's etwas Neues? Viel Arbeit?«

»Fast nichts. Das Übliche...«

»Könntest du einige Erkundigungen für mich einziehen? Ich glaube, du kannst das telefonisch erledigen. Besorge dir zunächst die Liste aller Häftlinge, die in den letzten zwei Monaten, oder besser in den letzten drei Monaten, freigelassen wurden.«

»Aus welchem Gefängnis?«

»Aus sämtlichen Gefängnissen. Kümmere dich nur um diejenigen, die eine Strafe von mindestens fünf Jahren verbüßt haben. Versuche herauszubekommen, ob einer darunter ist, der irgendwann einmal am Boulevard Richard-Lenoir gewohnt hat. Hast du verstanden?«

»Ich notiere.«

Lucas war bestimmt verblüfft, aber er ließ sich nichts anmerken.

»Noch etwas: Wir müssen einen gewissen Paul Martin ausfindig machen, einen Alkoholiker ohne festen Wohnsitz, der sich häufig im Viertel der Bastille herumtreibt. Nicht festnehmen oder behelligen! Finde heraus, wo er die Weihnachtsnacht verbracht hat. Die Kommissariate werden dir dabei helfen können.«

Im Gegensatz zu besagter Freundin war es ihm eigentlich gar nicht recht, zu Hause im Pyjama in seinem Sessel zu sitzen, unrasiert, ein vertrautes und unbewegliches Bild mit rauchenden Schornsteinen vor Augen, während der brave Lucas am anderen Ende der Leitung seit sechs Uhr morgens im Dienst war und seine Butterbrote wohl bereits ausgewickelt hatte.

»Das ist noch nicht alles, alter Freund. Ruf bitte Bergerac an. Im ›Hôtel de Bordeaux‹ wohnt ein Geschäftsreisender namens Jean Martin. Nein! Jean! Das ist nicht derselbe. Es ist der Bruder. Ich möchte gerne wissen, ob er im Lauf des gestrigen Tages oder während der Nacht einen Anruf aus Paris oder ein Telegramm bekommen hat. Und laß selbstverständlich auch noch nachforschen, wo er den Abend verbracht hat. Ich glaube, das ist alles.«

»Soll ich zurückrufen?«

»Nicht sofort. Ich muß noch weg. Ich werde dich wieder anrufen.«

»Ist in Ihrem Viertel etwas passiert?«

»Ich weiß es noch nicht. Vielleicht.«

Madame Maigret kam ins Badezimmer, um mit ihm zu

sprechen, während er seine Toilette beendete. Angesichts der rauchenden Schornsteine zog er sich keinen Mantel über. Denn wenn man die Schornsteine mit dem aufsteigenden Rauch betrachtete, der sich langsam im Himmel verlor, stellte man sich hinter den Fenstern überheizte Wohnräume vor. Er würde einige Zeit in engen Wohnungen verbringen müssen, wo man ihn nicht dazu auffordern würde, es sich bequem zu machen. Daher zog er es vor, lediglich seinen Hut aufzusetzen und so den Boulevard zu überqueren.

Wie das Haus, in dem er wohnte, war auch das Haus gegenüber alt, aber sauber und ein wenig düster, vor allem an diesem grauen Dezembermorgen. Er vermied es, bei der Concierge stehenzubleiben, die ihm etwas unwillig nachsah. Während er die Treppe hinaufging, wurden hinter ihm einige Türen geräuschlos einen Spalt geöffnet, und er hörte gedämpfte Schritte und Flüstern.

Auf dem Flur in der dritten Etage erwartete ihn Mademoiselle Doncœur, die ihm vom Fenster aus aufgelauert haben mußte; sie war einerseits verschüchtert, andererseits jedoch aufgeregt, als handele es sich um ein Rendezvous zweier Verliebter.

»Kommen Sie, Monsieur Maigret. Sie ist vor einer Weile weggegangen.«

Er runzelte die Stirn, was sie sofort bemerkte.

»Ich sagte ihr, daß das nicht richtig sei, weil Sie jeden Moment kommen würden, und daß sie besser zu Hause bleiben solle. Sie antwortete, daß sie gestern nicht eingekauft und deshalb nichts mehr im Hause habe und daß später alle Geschäfte geschlossen seien. Kommen Sie herein!«

Sie stand vor der hinteren Tür, die in ein ziemlich kleines und recht dunkles Eßzimmer führte, in dem jedoch Sauberkeit und Ordnung herrschten.

»Ich paß auf die Kleine auf, während sie weg ist. Colette freut sich darauf, Sie zu sehen. Ich hab ihr nämlich von Ihnen erzählt. Sie hat nur Angst, daß Sie ihr die Puppe wieder wegnehmen.«

»Wann hat sich Madame Martin dazu entschlossen, wegzugehen?«

»Gleich, nachdem wir von Ihnen wiederkamen. Sie hat sich sofort angezogen.«

»Hat sie sich richtig zurechtgemacht?«

»Ich verstehe nicht, was Sie meinen.«

»Nun, ich nehme an, daß sie sich, um im Viertel einzukaufen, anders kleidet, als wenn sie in die Stadt geht.«

»Sie hat sich herausgeputzt, ihren Hut aufgesetzt und Handschuhe angezogen. Ihre Einkaufstasche hat sie auch mitgenommen.«

Bevor Maigret sich um Colette kümmerte, ging er in die Küche, wo die Reste vom Frühstück herumstanden.

»Hatte sie gefrühstückt, bevor sie zu mir kam?«

»Nein. Ich habe ihr keine Zeit dazu gelassen.«

»Hat sie hinterher gegessen?«

»Auch nicht. Sie hat sich nur eine Tasse Kaffee gemacht. Ich habe Colette das Frühstück gebracht, während Madame Martin sich anzog.«

Auf der Brüstung des Fensters, das auf den Hof hinausging, stand ein Vorratsschrank, den Maigret sorgfältig untersuchte. Er fand dort kalten Aufschnitt, Butter, Eier, Gemüse. Im Küchenschrank fand er zwei frische, noch nicht angeschnittene Brote. Colette hatte Schokolade getrunken und dazu Croissants gegessen.

»Kennen Sie Madame Martin gut?«

»Wir sind Nachbarinnen, wissen Sie. Seit Colette im Bett liegen muß, sehen wir uns häufiger, da sie mich oft bittet, ein Auge auf die Kleine zu haben, wenn sie weggeht.«

»Geht sie sehr oft weg?«

»Ziemlich selten. Nur, um einzukaufen.«

Als er hereingekommen war, war ihm etwas aufgefallen, was er näher zu bestimmen versuchte, etwas, das an der Atmosphäre lag, an der Anordnung der Möbel, an der Ordnung überhaupt, die hier herrschte, oder auch sogar am Geruch. Als er Mademoiselle Doncœur ansah, wußte er, was es war, oder glaubte zumindest, es zu wissen.

Man hatte ihm vorhin gesagt, daß Martin die Wohnung schon vor seiner Hochzeit bewohnt hatte. Und obwohl Madame Martin nun schon seit fünf Jahren hier wohnte, war es eine Junggesellenwohnung geblieben. Zum Beispiel hingen im Eßzimmer an beiden Seiten des Kamins zwei vergrößerte Porträtfotos.

»Wer ist das?« fragte er und zeigte darauf.

»Der Vater und die Mutter von Monsieur Martin.«

»Gibt es keine Fotos von Madame Martins Eltern?«

»Ich habe noch nie etwas von ihnen gehört. Ich nehme an, sie ist Waise.«

Selbst dem Schlafzimmer fehlte ein Schuß Koketterie, die weibliche Note. Er öffnete einen Kleiderschrank. Neben sorgfältig weggehängter Herrengarderobe sah er Damenkleidung, hauptsächlich Kostüme und sehr schlichte Kleider. Er wagte nicht, die Schubladen zu öffnen, aber er war sicher, daß sie keine Kinkerlitzchen enthielten, keinen wertlosen Kleinkram, den Frauen normalerweise sammeln.

»Mademoiselle Doncœur!« rief eine ruhige Kinderstimme.

»Gehen wir zu Colette«, entschied Maigret.

Auch das Zimmer des Kindes war schmucklos, fast kahl. In einem zu großen Bett lag ein kleines Mädchen mit einem ernsten Gesicht und fragenden, aber vertrauensvollen Augen.

»Sind Sie der Kommissar, Monsieur?«

»Der bin ich, mein Kind. Hab keine Angst.«

»Ich habe keine Angst. Ist Mama Loraine noch nicht zurück?«

Das überraschte ihn. Hatten die Martins ihre Nichte nicht gewissermaßen adoptiert? Und doch sagte das Kind nicht einfach *Mama,* sondern *Mama Loraine.*

»Glauben Sie wenigstens, daß es der Weihnachtsmann war, der mich heute nacht besucht hat?«

»Davon bin ich überzeugt.«

»Mama Loraine glaubt es nicht. Sie glaubt mir nie.«

Sie hatte ein müdes Gesicht, sehr lebhafte Augen und einen durchdringenden Blick. Der Gips bedeckte das eine Bein bis hinauf zum Oberschenkel und bildete einen kleinen Hügel unter der Bettdecke.

Mademoiselle Doncœur blieb im Türrahmen stehen und sagte taktvoll, um die beiden alleine zu lassen:

»Ich geh mal schnell zu mir, um nachzusehen, ob nichts angebrannt ist.«

Maigret, der sich ans Bett gesetzt hatte, wußte nicht, wie er anfangen, welche Frage er eigentlich stellen sollte.

»Hast du Mama Loraine sehr gern?«

»Ja, Monsieur.«

Sie antwortete zurückhaltend und ohne Begeisterung, jedoch nicht zögernd.

»Und deinen Papa?«

»Welchen? Ich habe nämlich zwei Papas, wissen Sie, Papa Paul und Papa Jean.«

»Wie lange hast du Papa Paul nicht mehr gesehen?«

»Ich weiß es nicht mehr. Vielleicht ein paar Wochen. Er hat mir versprochen, mir zu Weihnachten ein Spielzeug zu schenken, aber er ist noch nicht gekommen. Er muß wohl krank geworden sein.«

»Ist er oft krank?«

»Oft, ja. Wenn er krank ist, besucht er mich nicht.«

»Und dein Papa Jean?«

»Er ist unterwegs, aber er kommt zu Neujahr nach Hause. Vielleicht wird er dann nach Paris versetzt und muß nicht mehr wegfahren. Er wäre froh darüber, und ich auch.«

»Kommen dich viele Freunde besuchen, seitdem du im Bett liegen mußt?«

»Welche Freunde? Die Mädchen aus der Schule wissen nicht, wo ich wohne. Und wenn sie es wissen, dürfen sie nicht ganz alleine kommen.«

»Und die Freunde von Mama Loraine oder von deinem Papa?«

»Es kommt nie jemand.«

»Nie? Bist du sicher?«

»Nur der Gasmann oder der vom Elektrizitätswerk. Ich höre sie, weil die Tür fast immer offensteht. Ich kenne sie. Nur zweimal ist jemand anderes gekommen.«

»Wie lange ist das her?«

»Das erste Mal war es am Tag nach meinem Unfall. Ich erinnere mich daran, weil der Arzt gerade gegangen war.«

»Wer war es?«

»Ich habe ihn nicht gesehen. Ich habe gehört, wie er an die andere Tür klopfte und etwas sagte. Mama Loraine hat dann sofort die Tür zu meinem Zimmer geschlossen. Sie haben eine ganze Weile leise miteinander gesprochen. Nachher hat sie mir erzählt, daß er sie mit einer Versicherungssache gelangweilt hat. Ich weiß nicht, worum es ging.«

»Und ist er wiedergekommen?«

»Vor fünf oder sechs Tagen. Diesmal kam er abends, als in meinem Zimmer das Licht schon ausgemacht worden war. Ich schlief noch nicht. Ich hörte, wie es klopfte und wie sie leise miteinander sprachen, wie beim ersten Mal. Ich wußte genau, daß es nicht Mademoiselle Doncœur war, die abends manchmal kommt, um Mama Loraine Gesellschaft zu leisten. Später hatte ich das Gefühl, daß sie miteinander stritten. Ich hatte Angst und rief. Mama Loraine kam, um mir zu sagen, daß es wieder wegen dieser Versicherung sei und daß ich schlafen solle.«

»Ist er lange geblieben?«

»Ich weiß es nicht. Ich glaube, ich bin dann eingeschlafen.«

»Du hast ihn beide Male nicht gesehen?«

»Nein. Aber ich würde seine Stimme wiedererkennen.«

»Auch dann, wenn er leise spricht?«

»Ja. Eben weil er immer leise spricht, was sich so anhört wie eine dicke Hummel. Ich kann die Puppe behalten, nicht wahr? Mama Loraine hat mir zwei Schachteln Bonbons und

Nähzeug gekauft. Sie hat mir auch eine Puppe geschenkt, aber eine viel kleinere als die vom Weihnachtsmann, weil sie nicht so reich ist. Sie hat sie mir heute morgen gezeigt, bevor sie wegging, hat sie dann aber wieder in die Schachtel zurückgetan. Ich brauche sie nicht mehr, weil ich ja diese hier habe. Das Geschäft wird sie zurücknehmen.«

Die Wohnung war überheizt, die Zimmer eng und stikkig, aber trotzdem überkam Maigret ein Gefühl der Kälte. Das Haus sah von außen wie das aus, in dem er wohnte. Warum erschien ihm die Welt hier drin kleiner, schäbiger?

Er bückte sich zum Fußboden hinunter, zu der Stelle, an der die beiden Dielen hochgehoben worden waren. Er sah nur einen staubigen, leicht feuchten Hohlraum, wie er sich unter allen Dielen befindet. Einige Kratzer im Holz wiesen darauf hin, daß man einen Meißel oder etwas Ähnliches benutzt hatte.

Er untersuchte die Tür und fand dort ebenfalls Spuren. Es war eine stümperhafte Arbeit, die außerdem leicht zu machen gewesen war.

»Wurde der Weihnachtsmann nicht böse, als er sah, daß du ihm zuschautest?«

»Nein, Monsieur. Er war damit beschäftigt, ein Loch in den Boden zu machen, um den kleinen Jungen aus der zweiten Etage zu besuchen.«

»Hat er nichts zu dir gesagt?«

»Ich glaube, er hat gelächelt. Ich bin mir nicht sicher, wegen seines Bartes. Es war nicht sehr hell. Aber ich weiß genau, daß er einen Finger auf den Mund gelegt hat, damit ich nicht rief, weil die Großen ihm nicht begegnen dürfen. Haben Sie ihn schon einmal getroffen?«

»Das ist schon lange her.«

»Als Sie noch klein waren?«

Er hörte Schritte im Flur. Die Tür wurde geöffnet. Es war Madame Martin, im grauen Kostüm, ein Einkaufsnetz in der Hand und einen kleinen beigen Hut auf dem Kopf. Ihr war offensichtlich kalt. Die Haut ihres Gesichtes war gespannt und sehr weiß; aber sie hatte sich wohl beeilt und war schnell die Treppe heraufgekommen, denn auf ihren Wangen waren zwei kleine rote Flecken zu sehen, und ihr Atem ging kurz.

Sie lächelte nicht und fragte Maigret:

»War sie artig?«

Dann, indem sie ihre Jacke auszog:

»Entschuldigen Sie, daß ich Sie habe warten lassen. Ich mußte noch einmal weggehen, um verschiedene Dinge einzukaufen. Später wären die Läden geschlossen gewesen.«

»Haben Sie niemanden getroffen?«

»Was wollen Sie damit sagen?«

»Nichts. Ich dachte nur, daß jemand versucht hätte, mit Ihnen zu sprechen.«

Sie hatte genug Zeit gehabt, um viel weiter als nur zur Rue Amelot oder zur Rue du Chemin-Vert zu gehen, wo die meisten Geschäfte des Viertels lagen. Sie hätte sogar ein Taxi oder die Metro nehmen können, um zu fast jedem Punkt in Paris zu gelangen. Bestimmt lagen im ganzen Haus die Mieter auf der Lauer. Mademoiselle Doncœur fragte, ob sie gebraucht würde, und Madame Martin wollte sicherlich schon verneinen; aber Maigret antwortete:

»Es wäre mir lieb, wenn Sie bei Colette blieben, während ich nach nebenan gehe.«

Sie begriff, daß sie die Aufmerksamkeit des Kindes ablenken sollte, während er sich mit Madame Martin unterhielt. Diese verstand das wohl ebenfalls, ließ sich jedoch nichts anmerken.

»Treten Sie bitte ein. Gestatten Sie, daß ich die Sachen abstelle?«

Sie ging in die Küche und stellte die Lebensmittel dort hin, setzte dann ihren Hut ab und richtete ein wenig ihre blonden, glanzlosen Haare. Als sie die Zimmertür wieder geschlossen hatte, sagte sie:

»Mademoiselle Doncœur ist sehr aufgeregt. Welch glücklicher Zufall für eine alte Jungfer, nicht wahr? Besonders für eine alte Jungfer, die Zeitungsartikel über einen ganz bestimmten Kommissar sammelt, der sich nun endlich in ihrem eigenen Haus befindet! Sie gestatten?«

Sie nahm eine Zigarette aus einem silbernen Etui, klopfte leicht mit dem Ende auf den Tisch und zündete sie mit einem Feuerzeug an. Vielleicht war es diese Geste, die Maigret veranlaßte, ihr eine Frage zu stellen.

»Sie arbeiten nicht, Madame Martin?«

»Es wäre schwierig für mich, zu arbeiten und mich um den Haushalt und obendrein noch um die Kleine zu kümmern, auch wenn sie zur Schule geht. Übrigens erlaubt mein Mann nicht, daß ich arbeite.«

»Aber Sie haben gearbeitet, bevor Sie ihn kennenlernten?«

»Selbstverständlich. Ich mußte mir meinen Lebensunterhalt verdienen. Wollen Sie sich nicht setzen?«

Er setzte sich in einen rustikalen Sessel mit Korbgeflecht, während sie sich an den Tisch lehnte.

»Sie waren Stenotypistin?«

»Das war ich.«

»Wie lange?«

»Ziemlich lange.«

»Waren Sie es auch noch zu dem Zeitpunkt, als Sie Martin kennenlernten? Entschuldigen Sie bitte, daß ich Ihnen diese Fragen stelle.«

»Das ist Ihr Beruf.«

»Sie haben vor fünf Jahren geheiratet. Wo haben Sie zu der Zeit gearbeitet? Einen Augenblick... Darf ich Sie nach Ihrem Alter fragen?«

»Dreiunddreißig. Ich war also damals achtundzwanzig Jahre alt und arbeitete bei Monsieur Lorilleux im Palais-Royal.«

»Als Sekretärin?«

»Monsieur Lorilleux hatte ein Schmuckgeschäft, oder genauer gesagt, er handelte mit Souvenirs und alten Münzen. Sie kennen sicher diese alten Geschäfte im Palais-Royal. Ich war gleichzeitig Verkäuferin, Sekretärin und Buchhalterin. Ich führte das Geschäft, wenn er nicht da war.«

»War er verheiratet?«

»Ja, außerdem Vater von drei Kindern.«

»Sind Sie dort weggegangen, als Sie Martin heirateten?«

»Nicht sofort. Jean wollte nicht, daß ich weiter arbeitete, aber er verdiente nicht gerade sehr viel, und ich hatte eine gute Stellung. In den ersten Monaten bin ich dort geblieben.«

»Und dann?«

»Dann geschah etwas, was zugleich einfach war und unerwartet. An einem Morgen um neun Uhr erschien ich wie gewöhnlich vor dem Geschäft, dessen Tür jedoch verschlossen war. Ich wartete, da ich glaubte, Monsieur Lorilleux habe sich verspätet.«

»Wohnte er woanders?«

»Er wohnte mit seiner Familie in der Rue Mazarine. Um halb zehn wurde ich unruhig.«

»War er tot?«

»Nein. Ich rief seine Frau an, die mir sagte, daß er die Wohnung wie gewöhnlich um acht Uhr verlassen habe.«

»Von wo aus riefen Sie an?«

»Vom Handschuhgeschäft nebenan. Ich wartete den ganzen Vormittag. Dann kam seine Frau. Wir gingen zusammen aufs Polizeirevier, wo man die Sache übrigens nicht tragisch nahm. Man fragte seine Frau lediglich, ob er herzkrank war, ob er ein Verhältnis hatte usw. Er wurde nie wieder gesehen und ließ nichts mehr von sich hören. Das Geschäft wurde an mehrere Polen verkauft, und mein Mann bestand darauf, daß ich keine Arbeit mehr annahm.«

»Wie lange waren Sie damals verheiratet?«

»Vier Monate.«

»Hatte Ihr Mann da bereits im Südwesten Frankreichs zu tun?«

»Er bereiste dasselbe Gebiet wie jetzt.«

»War er in Paris, als Ihr Chef verschwand?«

»Nein. Ich glaube nicht.«

»Hat die Polizei die Geschäftsräume durchsucht?«

»Es war alles in Ordnung, genauso wie am Vortag. Nichts war verschwunden.«

»Wissen Sie, was aus Madame Lorilleux geworden ist?«

»Sie hat einige Zeit von dem Geld aus dem Verkauf des

Ladens gelebt. Ihre Kinder sind jetzt sicher erwachsen und wahrscheinlich verheiratet. Sie hat ein kleines Kurzwarengeschäft nicht weit von hier, in der Rue du Pas-de-la-Mule.«

»Hatten Sie weiterhin Kontakt mit ihr?«

»Manchmal ging ich in ihren Laden. Auf diese Weise erfuhr ich überhaupt erst, daß sie Kurzwarenhändlerin geworden war. Zunächst habe ich sie gar nicht wiedererkannt.«

»Wie lange ist das jetzt her?«

»Ich weiß es nicht genau. Ungefähr sechs Monate.«

»Hat sie Telefon?«

»Das weiß ich nicht. Warum?«

»Was für ein Mensch war Lorilleux?«

»Meinen Sie äußerlich?«

»Ja, zunächst einmal äußerlich.«

»Er war groß, größer als Sie, und noch breitschultriger. Er war dick und dabei schwammig. Sie wissen, was ich damit meine. Er war keine sehr gepflegte Erscheinung.«

»Wie alt?«

»Ungefähr fünfzig. Ich weiß es nicht genau. Er trug einen kleinen graumelierten Schnurrbart, und seine Anzüge waren ihm immer zu weit.«

»Kannten Sie sich in seinen Gewohnheiten aus?«

»Er ging jeden Morgen zu Fuß ins Geschäft und war etwa eine Viertelstunde vor mir da, so daß er bereits die Post durchgesehen hatte, wenn ich ankam. Er sprach nicht viel, war eher mürrisch. Er verbrachte den größten Teil des Tages in dem kleinen Büro hinter dem Laden.«

»Keine Frauengeschichten?«

»Nicht daß ich wüßte.«

»Machte er Ihnen nicht den Hof?«

Sie erwiderte schroff:

»Nein.«

»Hing er sehr an Ihnen?«

»Ich glaube, ich war ihm eine wertvolle Hilfe.«

»Hat Ihr Mann ihn gekannt?«

»Sie haben nie miteinander gesprochen. Jean wartete manchmal am Ausgang des Ladens auf mich, hielt sich jedoch in einiger Entfernung. Ist das alles, was Sie wissen wollen?«

In ihrer Stimme schwang Ungeduld, vielleicht ein wenig Zorn mit.

»Ich möchte Sie darauf aufmerksam machen, Madame Martin, daß Sie es waren, die zu mir gekommen ist.«

»Weil diese verrückte Alte sich auf die Gelegenheit gestürzt hat, Sie aus der Nähe zu sehen, und mich fast gewaltsam zu Ihnen geschleppt hat.«

»Mögen Sie Mademoiselle Doncœur nicht?«

»Ich mag keine Leute, die sich in Angelegenheiten mischen, die sie nichts angehen.«

»Tut sie das?«

»Wir haben das Kind meines Schwagers bei uns aufgenommen, wie Sie ja wissen. Ob Sie mir glauben oder nicht, ich tue für Colette alles, was ich kann, ich behandle sie wie meine eigene Tochter...«

Maigret konnte sich die Frau, die ihm gegenübersaß und sich soeben eine neue Zigarette angezündet hatte, noch so genau ansehen: aus einem unbestimmten, unsicheren Gefühl heraus gelang es ihm einfach nicht, sie sich als Mutter vorzustellen.

»Nun, unter dem Vorwand, mir helfen zu wollen, mischt sie sich andauernd in meine Angelegenheiten. Wenn ich für ein paar Minuten weggehe, steht sie mit zuckersüßer Miene im Flur und sagt:

›Sie wollen Colette doch wohl nicht ganz alleine lassen, Madame Martin? Lassen Sie mich ihr Gesellschaft leisten!‹ Ich glaube fast, sie vergnügt sich in meiner Abwesenheit damit, in meinen Schubladen herumzuwühlen.«

»Trotzdem ertragen Sie sie.«

»Weil ich es eben muß. Colette verlangt nach ihr, vor allem, seitdem sie im Bett liegt. Auch mein Mann mag sie sehr, weil er, als wir noch nicht verheiratet waren, eine Rippenfellentzündung hatte und sie ihn gepflegt hat.«

»Haben Sie die Puppe, die Sie für Colette zu Weihnachten gekauft hatten, wieder zurückgebracht?«

Sie hob die Augenbrauen und blickte zur Verbindungstür.

»Sie haben sie also ausgefragt. Nein, ich habe sie nicht zurückgebracht, aus dem einfachen Grund, weil ich sie in einem großen Warenhaus gekauft habe und die Warenhäuser geschlossen sind. Möchten Sie sie sehen?«

In ihren Worten lag Herausforderung; er ließ sie sich, entgegen ihren Erwartungen, zeigen und untersuchte den Karton, auf dem noch der Preis stand, der sehr niedrig war.

»Darf ich Sie fragen, wohin Sie heute morgen gegangen sind?«

»Ich hab Einkäufe gemacht.«

»In der Rue du Chemin-Vert? Oder Rue Amelot?«

»In der Rue du Chemin-Vert und in der Rue Amelot.«

»Ich möchte nicht neugierig sein, aber was haben Sie eingekauft?«

Sie ging wütend in die Küche, holte die Einkaufstasche und knallte sie fast auf den Eßzimmertisch.

»Sehen Sie selbst nach!«

Die Tasche enthielt drei Dosen Sardinen, Schinken, Butter, Kartoffeln und Lattich.

Sie sah ihm unfreundlich und unbeweglich ins Gesicht, zitterte jedoch nicht, und in ihrem Blick lag mehr Gereiztheit als Angst.

»Haben Sie noch weitere Fragen?«

»Ich wüßte gerne den Namen Ihres Versicherungsagenten!«

Man sah, daß sie nicht sofort verstand. Sie strengte ihr Gedächtnis an.

»Mein Versicherungsagent...«

»Jawohl. Derjenige, der Sie besucht hat.«

»Entschuldigen Sie bitte! Das hatte ich ganz vergessen. Sie sprachen nämlich von *meinem* Versicherungsagenten, so als hätte ich tatsächlich etwas mit ihm zu tun. Das hat Colette Ihnen also auch erzählt! In der Tat ist jemand gekommen, zweimal, einer von denen, die von Tür zu Tür gehen und bei denen man seine liebe Mühe hat, sie loszuwerden. Zuerst glaubte ich, er wolle elektrische Staubsauger verkaufen. Es ging um eine Lebensversicherung.«

»War er lange bei Ihnen?«

»So lange, wie ich brauchte, um ihn rauszuwerfen, um ihm klarzumachen, daß ich keinerlei Lust hatte, eine Police für mich oder meinen Mann zu unterzeichnen.«

»Von welcher Gesellschaft kam er?«

»Er hat sie mir genannt, aber ich habe den Namen vergessen. Irgend etwas mit ›Mutuel‹...«

»Er hat es noch einmal versucht?«

»Das stimmt.«

»Zu welcher Uhrzeit muß Colette schlafen?«

»Um halb acht mach ich das Licht aus, aber manchmal erzählt sie sich eine Weile noch leise irgendwelche Geschichten.«

»Das zweite Mal ist der Versicherungsagent also nach halb acht abends bei Ihnen gewesen?«

Sie hatte die Falle bereits bemerkt.

»Das ist möglich. Ich war tatsächlich gerade dabei, das Geschirr abzuwaschen.«

»Haben Sie ihn hereingelassen?«

»Er hatte den Fuß zwischen die Tür gestellt.«

»Hat er sich auch an andere Mieter des Hauses gewandt?«

»Davon weiß ich nichts. Ich nehme an, daß Sie sich danach erkundigen werden. Weil ein kleines Mädchen den Weihnachtsmann gesehen hat oder glaubt, ihn gesehen zu haben, verhören Sie mich seit einer halben Stunde, so als hätte ich ein Verbrechen begangen. Wenn mein Mann hier wäre...«

»Hat Ihr Mann eigentlich eine Lebensversicherung abgeschlossen?«

»Ich glaube. Höchstwahrscheinlich.«

Als er seinen Hut vom Stuhl nahm und zur Tür ging, rief sie überrascht:

»Sind Sie fertig?«

»Ja, das ist alles. Für den Fall, daß Ihr Schwager Sie besuchen kommen sollte, so wie er es anscheinend seiner Tochter versprochen hat, wäre ich Ihnen dankbar, wenn Sie es mich wissen ließen oder wenn Sie ihn zu mir schickten. Jetzt würde ich gerne ein paar Worte mit Mademoiselle Doncœur wechseln.«

Mademoiselle Doncœur folgte ihm in den Flur, ging ihm dann voraus, um die Tür zu ihrer Wohnung zu öffnen, die nach Kloster roch.

»Treten Sie ein, Herr Kommissar. Ich hoffe, es ist nicht zu unordentlich.«

Es war keine Katze zu sehen, kein kleiner Hund, keine Deckchen auf den Möbeln, auch keine Nippesfiguren auf dem Kamin.

»Wohnen Sie schon lange in diesem Haus, Mademoiselle?«

»Fünfundzwanzig Jahre, Herr Kommissar. Ich gehöre zu den ältesten Mietern, und ich erinnere mich, daß Sie bereits gegenüber wohnten, als ich hier einzog. Sie trugen einen langen Schnurrbart.«

»Wer wohnte nebenan, bevor Martin dort einzog?«

»Ein Ingenieur vom Straßenbauamt. Ich erinnere mich nicht mehr an seinen Namen, aber ich könnte ihn herausfinden. Er wohnte dort mit seiner Frau und seiner Tochter, einer Taubstummen. Es war ziemlich traurig. Sie verließen Paris, um sich auf dem Land niederzulassen, im Poitou, wenn ich mich nicht irre. Der alte Herr ist jetzt wohl schon tot, da er damals bereits im Rentenalter war.«

»Ist es in der letzten Zeit vorgekommen, daß Sie von einem Versicherungsvertreter behelligt wurden?«

»In letzter Zeit nicht. Seit mindestens zwei Jahren hat keiner mehr bei mir geklingelt.«

»Sie mögen Madame Martin nicht?«

»Warum?«

»Ich frage Sie, ob Sie Madame Martin mögen oder nicht.«

»Also, wissen Sie, wenn ich einen Sohn hätte...«

»Sprechen Sie weiter!«

»Wenn ich einen Sohn hätte, wäre ich nicht glücklich darüber, sie zur Schwiegertochter zu haben. Vor allem, wo Monsieur Martin so liebenswürdig ist, so zuvorkommend!«

»Glauben Sie, daß er mit ihr nicht glücklich ist?«

»Das will ich nicht sagen. Ich hab ihr eigentlich nichts vorzuwerfen. Sie hat das Recht, so zu sein, wie sie ist, nicht wahr?«

»Wie ist sie denn?«

»Ich weiß es auch nicht. Sie haben sie gesehen. Sie kennen sich besser damit aus als ich. Sie benimmt sich nicht so wie eine Frau. Sehen Sie, ich wette, daß sie noch nie in ihrem Leben geweint hat. Sie erzieht die Kleine recht anständig, das ist richtig. Aber sie würde ihr nie ein liebes Wort sagen, und wenn ich Colette Märchen erzählen möchte, merke ich, daß sie sich darüber aufregt. Ich bin sicher, sie hat ihr gesagt, daß es den Weihnachtsmann nicht gibt. Glücklicherweise glaubt ihr das Kind nicht.«

»Sie mag sie auch nicht?«

»Sie gehorcht ihr und gibt sich Mühe, ihr Freude zu machen. Ich glaube, sie ist froh, wenn sie alleine gelassen wird.«

»Geht Madame Martin oft weg?«

»Nicht oft. Man kann ihr nichts vorwerfen. Ich weiß nicht, wie ich es sagen soll. Man merkt, daß sie ihr eigenes Leben lebt, verstehen Sie? Sie kümmert sich nicht um andere. Sie spricht auch nie von sich. Sie benimmt sich korrekt, immer korrekt, schon zu korrekt. Sie hätte ihr Leben in einem Büro verbringen sollen, wo sie es mit Zahlen oder mit der Beaufsichtigung von Angestellten zu tun gehabt hätte.«

»Ist das auch die Meinung der anderen Mieter?«

»Sie nimmt so selten am Leben der Hausgemeinschaft teil. Sie sagt nur so eben ›Guten Tag‹, wenn sie jemandem auf der Treppe begegnet. Kurz und gut, wir kennen sie erst etwas besser, seit Colette bei ihr wohnt, da man sich ja für ein Kind immer etwas mehr interessiert.«

»Sind Sie ihrem Schwager schon einmal begegnet?«

»Im Flur. Ich habe nie mit ihm gesprochen. Er geht mit gesenktem Kopf an einem vorbei, als schäme er sich, und man hat immer den Eindruck, daß er in seinen Kleidern geschlafen hat, obwohl er sich wohl bemüht, sie auszubürsten, bevor er hierherkommt. Ich glaube nicht, daß er es gewesen ist, Monsieur Maigret. Er ist nicht der Mann, der so etwas tut. Oder er hätte schon ganz und gar betrunken sein müssen.«

Maigret ging noch kurz bei der Concierge vorbei, wo es so dunkel war, daß den ganzen Tag über das Licht brennen mußte. Es war gegen Mittag, als er den Boulevard überquerte, und in den Fenstern des Hauses, das er verlassen hatte, bewegten sich sämtliche Gardinen. Auch an seinem Fenster bewegte sich die Gardine. Madame Maigret hielt nach ihm Ausschau, um zu wissen, ob sie das Hühnchen in den Ofen tun konnte. Er winkte ihr von unten zu. Fast hätte er die Zunge herausgestreckt, um eine dieser kleinen Schneeflocken zu erhaschen, die in der Luft trieben und an deren wäßrigen Geschmack er sich noch erinnerte.

3

»Ich frage mich, ob die Kleine drüben glücklich ist«, seufzte Madame Maigret, indem sie vom Tisch aufstand, um den Kaffee aus der Küche zu holen.

Sie merkte wohl, daß er ihr nicht zuhörte. Er hatte seinen Stuhl zurückgeschoben und stopfte seine Pfeife, während er den leise summenden Ofen mit den kleinen, regelmäßigen Flammen, die am Sichtfenster leckten, betrachtete.

Zur eigenen Genugtuung fügte Madame Maigret hinzu:

»Ich kann es mir nicht vorstellen, bei dieser Frau.«

Er lächelte ihr zerstreut zu, so als wüßte er nicht, was sie gesagt hatte, und vertiefte sich dann wieder in die Betrachtung des Ofens. Es gab mindestens zehn ähnliche Öfen im Haus, die genauso summten, zehn Eßzimmer mit demselben Sonntagsgeruch, und wahrscheinlich war es in dem Haus gegenüber ebenso. Jedes Nest enthielt sein träges Leben, das sich im verborgenen abspielte, mit Wein auf dem Tisch, Kuchen, mit der kleinen Likörflasche im Büfett, und alle Fenster ließen das graue, harte Licht eines sonnenlosen Tages herein.

Vielleicht war es das, was ihn unbewußt seit dem Morgen verwirrte. In neun von zehn Fällen führte ihn eine richtige Untersuchung von einer Stunde zur anderen in eine neue Umgebung, und er mußte sich mit Leuten auseinandersetzen, deren Welt er gar nicht oder nur wenig kannte, mußte alles kennenlernen, bis hin zu den kleinsten Angewohnheiten und den Schrullen einer sozialen Schicht, in der er sich nicht auskannte.

In diesem Fall, der keiner war, da er ja offiziell mit nichts beauftragt worden war, lagen die Dinge ganz anders. Zum ersten Mal passierte etwas in einer ihm bekannten Welt, in einem Haus, das sein eigenes hätte sein können.

Die Martins hätten auf seinem Flur wohnen können statt in dem Haus gegenüber, und wahrscheinlich hätte Madame Maigret auf Colette aufgepaßt, während ihre Tante abwesend war. Im Stockwerk über ihm wohnte eine alte Dame, die fast das Ebenbild von Mademoiselle Doncœur war, nur dicker und blasser als diese. Die Rahmen der Fotos von Vater und Mutter Martin glichen haargenau den Rahmen der Fotos von Maigrets Eltern, und die Vergrößerungen stammten vermutlich aus demselben Fotolabor.

War es das, was ihn störte? Es schien ihm, als fehle ihm der Abstand zu den Menschen und den Dingen, als betrachte er sie nicht kühl, nicht unbelastet genug.

Er hatte seiner Frau während des Essens – eines guten Festessens, das ihn träge gemacht hatte – von seinen morgendlichen Gesprächen berichtet, und sie hatte, peinlich berührt, unaufhörlich zu den Fenstern gegenüber hingeschaut.

»Ist die Concierge sicher, daß niemand von draußen hereinkommen konnte?«

»Sie ist sich dessen nicht mehr ganz so sicher. Sie hatte bis halb eins Besuch von Freunden. Danach ist sie schlafen gegangen, und es sind viele Leute ein und aus gegangen, wie in jeder Weihnachtsnacht.«

»Glaubst du, daß noch etwas passieren wird?«

Diese kleine Bemerkung ließ ihn nicht los. Zunächst einmal hatte Madame Martin ihn nicht von sich aus, sondern auf Drängen von Mademoiselle Doncœur hin aufgesucht.

Wäre sie früher aufgestanden und hätte sie als erste die Puppe entdeckt und die Geschichte vom Weihnachtsmann gehört, hätte sie dann nicht Stillschweigen bewahrt und dem Mädchen befohlen, ebenfalls den Mund zu halten?

Dann hatte sie die erstbeste Gelegenheit wahrgenommen, um wegzugehen, obwohl sie noch genug Lebensmittel für den Tag im Hause hatte. Zerstreut, wie sie war, hatte sie sogar Butter eingekauft, obwohl noch ein Pfund im Vorratsschrank war.

Er stand auf, setzte sich in seinen Sessel neben dem Fenster und hob den Telefonhörer ab, um den Quai des Orfèvres anzurufen.

»Lucas?«

»Ich habe getan, worum Sie mich gebeten haben, Chef, und habe hier die Liste aller Häftlinge, die in den letzten vier Monaten freigelassen worden sind. Es sind nicht so viele, wie man meinen könnte. Soweit ich sehe, ist keiner dabei, der zu irgendeinem Zeitpunkt am Boulevard Richard-Lenoir gewohnt hat.«

Das war jetzt nicht mehr wichtig. Maigret hatte diese Vermutung fast schon wieder fallengelassen. Im übrigen war das nur so eine Idee gewesen. Jemand, der in der Wohnung gegenüber gewohnt hatte, hätte dort die Beute eines Diebstahls oder eines anderen Verbrechens verstecken können, bevor er geschnappt worden war.

Wieder auf freiem Fuß, wäre es natürlich seine erste Sorge gewesen, den Schatz wieder in seinen Besitz zu bringen. Nun mußte aber Colette aufgrund ihres Unfalls ständig im Bett bleiben, und so war das Zimmer zu keiner Tages- oder Nachtzeit leer.

Es wäre gar nicht so dumm gewesen, den Weihnachtsmann zu spielen und so fast gefahrlos in das Zimmer zu gelangen.

In diesem Fall hätte Madame Martin jedoch nicht gezögert, ihn aufzusuchen. Auch hätte sie dann nicht unter einem Vorwand das Haus verlassen.

»Soll ich jeden Fall einzeln untersuchen?«

»Nein. Hast du etwas von Paul Martin gehört?«

»Das war nicht schwer. Er ist auf wenigstens vier oder fünf Polizeirevieren zwischen der Bastille, dem Rathaus und dem Boulevard Saint-Michel bekannt.«

»Weißt du, was er heute nacht gemacht hat?«

»Zuerst hat er auf dem Schiff der Heilsarmee gegessen. Wie alle Stammgäste geht er jede Woche an einem bestimmten Tag dahin, und an diesen Abenden ist er nüchtern. Man hat ihnen ein kleines Festessen gegeben, wofür sie ziemlich lange Schlange stehen mußten.«

»Und dann?«

»Gegen elf Uhr abends ist er ins Quartier Latin gegangen und hat vor einem Nachtlokal den Leuten die Wagentür geöffnet. Er muß genug Geld bekommen haben, um zu trinken, denn um vier Uhr morgens hat man ihn, hundert Meter von der Place Maubert entfernt, total betrunken aufgelesen und aufs Revier mitgenommen. Heute morgen um elf Uhr war er immer noch dort. Er war gerade weggegangen, als ich die Auskunft bekam, und man hat mir versprochen, ihn herzubringen, sobald man ihn aufgreifen würde. Er hatte noch ein paar Franc in der Tasche.«

»Und was ist mit Bergerac?«

»Jean Martin nimmt den ersten Nachmittagszug. Er

schien ziemlich überrascht und beunruhigt über den Telefonanruf von heute morgen zu sein.«

»Hat er nur den einen bekommen?«

»Heute morgen, ja. Aber er ist gestern abend angerufen worden, als er gerade an der Gästetafel zu Abend aß.«

»Weißt du, wer ihn angerufen hat?«

»Die Hotelangestellte, die das Gespräch angenommen hat, versichert, daß es eine Männerstimme war, die nach Monsieur Jean Martin fragte. Sie hat ihn von einer Kellnerin holen lassen. Als er an den Apparat kam, war niemand mehr am anderen Ende der Leitung. Das hat ihm den Abend verdorben. Ein paar Handelsvertreter hatten einen Ausflug in irgendein Nachtlokal organisiert. Es sollen einige hübsche Mädchen dabeigewesen sein. Martin hatte, um mit den anderen mitzuhalten, ein paar Gläser getrunken und sprach anscheinend die ganze Zeit von seiner Frau und seiner Tochter, denn die Kleine ist für ihn wie seine Tochter. Dennoch ist er mit seinen Freunden bis drei Uhr morgens weggeblieben. Ist das alles, was Sie wissen wollten, Chef?«

Lucas konnte nicht umhin, neugierig hinzuzufügen:

»Ist in Ihrem Viertel ein Verbrechen passiert? Sind Sie noch zu Hause?«

»Bis jetzt ist es nur eine Geschichte vom Weihnachtsmann und von einer Puppe.«

»Ach!«

»Einen Augenblick noch. Könntest du versuchen, die Adresse des Direktors der Firma Zenith in der Avenue de l'Opéra zu bekommen? So etwas muß auch an einem Feiertag möglich sein, und außerdem kann man annehmen, daß er bei sich zu Hause ist. Rufst du zurück?«

»Sobald ich es herausbekommen habe.«

Madame Maigret brachte ihm einen Schlehenschnaps, den ihre Schwester ihr von Zeit zu Zeit aus dem Elsaß schickte; er lächelte ihr zu und war für einen Augenblick versucht, nicht mehr an diese alberne Geschichte zu denken und vorzuschlagen, den Nachmittag ganz ungestört im Kino zu verbringen.

»Welche Farbe haben ihre Augen?«

Er mußte sich bemühen, um zu verstehen, daß sie das kleine Mädchen meinte, welches das einzige war, was Madame Maigret an dem Fall interessierte.

»Mein Gott, das könnte ich noch nicht einmal sagen. Braun sind sie sicher nicht. Sie hat blonde Haare.«

»Nun, dann sind sie blau.«

»Vielleicht. Sehr hell jedenfalls. Und ganz besonders still.«

»Weil sie die Dinge nicht so wie ein Kind betrachtet. Hat sie gelacht?«

»Sie hatte keine Gelegenheit dazu.«

»Ein richtiges Kind findet immer einen Anlaß zum Lachen. Es genügt, wenn es Zutrauen gefaßt hat und wenn man es in seiner Welt läßt. Ich mag diese Frau nicht.«

»Ist dir Mademoiselle Doncœur lieber?«

»Sie ist zwar eine alte Jungfer, aber ich bin sicher, daß sie besser mit der Kleinen umgehen kann als diese Madame Martin. Sie ist mir beim Einkaufen begegnet. Sie gehört zu den Frauen, die beim Auswiegen aufpassen und mit mißtrauischem Blick das Geld Stück für Stück aus dem Portemonnaie nehmen, als wenn alle Welt versuchen würde, sie zu betrügen.«

Sie wurde vom Läuten des Telefons unterbrochen, fand aber noch die Zeit, zu wiederholen:

»Ich mag diese Frau nicht.«

Es war Lucas, der die Adresse von Monsieur Arthur Godefroy, Generalvertreter von Zenith-Uhren in Frankreich, durchgab. Er wohnte in einer großen Villa in Saint-Cloud, und Lucas hatte sich vergewissert, daß er zu Hause war.

»Paul Martin ist hier, Chef.«

»Hat man ihn zu dir gebracht?«

»Ja. Er fragt sich, warum. Warten Sie, ich schließe die Tür. So! Jetzt kann er mich nicht mehr hören. Zuerst dachte er, seiner Tochter wäre irgend etwas zugestoßen, und er fing an zu weinen. Jetzt ist er wieder ruhig und hat einen fürchterlichen Kater. Was mache ich mit ihm? Soll ich ihn zu Ihnen schicken?«

»Kann ihn jemand zu mir begleiten?«

»Torrence ist gerade gekommen und wird nichts lieber tun, als etwas frische Luft zu schnappen. Ich glaube, auch er hat heute nacht tüchtig gefeiert. Brauchen Sie mich noch?«

»Ja. Setz dich mit dem Kommissariat im Palais-Royal in Verbindung. Vor ungefähr fünf Jahren ist ein gewisser Lorilleux spurlos verschwunden. Er hatte ein Geschäft, in dem er mit Schmuck und alten Münzen handelte. Ich möchte alle greifbaren Einzelheiten über diesen Fall wissen.«

Als Maigret seine Frau sah, die ihm gegenübersaß und zu stricken begonnen hatte, mußte er lächeln. Diese Untersuchung spielte sich wirklich unter denkbar familiären Vorzeichen ab.

»Soll ich zurückrufen?«

»Ja. Ich werde wohl kaum weggehen.«

Fünf Minuten später hatte er Monsieur Godefroy am Apparat, der mit einem sehr ausgeprägten Schweizer Akzent sprach. Als von Jean Martin die Rede war, dachte er zuerst, daß seinem Handelsvertreter etwas zugestoßen sei, da man ihn an einem Weihnachtstag störte, und er erging sich in herzlichen Lobesreden über ihn.

»Er ist ein so aufopfernder und fähiger junger Mann, daß ich ihn im nächsten Jahr, das heißt also in zwei Wochen, als Stellvertretenden Direktor bei mir hier in Paris behalten will. Kennen Sie ihn? Haben Sie einen wichtigen Grund, sich mit ihm zu beschäftigen?«

Er brachte einige Kinder im Hintergrund zum Schweigen.

»Entschuldigen Sie bitte. Die ganze Familie ist beisammen und ...«

»Sagen Sie, Monsieur Godefroy, wissen Sie, ob sich in den letzten Tagen jemand an Ihr Büro gewendet hat, um den Ort zu erfahren, an dem Monsieur Martin sich zur Zeit aufhält?«

»Sicher.«

»Können Sie mir Genaueres darüber sagen?«

»Gestern morgen hat jemand im Büro angerufen und mich persönlich verlangt. Ich war wegen der Feiertage sehr beschäftigt. Er hat wohl einen Namen genannt, aber ich hab ihn vergessen. Er wollte wissen, wo man Jean Martin wegen eines dringenden Telefongesprächs erreichen konnte, und ich hab keinen Grund gesehen, nicht zu sagen, daß er in Bergerac ist, wahrscheinlich im ›Hôtel de Bordeaux‹.«

»Sind Sie noch etwas gefragt worden?«

»Nein. Er hat sofort wieder aufgelegt.«

»Ich danke Ihnen.«

»Sind Sie sicher, daß nichts faul ist an der Sache?«

Die Kinder klammerten sich wohl an ihn, und Maigret nutzte die Gelegenheit, um sich schnell zu verabschieden.

»Hast du gehört?«

»Das, was du gesagt hast, habe ich natürlich gehört, aber nicht das, was er geantwortet hat.«

»Gestern morgen hat ein Mann im Büro angerufen, um herauszubekommen, wo Jean Martin ist. Sicher hat derselbe Mann abends in Bergerac angerufen, um sich zu vergewissern, daß er noch immer dort war, sich also in der Weihnachtsnacht nicht am Boulevard Richard-Lenoir aufhalten konnte.«

»Und das ist der Mann, der in das Haus eingedrungen ist?«

»Aller Wahrscheinlichkeit nach. Das beweist immerhin, daß es nicht Paul Martin war, denn der hätte diese beiden Telefonanrufe nicht nötig gehabt. Er könnte sich ohne weiteres bei seiner Schwägerin erkundigen.«

»So langsam begeisterst du dich dafür. Gib zu, du bist froh, daß diese Geschichte passiert ist.«

Und, als er sich entschuldigen wollte:

»Schon gut, das ist ganz natürlich! Ich interessiere mich doch auch dafür. Wie lange, glaubst du, muß die Kleine noch das Bein in Gips halten?«

»Ich hab nicht gefragt.«

»Ich frage mich, welche Komplikationen auftreten konnten.«

Damit hatte sie, ohne es zu wissen, Maigret wieder auf eine neue Spur gebracht.

»Was du da sagst, ist gar nicht so dumm.«

»Was hab ich denn gesagt?«

»Nun, da sie ja bereits seit zwei Monaten im Bett liegt, hat sie gute Aussichten, nicht mehr lange in Gips liegen zu müssen, falls nicht noch wirklich schwere Komplikationen auftreten.«

»Wahrscheinlich wird sie anfangs an Krücken gehen müssen.«

»Darum geht es nicht. In einigen Tagen, oder spätestens in einigen Wochen, wird die Kleine also ihr Zimmer verlassen. Manchmal wird sie mit Madame Martin spazierengehen. Das Feld wird frei sein, und jedermann wird mühelos in die Wohnung gelangen können, ohne sich als Weihnachtsmann zu verkleiden.«

Die Lippen von Madame Maigret bewegten sich, da sie ihrem Mann zuhörte, ihn ruhig ansah und gleichzeitig ihre Maschen zählte.

»Die Anwesenheit Colettes in dem Zimmer hat den Mann zu einer List gezwungen. Sie liegt jetzt seit zwei Monaten im Bett. Er wartet vielleicht schon fast zwei Monate. Ohne die Komplikation, die die Genesung verzögert hat, hätte er bereits seit ungefähr drei Wochen an die Dielen herankommen können.«

»Worauf willst du hinaus?«

»Auf nichts. Bloß, daß der Mann nicht länger warten konnte, daß er zwingende Gründe hatte, unverzüglich zu handeln.«

»In einigen Tagen wird Martin von seiner Geschäftsreise zurück sein.«

»Das stimmt.«

»Was konnte man unter dem Fußboden wohl finden?«

»Hat man tatsächlich etwas gefunden? Wenn der Besucher nichts gefunden hat, bleibt das Problem für ihn genauso dringend, wie es gestern war. Er wird also erneut handeln.«

»Wie?«

»Ich weiß es nicht.«

»Sag mal, Maigret, hast du keine Angst um die Kleine? Glaubst du, daß sie bei dieser Frau drüben in Sicherheit ist?«

»Ich könnte es sagen, wenn ich wüßte, wohin Madame Martin heute morgen unter dem Vorwand einzukaufen gegangen ist.«

Er hob den Telefonhörer ab und rief noch einmal die Kriminalpolizei an.

»Ich bin's noch einmal, Lucas. Diesmal mußt du dich um Taxis kümmern. Ich möchte wissen, ob ein Taxi heute morgen zwischen neun und zehn Uhr in der Nähe vom Boulevard Richard-Lenoir einen weiblichen Fahrgast aufgenommen hat und wohin es gefahren ist. Warte! ... Ja. Ich denke daran. Sie ist blond, wirkt etwas älter als dreißig, ist eher schlank, aber dabei kräftig. Sie trug ein graues Kostüm und einen kleinen beigen Hut. Sie hatte eine Einkaufstasche bei sich. Heute morgen waren bestimmt nicht sehr viele Wagen unterwegs.«

»Ist Martin bei Ihnen?«

»Noch nicht.«

»Er wird nicht lange auf sich warten lassen. Was den anderen betrifft, diesen Lorilleux, so sind die Leute im Palais-Royal dabei, in den Archiven nachzuforschen. Sie werden die Auskunft jeden Augenblick bekommen.«

Zu dieser Stunde nahm Jean Martin in Bergerac den Zug. Hielt die kleine Colette wohl ihren Mittagsschlaf? Hinter den Gardinen konnte man die Gestalt von Mademoiselle Doncœur erahnen, die sich wahrscheinlich fragte, womit sich Maigret gerade beschäftigte.

Aus den Häusern kamen Leute, vor allem Familien mit Kindern, die ihr neues Spielzeug auf den Gehsteigen mit sich herumschleppten. Sicher stand man vor den Kinos Schlange. Ein Taxi fuhr vor. Dann waren Schritte auf der Treppe zu hören. Madame Maigret öffnete die Tür, bevor es geläutet hatte. Die laute Stimme von Torrence fragte:

»Sind Sie da, Chef?« Er schob einen Mann unbestimmbaren Alters ins Zimmer, der mit gesenktem Blick bescheiden an der Wand stehenblieb.

Maigret holte zwei Gläser aus dem Schrank und füllte sie mit Schlehenschnaps.

»Zum Wohl«, sagte er.

Der Mann, dessen Hand zitterte, zögerte und blickte erstaunt und beunruhigt auf.

»Auf Ihr Wohl, Monsieur Martin. Ich bitte Sie um Entschuldigung, daß ich Sie hierherkommen ließ, aber nun sind Sie ganz in der Nähe, um Ihre Tochter zu besuchen.«

»Ist ihr nichts passiert?«

»Aber nein. Ich habe sie heute morgen gesehen, sie spielte ganz lieb mit ihrer neuen Puppe ... Du kannst gehen, Torrence. Lucas hat bestimmt Arbeit für dich.«

Madame Maigret war mit ihrem Strickzeug hinausgegangen und hatte sich im Schlafzimmer auf die Bettkante gesetzt, wobei sie immer noch ihre Maschen zählte.

»Setzen Sie sich, Monsieur Martin.«

Der Mann hatte sich nur die Lippen befeuchtet und dann sein Glas auf den Tisch gestellt, warf aber von Zeit zu Zeit einen unruhigen Blick darauf.

»Machen Sie sich vor allem keine Sorgen, und sagen Sie sich, daß ich Ihre Geschichte kenne.«

»Ich wollte Colette heute morgen besuchen«, seufzte der Mann. »Ich hatte mir geschworen, früh ins Bett zu gehen und rechtzeitig aufzustehen, um zu ihr zu gehen und ihr ein frohes Weihnachtsfest zu wünschen.«

»Auch das weiß ich.«

»Es ist immer dasselbe. Ich schwöre mir, nur ein Glas zu trinken, gerade so viel, um mich zu stärken…«

»Sie haben nur einen Bruder, Monsieur Martin?«

»Jean, ja, er ist sechs Jahre jünger als ich. Zusammen mit meiner Frau und meiner Tochter ist er der einzige Mensch auf der Welt, den ich liebe.«

»Ihre Schwägerin mögen Sie nicht?«

Überrascht und verlegen zuckte er zusammen.

»Ich kann nichts Schlechtes über Loraine sagen.«

»Sie haben ihr Ihr Kind anvertraut, nicht wahr?«

»Ja, das heißt, als meine Frau starb und ich anfing, den Halt zu verlieren…«

»Ich verstehe. Ist Ihre Tochter glücklich?«

»Ich glaube, ja. Sie beklagt sich nie.«

»Haben Sie nicht versucht, wieder auf die Beine zu kommen?«

»Jeden Abend gelobe ich mir, mit diesem Leben aufzuhören, und am nächsten Tag geht alles wieder von vorne los. Ich bin sogar zu einem Arzt gegangen, und er hat mir Ratschläge gegeben.«

»Haben Sie sie befolgt?«

»Ein paar Tage. Als ich wieder zu ihm ging, war er sehr in Eile. Er sagte mir, daß er keine Zeit habe, sich mit mir zu befassen, und ich solle besser in eine Spezialklinik gehen...«

Zögernd streckte er die Hand nach seinem Glas aus. Um ihm die Hemmungen zu nehmen, leerte Maigret sein volles Glas in einem Zug.

»Ist es nie vorgekommen, daß Sie bei Ihrer Schwägerin einen Mann angetroffen haben?«

»Nein. Ich glaube nicht, daß man ihr in dieser Beziehung etwas vorwerfen kann.«

»Wissen Sie, wo Ihr Bruder sie kennengelernt hat?«

»In einem kleinen Restaurant in der Rue de Beaujolais, in dem er seine Mahlzeiten einnahm, wenn er zwischen seinen Geschäftsreisen in Paris war. Es war ganz in der Nähe seines Büros und des Geschäfts, in dem Loraine arbeitete.«

»Waren sie lange verlobt?«

»Das weiß ich nicht genau. Jean war zwei Monate unterwegs, und als er zurückkam, kündigte er mir seine Hochzeit an.«

»Waren Sie Trauzeuge bei Ihrem Bruder?«

»Ja. Und Loraine hatte ihre damalige Hauswirtin als Trauzeugin. Sie hat keine Verwandten in Paris. Zu der Zeit war sie bereits Waise.

Ist irgend etwas Schlimmes passiert...?«

»Ich weiß es noch nicht. Ein Mann hat sich heute nacht, als Weihnachtsmann verkleidet, in Colettes Zimmer eingeschlichen.«

»Hat er ihr nichts getan?«

»Er hat ihr eine Puppe geschenkt. Als sie ihre Augen

öffnete, war er gerade dabei, zwei Dielen aus dem Fußboden hochzuheben.«

»Glauben Sie, daß ich anständig genug aussehe, um sie zu besuchen?«

»Einen Moment noch. Wenn Sie wollen, können Sie sich hier rasieren und kämmen. Ist Ihr Bruder jemand, der etwas unter dem Fußboden verstecken würde?«

»Er? Nie im Leben.«

»Auch wenn er etwas vor seiner Frau zu verbergen hätte?«

»Er verbirgt nichts vor ihr. Sie kennen ihn nicht. Wenn er nach Hause kommt, legt er ihr Rechenschaft ab wie einem Chef, und sie weiß genau, wieviel Taschengeld er hat.«

»Ist sie eifersüchtig?«

Der Mann antwortete nicht.

»Sie täten gut daran, mir zu sagen, was Sie denken. Es geht nämlich um Ihre Tochter.«

»Ich glaube nicht, daß Loraine so sehr eifersüchtig ist, aber sie ist selbstsüchtig. Wenigstens hielt meine Frau sie dafür. Meine Frau mochte sie nicht.«

»Warum?«

»Sie sagte, sie habe zu dünne Lippen, sie sei zu kühl, zu glatt und immer in Abwehrstellung. Ihrer Meinung nach hat sie sich Jean an den Hals geworfen wegen seiner Stellung, seiner Möbel, seiner Zukunftsaussichten.«

»War sie arm?«

»Sie spricht nie über ihre Familie. Nichtsdestoweniger haben wir herausbekommen, daß ihr Vater starb, als sie noch sehr klein war, und daß ihre Mutter Putzfrau war.«

»In Paris?«

»Irgendwo im Glacière-Viertel. Darum spricht sie nie von dem Viertel. Sie ist eine Person, die weiß, was sie will, wie meine Frau sagte.«

»War sie Ihrer Ansicht nach die Geliebte ihres Chefs?«

Maigret schüttete ihm etwas Schnaps ein. Der Mann sah ihn dankbar an, zögerte aber trotzdem, wohl wegen des Besuchs bei seiner Tochter, wegen seines Atems.

»Ich werde Ihnen eine Tasse Kaffee kochen lassen. Ihre Frau hat sich wohl auch darüber ihre Meinung gebildet?«

»Woher wissen Sie das? Glauben Sie mir, sie sprach nie schlecht über andere Leute. Aber gegen Loraine hatte sie eine fast körperliche Abneigung. Wenn wir meine Schwägerin treffen mußten, flehte ich meine Frau an, ihr Mißtrauen oder ihre Antipathie nicht zu zeigen. Es ist seltsam, daß ich mit Ihnen darüber spreche, so wie die Dinge jetzt liegen. Vielleicht war es nicht richtig, Colette bei ihr zu lassen? Manchmal mache ich mir Vorwürfe. Aber was hätte ich sonst tun können?«

»Sie haben noch nicht meine Frage nach Loraines ehemaligem Chef beantwortet.«

»Ja. Meine Frau meinte, daß sie sich wie Eheleute benahmen und daß es für Loraine praktisch war, einen Mann zu heiraten, der die meiste Zeit unterwegs ist.«

»Wissen Sie, wo sie vor der Hochzeit gewohnt hatte?«

»In einer Straße, die auf den Boulevard Sébastopol führt, die erste Straße rechts, wenn man von der Rue de Rivoli zu den Boulevards geht. Ich erinnere mich daran, weil wir sie am Hochzeitstag mit dem Wagen dort abgeholt haben.«

»Rue Pernelle?«

»Genau. Das vierte oder fünfte Haus auf der linken Seite

ist eine Pension, die ruhig und anständig wirkt. Dort wohnen vor allem Leute, die in dem Viertel arbeiten. Ich erinnere mich auch an ein paar Schauspielerinnen vom Châtelet.«

»Wollen Sie sich rasieren, Monsieur Martin?«

»Ich schäme mich. Und trotzdem, jetzt, da ich im Haus gegenüber meiner Tochter bin ...«

»Kommen Sie mit.«

Er führte ihn durch die Küche, um das Schlafzimmer zu umgehen, in dem sich Madame Maigret aufhielt, gab ihm alles, was er brauchte, einschließlich einer Kleiderbürste. Als Maigret das Eßzimmer betrat, öffnete seine Frau die Tür einen Spalt und flüsterte:

»Was macht er?«

»Er rasiert sich.«

Wieder einmal hob er den Telefonhörer ab, um den tüchtigen Lucas anzurufen, dem er weitere Arbeit für den Weihnachtstag auftrug.

»Bist du im Büro unabkömmlich?«

»Nicht, wenn Torrence hierbleibt. Ich habe die Informationen, um die Sie mich gebeten haben.«

»Sofort. Du wirst in die Rue Pernelle sausen, wo sich eine kleine Pension befinden muß. Ich habe sie, glaub ich, schon einmal gesehen, in einem der ersten Häuser zum Boulevard Sébastopol hin. Ich weiß nicht, ob die Besitzer in den letzten fünf Jahren gewechselt haben. Vielleicht treibst du jemanden auf, der vor fünf Jahren dort gearbeitet hat. Ich möchte alles über eine gewisse Loraine wissen ...«

»Loraine, und wie weiter?«

»Einen Augenblick. Daran habe ich nicht gedacht.«

Durch die Badezimmertür hindurch erkundigte er sich bei Martin nach dem Mädchennamen seiner Schwägerin.

»Boitel!« rief dieser ihm zu.

»Lucas? Es handelt sich um Loraine Boitel. Die Wirtin der Pension war Trauzeugin bei ihrer Hochzeit mit Martin. Loraine Boitel arbeitete zu der Zeit bei Lorilleux.«

»Der vom Palais-Royal?«

»Ja. Ich möchte wissen, ob sie ein Verhältnis miteinander hatten und ob er sie manchmal im Hotel besuchte. Das ist alles. Beeil dich. Es ist vielleicht dringender, als wir meinen. Was wolltest du mir noch sagen?«

»Es betrifft den Fall Lorilleux. Er war ein merkwürdiger Mensch. Nach seinem Verschwinden hat man Nachforschungen angestellt. In der Rue Mazarine, wo er mit seiner Familie wohnte, galt er als ein ruhiger Kaufmann, der seine drei Kinder vorbildlich erzog. In seinem Geschäft im Palais-Royal geschahen seltsame Dinge. Er verkaufte nicht nur Andenken von Paris und alte Münzen, sondern auch obszöne Bücher und Bilder.«

»Das ist eine Spezialität dort.«

»Ja. Es ist sogar nicht unbedingt sicher, daß sich dort nicht noch andere Dinge abgespielt haben. Es war die Rede von einer breiten Couch mit rotem Rips, die in dem Büro hinter dem Laden stand. Es gab keine Beweise, und man hat die Sache nicht weiter verfolgt, um so weniger, da man der Kundschaft, die zum großen Teil aus mehr oder weniger bedeutenden Personen bestand, keine Unannehmlichkeiten bereiten wollte.«

»Und Loraine Boitel?«

»Von ihr ist in dem Bericht kaum die Rede. Als Lorilleux

verschwand, war sie bereits verheiratet. Sie wartete den ganzen Morgen über an der Ladentür. Es sieht nicht so aus, als hätte sie ihn am Vorabend nach Ladenschluß noch gesehen. Ich wollte gerade in dieser Angelegenheit telefonieren, als Langlois von der Finanzabteilung in mein Büro kam. Beim Namen Lorilleux wurde er hellhörig. Er sagte, er erinnere sich an etwas, und ging weg, um in seinen Akten nachzusehen. Sind Sie noch dran? Es ist nichts Bestimmtes. Nur, daß Lorilleux damals in den Akten geführt wurde, weil er häufig die Schweizer Grenze überschritt. Das war in der Zeit, als das Goldgeschäft blühte. Man behielt ihn im Auge. Er wurde zwei- oder dreimal an der Grenze durchsucht, ohne daß man etwas bei ihm finden konnte.«

»Geh schnell in die Rue Pernelle, mein lieber Lucas. Ich glaube mehr denn je, daß es eilig ist.«

Paul Martin stand mit glattrasiertem Kinn im Türrahmen.

»Ich bin ganz durcheinander. Ich weiß nicht, wie ich Ihnen danken soll.«

»Sie gehen jetzt zu Ihrer Tochter, nicht wahr? Ich weiß nicht, wie lange Sie gewöhnlich bei ihr bleiben und wie Sie an die Sache herangehen. Was ich möchte, ist, daß Sie nicht von ihrer Seite weichen, bis daß ich Sie wieder abhole.«

»Aber über Nacht werde ich wohl nicht bleiben können?«

»Tun sie das, wenn es sein muß. Richten Sie es irgendwie ein.«

»Besteht eine Gefahr?«

»Ich weiß es nicht, aber Ihr Platz ist bei Colette.«

Der Mann trank gierig seine Tasse Kaffee und ging dann

ins Treppenhaus. Als sich die Tür hinter ihm geschlossen hatte, kam Madame Maigret ins Eßzimmer.

»Er kann seine Tochter am Weihnachtstag nicht mit leeren Händen besuchen.«

»Aber ...«

Maigret wollte wohl gerade antworten, daß sich hier im Hause keine Puppe befände, als sie ihm einen kleinen glänzenden Gegenstand reichte, einen goldenen Fingerhut, der seit Jahren in ihrem Nähkasten lag und den sie nie gebrauchte.

»Gib ihm das. So etwas gefällt einem kleinen Mädchen immer. Beeil dich ...«

Er rief von oben durch das Treppenhaus:

»Monsieur Martin! ... Monsieur Martin! ... Einen Augenblick, bitte!«

Er drückte ihm den Fingerhut in die Hand.

»Sagen Sie ihr vor allem nicht, woher Sie ihn haben.«

Maigret blieb auf der Schwelle zum Eßzimmer stehen und seufzte dann mürrisch:

»Wann wirst du endlich damit aufhören, mich zum Weihnachtsmann zu machen!«

»Ich wette, das wird ihr genausogut gefallen wie die Puppe. Das ist nämlich ein Gegenstand für Erwachsene, verstehst du?«

Man sah, wie Martin den Boulevard überquerte, einen Augenblick vor dem Haus stehenblieb, sich zu den Fenstern von Maigrets Wohnung umdrehte, als wollte er sich Mut machen.

»Glaubst du, daß er wieder gesund wird?«

»Ich zweifle daran.«

»Wenn dieser Frau, dieser Madame Martin, etwas zustieße...«

»Ja?«

»Nichts. Ich denke an die Kleine. Ich frage mich, was aus ihr würde.«

Mindestens zehn Minuten vergingen, Maigret hatte eine Zeitung aufgeschlagen, seine Frau hatte ihren Platz ihm gegenüber wieder eingenommen und strickte, wobei sie ihre Maschen zählte. Er stieß eine Rauchwolke aus und murmelte:

»Dabei hast du noch nie mit ihr gesprochen!«

4

Später sollte Maigret in der Schublade, in die Madame Maigret alle herumliegenden Papiere stopfte, einen alten Briefumschlag wiederfinden, auf dessen Rückseite er im Lauf dieses Tages die Ereignisse mechanisch festgehalten hatte. Erst bei der Gelegenheit fiel ihm an der Untersuchung, die er fast von Anfang bis Ende von seiner Wohnung aus geführt hatte, etwas auf, was er später noch oft als Beispiel zitieren sollte.

Im Gegensatz zu dem, was sonst so oft geschieht, gab es keinen eigentlichen Zufall, keine wirklich überraschende Wendung. So etwas spielte hier keine Rolle, aber das Glück hatte seine Hand nichtsdestoweniger, und sogar wiederholt, im Spiel, und zwar in dem Sinn, daß jede Information zur rechten Zeit und auf einfachstem, natürlichstem Wege eintraf.

Es kommt vor, daß Dutzende von Inspektoren Tag und Nacht arbeiten, um eine Information von geringer Bedeutung zu bekommen. Zum Beispiel hätte Monsieur Arthur Godefroy, der Generalvertreter von Zenith in Frankreich, ebensogut in seine Geburtsstadt Zürich fahren können, um die Weihnachtsfeiertage dort zu verbringen. Er hätte ganz einfach nicht zu Hause sein können. Es wäre auch gut möglich gewesen, daß er von dem Telefongespräch, das am Vortag in seinem Büro wegen Jean Martin geführt worden war, nichts erfahren hätte.

Als Lucas etwas nach vier Uhr mit vor Kälte gespannter Haut und roter Nase ankam, hatte ein solch glücklicher Umstand mitgespielt.

Gerade hatte sich ein dichter, gelblicher Nebel über Paris gelegt, was ziemlich selten vorkommt, und in allen Häusern brannte Licht; die Fenster längs des Boulevards sahen aus wie ferne Schiffslaternen; die Einzelheiten der Wirklichkeit waren so sehr verwischt, daß man darauf gefaßt war, das Nebelhorn wie am Meeresufer tuten zu hören.

Aus dem einen oder anderen Grund – wahrscheinlich wegen einer Kindheitserinnerung – gefiel dies Maigret, genauso wie es ihm gefiel zu sehen, wie Lucas zu ihm hereinkam, seinen Mantel auszog, sich setzte und seine eiskalten Hände über den Ofen hielt.

Lucas war fast eine Kopie von ihm, er war einen Kopf kleiner, hatte halb so breite Schultern und ein Gesicht, dem er nur mit Mühe einen strengen Ausdruck geben konnte. Nicht aus Wichtigtuerei, sondern durch Anpassung oder aus Bewunderung hatte er schließlich, vielleicht ohne sich dessen bewußt zu sein, seinen Chef in den kleinsten Gesten, in Haltung und Ausdrucksweise nachgeahmt, was hier noch mehr auffiel als im Büro. Selbst seine Angewohnheit, vor dem Trinken an dem Glas mit dem Schlehenschnaps zu riechen...

Die Wirtin der Pension in der Rue Pernelle war vor zwei Jahren bei einem Unfall in der Metro gestorben. Das hätte die Untersuchung behindern können. Das Personal in solchen Häusern wechselt häufig, und es bestand wenig Hoffnung, dort jemanden zu finden, der Loraine aus jener Zeit vor fünf Jahren gekannt hätte.

Doch das Glück war auf ihrer Seite. Lucas war auf den ehemaligen Nachtwächter, der jetzt die Pension führte, gestoßen, und der Zufall wollte es, daß dieser früher einmal mit der Sittenpolizei in Berührung gekommen war.

»Es war einfach, ihn zum Sprechen zu bringen«, sagte Lucas und zündete sich eine Pfeife an, die für ihn viel zu groß war. »Es überraschte mich, daß er das Geld besaß, um von einem Tag auf den anderen das Haus zu kaufen, aber er dient, so erklärte er mir schließlich, als Strohmann für eine hochgestellte Persönlichkeit, die ihr Geld in derartige Geschäfte steckt, selbst aber nicht in Erscheinung treten will.«

»Was für ein Haus ist das?«

»Es sieht ordentlich aus. Ziemlich sauber. Im Zwischenstock befindet sich ein Büro. Einige Zimmer werden monatlich, andere wöchentlich vermietet. In der ersten Etage kann man auch Zimmer stundenweise mieten.«

»Erinnert er sich an die junge Frau?«

»Ziemlich gut, denn sie wohnte mehr als drei Jahre in dem Haus. Ich habe gemerkt, daß er sie nicht mochte, da sie furchtbar geizig war.«

»Erhielt sie von Lorilleux Besuch?«

»Bevor ich mich in die Rue Pernelle begab, ging ich im Kommissariat des Palais-Royal vorbei, um eine Fotografie von ihm aus den Akten mitzunehmen. Ich zeigte sie dem Pensionsinhaber, und er erkannte ihn sofort.«

»Besuchte Lorilleux sie oft?«

»Im Durchschnitt zwei- oder dreimal im Monat, immer mit Gepäck. Er kam gegen halb zwei morgens und ging um sechs Uhr wieder weg. Ich fragte mich zunächst, was das bedeuten könnte. Ich überprüfte den Zugfahrplan. Es fiel mit den Reisen zusammen, die er in die Schweiz machte. Für die Rückfahrt nahm er den Zug, der mitten in der Nacht ankommt, und ließ seine Frau in dem Glauben, er habe den Zug genommen, der um sechs Uhr morgens ankommt.«

»Noch etwas?«

»Nichts, außer daß Loraine geizig mit Trinkgeldern war und daß sie, obwohl es verboten war, abends in ihrem Zimmer auf einem Spirituskocher kochte.«

»Keine anderen Männer?«

»Nein. Abgesehen von der Sache mit Lorilleux führte sie ein geordnetes Leben. Als sie heiratete, bat sie die damalige Hauswirtin, ihre Trauzeugin zu sein.«

Maigret hatte darauf bestanden, daß seine Frau im Schlafzimmer blieb, wo sie sich ganz still verhielt, so als wollte sie ihre Anwesenheit in Vergessenheit geraten lassen.

Torrence lief draußen im Nebel von einem Taxistand zum anderen. Die beiden Männer warteten geduldig, jeder in seinem Sessel versunken, jeder die gleiche Körperhaltung, ein Glas in Reichweite, und Maigret begann schläfrig zu werden.

Mit den Taxis war es wie mit allem anderen. Manchmal stößt man sofort auf das Taxi, das man sucht; ein anderes Mal hat man mehrere Tage lang keinen Anhaltspunkt, vor allem, wenn es sich nicht um einen Wagen von einem Unternehmen handelt. Einige Fahrer haben keine feste Arbeitszeit und fahren auf gut Glück herum, und sie lesen nicht unbedingt die Mitteilungen der Polizei in der Zeitung.

Nun, vor fünf Uhr rief Torrence von Saint-Ouen an.

»Ich habe eins der Taxis gefunden«, verkündete er.

»Wieso *eins*? Handelt es sich um mehrere?«

»Ich habe allen Grund, das anzunehmen. Dieses Taxi hat die junge Dame heute morgen an der Ecke Boulevard Richard-Lenoir und Boulevard Voltaire aufgenommen und sie zur Rue de Maubeuge in die Nähe der Gare du Nord gefahren. Sie hat das Taxi nicht warten lassen.«

»Ist sie in den Bahnhof hineingegangen?«

»Nein. Sie ist vor einem Geschäft für Reiseartikel stehengeblieben, das an Sonn- und Feiertagen geöffnet hat. Der Chauffeur hat sich nicht mehr weiter um sie gekümmert.«

»Wo ist er jetzt?«

»Hier. Er ist eben zurückgekommen.«

»Schickst du ihn zu mir? Er kann seinen eigenen Wagen oder einen anderen nehmen, aber er soll so schnell wie möglich herkommen. Du mußt noch den Chauffeur finden, der sie zurückgebracht hat.«

»In Ordnung, Chef. Ich werde nur eben einen Kaffee mit Schuß trinken; es ist nämlich verdammt kalt.«

Maigret warf einen Blick auf die andere Seite der Straße und bemerkte einen Schatten am Fenster von Mademoiselle Doncœur.

»Versuch doch mal, im Telefonbuch ein Geschäft für Reiseartikel zu finden, das gegenüber von der Gare du Nord liegt.«

Lucas brauchte dafür nur wenige Minuten, und Maigret rief dort an.

»Hallo! Hier Kriminalpolizei. Bei Ihnen muß heute morgen kurz vor zehn Uhr eine Kundin etwas gekauft haben, wahrscheinlich einen Koffer. Eine blonde, junge Frau in einem grauen Kostüm, mit einer Einkaufstasche in der Hand. Erinnern Sie sich an sie?«

Machte vielleicht die Tatsache, daß das alles an einem Weihnachtstag passierte, die Dinge so einfach? Der Verkehr war weniger lebhaft, und es wurde kaum etwas gekauft. Darüber hinaus neigen die Menschen dazu, sich mit größerer Genauigkeit an Ereignisse zu erinnern, die an einem Tag passieren, der sich von den anderen Tagen abhebt.

»Ich selbst habe sie bedient. Sie erklärte mir, daß sie dringend zu ihrer kranken Schwester nach Cambrai fahren müsse und darum keine Zeit habe, bei sich zu Hause vorbeizugehen. Sie verlangte einen billigen Koffer aus Kunststoff, einen von denen, die wir an beiden Seiten der Eingangstür aufgestapelt haben. Sie nahm die mittlere Ausführung, zahlte und ging in die Bar nebenan. Etwas später stand ich in der Ladentür und sah sie mit dem Koffer in Richtung Bahnhof gehen.«

»Sind Sie allein in dem Geschäft?«

»Ich habe einen Verkäufer angestellt.«

»Können Sie sich auf eine halbe Stunde freimachen? Springen Sie in ein Taxi, und kommen Sie zu mir nach Hause!«

»Ich nehme an, Sie werden die Fahrt bezahlen? Soll ich das Taxi warten lassen?«

»Ja, lassen Sie es warten.«

Den Notizen auf dem Briefumschlag zufolge war es fünf Uhr fünfzig, als der Fahrer des ersten Taxis kam. Er war etwas überrascht, daß er in einer Privatwohnung empfangen wurde, da es sich ja um eine Angelegenheit der Polizei handelte. Aber er erkannte Maigret und schaute sich neugierig im Zimmer um, sichtlich an dem Rahmen interessiert, in dem der berühmte Kommissar lebte.

»Sie gehen jetzt in das Haus genau gegenüber in den dritten Stock. Wenn die Concierge sie am Eingang anhält, sagen Sie ihr, Sie gehen zu Madame Martin.«

»Madame Martin, in Ordnung.«

»Sie klingeln an der Tür am Ende des Flurs. Wenn Ihnen eine blonde Frau die Tür öffnet, die Sie wiedererkennen, erfinden Sie irgendeine Ausrede. Sagen Sie ihr, daß Sie sich in der Etage geirrt haben, oder sonst irgend etwas. Wenn jemand anders öffnet, verlangen Sie Madame Martin persönlich.«

»Und dann?«

»Nichts. Sie kommen hierher zurück und bestätigen mir, daß das die Person ist, die Sie heute morgen in die Rue de Maubeuge gefahren haben.«

»In Ordnung, Kommissar.«

Als die Tür geschlossen wurde, hatte Maigret, ohne es zu wollen, ein Lächeln auf den Lippen.

»Beim ersten wird sie unruhig werden. Beim zweiten, sofern alles gutgeht, wird sie Panik ergreifen. Beim dritten, falls Torrence ihn ausfindig macht...«

Nun gut! Es klappte alles wie am Schnürchen. Torrence rief an:

»Ich glaube, ich habe ihn gefunden, Chef. Ich habe einen Chauffeur ausfindig gemacht, der an der Gare du Nord eine junge Frau aufgenommen hat, auf die die Beschreibung paßt; aber er hat sie nicht zum Boulevard Richard-Lenoir zurückgefahren. Sie hat sich an der Ecke Boulevard Beaumarchais/Rue du Chemin-Vert absetzen lassen.«

»Schick ihn schnell zu mir.«

»Aber er hat einige Gläser drin.«

»Egal. Wo bist du?«

»Am Taxistand Barbès.«

»Dann ist es für dich kein großer Umweg, wenn du an der Gare du Nord vorbeigehst. Du sprichst bei der Gepäckaufbewahrung vor. Leider wird nicht derselbe Angestellte da sein wie heute morgen. Sieh nach, ob sich dort ein neuer, kleiner Kunststoffkoffer befindet. Er kann nicht schwer sein und wurde zwischen halb zehn und zehn Uhr aufgegeben. Schreib die Nummer auf. Ohne Vollmacht wird man ihn dir nicht geben. Aber frage nach dem Namen und der Adresse des Angestellten, der heute morgen Dienst hatte.«

»Was soll ich dann machen?«

»Ruf mich an. Ich warte auf deinen zweiten Chauffeur. Wenn er angetrunken ist, schreib ihm meine Adresse auf ein Stück Papier, damit er den Weg nicht verfehlt.«

Madame Maigret war in die Küche gegangen, wo sie gerade das Abendessen zubereitete. Sie hatte nicht zu fragen gewagt, ob Lucas mit ihnen essen würde.

War Paul Martin immer noch gegenüber bei seiner Tochter? Hatte Madame Martin versucht, ihn loszuwerden?

Als es an der Tür klingelte, war nicht nur ein Mann auf dem Flur, sondern zwei, die sich nicht kannten und sich erstaunt ansahen.

Der erste Taxifahrer kam bereits vom Haus gegenüber zurück und traf im Treppenhaus von Maigret den Besitzer des Koffergeschäftes.

»Haben Sie sie wiedererkannt?«

»Nicht nur ich habe sie wiedererkannt, sondern auch sie hat mich wiedererkannt. Sie ist blaß geworden und hat schnell eine Tür zugemacht, die zu einem Zimmer führte. Dann hat sie mich gefragt, was ich von ihr wolle.«

»Was haben Sie geantwortet?«

»Daß ich mich in der Etage geirrt hätte. Ich merkte, daß sie überlegte, ob sie mich bestechen sollte, und ich ließ ihr lieber keine Zeit dazu. Von unten hab ich gesehen, daß sie an ihrem Fenster stand. Sie hat sicher gesehen, daß ich hier hineingegangen bin.«

Der Besitzer des Geschäfts für Reiseartikel verstand nichts. Er war ein Mann mittleren Alters mit Glatze und von heuchlerischer Freundlichkeit. Als der Taxifahrer gegangen war, erklärte ihm Maigret, was er zu tun hatte. Er brachte Einwände vor und wiederholte mehrmals:

»Das ist eine Kundin, verstehen Sie? Es ist sehr heikel, eine Kundin zu hintergehen.«

Schließlich erklärte er sich dazu bereit, aber aus Vorsicht schickte Maigret ihm Lucas hinterher, denn er hätte unterwegs seine Meinung ändern können.

In weniger als zehn Minuten waren sie wieder zurück.

»Ich möchte bemerken, daß ich nur auf Ihren Befehl hin und unter Zwang gehandelt habe.«

»Haben Sie sie wiedererkannt?«

»Werde ich unter Eid aussagen müssen?«

»Höchstwahrscheinlich.«

»Das wird meinem Geschäft schaden. Die Leute, die im letzten Moment Gepäckstücke kaufen, wollen manchmal nicht, daß man über ihr Kommen und Gehen spricht.«

»Vielleicht wird man sich in diesem Fall mit Ihrer Aussage vor dem Untersuchungsrichter zufriedengeben.«

»Nun gut! Sie ist es. Sie war etwas anders gekleidet, aber ich habe sie wiedererkannt.«

»Hat sie Sie auch wiedererkannt?«

»Sie hat mich sofort gefragt, von wem ich komme.«

»Was haben Sie geantwortet?«

»Ich weiß es nicht mehr. Ich war sehr verlegen. Daß ich mich in der Tür geirrt hätte...«

»Hat sie Ihnen etwas angeboten?«

»Was meinen Sie damit? Sie hat mich nicht einmal aufgefordert, mich zu setzen. Das wäre noch unangenehmer gewesen.«

Während der Taxifahrer nichts verlangt hatte, bestand dieser hier, dessen Geschäft wahrscheinlich sehr gut ging, auf einer Entschädigung für die verlorene Zeit.

»Jetzt warten wir noch auf den dritten, mein lieber Lucas.«

Madame Maigret wurde unterdessen langsam nervös. Sie gab ihrem Mann von der Tür aus unauffällige Zeichen, ihr in die Küche zu folgen. Dort flüsterte sie:

»Bist du sicher, daß der Vater immer noch gegenüber ist?«

»Warum?«

»Ich weiß nicht. Ich verstehe nicht so ganz, was du im Sinn hast. Wenn ich an die Kleine denke, hab ich etwas Angst…«

Die Nacht war schon hereingebrochen. Einige Familien waren wieder nach Hause gekommen. Nur wenige Fenster im Haus gegenüber blieben dunkel, und man konnte immer noch den Schatten von Mademoiselle Doncœur am Fenster erkennen.

Maigret, der noch immer ohne Schlips und Kragen war, zog sich fertig an, während er auf den zweiten Taxifahrer wartete. Er rief Lucas zu:

»Bediene dich. Hast du keinen Hunger?«

»Ich bin vollgestopft mit Sandwichs, Chef. Ich habe nur einen Wunsch, wenn wir weggehen: ein Glas Bier, frisch vom Faß.«

Der zweite Taxifahrer tauchte um zwanzig nach sechs auf. Um sechs Uhr fünfunddreißig kam er mit lüsternem Blick aus dem anderen Haus zurück.

»Im Morgenrock sieht sie noch besser aus als im Kostüm«, sagte er schmierig. »Sie hat mich genötigt hineinzugehen und hat mich gefragt, wer mich zu ihr schicke. Da ich nicht wußte, was ich ihr antworten sollte, hab ich ihr gesagt, ich käme vom Direktor der ›Folies Bergère‹. Sie wurde wütend. Trotzdem, sie ist eine Klassefrau. Ich weiß nicht, ob Sie ihre Beine gesehen haben…«

Es war schwierig, ihn loszuwerden, und es gelang erst, nachdem er ein Glas von dem Schlehenschnaps bekommen hatte, zu dem er gierig hinschielte.

»Was wollen Sie tun, Chef?«

Selten hatte Lucas erlebt, daß Maigret so vorsichtig handelte und seinen entscheidenden Schlag so sorgfältig vorbereitete, als rüste er sich für einen harten Kampf. Dabei handelte es sich nur um eine Frau, um eine Kleinbürgerin von unauffälligem Äußeren.

»Glauben Sie, daß sie sich noch verteidigen wird?«

»Bis zum Letzten... Und dazu eiskalt.«

»Worauf warten Sie?«

»Auf den Anruf von Torrence.«

Der Anruf kam pünktlich. Das Ganze war wie eine genau einstudierte Partitur.

»Der Koffer ist hier. Er muß fast leer sein. Wie Sie vorausgesehen haben, wollen sie ihn mir nicht ohne Vollmacht geben. Was den Angestellten angeht, der heute morgen Dienst hatte: er wohnt in einem Vorort in der Nähe von La Varenne-Saint-Hilaire.«

Man hätte meinen können, daß die Sache diesmal einen Haken hatte, daß es auf jeden Fall eine Verzögerung geben würde. Aber Torrence fuhr fort:

»Nur lohnt es sich nicht, dorthin zu fahren. Nach Feierabend spielt er nämlich Trompete in einem Tanzlokal in der Rue de Lappe.«

»Geh und hol ihn her.«

»Soll ich ihn zu Ihnen nach Hause bringen?«

Vielleicht hatte schließlich auch Maigret nichts gegen ein frisches Glas Bier.

»Nein, komm mit ihm ins Haus gegenüber in die dritte Etage, zu Madame Martin. Ich werde dort sein.«

Diesmal nahm er seinen dicken Mantel vom Haken, stopfte sich eine Pfeife und sagte zu Lucas:

»Komm mit.«

Madame Maigret lief ihm nach, um ihn zu fragen, wann er zum Essen komme. Er zögerte mit der Antwort und lächelte dann.

»Wie gewöhnlich«, sagte er nicht gerade beruhigend. »Paß gut auf die Kleine auf!«

5

Abends um zehn Uhr hatten sie noch kein greifbares Ergebnis erhalten. In dem Haus schlief bestimmt noch niemand. Nur Colette war schließlich eingeschlafen, bewacht von ihrem Vater, der immer noch in der Dunkelheit am Kopfende ihres Bettes saß.

Um halb acht war Torrence zusammen mit dem Angestellten der Gepäckaufbewahrung angekommen, und der Mann, der nach Dienstschluß als Musiker auftrat, hatte, genau wie die anderen, ohne zu zögern erklärt:

»Das ist sie. Ich sehe sie noch, wie sie den Aufbewahrungsschein nicht in ihre Handtasche, sondern in ihre Einkaufstasche aus grobem Leinen steckte.«

Die Tasche wurde aus der Küche geholt.

»Genau die ist es. Jedenfalls ist es die gleiche Form und die gleiche Farbe.«

In der Wohnung war es sehr warm. Sie sprachen halblaut, so als hätten sie sich wegen der Kleinen, die nebenan schlief, abgesprochen. Niemand hatte gegessen oder auch nur daran gedacht, es zu tun. Bevor Maigret und Lucas hinaufgegangen waren, hatten sie jeder zwei Halbe in einem kleinen Café auf dem Boulevard Voltaire getrunken.

Nach dem Besuch des Musikers hatte Maigret Torrence in den Flur gezogen und ihm leise seine Anweisungen gegeben.

Anscheinend gab es in der ganzen Wohnung keine einzige Ecke und keinen Winkel, der nicht untersucht worden war. Sogar die Bilderrahmen von Martins Eltern waren abgehängt worden, um sich zu vergewissern, daß der Gepäckaufbewahrungsschein nicht unter die Pappe geschoben worden war. Das Geschirr war aus dem Schrank genommen worden und türmte sich nun auf dem Küchentisch, und selbst den Vorratsschrank hatte man ausgeräumt.

Madame Martin war immer noch im hellblauen Morgenrock, wie die beiden Männer sie angetroffen hatten. Sie rauchte eine Zigarette nach der anderen, und zusammen mit dem Rauch der Pfeifen bildete das eine dicke Wolke, die sich um die Lampe legte.

»Es steht Ihnen frei, nichts zu sagen und auf keine Frage zu antworten. Ihr Mann wird um elf Uhr siebzehn ankommen, und vielleicht sind Sie in seiner Gegenwart gesprächiger.«

»Er weiß nicht mehr als ich.«

»Weiß er genausoviel wie Sie?«

»Es gibt nichts zu wissen. Ich habe Ihnen alles gesagt.«

Sie hatte sich damit begnügt, alles abzustreiten. In einem einzigen Punkt hatte sie nachgegeben. Als die Sprache auf das möblierte Zimmer in der Rue Pernelle kam, hatte sie zugegeben, daß ihr ehemaliger Chef sie zwei- oder dreimal zufällig während der Nacht besucht hatte. Dennoch behauptete sie, daß zwischen ihnen nie intime Beziehungen bestanden hätten.

»Mit anderen Worten, er kam um ein Uhr morgens geschäftlich zu Ihnen?«

»Er stieg aus dem Zug und hatte oft große Geldsummen bei sich. Ich habe Ihnen bereits gesagt, daß er manchmal mit Gold handelte. Ich habe nichts damit zu tun. Sie können mich deswegen nicht belangen.«

»Hatte er eine große Summe in seinem Besitz, als er verschwand?«

»Das weiß ich nicht. Er weihte mich nicht immer in diese Geschäfte ein.«

»Trotzdem kam er nachts in Ihr Zimmer, um mit Ihnen darüber zu sprechen?«

Was ihr Kommen und Gehen während des Vormittags anging, so leugnete sie noch immer, obwohl die Tatsachen gegen sie sprachen, und behauptete, die Personen, die Maigret zu ihr geschickt hatte, die zwei Taxifahrer, den Kofferhändler und den Angestellten der Gepäckaufbewahrung, noch nie gesehen zu haben.

»Wenn ich tatsächlich an der Gare du Nord ein Gepäckstück aufgegeben habe, müssen Sie den Schein finden.«

Maigret war fast sicher, daß man ihn nicht im Haus finden würde, auch nicht in Colettes Zimmer, das er durchsucht hatte, bevor die Kleine eingeschlafen war. Er hatte sogar an den Gips gedacht, der das Bein des Kindes umschloß, jedoch in letzter Zeit nicht erneuert worden war.

»Morgen«, sagte sie unfreundlich, »werde ich Klage einreichen. Meine Nachbarin hat das alles durch ihre Boshaftigkeit heraufbeschworen. Ich hatte allen Grund, ihr heute morgen zu mißtrauen, als sie mich unbedingt zu Ihnen schleppen wollte.«

Sie warf häufig einen ängstlichen Blick auf den Wecker, der auf dem Kamin stand, und dachte offensichtlich an die Rückkehr ihres Mannes; aber trotz ihrer Ungeduld vermochte keine Frage sie aus dem Gleichgewicht zu bringen.

»Geben Sie zu, daß der Mann, der in der letzten Nacht hier war, nichts unter dem Fußboden gefunden hat, weil Sie das Versteck gewechselt haben!«

»Ich weiß nicht einmal, ob sich jemals etwas unter dem Fußboden befunden hat.«

»Als Sie erfuhren, daß der Mann hier gewesen war und das, was Sie verstecken, wieder in seinen Besitz bringen wollte, haben Sie an die Gepäckaufbewahrung gedacht, wo Ihr Schatz in Sicherheit sein würde.«

»Ich bin nicht zur Gare du Nord gefahren. Es gibt Tausende von blonden Frauen in Paris, auf die meine Beschreibung paßt.«

»Was haben Sie mit dem Aufbewahrungsschein gemacht? Er ist nicht hier. Ich bin überzeugt davon, daß er nicht hier in der Wohnung versteckt ist, aber ich glaube, ich weiß, wo wir ihn finden werden.«

»Sie sind sehr schlau.«

»Setzen Sie sich an diesen Tisch!«

Er reichte ihr ein Blatt Papier und einen Füllfederhalter.

»Schreiben Sie!«

»Was soll ich schreiben?«

»Ihren Namen und Ihre Adresse.«

Sie tat es, nicht ohne zu zögern.

»Heute nacht werden alle Briefe, die in diesem Viertel in den Kasten geworfen wurden, untersucht, und ich wette, daß sich darunter einer mit Ihrer Schrift befindet. Wahrscheinlich haben Sie ihn an sich selbst adressiert.«

Er beauftragte Lucas, mit dem Inspektor zu telefonieren, um Untersuchungen in dieser Richtung zu veranlassen. In Wirklichkeit versprach er sich keinen Erfolg davon, aber der Schlag hatte gesessen.

»Wissen Sie, meine Liebe, das ist klassisch!«

Zum ersten Mal nannte er sie so, wie er es am Quai des Orfèvres getan hätte, und sie warf ihm einen wütenden Blick zu.

»Geben Sie zu, daß Sie mich hassen!«

»Ich gestehe, daß ich für Sie keine sehr starken Sympathien empfinde.«

Sie waren jetzt alleine im Eßzimmer, in dem Maigret mit langsamen Schritten herumging, während sie am Tisch sitzen blieb.

»Wenn es Sie interessiert, möchte ich noch bemerken, daß mich nicht das, was Sie getan haben, so sehr erschüttert, sondern Ihre Kaltblütigkeit. Mir sind schon viele Männer und Frauen über den Weg gelaufen. Wir sind nun schon seit drei Stunden zusammen, und man kann wohl sagen, daß Sie seit heute morgen das Gefühl haben müssen, am Ende zu sein. Sie haben noch nicht einmal Ihre Beherrschung verloren. Ihr Mann wird heimkommen, und Sie werden versuchen, das Opfer zu spielen. Dabei wissen Sie, daß wir früher oder später unweigerlich die Wahrheit herausbekommen werden.«

»Was soll Ihnen das nützen? Ich habe nichts getan.«

»Warum verheimlichen Sie dann etwas? Warum lügen Sie?«

Sie antwortete nicht, sondern dachte nach. Sie verlor

nicht die Nerven, wie es bei den meisten der Fall war. Ihr Verstand versuchte einen Ausweg zu finden und wog das Für und Wider ab.

»Ich werde nichts sagen«, erklärte sie schließlich und setzte sich in einen Sessel, wobei sie ihren Morgenrock über ihre Knie zog.

»Wie Sie wollen.«

Er machte es sich ihr gegenüber in einem anderen Sessel bequem.

»Wie lange gedenken Sie bei mir zu bleiben?«

»Auf jeden Fall bis zur Rückkehr Ihres Mannes.«

»Werden Sie ihm von den Besuchen von Monsieur Lorilleux in der Pension erzählen?«

»Wenn es sein muß.«

»Sie sind ein Scheusal! Jean weiß nichts, er hat nichts mit dieser Sache zu tun.«

»Er ist unglücklicherweise Ihr Mann.«

Als Lucas wieder heraufkam, saßen sich die beiden schweigend gegenüber und warfen sich verstohlene Blicke zu.

»Janvier kümmert sich um den Brief, Chef. Ich habe Torrence unten getroffen. Er sagte mir, daß der Mann bei dem Weinhändler zwei Häuser weiter gewesen sei.«

Sie sprang auf.

»Welcher Mann?«

Und Maigret antwortete ungerührt:

»Derjenige, der in der letzten Nacht hierhergekommen ist. Ich nehme an, daß Sie darauf gefaßt waren, daß er wiederkommen würde, da er nichts gefunden hat. Vielleicht wird er diesmal in einer anderen Stimmung sein?«

Entsetzt schaute sie auf die Uhr. Es blieben nur noch zwanzig Minuten bis zur Ankunft des Zuges aus Bergerac. Wenn ihr Mann ein Taxi nahm, konnte sie alles in allem mit einer Frist von nicht mehr als vierzig Minuten rechnen.

»Wissen Sie, wer es ist?«

»Ich ahne es. Ich könnte hinuntergehen, um mich zu vergewissern. Es ist natürlich Lorilleux, der darauf brennt, sein Geld wieder in seinen Besitz zu bringen.«

»Das ist nicht sein Geld.«

»Nehmen wir an, daß er es, zu Recht oder zu Unrecht, als sein Geld betrachtet. Dieser Mann muß wohl auf dem trockenen sitzen. Er hat Sie zweimal besucht, ohne das zu bekommen, was er wollte. Er ist, als Weihnachtsmann verkleidet, wiedergekommen, und er wird noch einmal wiederkommen. Er wird sehr überrascht sein, Sie in unserer Gesellschaft anzutreffen, und ich bin überzeugt davon, daß er gesprächiger sein wird als Sie. Entgegen der allgemeinen Annahme sprechen die Männer viel leichter als die Frauen. Glauben Sie, daß er bewaffnet ist?«

»Ich weiß es nicht.«

»Meiner Meinung nach ist er es. Er hat lange genug gewartet. Ich weiß nicht, was Sie ihm erzählt haben, aber letztlich glaubt er es Ihnen nicht. Er ist übrigens ein übler Kerl, dieser Herr. Es gibt nichts Brutaleres als diese Feiglinge, wenn sie zu etwas wild entschlossen sind.«

»Hören Sie auf!«

»Sollen wir uns zurückziehen, damit Sie ihn alleine empfangen können?«

In Maigrets Notizen konnte man lesen:

»Zehn Uhr achtunddreißig – sie spricht.«

Aber von dieser ersten Aussage wurde kein Protokoll angefertigt. Es waren abgehackte Sätze, die sie mechanisch hervorbrachte, und oft sprach Maigret, manchmal auf gut Glück, an ihrer Stelle weiter, während sie nicht widersprach oder sich damit begnügte, ihn zu verbessern.

»Was wollen Sie wissen?«

»Ist Geld in dem Koffer, den Sie bei der Gepäckaufbewahrung aufgegeben haben?«

»Banknoten. Etwas weniger als eine Million.«

»Wem gehört diese Summe? Lorilleux?«

»Sie gehört genausowenig Lorilleux wie mir.«

»Gehört sie seinen Kunden?«

»Einem gewissen Julien Boissy, der oft ins Geschäft kam.«

»Was ist aus ihm geworden?«

»Er ist tot.«

»Wie ist er gestorben?«

»Er ist ermordet worden.«

»Von wem?«

»Von Monsieur Lorilleux.«

»Warum?«

»Weil ich ihn habe glauben lassen, daß ich mit ihm weggehen würde, wenn er über eine große Summe verfügte.«

»Waren Sie da schon verheiratet?«

»Ja.«

»Lieben Sie Ihren Mann nicht?«

»Ich verabscheue Mittelmäßigkeit, ich war mein ganzes Leben lang arm. In meinem ganzen Leben habe ich nur von Geld und von notwendigen Entbehrungen sprechen hören.

In meinem ganzen Leben wurde um mich herum nur gerechnet, und auch ich mußte rechnen.«

Sie griff Maigret an, als wäre er verantwortlich für ihre Schwierigkeiten.

»Wären Sie mit Lorilleux weggegangen?«

»Ich weiß es nicht. Vielleicht für eine gewisse Zeit.«

»Um ihm dann sein Geld abzunehmen?«

»Ich hasse Sie!«

»Wie ist der Mord begangen worden?«

»Monsieur Boissy war Stammkunde im Geschäft.«

»Ein Liebhaber erotischer Bücher?«

»Er war verdorben, wie die anderen, wie Monsieur Lorilleux, wie Sie wahrscheinlich auch. Er war Witwer und wohnte alleine in einem Hotelzimmer; aber er war sehr reich, auch sehr geizig. Alle reichen Leute sind geizig.«

»Trotzdem sind Sie nicht reich.«

»Ich wäre es geworden.«

»Wenn Lorilleux nicht zurückgekommen wäre. Wie ist Boissy gestorben?«

»Er hatte Angst vor einer Geldentwertung und wollte Gold haben, wie jeder damals. Monsieur Lorilleux handelte damit und fuhr zu diesem Zweck regelmäßig in die Schweiz. Er ließ sich im voraus bezahlen. Eines Nachmittags brachte Monsieur Boissy eine große Summe in das Geschäft. Ich war gerade nicht dort. Ich war einkaufen gegangen.«

»Absichtlich?«

»Nein.«

»Und Sie ahnten nicht, was passieren würde?«

»Nein. Versuchen Sie nicht, mir das in den Mund zu legen, Sie vergeuden nur Ihre Zeit damit. Nur, als ich zurückkam, war Monsieur Lorilleux gerade dabei, die Leiche in einer großen Kiste zu verstauen, die er zu diesem Zwecke gekauft hatte.«

»Haben Sie ihn erpreßt?«

»Nein.«

»Wie erklären Sie die Tatsache, daß er verschwand, nachdem er Ihnen das Geld gegeben hatte?«

»Ich habe ihm angst gemacht.«

»Indem Sie ihm mit einer Anzeige drohten?«

»Nein. Ich habe ihm nur gesagt, daß Nachbarn mich etwas seltsam angeschaut hätten und daß es vielleicht ratsamer wäre, das Geld für einige Zeit in Sicherheit zu bringen. Ich erzählte ihm von einer Diele im Fußboden meiner Wohnung, die man leicht hochheben und wieder an ihren Platz tun könnte. Er dachte, es wäre nur für einige Tage. Zwei Tage später schlug er mir vor, mit ihm über die belgische Grenze zu gehen.«

»Haben Sie abgelehnt?«

»Ich habe ihm eingeredet, daß ein Mann, der auf mich den Eindruck eines Polizeiinspektors gemacht habe, mich auf der Straße angehalten und mir Fragen gestellt habe. Da hat er es mit der Angst zu tun bekommen. Ich habe ihm einen kleinen Teil des Geldes gegeben und ihm versprochen, ihm nach Brüssel nachzukommen, sobald die Gefahr vorüber wäre.«

»Was hat er mit Boissys Leiche gemacht?«

»Er hat sie in ein kleines Haus gebracht, das er auf dem Land an der Marne besaß, und dort, so vermute ich, hat er sie vergraben oder in den Fluß geworfen. Er ist mit einem Taxi dorthin gefahren. Später hat niemand dann mehr von

Boissy gesprochen. Niemand hat sich über sein Verschwinden beunruhigt.«

»Haben Sie es fertiggebracht, Lorilleux alleine nach Belgien zu schicken?«

»Das war einfach.«

»Und Sie konnten ihn fünf Jahre von hier fernhalten?«

»Ich schrieb ihm postlagernd, daß er gesucht würde und daß die Zeitungen nichts darüber schrieben, weil man ihn in eine Falle locken wolle. Ich teilte ihm mit, daß ich ständig von der Polizei verhört würde. Ich hab ihn sogar nach Südamerika geschickt...«

»Vor zwei Monaten ist er wieder zurückgekommen?«

»Ungefähr. Er war am Ende.«

»Haben Sie ihm kein Geld geschickt?«

»Sehr wenig.«

»Warum?«

Sie antwortete nicht, sondern schaute auf die Uhr.

»Werden Sie mich festnehmen? Wie lautet die Anklage? Ich habe nichts gemacht. Ich habe Boissy nicht getötet. Ich war nicht da, als er starb. Ich habe nicht geholfen, seine Leiche zu verstecken.«

»Machen Sie sich über Ihr Schicksal keine Sorgen! Sie haben das Geld behalten, weil Sie Ihr ganzes Leben lang etwas besitzen wollten, nicht um es auszugeben, sondern um sich reich zu fühlen, vor Armut geschützt.«

»Das ist meine Sache.«

»Als Lorilleux zu Ihnen kam und Sie bat, ihm zu helfen oder Ihr Versprechen, mit ihm zu fliehen, zu halten, haben Sie Colettes Unfall als Vorwand benutzt, nicht an das Versteck herankommen zu können. Ist das richtig? Sie haben versucht, ihn wieder dazu zu bewegen, ins Ausland zu gehen.«

»Er hat sich in Paris versteckt.«

Ihre Lippen verzogen sich zu einem seltsamen, unfreiwilligen Lächeln, und sie konnte es nicht unterlassen zu murmeln:

»Dieser Dummkopf! Er hätte jedem seinen Namen sagen können, ohne Angst haben zu müssen!«

»Nichtsdestoweniger hatte er die Idee mit dem Weihnachtsmann.«

»Nur, daß das Geld nicht mehr unter dem Fußboden war. Es war hier, vor seiner Nase, in meinem Nähkasten. Er hätte nur den Deckel hochheben müssen.«

»In zehn oder fünfzehn Minuten wird Ihr Mann hier sein, und Lorilleux, der sich gegenüber aufhält, weiß das wahrscheinlich, da er sich erkundigt hat; er weiß, daß Martin in Bergerac war, und er wird wohl den Fahrplan studiert haben. Sicherlich ist er damit beschäftigt, sich Mut zu machen. Es würde mich wundern, wenn er nicht bewaffnet wäre. Möchten Sie auf die beiden warten?«

»Nehmen Sie mich mit! Ich brauche mir nur ein Kleid überzuziehen...«

»Und der Gepäckaufbewahrungsschein?«

»Postlagernd am Boulevard Beaumarchais.«

Sie ging ins Schlafzimmer, ließ die Tür offen und zog ohne die geringste Scham ihren Morgenrock aus, setzte sich auf die Bettkante, zog die Strümpfe an und nahm ein Wollkleid aus dem Schrank.

Zuletzt nahm sie eine Reisetasche und stopfte ungeordnet einige Toilettensachen und Wäsche hinein.

»Gehen wir schnell!«

»Und Ihr Mann?«

»Der Dummkopf ist mir sch … egal.«

»Und was ist mit Colette?«

Sie antwortete nicht, zuckte nur mit den Achseln. Die Tür von Mademoiselle Doncœur bewegte sich, als sie vorbeigingen. Als sie unten waren und auf den Bürgersteig hinaustreten wollten, bekam sie Angst, drängte sich zwischen die beiden Männer und blickte forschend in den Nebel.

»Fahr sie zum Quai des Orfèvres, Lucas. Ich bleibe hier.«

Es war weit und breit kein Taxi zu sehen, und man merkte, daß der Gedanke, nur von dem kleinen Lucas begleitet durch die Dunkelheit zu gehen, sie erschreckte.

»Haben Sie keine Angst! Lorilleux ist gar nicht hier in der Nähe.«

»Sie haben gelogen!!! …«

Maigret ging in das Haus zurück.

Die Unterhaltung mit Jean Martin dauerte zwei lange Stunden, und die meiste Zeit war sein Bruder dabei.

Als Maigret gegen halb zwei morgens das Haus verließ, blieben die beiden Männer zusammen in der Wohnung. Unter der Tür von Mademoiselle Doncœur schien Licht hindurch; sie wagte es aber nicht, wahrscheinlich aus Verlegenheit, die Tür zu öffnen, sondern begnügte sich damit, den Schritten des Kommissars zu lauschen.

Er überquerte den Boulevard und ging in seine Wohnung, wo er seine Frau antraf, die in einem Sessel neben dem Eßzimmertisch, auf dem sein Gedeck stand, eingeschlafen war. Erschreckt sprang sie auf.

»Bist du allein?«

Und als er sie erstaunt und belustigt ansah:

»Hast du die Kleine nicht mitgebracht?«

»Nicht heute nacht. Sie schläft. Morgen früh kannst du sie herholen, nur wirst du sehr nett zu Mademoiselle Doncœur sein müssen.«

»Wirklich?«

»Ich werde dir zwei Krankenschwestern mit einer Bahre schicken lassen.«

»Aber dann... Werden wir...?«

»Nicht doch!... Nicht für immer, verstehst du? Es kann sein, daß Jean Martin darüber hinwegkommt... Es kann auch sein, daß sein Bruder wieder ein gesunder Mensch wird und eines Tages wieder heiratet...«

»Sie wird uns also nicht gehören?«

»Uns nicht, nein. Nur leihweise. Ich dachte mir, das sei besser als nichts und du würdest dich darüber freuen.«

»Natürlich freue ich mich darüber... Aber... aber...«

Sie verzog den Mund, suchte ein Taschentuch, fand keines und verbarg ihr Gesicht in ihrer Schürze.

Margery Allingham

Der Mann mit dem Sack

Ein persönlicher Brief befand sich in dem Stapel von Weihnachtskarten, die gewissenhafte Leute eine Woche zu früh auf den Weg gebracht hatten, weil sie den alljährlichen Aufruf des Postministers ein wenig zu ernst nahmen.

Mr. Albert Campion riß den Umschlag auf, und heraus fiel ein Herzensschrei von Sheila Turrett:

Liebster Albert, bitte komm Weihnachten zu uns. Es verspricht tödlich zu werden. Mutter hat so ein paar komische Ideen, und die Welkins sind gräßlich. Mike ist ein Schatz. Ich mag ihn jedenfalls, und Du wirst ihn auch mögen. Es ist Mike Peters, der Sohn von Ripley Peters, der ins Gefängnis mußte, nachdem seine Firma pleite gegangen war. Aber das ist doch nicht Mikes Schuld, oder? Jedenfalls gibt es viele Väter, die ins Gefängnis gehörten, man erwischt sie bloß nicht. Ich meine natürlich um Himmels willen nicht George (Du solltest allein schon seinetwegen kommen. Er ist wie ein Tiefdruckgebiet über den Azoren, der Ärmste, und alles nur wegen der Welkins). Ich bitte Dich ungern, Deine Zeit mit unseren Sorgen zu vertun, aber Ada Welkin ist von oben bis unten mit Diamanten behängt, und Mutter denkt wohl, Mike würde sie ihr womöglich klauen, nur weil sein Vater schon mal im Gefängnis war. Liebster Albert, wenn Du ein halbwegs netter Mensch bist, kommst Du her und stärkst uns den Rücken. Es ist ja auch Weihnachten. Deine (nur wenn Du kommst) Sheila.

PS. Ich bin in Mike verliebt.

Am Heiligabend beschloß das Wetter, sich der Jahreszeit anzupassen. In der Stadt machte ein eisiger Hochnebel den Tag zur Nacht, und die Schaufenster erstrahlten schon am frühen Morgen im traditionellen Festtagsglanz. Es war mehr als nur kalt. Die feuchte Luft drang einem unbarmherzig bis in die Knochen, und Mr. Campions Erinnerung an Pharaoh's Court, das kahl und öde inmitten von hundertzwanzig Hektar gepflügtem Lehm und dürrer Marsch stand, das Ganze so flach wie die Mündungsbucht dahinter, wurde ihm durch die Kälte nicht eben versüßt.

Der Gedanke an Sheila und ihren Vater munterte ihn wieder ein wenig auf und verdrängte fast, aber nicht ganz, die Aussicht, Lady Mae in Unruhe erleben zu müssen. Er hüllte sich in seinen dicksten Mantel und hoffte das Beste.

Auf dem Bahnhof herrschte ein fröhliches Chaos. Jeder, der über die Feiertage nicht selbst an die Ostküste fahren konnte, schickte jedenfalls Geschenke hin, und Mr. Campion, so an diesen Brauch erinnert, musterte sorgenvoll seinen Koffer und fragte sich, ob das Kistchen Zigarren für George vielleicht zu groß oder das Fläschchen Parfüm für Mae zu bescheiden war und ob Sheila noch jung genug für Pralinen war.

Er hatte bequem seinen Zug erreicht, was keine besondere Leistung war, da dieser eine dreiviertel Stunde Verspätung hatte, und nun saß er auf seinem Eckplatz und schaute müßig dem Gedränge und Geschiebe auf dem Bahnsteig zu, als er plötzlich Charlie Spring erblickte. Das Gesicht erkannte er sofort, aber der Name fiel ihm erst nach längerem Überlegen ein.

Das Gefängnis hatte Mr. Spring recht gutgetan, fand Mr. Campion, während er die breiten Schultern und den ausladenden Brustkorb des Mannes begutachtete. Vor sechs Monaten hatte er noch als ein mickriges Kerlchen vor Gericht gestanden, und das Licht von der Decke hatte auf seine flache Stirn herabgeschienen, unter der die dümmsten Augen der Welt hervorblickten.

Im Moment schien Charlie sehr mit sich zufrieden, was ein schlechtes Omen für den Rest der Menschheit war, aber das interessierte Mr. Campion jetzt nicht. Es war Weihnachten, und er hatte seine eigenen Sorgen. Allerdings nahm er aus reiner Macht der Gewohnheit Notiz von dem Mann und beobachtete, wie er ein Stückchen weiter hinten in den Zug stieg. Mr. Campion runzelte die Stirn. Er wußte doch noch irgend etwas über Charlie Spring, was ihm aber jetzt partout nicht einfallen wollte. Er rief sich das letzte und einzige Mal in Erinnerung, als er ihn gesehen hatte. Er selbst hatte da als Zuschauer im Gerichtssaal gesessen und gerade noch gehört, wie Mr. Spring wegen Einbruchdiebstahls verurteilt wurde, bevor dann sein eigener Fall aufgerufen wurde. Er erinnerte sich an den amtlich ruhigen Ton des Kriminalpolizisten, der als Zeuge aussagte. Aber da war noch etwas an dem Mann gewesen, etwas Bestimmtes und ganz Persönliches, was ihm im Hinterkopf herumspukte, aber immer, wenn er dessen habhaft zu werden versuchte, entwischte es ihm. Und wie es in solchen Fällen so geht, wollte es ihm auch auf der ganzen Fahrt bis Chelmsworth nicht mehr aus dem Kopf.

Charlie hatte in Ipswich den Zug in Gesellschaft von rund hundertfünfzig Mitreisenden wieder verlassen. Mr. Campion erspähte ihn, als er raschen Schrittes an seinem Fenster vorbeiging, den Kopf gesenkt und in der Hand einen großen neuen Koffer.

Mr. Campion fiel jetzt auf, daß der Mann nicht nach seiner Gewohnheit gekleidet war.

Er glaubte sich an eine heruntergekommene, aber irgendwie auffallende Figur im schmuddeligen karierten Anzug mit rosa Hemd zu erinnern, während der ziemlich neue Mantel, den er jetzt trug, ein Muster an Gediegenheit und Unaufdringlichkeit war. Aber das, was ihm um keinen Preis einfallen wollte, hatte nichts mit modischen Fragen zu tun. Es war eine Besonderheit an dem Mann selbst, irgendein Tick, der etwas leicht Komisches an sich hatte.

Noch immer leicht irritiert, brachte Mr. Campion die restlichen fünfzehn Kilometer bis Chelmsworth hinter sich. Wenige ländliche Eisenbahnstationen bieten wenigstens im Sommer so etwas wie eine rustikale Idylle, aber Chelmsworth tat sich zu jeder Jahreszeit durch windgepeitschte Eintönigkeit hervor. Mr. Campion trat auf das schmale Betonband, das man auf einem künstlichen Damm über Dorfhöhe angelegt hatte, und füllte seine Lungen tief mit der regenschweren, salzigen Luft. Er verdaute gerade seinen ersten Schock darüber, daß ihm das alles gar nicht so reizlos vorkam, als er ein Klappern auf dem Beton vernahm und eine rostbraun gekleidete Gestalt vor ihm erschien. Er sah zwei honigbraune Augen, rote Wangen, weiße Zähne und dann, hervorstehend unter einer verwegenen Tweedmütze, an die ein Stechpalmenzweig geheftet war, eine widerspenstige rote Locke.

»Na endlich!« rief Sheila Turrett begeistert. »Los. Wir kommen Stunden zu spät zum Lunch. Die klappern daheim schon alle mit den Löffeln, wie im Wirtshaus.«

Sie hakte sich bei ihm ein und zog ihn mit sich.

»Toll, daß du kommst, du bist doch ein wahrer Held. Ich bin dir richtig dankbar, und George auch. Vielleicht kann es ja jetzt wirklich Weihnachten werden, denn bisher war es das nicht, trotz dieses Wetters. Ist das nicht herrlich?«

Mr. Campion mußte zugeben, daß eine gewisse Heiterkeit in der Luft lag, ein undefinierbarer Zauber in den graubraunen Schatten, die in endloser Folge über die flache Landschaft dahinjagten.

»Heute nacht gibt es Schnee.« Das junge Mädchen warf einen Blick zum Himmel, der aussah wie ein Federbett. »Ist das nicht einmalig? Zu Weihnachten werde ich immer richtig aufgeregt. Ich habe auch ein Geschenk für dich. Hast du eins für mich?«

»Ich bin euer Gast«, antwortete Mr. Campion würdevoll. »Ich habe eine Tafel Schokolade für dich, aber damit will ich dich am Weihnachtsmorgen überraschen.«

Sheila stieg in den Wagen. »Außer Diamanten wird alles gern genommen«, erklärte sie munter. »Ada Welkin kriegt Diamanten im Wert von zwölftausend Pfund, die sollen einen Hals schmücken, der einem Krokodil Schande machen würde. Klingt leider sehr gehässig, aber seit sie hier ist, kriegen wir diese Diamanten bei jeder Mahlzeit aufgetischt.«

Mr. Campion setzte sich neben sie in den Wagen.

»Oje«, meinte er, »und ich hatte mich so auf eine fröhliche Weihnacht gefreut; Friede, Freude und so weiter. Dorfkinder schmettern fromme Lieder, daß ihnen die Lungen und allen anderen die Trommelfelle platzen, und ich sitze da und lausche, den Bauch zum Bersten voll mit unverdaulichen Leckereien.«

Sheila lachte. »Deine lieben Dorfkinderlein sollst du haben«, sagte sie. »Nicht einmal Ada Welkin konnte Mutter die jährliche Weihnachtsfeier auf Pharaoh's Court ausreden. Du wirst gerade noch Zeit haben, deinen Lunch auszuschlafen und ein Täßchen Tee zu schlürfen, dann wird im Musiksalon jede Hand benötigt. Schließlich wollen auch die Mütter unterhalten werden.«

Mr. Campion rückte mit einem leisen Seufzer seine Brille zurecht.

»Stimmt, ich erinnere mich wieder«, brummelte er. »George hat es einmal erwähnt. Alte Tradition, wie?«

»Mehr oder weniger«, antwortete Sheila abwesend. »Mutter hat sie vor ein paar Jahren wieder ausgegraben und ein bißchen modernisiert. Jetzt gibt's Tee unterm Weihnachtsbaum und einen Nikolaus, der die Geschenke verteilt.«

Die Vorstellung schien sie zu bedrücken, denn sie versank in ein mißmutiges Schweigen, während der Wagen über die trockenen, sturmgepeitschten Straßen jagte.

Mr. Campion betrachtete sie heimlich von der Seite. Er fand, daß sie zu einem richtig hübschen Mädchen herangewachsen war, und hoffte, daß der Sohn des Bankrotteurs die Sorgen wert war, die er von ihrer Stirn ablas.

»Wie steht's denn um den jungen Mann mit dem unseligen Vater?« erkundigte er sich vorsichtig. »Ist er zur Zeit auch auf Pharaoh's Court?«

»Mike?« Sie lebte sichtlich auf. »Klar. Er ist schon fast die ganze Woche da. George hat ihn richtig gern, und einen himmlischen Moment lang hatte ich schon gehofft, er könnte auch bei Mutter das Eis brechen, aber das war, bevor die Welkins kamen. Seitdem ist natürlich alles nicht mehr so einfach. Die sind auch noch einen Tag zu früh gekommen, typisch. Zwei Tage sind sie jetzt schon da. Der Sohn ist das größte Ekel, der Alte steht ihm kaum nach, und Ada ist gräßlich.«

»Die Ärmsten«, meinte Mr. Campion nachsichtig.

Sheila aber lächelte nicht.

»Du wirst es sowieso gleich merken, wenn du Ada siehst«, sagte sie, »also kann ich es dir auch gleich sagen. Sie sind sagenhaft reich, und Mutter hat die Ziegenhirtin gespielt, das muß man einfach zugeben.«

»Die Ziegenhirtin?«

Sheila nickte ernst.

»Ja. Das machen doch viele Damen der Gesellschaft. Sicher hast du so etwas auch schon in den Kleinanzeigen gelesen: *Adlige Dame chaperoniert junges Mädchen oder arrangiert Partys für reifere Frau.* Oder: *Lady X bietet Saisonbetreuung.* Was mit anderen Worten heißt, daß Lady X bereit ist, gegen ein sattes Honorar irgendeine Ziege mit gesellschaftlichen Ambitionen durch die Salons zu schleppen. Es ist gräßlich, aber auf diese Weise ist Mutter wohl zunächst an Ada geraten. Sie hat doch irgendwann einmal soviel beim Bridge verloren. George ahnt natürlich nichts davon, der Arme – und er darf es auch nicht erfahren. Es wäre ein Schock für ihn. Wie er sich jetzt die Welkins erklärt, weiß ich auch nicht.«

Mr. Campion sagte nichts. Es sah Mae Turrett ähnlich, ihre Sünden der Familie aufzuladen. Sheila schnatterte weiter.

»Die anderen haben wir vorher nie zu Gesicht bekommen«, berichtete sie atemlos. »Während der Saison hat Mutter zwei Partys für Ada gegeben, und sie haben eine Loge in der Oper abonniert, damit Ada ihre Diamanten zeigen konnte. Warum sie dann plötzlich die Männer mit einbeziehen mußten, habe ich auch nicht begriffen, bevor sie kamen. Aber dann wurde es mir ekelhaft klar.«

Mr. Campion spitzte die Ohren.

»Weil es so schön wäre, wenn die lieben Kinderchen einander kennenlernen könnten?« meinte er.

»So ungefähr.«

Mr. Campion seufzte tief.

Sheila nahm eine rechtwinklige Kurve. Ihre Stirn war gerunzelt, ihr Blick nachdenklich.

»Nur damit du dir schon mal ein Bild von Kenneth Welkin machen kannst«, sagte sie. »Es ist so unbedeutend und lächerlich, daß ich mich fast geniere, es dir zu erzählen, aber es ist eben bezeichnend. Wir mußten uns ganz schön anstrengen, die Welkins bei Laune zu halten. Als Mike und ich dann heute früh letzte Hand an die Dekoration anlegten, haben wir Kenneth gebeten, uns zu helfen. Da gab's dann so eine dumme Geschichte mit dem Mistelzweig. Kenneth hatte unbedingt bestimmen müssen, wo er hängen sollte, und ging uns schon ein bißchen auf die Nerven, aber dann fing er auch noch mit diesem Quatsch an. Ich habe ja nichts gegen einen Kuß unter dem Mistelzweig, aber – es kommt eben auch auf das Wie an, meinst du nicht?«

Um das zu unterstreichen, trat sie so heftig aufs Gaspedal, daß Mr. Campion, sonst kein ängstlicher Mann, sich an der Wagentür festhielt.

»Entschuldigung«, sagte Sheila, dann erzählte sie weiter. »Als ich mich nach einer kleinen Weile befreien wollte und er einfach nicht losließ, hat Mike auf einmal die Wut gekriegt und ihm gesagt, er soll sich gefälligst benehmen, sonst bekommt er eine Tracht Prügel. Es war im Grunde furchtbar lächerlich, aber es hätte doch dann erledigt sein können, vorbei und vergessen, wenn Kenneth nicht eine Szene gemacht hätte. Zuerst sagt er, so läßt er nicht mit sich reden, dann hat er auf Mikes Vater angespielt, was wirklich unverzeihlich war. Ich dachte schon, sie würden sich prügeln. Aber da kam plötzlich Mutter mit einem Nikolauskostüm hereingeflattert, sah Mike an und sagte: ›Sie sollten das mal anprobieren, Lieber, ich möchte doch, daß Sie heute nachmittag echt aussehen.‹ Und bevor er darauf noch etwas antworten konnte, mischte Kenneth sich ein. Er zog ein Gesicht wie ein verwöhnter Balg, wutrot, und sagte: ›Ach, ich wußte gar nicht, daß *Sie* den Weihnachtsmann spielen sollen.‹«

Sheila Turrett holte kurz Luft, ihre Augen waren groß.

»Kannst du dir so etwas Idiotisches vorstellen?« fuhr sie fort. »Mike hatte sich gleich nach seiner Ankunft für die Rolle angeboten, nur weil er sich nützlich machen wollte. Er sah es als lästige Pflicht an, wie jeder andere. Daß sich einer darum reißen könnte, auf die Idee wäre er nie gekommen. Ich glaube, sogar Mutter hat sich gewundert. Aber sie hat nur gelacht und gemeint: ›Machen Sie das untereinander aus‹, und schon war sie wieder draußen und ließ uns drei stehen. Kenneth nahm das Kostüm in die Hand. ›Das ist von Harridge‹, sagte er. ›Meine Mutter war dabei, als Lady Mae es gekauft hat. Und ich meine, sie hätten da verabredet, daß ich es tragen soll.‹«

Mr. Campion lachte. Er kam sich sehr alt vor.

»Ich nehme an, daraufhin hat Master Michael vornehm verzichtet, und nun wird Master Kenneth den Nikolaus spielen?« meinte er.

»Hm, nicht direkt.« Sheilas Stimme klang jetzt ein wenig verlegen. »Weißt du, Mike war doch immer noch wütend, und da hat er sich plötzlich stur gestellt. Meine Mutter habe ihn gebeten, die Rolle zu übernehmen, sagte er, und er werde sie übernehmen. Ich dachte schon, sie würden sich richtig darum streiten, was ja nun wirklich albern gewesen wäre, aber in dem Moment passierte das Idiotischste überhaupt. Der alte Mr. Welkin, der wie gewöhnlich herumgeschlichen war und die Ohren gespitzt hatte, kam herein und sagte zu Kenneth, er solle Mike ›den Vortritt lassen‹ – wörtlich, genau in dieser Formulierung! Es klingt jetzt völlig verrückt, wenn ich dir das so erzähle, aber eigentlich ist Mike ein Schatz.«

Mr. Campion glaubte eine gewisse Wehmut in diesem letzten Satz zu hören und runzelte die Stirn.

Pharaoh's Court wirkte lieblich und einladend, als sie ein paar Minuten später dort vorfuhren. Das alte Haus hatte den Geist der Jahreszeit erfaßt, und Mr. Campion trat aus einer kalten, grauen Welt hinein in eine Eingangshalle, in der ein Kaminfeuer seinen Schein auf die glänzenden Blätter der Stechpalmen warf, die als Girlanden um die geschnitzten Deckenbalken gewunden waren.

George Turrett, grauhaarig und pausbäckig, erwartete sie. Er schüttelte dem Besucher herzhaft die Hand. »Freut mich so, daß du gekommen bist, Campion«, sagte er leise. »Freut mich teuflisch.«

Es war ihm so sichtlich ernst damit, daß Sheila ihn gleich umarmen mußte.

»Nicht wahr, ein menschliches Antlitz in der Wüste«, meinte sie.

Sir Georges schuldbewußter Widerspruch wurde dadurch abgeschnitten, daß man Mr. Campion auf sein Zimmer führte.

Als er kurz darauf wieder herunterkam, sah er die Uhr. Sie sprang ihn regelrecht an, als er auf dem Flur um eine Ecke bog und er sie dort auf einem Wandtischchen stehen sah. Bei aller Eile mußte er doch erst einmal davor stehenbleiben. Mae Turrett genoß einen gewissen Ruf für stilvolle Einrichtungen, aber große Landhäuser haben es an sich, daß sich in ihnen allerlei Krimskrams ansammelt, mögen die jeweiligen Besitzer noch so rigoros in ihrem Geschmack sein.

Nun war Mr. Campion normalerweise nicht empfindlich gegenüber ästhetischen Ungeheuerlichkeiten, aber vor diesem mittviktorianischen Barockwerk verharrte er in ehrfürchtigem Staunen. Auf einem vergoldeten Baumstamm, dessen eines Ende ein blauweißes Zifferblatt aus Email bildete, saß eine ratlos dreinblickende Bronzedame in einem Nachthemd aus rosa Marmor. Noch während er fassungslos vor dem Monstrum stand, begann dieses laut und aggressiv zu schlagen.

Er ging weiter, und als er ins Speisezimmer trat, hatte er die Uhr schon wieder vergessen. Mae Turrett kam ihm mit affektierten kleinen Freudenschreien entgegengesprungen, die er als Äußerungen des Entzückens verstand.

»*Lieber* Albert!« rief sie atemlos. »Wie wunderschön, daß du hier bist! Sind wir nicht in wahrer Feststimmung? Der Gärtner hat mir versichert, daß es heute nacht schneien wird, er hat es mir geradezu versprochen. Es gibt doch nichts Schöneres als eine echte alte Familienweihnacht, findest du nicht auch? Wir hier ganz unter uns … ach, ist das schön! Und nun muß ich dich mit meiner ganz lieben Freundin bekannt machen: Mrs. Welkin – Mr. Campion.«

Campions Blick fiel auf eine stattliche Matrone mit schlaffer Haut und dummen Augen, die ihn kurz ankicherte und wieder wegsah.

Es war alles andere als ein vergnüglicher Lunch. Sogar Lady Turretts kultiviertes Geplauder kam hin und wieder ins Stocken. Immerhin hatte Mr. Campion ausgiebig Gelegenheit, sich die Fremden anzusehen, über die er schon soviel zu hören bekommen hatte.

Mike Peters war ein kerniger, wortkarger junger Mann mit energischem Kinn und einem kurz angebundenen Lächeln. Man sah ihm an, daß er wußte, was er wollte, und seine Ziele beharrlich verfolgte. Mr. Campion wünschte ihm unwillkürlich Glück dabei.

Nun kann allzuviel Kritik vor dem Kennenlernen ja leicht ihren Zweck verfehlen, und Mr. Campion war durchaus bereit gewesen, die Welkins als nette, aber leider verkannte Leute zu sehen, runde Bauklötze in einem allzu quadratischen Loch. Aber er irrte. Kenneth Welkin, ein junger Mann mit rosigen Wangen und zornigem Blick, saß neben Sheila und schmollte während der ganzen Mahlzeit. Er richtete nur ein einziges Mal das Wort an Mr. Campion, indem er ihn nach seiner Automarke fragte, und äußerte über die erhaltene Antwort lautes Mißfallen.

Näheres Hinsehen zerstreute auch nicht den ersten Eindruck, den Mr. Campion von Mrs. Welkin gehabt hatte, aber ihr Gatte interessierte ihn. Edward Welkin war ein Mann von imposanter Figur, und man hätte sein Gesicht distinguiert nennen können, wären da nicht die Augen gewesen, die allzu verschlagen dreinblickten, dazu sein allzu grober Mund. Er verhielt sich auffallend anders gegenüber der Gastgeberin als seine Frau, die vor ihr kroch, oder als sein Sohn, der verlegenen Abstand hielt. Vor allem merkte man ihm an, daß er sich hier völlig fremd fühlte. George Turrett hielt er offensichtlich für einen Trottel und Lady Turrett für eine Frau, die seiner Gemahlin bisher fürs Geld etwas geboten hatte. Allen anderen begegnete er mit erhabener Gleichgültigkeit.

Sein Tweedanzug war von bester Altherrenqualität, aber das wurde wieder zunichte gemacht durch den befremdlich vielen Schmuck, den er zu tragen beliebte. Er hatte gleich zwei Siegelringe an den Fingern, einen Achat und einen Saphir, dazu trug er eine riesige juwelenbesetzte Krawattennadel, und aus seiner Westentasche ragten ein Füllfederhalter aus Gold und Onyx sowie ein ebensolcher Bleistift hervor, beide in einem grellgrünen Lederetui und jeweils so dick und rund wie sein Zeigefinger. Man hätte sie auf den ersten Blick für die Insignien irgendeines obskuren Ordens gehalten.

Kurz bevor die Tafel aufgehoben wurde, ließ Mrs. Welkin ein Räuspern vernehmen.

»Da Sie doch heute nachmittag so viele Dorfbewohner im Haus haben, Mae, sollte ich es vielleicht lieber nicht tragen, was meinen Sie?« fragte sie kichernd und mit einem Seitenblick zu Mr. Campion.

»Was sollten Sie nicht tragen, meine Liebe?« fragte Lady Turrett abwesend, woraufhin Mrs. Welkin gekränkt schien.

»Das Collier«, sagte sie andächtig.

»Ihre Diamanten? Meine Güte, nein, die passen doch nicht!« Das war ihr unbedacht herausgerutscht, aber im nächsten Augenblick hatte ihre Ladyschaft sich selbst und die Situation wieder im Griff. »Ziehen Sie etwas ganz Schlichtes an«, sagte sie mit aufgesetztem Lächeln. »Ich denke, wir haben alle ein hartes Stück Arbeit vor uns. Mike, Sie wissen genau, was Sie zu tun haben, ja? Kurz vor dem Ende, also unmittelbar bevor die Leute nach Hause gehen, ziehen Sie das Kostüm an und kommen in das kleine Vestibül hinter dem Podium. Sie gehen schnurstracks zum Baum und schneiden die Geschenke ab, und wir übrigen stehen drum herum, um sie in Empfang zu nehmen und an die Kinder zu verteilen.«

Mrs. Welkin schmollte. »Und ich hätte es so gern getragen«, sagte sie weinerlich. »Wenn Sie aber meinen, daß es nicht sicher ist ...«

»Mutter hat nichts von Sicherheit gesagt, Mrs. Welkin«, mischte Sheila sich in scharfem Ton ein. »Sie findet es nur unpassend.«

Mrs. Welkin wurde zornrot.

»Sie sind nicht sehr höflich, junge Dame«, sagte sie. »Und wenn schon von ›passend‹ oder ›unpassend‹ die Rede ist, was ist denn bitte ›passend‹ daran, daß Mr. Peters jetzt den Nikolaus spielen soll, nachdem es Kenny versprochen wurde?«

Das Gemisch aus verquerer Logik und kleinlichem Groll schreckte alle auf. Sir George sah hilflos zu seiner Frau, Kenneth Welkin warf seiner Mutter einen wütenden Blick zu, und Edward Welkin beendete den Streit, ohne ihn beizulegen.

»Genug jetzt«, sagte er mit Donnerstimme. »Das ist alles geregelt, Ada. Ich will von euch beiden nichts mehr zu diesem Thema hören.«

Man verließ erleichtert die Tafel. Sir George zupfte Campion am Ärmel.

»Zigarre – Bibliothek«, murmelte er leise, bevor er sich verdrückte.

Mr. Campion folgte ihm.

Die Bibliothek war weihnachtlich geschmückt, und als Mr. Campion es sich in einem Ohrensessel vor dem Holzfeuer bequem machte, um sich liebevoll der Spitze einer *Romeo y Julieta* zu widmen, fühlte er endlich wieder den Geist der Weihnacht einkehren.

Sir George sorgte sich um das Glück seiner Tochter.

»Der junge Peters gefällt mir«, sagte er ernst. »Für seinen Vater kann er ja nichts.«

Mr. Campion gab ihm recht, und der Ältere fuhr fort.

»Mike ist Ingenieur«, sagte er, »und kommt in seinem Beruf allmählich voran, und Sheila hat ihn anscheinend sehr gern, aber Mae spricht von erblicher Unredlichkeit. Es könnte etwas hängengeblieben sein. Was meinst du dazu?«

Mr. Campion kam nicht mehr dazu, auf diese nicht sehr wahrscheinliche Theorie einzugehen. Vor der Tür gab es Unruhe, und gleich darauf kam Mr. Welkin senior in Begleitung einer aufgeregten Dame herein. George erhob sich und streckte die Hand aus.

»Miss Hare!« rief er. »Wie schön, daß Sie kommen. Sie sind auf Ihrer alljährlichen Barmherzigkeitsrunde?«

Miss Hare lachte. Sie war eine stattliche Dame und neigte zu rauher Herzlichkeit.

»Ich komme mal wieder betteln, wenn Sie das meinen, Sir George«, antwortete sie fröhlich. Dann nickte sie Mr. Campion zu, als wären sie einander soeben vorgestellt worden, und fuhr fort: »Ich komme jedes Jahr zu Weihnachten vorbei, um für meine alten Mütterchen zu sammeln. Vier sind's, die im Altersheim neben der Kirche wohnen. Ich hätte nur gern einen Shilling oder zwei, damit ich ihnen zu Weihnachten eine Kleinigkeit außer der Reihe kaufen kann. Viel brauche ich nicht. Nur einen Shilling oder zwei.«

Sie schlug in ihrem Notizbüchlein nach.

»Letztes Jahr haben Sie zehn Shilling gegeben, Sir George.«

Er zahlte die geforderte Summe, und Mr. Campion griff in seine Tasche.

»Zwei, drei Shilling sind mehr als genug«, sagte Miss Hare aufmunternd. »Oh, das ist sehr lieb von Ihnen. Ich kann Ihnen versichern, daß es nicht zum Fenster hinausgeworfen wird.«

Sie nahm die Münze und wollte sich gerade an Welkin wenden, als dieser schon vortrat.

»Wenn ich so etwas mache, dann richtig«, sagte er. »Hat jemand was zum Schreiben hier?«

Er zückte ein Scheckheft und nahm dabei unaufgefordert an Georges Schreibtisch Platz.

»Aber nein«, protestierte Miss Hare. »Nein, wirklich, Sie dürfen das nicht falsch verstehen. Es soll nur für eine Kleinigkeit außer der Reihe sein. Ich bekomme meist nur lauter Sixpence.«

»Hat jemand was zum Schreiben hier?« wiederholte Mr. Welkin.

Campion blickte auf die protzige Schreibgarnitur in des Mannes eigener Westentasche, aber ehe er ihn darauf hinweisen konnte, hatte George ihm bereits ergeben seinen Füllfederhalter hinübergereicht.

Mr. Welkin stellte einen Scheck aus und gab ihn Miss Hare, ohne ihn vorher auch nur abzulöschen.

»Zehn Pfund?« rief die erschrockene Dame. »Nein, wirklich ...!«

»Unsinn. Schnell einstecken und weg damit.« Mr. Welkin gab ihr einen leutseligen Klaps auf die Schulter. »Es ist doch Weihnachten«, sagte er mit einem Seitenblick zu George und Campion. »Zu Weihnachten soll man auch mal was Gutes tun – wenn man's sich leisten kann.«

Miss Hare sah hilflos in die Runde.

»Das ist – sehr freundlich von Ihnen«, sagte sie, »aber zwei, drei Shilling wären mehr als reichlich gewesen.«

Sie flüchtete, und Welkin warf Georges Füllfederhalter auf den Schreibtisch.

»Das ist so meine Art«, erklärte er.

George hüstelte, und sein Blick bekam etwas sehr Abwesendes.

»Ja – äh – das sehe ich«, sagte er und setzte sich wieder. Welkin ging.

Weder Mr. Campion noch sein Gastgeber sprachen weiter über den Vorfall. Campion runzelte die Stirn. Jetzt hatte er an zwei unbedeutenden Problemen zu kauen. Das eine war die Sache mit Charlie Spring und was er über ihn wußte, aber vergessen hatte, das andere eine Merkwürdigkeit an Mr. Welkin, die ihn vor ein großes Rätsel stellte.

Das Kinderfest auf Pharaoh's Court dauerte für Mr. Campions Gefühl schon fast zwei Wochen. Es war inzwischen halb acht, die Überreste eines gewaltigen Teegelages waren abgeräumt, und übrig blieb ein Musiksalon voll gesättigter, aber immer noch energiegeladener Kinder samt ihren Müttern, die mit Hingabe tanzten und sich allerlei Spielen widmeten.

Mr. Campion hatte getanzt, gebutlert, sogar ein paar Zaubertricks vorgeführt und besann sich soeben auf seine Lieblingszigaretten, von denen er eine Schachtel oben in seinem Koffer hatte, weshalb er sich nun mit winzig kleinen Gewissensbissen, weil er den heldenhaft weiterwerkelnden George allein ließ, davonschlich und auf sein Zimmer eilte.

Der größte Teil des Hauses war menschenleer. Sogar die Welkins machten sich im Musiksalon nützlich, und das Personal hatte sich zum Abwasch in der Küche versammelt.

Mr. Campion fand seine Zigaretten, zündete sich eine an, trödelte noch ein Weilchen herum und dachte bei sich, daß die Weihnachten seiner Kindheit eigentlich genauso verlaufen waren wie die heutigen, nur daß sie sich nicht so von Stunde zu Stunde hinschleppten. Er kam sich sehr tugendhaft vor, glücklich und geradezu triefend von gutem Willen. Der versprochene Schnee fiel tatsächlich; leise platschten die großen weichen Flocken gegen sein Fenster.

Als sein Gewissen endlich mahnte, daß er nicht länger durch Abwesenheit glänzen dürfe, knipste er das Licht aus, ging auf den Flur – und sah sich Auge in Auge mit dem Weihnachtsmann. Der heilige Mann sah so müde aus, wie er selbst es gewesen war, und ging tief gebeugt unter der Last des großen Sacks auf seiner Schulter. Mr. Campion bewunderte das Kostüm von Harridge. Die Stiefel glänzten, der Mantel mit den wollenen Säumen war vom richtigen Rot, und die gütige Maske mit dem Wattebart wirkte fast lebensecht.

Campion trat beiseite, um die ehrwürdige Gestalt vorbeizulassen, und weil es wohl der rechte Augenblick für einen Scherz war, fragte er obenhin: »Na, Chef, was haben wir denn in dem Sack?«

Wären seine schlichten Worte ein Zauberspruch von großer Mächtigkeit gewesen, die Wirkung hätte kaum erstaunlicher sein können. Die Gestalt stieß einen unartikulierten Schrei aus, ließ den Sack fallen, der mit lautem Krach vor Mr. Campions Füßen landete, und entfloh wie ein Schatten.

Einen Augenblick stand Mr. Campion vor Verblüffung wie gelähmt. Bevor er sich wieder gefangen hatte, war die scharlachrote Gestalt schon die Treppe hinunter verschwunden. Campion bückte sich und steckte die Hand in den Sack. Seine Finger fühlten etwas Hartes, Schweres, und er holte es hervor. Es war die Ormulu-Uhr aus Bronze und rosa Marmor.

Wie er so dastand und seinen Fund betrachtete, entrang sich ihm ein Seufzer der Befriedigung. Eines der Probleme, die ihn schon den ganzen Tag beschäftigt hatten, war gelöst.

Es war schon zwanzig Minuten später, als er wieder im Musikzimmer erschien. Niemand sah ihn eintreten, denn aller Augen waren auf das Podium gerichtet. Dort stand wiederum der Weihnachtsmann, umringt von eifrigen Helfern, und schnitt in aller Ruhe die Geschenke vom Baum ab.

Campion besah ihn sich sehr genau. Das Kostüm war das gleiche, das stand fest; die gleichen hohen Stiefel, gleicher Mantel, gleiche Maske. Er versuchte sich die fliehende Gestalt oben auf dem Flur ins Gedächtnis zu rufen, aber das Kostüm war so irreführend, daß es ihm schwerfiel.

Nach einer Weile fand er einen abseits stehenden Stuhl und setzte sich, um der Dinge zu harren. Sie kamen.

Als die letzten Besucher gegangen waren und Lady Turrett sich mit einem Seufzer glücklicher Erschöpfung in einen Sessel fallen ließ, kam Pouter, der Butler auf Pharaoh's Court, leise ins Zimmer und flüsterte seinem Herrn ein paar Worte ins Ohr. Von seinem Platz aus vernahm Mr. Campion ein verwundertes »Das gibt's doch nicht!« von George, woraufhin er sofort aufstand und zu ihm ging. Doch obwohl er schnell ging, war Mr. Welkin vor ihm da, und als Campion zu den beiden stieß, erscholl seine Stimme schon laut durchs Zimmer.

»Einbruch? Während wir hier herumgealbert haben? Was wurde gestohlen, Mann? Was ist weg?«

Pouter, dem diese Form der Anrede nicht behagte, bedachte den Gast seines Herrn mit einem kühlen Blick.

»Eine Uhr, unten aus dem Westflügel, ein versilbertes Tablett, ein kupferner Umtrunkbecher aus der Halle, ein Bronze-Buddha und eine vergoldete Ambrakugel vom ersten Treppenabsatz, soweit wir bisher feststellen konnten, Sir«, sagte er.

»Das gibt's doch nicht!« rief George wieder. »Einfach nicht zu fassen!«

»Von wegen nicht zu fassen!« schrie Welkin. »Unsere Wertsachen! Ada!«

»Das Collier?« kreischte Mrs. Welkin, tiefste Bestürzung im Blick. »Mein Collier!«

Während sie aus dem Zimmer stürzte, kam Sheila mit dem Weihnachtsmann, der seine Maske abgenommen und die Kapuze zurückgeschoben hatte, unter denen wieder Mike Peters' Gesicht zum Vorschein kam.

Lady Turrett saß reglos in ihrem Sessel. Kenneth Welkin stand mit bleichem Gesicht vor ihr und starrte sie entgeistert an.

»Ein Einbruch«, sagte er. »Hier in diesem Haus!«

Mae Turrett lächelte ihn nichtssagend an. »George und Pouter werden sich darum kümmern«, sagte sie. »Ich bin müde.«

»Müde!« donnerte Edward Welkin. »Wenn die Diamanten meiner Frau ...«

Er kam nicht weiter. Ada Welkin kam ins Zimmer gewankt, eine leere stählerne Kassette in den zitternden Händen.

»Fort!« rief sie mit hysterisch überkippender Stimme.

»Sie sind fort. Meine Diamanten ... mein ganzes Zimmer völlig durchwühlt. Gestohlen. Das Collier ist gestohlen.«

Es war Mike, der die Geistesgegenwart hatte, sie zu einem Sessel zu führen, bevor sie zusammenbrach. Ihr Mann schickte ihr einen verschlagenen, gedankenverlorenen Blick nach, schrie seinen Sohn an: »Kümmere dich um deine Mutter, Junge!« und nahm den Fall in die Hand.

»Sie, Pigeon, holen sämtliche Dienstboten hierher, jeden, der sich im Haus befindet, aber im Laufschritt, verstanden? Man hat mich bestohlen.«

Pouter sah flehend zu seinem Herrn, George hüstelte.

»Gleich, Mr. Welkin«, sagte er, »gleich. Versuchen wir zuerst herauszufinden, was wir können. Pouter, gehen Sie doch bitte einmal herumfragen, ob heute abend ein Fremder im Haus oder auf dem Anwesen gesehen wurde.«

Der Butler ging unverzüglich, und Welkin begann zu toben.

»Sie glauben vielleicht zu wissen, was Sie tun«, sagte er, »aber meine Methode war besser. Sie lassen dem Dieb nur Zeit, sich davonzumachen, und Zeit ist kostbar, lassen Sie sich das sagen. Ich muß die Polizei rufen.«

»Polizei?« Sheila war entsetzt.

Er sah sie mit offenem Mund an. »Selbstverständlich, junge Dame. Glauben Sie, ich finde mich mit dem Verlust von zwölftausend Pfund ab? Die Steine waren natürlich versichert, aber welche Versicherung zahlt schon, wenn ich die Polizei nicht einschalte? Ich rufe jetzt sofort an.«

»Einen Moment noch, bitte.« In Georges ruhigem Ton lag nur eine winzige Spur von Verärgerung. »Da kommt Pouter. Nun?«

Der Butler wirkte zutiefst verstört.

»Zwei der Mädchen«, antwortete er, »wollen einen Mann gesehen haben, der die Zufahrt hinunterlief, Sir, kurz bevor der Weihnachtsbaum in Angriff genommen wurde.« Er zögerte. »Sie – die Mädchen – sagen, er sei als Weihnachtsmann verkleidet gewesen, Sir. Beide sagen das.«

Alle sahen Mike an, und Sheilas Wangen flammten auf.

»Und?« rief sie.

Mr. Welkin lachte. »Aha, so wurde das also gemacht«, rief er. »Sehr schlau, aber er ist gesehen worden.«

Mike trat einen Schritt vor. Sein Gesicht war blaß, und seine Augen funkelten gefährlich. George legte ihm eine Hand auf den Arm.

»Augenblick«, befahl er. »Mr. Welkin, Sie werden sich erklären müssen.«

Mr. Welkin blieb ruhig. Er wirkte fast belustigt.

»Das dürfte doch wohl ganz einfach sein, wie?« meinte er. »Der Bursche läuft schon den ganzen Abend in dieser Verkleidung herum. Hier durfte er ja nicht hereinkommen, weil Lady Turrett die Kinder mit ihm überraschen wollte, aber sonst konnte er sich frei im Haus bewegen. Und das hat er getan und alles an sich genommen, was ihm gefiel, unter anderem meine Diamanten. Und falls ihm einer begegnet wäre? Es hätte sich niemand etwas dabei gedacht. Der Weihnachtsmann hat schließlich immer einen Sack bei sich. Dann ist er hinausgegangen, hat seinem Komplizen, der am Ende der Zufahrt auf ihn wartete, die Sachen übergeben und ist wieder hereingekommen.«

Mike wollte etwas sagen, aber Mr. Campion hielt die Zeit zum Eingreifen für gekommen.

»George«, sagte er, »wenn du und Mr. Welkin ganz kurz einmal mit mir in die Bibliothek kommen könntet, hätte ich einen Vorschlag zu machen.«

Welkin schwankte. »Ich bin ja gern bereit, Ihnen zuzuhören, Campion, aber ich will meine Diamanten wiederhaben, und ich brauche die Polizei. Fünf Minuten gebe ich Ihnen, mehr nicht.«

Die Bibliothek war dunkel, als die drei Männer eintraten, und Campion wartete, bis sie alle im Zimmer waren, bevor er das Deckenlicht anknipste. Im ersten Moment herrschte ratlose Stille. Eine Ecke des Zimmers war hergerichtet wie eine Jahrmarktsbude. Der ganze Inhalt des Sacks, der so unerwartet in Mr. Campions Besitz gelangt war, lag dort säuberlich ausgebreitet. Georges pausbäckiges Gesicht verdüsterte sich.

»Was ist denn das?« fragte er streng. »Ein Dummejungenstreich?«

Mr. Campion schüttelte den Kopf. »Leider nein. Diese Sachen habe ich vorhin einem phantasievoll kostümierten Herrn abgenommen, dem ich oben auf dem Flur begegnet bin«, sagte er. »Was meinen Sie dazu, Mr. Welkin?«

Der Mann glotzte ihn störrisch an. »Wo sind meine Diamanten? Das ist alles, was mich interessiert. Dieser Plunder geht mich nichts an.«

Mr. Campion lächelte milde. »Weißt du, George, er hat ja recht«, sagte er. »Plunder ist das richtige Wort. Es ist mir wieder eingefallen, als ich das sah. Der arme Charlie Spring – ich habe ihn erkannt, Mr. Welkin – hat in seinem ganzen Leben noch nie einen großen Coup gelandet, weil er eine Schwäche fürs Bunte hat und immer nur Plunder stiehlt.«

Edward Welkin stand stocksteif neben dem Schreibtisch.

»Ich verstehe kein Wort«, sagte er. »Meine Diamanten sind gestohlen worden, und ich rufe jetzt die Polizei.«

Mr. Campion nahm seine Brille ab. »Das täte ich an Ihrer Stelle nicht«, sagte er. »Nein, lassen Sie das!«

Bei den letzten Worten sprang Mr. Campion vor, und es gab ein kurzes Gerangel. Nachdem dieses vorüber war, lag Mr. Welkin neben der Ormulu-Uhr auf dem Boden, und Mr. Campion hielt seinen goldenen Füllfederhalter samt goldenem Bleistift in der Hand, beide in dem Lederetui, das bis vor einer Sekunde noch in der Westentasche des Mannes gesteckt hatte.

Welkin kam wieder auf die Beine. Sein Gesicht war puterrot, sein Blick ein wenig erschrocken. Er versuchte es mit Großmäuligkeit. »Sie werden sich wegen tätlichen Angriffs vor Gericht wiederfinden«, sagte er. »Geben Sie mir mein Eigentum zurück.«

»Selbstverständlich. Stück für Stück«, erklärte Mr. Campion liebenswürdig. »Ihre Füllfederhalterattrappe, Ihre Bleistiftattrappe, und hier in dem Behältnis, das darunter verborgen ist, die Diamanten Ihrer Frau Gemahlin.«

Mit diesen Worten zog er das Etui auseinander, und eine glitzernde Kette fiel in seine Hand.

Es entstand eine lange, sehr lange Pause.

Mr. Welkin stand verdrossen in der Zimmermitte.

»Und?« fragte er schließlich. »Was wollen Sie beide nun unternehmen?«

Mr. Campion sah zu George, der neben dem Schreibtisch stand, einen Ausdruck von Ungläubigkeit, beinahe schon Fassungslosigkeit in seinem gütigen Gesicht.

»Wenn ich einen Vorschlag machen dürfte«, sagte er leise, »dann meine ich, er sollte jetzt seine Familie zusammenholen und woanders eine fröhliche Weihnacht mit ihr verbringen, findest du nicht? Es würde einigen Ärger ersparen.«

Welkin streckte die Hand aus.

»Na schön. Meine Diamanten, bitte.«

Mr. Campion schüttelte den Kopf. »Da Sie jetzt das Haus verlassen werden«, sagte er mit sanftem Lächeln, »möchte ich nicht, daß sie noch einmal – verlorengehen.«

Welkin zuckte die Achseln. »Sie haben gesiegt«, sagte er knapp. »Ich gehe jetzt und sage Ada, daß sie packen soll.«

Er verließ das Zimmer, und als die Tür hinter ihm zuging, mußte George sich erst einmal hinsetzen.

»Das begreife, wer will...«, begann er. »Kenneth, sein eigener Sohn, sollte doch den Nikolaus spielen, zumindest hatte er damit gerechnet.«

Campion nickte. »Ich weiß«, sagte er. »Wenn Kenneth ihn gespielt hätte und dasselbe passiert wäre, hätten wir für den jungen Mann wahrscheinlich ein perfektes Alibi präsentiert bekommen. Du mußt bedenken, daß der Dieb ja nicht gesehen werden sollte. Man hatte ihn nur für alle Fälle in dieses Kostüm gesteckt.«

Sein Gastgeber nahm die Diamanten und drehte sie in der Hand. Er war ein wenig langsam von Begriff.

»Warum stiehlt einer seine eigenen Sachen?« fragte er.

Mr. Campion seufzte. »Du bist von so reiner Denkungsart, George, daß die Bosheit einiger deiner Mitmenschen dir eine ständige Quelle des Staunens sein muß.« Er schwieg einen Moment. »Hast du unseren Freund Welkin nicht sagen hören, daß die Diamanten versichert sind?«

George riß die Augen auf. »Zum Donnerwetter aber auch!« rief er. »Was ist das für ein Mensch! Und das in unserem Haus«, fügte er wie im nachhinein hinzu. »Wie bist du ihm auf die Schliche gekommen, Campion?«

Mr. Campion erklärte es ihm. »Ich wußte, daß Charlie Spring eine Eigenheit hatte, ich kam nur nicht mehr darauf, was es war, bis ich dann diese Uhr aus dem Sack holte. Da ist mir seine Vorliebe fürs Barocke wieder eingefallen, und daß er die betrübliche Angewohnheit hat, es mit Wertvollem zu verwechseln. Damit schieden die Diamanten aus. Sie wären für Charlie nicht groß genug gewesen. Als mir das wieder einfiel, habe ich mich auch an seinen zweiten Fehler erinnert. Er arbeitet nie allein. Wenn Mr. Spring irgendwo seine Aufwartung macht, bedeutet das immer, daß er einen Komplizen im Haus hat. Nachdem mir beides wieder bewußt war, lag der Rest ziemlich klar auf der Hand.«

»Und daß dieser Füllfederhalter eine Attrappe war, das hast du heute nachmittag gemerkt, als Miss Hare hier war?«

Mr. Campion grinste. »Es war doch merkwürdig, daß der Mann nicht sein eigenes Schreibgerät benutzte, oder?« antwortete er. »Als er es gar nicht erst in die Hand nahm, habe ich mir meinen Reim darauf gemacht. Diese Art Verstecke sind ziemlich verbreitet, besonders in Amerika. Sie sind zur Aufbewahrung von Wertsachen bestimmt und meist aus billigem Plastik, das normalerweise niemand stehlen würde. Aber an Mr. Welkin war sonst nichts Billiges – von seinem Benehmen abgesehen.«

George schenkte zwei Gläser ein. »Schwieriger Mensch«, stellte er fest. »Mochte ihn von Anfang an nicht. Kann über nichts mitreden. Ich erzähle von der Jagd, und er ist nicht interessiert, ich erzähle vom Reiten, und er guckt mich nur groß an, ich spreche vom Angeln, und er gähnt. Ich wußte mich über nichts mit ihm zu unterhalten. Konnte bei gar nichts mitreden.«

Agatha Christie

Eine Weihnachtstragödie

Ich möchte eine Beschwerde vorbringen«, erklärte Sir Henry Clithering.

Mit zwinkernden Augen blickte er sich im Kreise um. Colonel Bantry saß mit ausgestreckten Beinen im Sessel und starrte mit gerunzelter Stirn auf den Kaminsims. Seine Frau blätterte in einem Blumenkatalog. Dr. Lloyd blickte mit offener Bewunderung auf Jane Helier, und diese betrachtete nachdenklich ihre rosafarbenen polierten Fingernägel. Nur Miss Marple saß kerzengerade auf ihrem Stuhl und zwinkerte Sir Henry ebenfalls mit ihren blauen Augen zu.

»Eine Beschwerde?« murmelte sie.

»Eine sehr ernste Beschwerde. Wir sind hier heute abend sechs Personen; drei Vertreter jeden Geschlechts, und ich protestiere im Namen der unterdrückten männlichen Wesen. Wir haben drei Geschichten gehört, die alle von den Männern erzählt wurden! Ich erkläre hiermit feierlich, daß die Damen nicht ihren angemessenen Teil zur Unterhaltung beigetragen haben.«

»Oho!« erwiderte Mrs. Bantry empört. »Das bestreite ich. Wir haben mit größtem Verständnis zugehört. Außerdem haben wir ein geziemendes Wesen an den Tag gelegt, das sich davor scheut, die Blicke aller auf sich zu ziehen!«

»Eine ausgezeichnete Entschuldigung«, bemerkte Sir Henry, »aber wir lassen sie nicht gelten. Ich bin überzeugt, daß eine der Damen ein besonders geschätztes Geheimnis in petto hat. Wie ist es, Miss Marple, mit der ›Merkwürdigen Begebenheit mit der Putzfrau‹ oder der ›Mysteriösen Angelegenheit bei der Mütterversammlung‹? Sie und St. Mary Mead dürfen mich nicht enttäuschen.«

Kopfschüttelnd erwiderte Miss Marple:

»Ich habe nicht viel erlebt, Sir Henry. Natürlich haben wir unsere kleinen rätselhaften Angelegenheiten, aber die würden Sie nicht interessieren.«

»Und wie steht's mit Ihnen, Miss Helier?« fragte Colonel Bantry. »Sie müssen doch sicher interessante Erlebnisse gehabt haben.«

»Ja, wirklich«, stimmte Dr. Lloyd zu.

»Ich?« fragte Jane. »Sie meinen, daß ich Ihnen jetzt etwas von mir erzähle?«

»Oder irgend etwas, das einem Ihrer Freunde passiert ist«, ergänzte Sir Henry.

»Oh!« sagte Jane vage. »Ich glaube, ich habe gar nichts Besonderes erlebt – jedenfalls nicht so etwas. Blumen natürlich und seltsame Botschaften – aber das sind einfach Männergeschichten, nicht wahr? Ich glaube nicht ...« Sie brach gedankenverloren ab.

»Ich sehe schon, wir müssen auf die kleinen Angelegenheiten zurückkommen«, meinte Sir Henry. »Also beginnen Sie, Miss Marple.«

»Sie belieben wohl zu scherzen, Sir Henry. Aber wenn ich so darüber nachdenke, fällt mir tatsächlich eine Begebenheit ein – Begebenheit ist allerdings nicht der richtige

Ausdruck, es handelt sich um etwas viel Ernsteres: um eine Tragödie. Und ich war gewissermaßen darin verwickelt. Aber was ich getan habe, hat mich nie gereut – niemals. Doch ist es nicht in St. Mary Mead geschehen.«

»Da bin ich aber enttäuscht«, meinte Sir Henry. »Aber ich werde versuchen, mich damit abzufinden. Ich wußte ja, daß wir uns auf Sie verlassen können.«

Er setzte sich voller Erwartung in seinem Sessel zurecht.

»Ich hoffe, daß ich es Ihnen richtig schildern kann«, sagte sie ein wenig vorsichtig. »Ich neige etwas zur Weitschweifigkeit. Ohne es zu wissen, verliert man oft den Faden, und es ist so schwer, sich an die richtige Reihenfolge zu erinnern. Sie müssen Geduld mit mir haben, wenn ich mich als eine schlechte Erzählerin entpuppe. Außerdem ist es schon so lange her. Wie gesagt, die Geschichte spielte sich nicht in St. Mary Mead, sondern in einem Thermalbadeort ab.«

»Unfreundliche Plätze«, schob Colonel Bantry ein, »absolut scheußlich! Man muß früh aus den Federn und dieses widerliche Wasser trinken. Alte Frauen sitzen massenweise herum, mit ihren tausend kleinen Gebrechen und ihrem endlosen Geschwätz. Mein Gott, wenn ich bloß daran denke ...«

»Das ist leider wahr«, stimmte Miss Marple ihm zu. »Ich selbst ...«

»Meine liebe Miss Marple«, rief der Colonel entsetzt. »Ich habe natürlich nicht für eine Sekunde ...«

Rosa angehaucht brachte sie ihn mit einer kleinen Geste zum Schweigen.

»Aber es ist wahr, Colonel. Nur möchte ich noch etwas hinzufügen. Was war es doch gleich? Ach so, ja. Es wird, wie Sie sagen, viel gelästert. Und die Menschen urteilen sehr hart darüber – besonders junge Menschen. Mein Neffe, der Bücher schreibt und, wie ich glaube, sehr gescheite, hat äußerst sarkastische Bemerkungen gemacht über Leute, die ohne jeglichen Beweis den guten Ruf anderer vernichten.

Hierzu möchte ich bemerken, daß die jungen Leute oft nicht nachdenken oder die Tatsachen prüfen. An dem Getratsche ist nämlich meistens sehr viel Wahres dran! Und wenn die jungen Leute der Sache einmal auf den Grund gingen, würden sie die Entdeckung machen, daß es in neun von zehn Fällen stimmt. Und darum regen sich die Leute auch so darüber auf.«

»Die göttliche Eingebung, wie?« sagte Sir Henry ironisch.

»O nein, durchaus nicht. Es handelt sich in Wirklichkeit um praktische Erfahrungen. Wenn Sie einem Ägyptologen einen dieser merkwürdigen kleinen Käfer zeigen, kann er Ihnen, wie ich gehört habe, aus dem Gefühl heraus sagen, welcher Periode er angehört oder ob es eine Imitation aus Birmingham ist. Aber er kann nicht immer bestimmte Gründe dafür angeben. Er weiß es eben. Er hat sich ein Leben lang mit solchen Dingen beschäftigt.

Ebenso haben die von meinem Neffen als ›nutzlos‹ bezeichneten Frauen sehr viel freie Zeit, und sie interessieren sich in der Hauptsache für Menschen. Und auf diese Weise werden sie sozusagen Sachverständige auf diesem Gebiet. Nun, diese jungen Leute heutzutage – sie reden sehr frei über Dinge, die in meiner Jugend nicht erwähnt wurden; auf der anderen Seite aber sind sie sehr naiv. Sie glauben an alles und jeden. Und wenn man sie noch so sanft zu warnen versucht, wird einem gesagt, man sei viktorianisch – und damit ist die Sache erledigt.

Nun muß ich bekennen, daß ich auch etwas empfindlich bin, und gedankenlose Bemerkungen haben mich schon oft aufs tiefste verletzt. Ich weiß, Männer interessieren sich nicht für häusliche Angelegenheiten, aber ich muß doch kurz mein Hausmädchen Ethel erwähnen, ein sehr hübsches Mädchen und in jeder Weise gefällig. Nun, sobald ich sie sah, wußte ich, daß sie der gleiche Typ wie Annie Webb war. Wenn sich die Gelegenheit ergab, würde sie mein und dein nicht unterscheiden können. Daher ließ ich sie am Ende des Monats gehen und schrieb ihr ins Zeugnis, daß sie ehrlich und bescheiden sei. Aber unter vier Augen warnte ich die alte Mrs. Edwards davor, sie zu nehmen. Mein Neffe Raymond war entsetzt und erklärte mir, er habe noch nie so etwas Schändliches – ja, Schändliches – gehört. Na, sie ging dann zu Lady Ashton, die zu warnen ich mich nicht verpflichtet fühlte. Und was geschah? Alle Spitzen wurden von ihrer Unterwäsche abgeschnitten und zwei Diamantbroschen gestohlen – und das Mädchen schlich sich mitten in der Nacht davon, und seitdem hat man nichts mehr von ihr gehört!«

Miss Marple hielt inne, holte tief Atem und fuhr dann fort.

»Sie werden sicher denken, dies alles hat nichts zu tun mit dem, was sich in dem Kurort ereignete – aber indirekt ist es doch so. Denn es ist eine Erklärung dafür, warum ich nicht den geringsten Zweifel daran in meinem Herzen hatte – gleich als ich die beiden Sanders' zusammen sah –, daß er beabsichtigte, sie umzubringen.«

»Was sagen Sie da?« fragte Sir Henry erstaunt.

»Ich sage, Sir Henry, daß ich durchaus nicht im Zweifel war. Mr. Sanders war ein stattlicher, gutaussehender Mann von sehr herzlichem Wesen und bei allen recht beliebt. Und niemand hätte netter zu seiner Frau sein können als er. Aber ich wußte Bescheid! Er hatte die Absicht, sie aus dem Weg zu räumen.«

»Aber meine liebe Miss Marple ...«

»Ja, ich weiß. Mein Neffe Raymond West würde mir dasselbe sagen, nämlich, daß ich nicht den geringsten Beweis hätte. Aber ich muß dabei an Walter Hones denken, den Wirt des ›Grünen Mannes‹. Als er eines Abends mit seiner Frau nach Hause ging, fiel sie in den Fluß – und er ließ sich das Versicherungsgeld auszahlen! Ich könnte noch ein paar Leute anführen, die bis heute ungestraft herumlaufen – sogar einen aus unseren Kreisen. Verbrachte die Sommerferien in der Schweiz, um mit seiner Frau Kletterpartien zu machen.

Ich bat sie vorher, nicht mitzufahren; das arme Geschöpf wurde nicht einmal zornig mit mir, wie man es hätte erwarten können, sie lachte nur. Es erschien ihr komisch, daß eine merkwürdige Alte wie ich so etwas über ihren Harry sagen sollte. Ja, und dann gab es eben einen Unfall – und Harry ist jetzt mit einer anderen Frau verheiratet. Aber was konnte ich tun? Ich wußte es zwar, hatte aber keine Beweise.«

»O Miss Marple«, rief Mrs. Bantry. »Ist das möglich?«

»Meine Liebe, solche Dinge passieren alle Tage. Und Männer sind dieser Versuchung besonders ausgesetzt, da sie so viel stärker sind. Es ist ja so leicht, wenn es wie ein Unfall aussieht.

Wie gesagt, bei den Sanders' hatte ich denselben Eindruck. Wir fuhren mit der Straßenbahn. Da unten alles voll war, mußten wir nach oben klettern. Dann standen wir alle drei auf, um auszusteigen, und Mr. Sanders verlor das Gleichgewicht und fiel heftig gegen seine Frau, die kopfüber nach unten stürzte. Glücklicherweise war der Schaffner ein starker junger Mann und fing sie geschickt auf.«

»Das war aber doch bestimmt ein Zufall.«

»Natürlich war es ein Zufall – nichts hätte auffälliger aussehen können. Aber Mr. Sanders war, wie er mir erzählt hatte, in der Handelsmarine gewesen, und wenn jemand auf einem schwankenden Schiff das Gleichgewicht bewahren kann, verliert er es nicht gleich in einer Elektrischen, zumal wenn eine alte Frau wie ich fest auf den Füßen steht. Das kann mir keiner weismachen.«

»Jedenfalls dürfen wir annehmen, daß Ihnen die Sache auf der Stelle sonnenklar war, nicht wahr, Miss Marple?« meinte Sir Henry.

Die alte Dame nickte.

»Ich war ziemlich sicher, und ein anderer Zwischenfall, als wir später die Straße überquerten, bestätigte meinen Eindruck. Nun frage ich Sie, Sir Henry, was konnte ich machen? Hier war eine nette, zufriedene, glückliche kleine Frau, die in Kürze ermordet werden sollte.«

»Meine liebe gnädige Frau, ich bin einfach sprachlos.«

»Seien Sie nicht so ironisch. Wie die meisten Leute heutzutage neigen Sie zu der Ansicht, daß so etwas nicht möglich ist. Aber es verhielt sich so, und ich wußte es. Leider ist man in seiner Handlungsweise so sehr behindert. Ich konnte zum Beispiel nicht zur Polizei gehen. Und die junge

Frau zu warnen wäre völlig nutzlos gewesen; denn ich konnte sehen, daß sie diesen Mann liebte. Also bemühte ich mich darum, soviel wie möglich über sie in Erfahrung zu bringen. Man hat reichlich Gelegenheit dazu, wenn man am Feuer sitzt und Handarbeiten macht. Mrs. Sanders, Gladys hieß sie mit Vornamen, redete nur zu gern. Allem Anschein nach war sie noch nicht lange verheiratet. Ihr Mann hatte Aussicht, bald in den Besitz eines Vermögens zu kommen. Aber im Augenblick waren sie ziemlich schlecht dran. Ja, sie lebten von ihrem kleinen Einkommen. Diese Geschichte ist nicht neu. Sie bedauerte es sehr, daß sie ihr Kapital nicht anrühren konnte. Anscheinend hatte irgend jemand irgendwo etwas Verstand gehabt! Aber ich bekam heraus, daß sie das Geld testamentarisch einer anderen Person vermachen konnte. Und sie und ihr Mann hatten gleich nach der Hochzeit jeder ein Testament zugunsten des anderen gemacht. Sehr rührend. Natürlich, wenn Jacks Angelegenheit in Ordnung kam – das war der Refrain, den man den ganzen Tag hörte, und inzwischen waren sie so arm wie Kirchenmäuse, hatten sogar ein Zimmer im oberen Stockwerk, wo die Dienstboten alle schliefen – wie gefährlich, falls ein Feuer ausbrach! Obgleich zufälligerweise gerade hinter ihrem Fenster eine Feuertreppe hinabführte. Ich erkundigte mich vorsichtig danach, ob auch ein Balkon vorhanden sei – sehr gefährlich, so ein Balkon. Ein Stoß genügt!

Ich nahm ihr das Versprechen ab, nicht auf den Balkon zu treten, unter dem Vorwand, daß ich einen Traum gehabt hätte. Das machte einen tiefen Eindruck auf sie – manchmal kann man durch Aberglauben sehr viel erreichen. Sie war ein blonder Typ mit käsiger Gesichtsfarbe und einer unordentlichen Haarrolle im Nacken. Sehr leichtgläubig. Sie erzählte, was ich ihr gesagt hatte, ihrem Mann, und es fiel mir auf, daß er mich ein paarmal recht merkwürdig anschaute. Er war nicht leichtgläubig, und er wußte, daß ich auch in der Straßenbahn gewesen war.

Aber ich war in Sorge – in schrecklicher Sorge –, weil ich nicht wußte, wie ich ihn an der Ausführung seines Planes hindern konnte. Für den Augenblick wäre es mir natürlich möglich gewesen. Ich hätte ihm nur mit ein paar Worten anzudeuten brauchen, daß ich Verdacht gegen ihn schöpfte. Aber dann hätte er seinen Plan einfach auf später verschoben. Nein, ich gelangte allmählich zu der Überzeugung, daß nur ein kühner Schritt sie retten konnte – man mußte ihm eine Falle stellen. Wenn man ihn dazu bringen konnte, einen Anschlag auf ihr Leben zu machen – nach einem von mir entworfenen Plan –, nun, dann vermochte man ihn zu entlarven, und sie war gezwungen, der Wahrheit ins Auge zu sehen, wie schwer der Schock für sie auch sein mochte.«

»Ich bin sprachlos«, erklärte Dr. Lloyd. »Was für einen Plan hätten Sie da bloß in Anwendung gebracht?«

»Keine Angst, ich hätte schon einen gefunden«, erwiderte Miss Marple. »Aber der Mann war zu schlau für mich. Er wartete nicht. Wahrscheinlich ahnte er, daß ich mißtrauisch war. Also schlug er zu, bevor ich sicher sein konnte. Er wußte, daß ich bei einem Unfall Verdacht schöpfen würde. So machte er gleich einen Mord daraus.«

Alle im Kreise schnappten nach Luft. Miss Marple nickte und fuhr mit grimmiger Miene fort:

»Ich befürchte, ich bin ein wenig unvermittelt damit herausgeplatzt, und ich will versuchen, Ihnen der Reihe nach alles zu erzählen. Stets verspüre ich eine gewisse Bitterkeit – es will mir scheinen, als hätte ich es irgendwie verhindern sollen. Aber das Schicksal hat es vielleicht nicht anders gewollt. Auf jeden Fall habe ich getan, was in meinen Kräften stand.

Es lag ein seltsam unheimliches Gefühl in der Luft. Etwas schien auf uns allen zu lasten. Eine Ahnung von nahem Unheil. Zunächst war da einmal die Geschichte mit George, dem Portier. Er war jahrelang dort gewesen und kannte jeden. Dann bekam er Bronchitis und eine Lungenentzündung und starb am vierten Tag. Schrecklich traurig. Ein wirklicher Schlag für alle. Noch dazu vier Tage vor Weihnachten! Dann bekam eines der Hausmädchen – ein so nettes Geschöpf – eine Blutvergiftung am Finger und starb tatsächlich innerhalb von vierundzwanzig Stunden. Ich war gerade mit Miss Trollope und der alten Mrs. Carpenter im Salon, und Mrs. Carpenter war geradezu dämonisch – sie schien sich regelrecht daran zu weiden.

›Hören Sie auf mich‹, sagte sie. ›Dies ist noch nicht das Ende. Sie kennen doch das Sprichwort? Aller guten Dinge sind drei. Das habe ich immer wieder erlebt. Wir werden noch einen Todesfall haben. Ganz ohne Zweifel. Und wir brauchen nicht lange zu warten. Aller guten Dinge sind drei.‹

Bei diesen Worten, die sie, mit dem Kopf nickend, beim Geklapper ihrer Stricknadeln hervorbrachte, blickte ich zufällig auf, und da stand Mr. Sanders im Türrahmen. Einen Augenblick lang war er nicht auf der Hut, und ich sah die nackte Wahrheit in seinen Augen. Bis zu meiner letzten

Stunde glaube ich, daß es die Worte dieser gräßlichen Mrs. Carpenter waren, die den Plan bei ihm auslösten. Ich konnte ganz deutlich sehen, welche Gedanken sich hinter seiner Stirn verbargen.

In seiner jovialen Art lächelnd, trat er ins Zimmer. ›Kann ich für die Damen irgendwelche Weihnachtseinkäufe erledigen?‹ fragte er. ›Ich gehe nämlich gleich in den Ort.‹ Lachend und schwatzend blieb er noch eine Weile und ging dann hinaus. Voller Unruhe fragte ich sofort: ›Wo ist Mrs. Sanders eigentlich? Weiß es jemand?‹

Miss Trollope erwiderte, sie sei zu ihren Freunden, den Mortimers, gegangen, um Bridge zu spielen, und das beruhigte mich im Augenblick ein wenig. Aber ich war immer noch sehr besorgt und unschlüssig, ob ich etwas unternehmen sollte. Eine halbe Stunde später ging ich auf mein Zimmer. Auf der Treppe begegnete ich meinem Arzt, Dr. Coles, und da ich ihn sowieso wegen meines Rheumatismus um Rat fragen wollte, nahm ich ihn mit in mein Zimmer. Dort erwähnte er mir gegenüber (im Vertrauen, sagte er) den Tod des armen Hausmädchens Mary. Der Geschäftsführer wünsche nicht, daß es sich herumspräche, sagte er, und ich solle es daher für mich behalten. Natürlich erwähnte ich nicht, daß wir alle während der letzten Stunde – von dem Augenblick an, als das arme Mädchen seinen letzten Atemzug getan hatte – von nichts anderem mehr geredet hatten. So etwas ist doch immer gleich bekannt, und ein Mann von seiner Erfahrung hätte das wissen müssen. Aber Dr. Coles war von jeher ein schlichter, naiver Mann, der glaubte, was er glauben wollte, und gerade das beunruhigte mich eine Sekunde später. Als er sich verabschiedete, erwähnte er, daß Sanders ihn gebeten habe, sich seine Frau mal anzusehen, sie fühle sich schlecht; irgend etwas stimme nicht mit ihr.

Und am selben Tage hatte mir Gladys Sanders selber erzählt, daß sie in allerbester Verfassung wäre, wofür sie sehr dankbar sei.

Sehen Sie? Mein ganzer Verdacht gegen diesen Mann kehrte hundertfach zurück. Er traf Vorbereitungen, aber wofür? Dr. Coles war gegangen, ehe ich mich entschließen konnte, ob ich mit ihm reden sollte oder nicht. Und ich hätte auch nicht recht gewußt, wie ich mich ausdrücken sollte. Als ich aus meinem Zimmer trat, kam Sanders selbst die Treppe vom nächsten Stockwerk herunter. Er trug Straßenkleidung und fragte abermals, ob er mir in der Stadt etwas besorgen könne. Ich mußte mich sehr beherrschen, um nicht unhöflich zu ihm zu sein! Dann ging ich in die Diele und bestellte mir Tee. Es ging schon auf halb sechs zu, wie ich mich entsinne.

Um Viertel vor sieben, als Mr. Sanders hereinkam, war ich immer noch in der Diele. Er hatte zwei Herren bei sich, und alle drei waren in ziemlich gehobener Stimmung. Mr. Sanders ließ seine beiden Freunde stehen und kam sofort zu dem Tisch, an dem ich mit Miss Trollope saß. Er bat uns um Rat wegen eines Weihnachtsgeschenks für seine Frau. Es war eine Abendhandtasche.

›Meine Damen‹, erklärte er, ›ich bin nur ein rauher Seemann. Was weiß ich schon von diesen Dingen? Ich habe mir drei zur Auswahl schicken lassen und wäre Ihnen für Ihren sachkundigen Rat sehr dankbar.‹

Wir versicherten ihm, daß es uns ein Vergnügen sein werde, und er fragte uns, ob es uns etwas ausmache, mit ihm nach oben zu gehen, da seine Frau jede Minute kommen könne und sonst die Taschen sehen würde. Also gingen wir mit ihm hinauf. Niemals werde ich die nächsten Minuten vergessen – mich überläuft jetzt noch eine Gänsehaut.

Mr. Sanders öffnete die Tür zum Schlafzimmer und drehte das Licht an. Ich weiß nicht, wer von uns sie zuerst sah ... Mrs. Sanders lag mit dem Gesicht nach unten auf dem Boden – tot. Ich war zuerst bei ihr, kniete nieder, nahm ihre Hand und fühlte nach dem Puls, aber es war sinnlos, denn der Arm war schon kalt und steif. Unmittelbar neben ihrem Kopf lag ein mit Sand gefüllter Strumpf – offensichtlich die Waffe, mit der sie niedergeschlagen worden war. Miss Trollope, dieses törichte Geschöpf, stand an der Tür und jammerte zum Steinerweichen. Mit dem Schrei ›Meine Frau, meine Frau!‹ stürzte Mr. Sanders an ihre Seite. Ich hinderte ihn daran, sie zu berühren; denn ich war überzeugt, daß er der Täter war, und glaubte, er wolle vielleicht etwas fortnehmen und verstecken.

›Es darf nichts angerührt werden‹, erklärte ich. ›Reißen Sie sich zusammen, Mr. Sanders. Miss Trollope, bitte gehen Sie nach unten und holen Sie den Geschäftsführer.«

Ich selbst verharrte kniend bei der Leiche, da ich nicht die Absicht hatte, Sanders mit ihr allein zu lassen. Allerdings muß ich zugeben, daß der Mann ein Schauspieler war. Er schien bestürzt, verwirrt und über alle Maßen verängstigt.

Sehr bald erschien der Geschäftsführer. Er inspizierte in aller Eile den ganzen Raum, dann drängte er uns alle hinaus, schloß die Tür ab und nahm den Schlüssel mit, als er ging, um die Polizei anzurufen. Es schien eine Ewigkeit zu dauern, bis sie kam (später erfuhren wir, daß die Leitung nicht in Ordnung gewesen war).

Der Geschäftsführer mußte jemanden zur Post schicken, und das Kurhotel liegt ziemlich weit von der Stadt entfernt, fast am Rande des Moores. Inzwischen fiel Mrs. Carpenter uns allen sehr auf die Nerven. Sie war so zufrieden, daß ihre Prophezeiung sich so schnell erfüllt hatte. Sanders lief stöhnend und händeringend in den Garten hinaus, und in seinen Zügen zeichnete sich tiefster Kummer ab.

Endlich kam die Polizei. Mit dem Geschäftsführer und Mr. Sanders gingen sie nach oben, und später ließen sie mich holen. Der Inspektor saß an einem Tisch und schrieb. Er sah intelligent aus und war mir sehr sympathisch.

›Miss Jane Marple?‹ fragte er.

›Ja.‹

›Wie ich höre, gnädige Frau, waren Sie zugegen, als die Leiche gefunden wurde.‹

Ich bestätigte das und schilderte genau, was vorgefallen war. Ich glaube, der arme Mann war sichtlich erleichtert, daß er jemanden gefunden hatte, der seine Fragen zusammenhängend beantworten konnte, nachdem er sich vorher mit Sanders und Emily Trollope abgequält hatte. Wie ich hörte, war Emily Trollope ja vollständig aus der Fassung geraten – was auch nicht anders zu erwarten war von diesem törichten Geschöpf! Meine liebe Mutter hat mir immer eingeschärft, daß eine Dame sich in der Öffentlichkeit stets zusammennehmen müsse, wie sehr sie sich auch in ihren eigenen vier Wänden gehenlassen mochte.«

»Ein bewundernswerter Grundsatz«, bemerkte Sir Henry mit ernster Miene.

»Als ich mit meiner Schilderung zu Ende war, sagte der Inspektor zu mir: ›Vielen Dank, gnädige Frau. Nun muß ich Sie leider bemühen, sich die Leiche noch einmal anzusehen. Hat sie genauso gelegen, als Sie das Zimmer betraten? Ist sie von niemandem berührt worden?‹

Ich erklärte ihm, daß ich Mr. Sanders daran gehindert hätte, und der Inspektor nickte beifällig.

›Der Herr scheint furchtbar erregt zu sein‹, bemerkte er.

›Das scheint er wohl – ja‹, erwiderte ich.

Ich glaube nicht, daß ich das Wort ›scheint‹ besonders betont habe. Dennoch warf der Inspektor mir einen ziemlich scharfen Blick zu.

›Wir können also annehmen, daß die Leiche sich in genau derselben Stellung befindet wie am Anfang, wie?‹ fragte er.

›Ja, abgesehen von dem Hut‹, entgegnete ich.

Der Inspektor blickte mich erstaunt an.

›Was ist mit dem Hut?‹

Ich setzte ihm auseinander, daß die arme Gladys den Hut zuerst auf dem Kopf gehabt habe, während er jetzt neben ihr liege, und ich sprach die Vermutung aus, daß die Polizei ihn wohl entfernt habe. Doch der Inspektor verneinte diese Tatsache ganz entschieden. Nichts sei bisher angerührt oder bewegt worden. Mit gerunzelter Stirn blickte er auf die arme hingestreckte Gestalt hinab.

Gladys trug Straßenkleidung – einen weiten dunkelroten Tweedmantel mit grauem Pelzkragen. Der Hut, ein billiges Stück aus rotem Filz, lag gerade neben ihrem Kopf. Eine Weile stand der Inspektor grübelnd da. Dann kam ihm plötzlich ein Gedanke.

›Können Sie sich ganz zufällig daran erinnern, gnädige Frau, ob die Verstorbene gewöhnlich Ohrringe trug?‹

Nun habe ich, Gott sei Dank, eine recht gute Beobachtungsgabe, und ich entsann mich sofort, daß ich gerade unter dem Hutrand einen Schimmer von Perlen gesehen hatte, obgleich ich in dem Augenblick keine besondere Notiz davon genommen hatte. Seine Frage konnte ich also bejahen.

›Dann ist die Sache ja klar‹, meinte er. ›Der Schmuckkasten der Dame ist geplündert worden – nicht, daß sie etwas Wertvolles besaß, soweit ich unterrichtet bin –, und die Ringe hat man ihr von den Fingern gezogen. Der Mörder muß also die Ohrringe vergessen und sie geholt haben, nachdem der Mord entdeckt war. Ein hartgesottener Bursche! Oder vielleicht‹ – bei diesen Worten starrte er im Zimmer umher und sagte langsam: ›Vielleicht hatte er sich im Zimmer versteckt und war die ganze Zeit über hier.‹

Doch ich verwarf die Idee. Ich selbst, erklärte ich ihm, hätte unter das Bett geschaut, und der Geschäftsführer habe die Türen des Kleiderschranks geöffnet. Und sonst gebe es keine Versteckplätze im Zimmer, wo ein Mann sich verbergen könne. Allerdings sei das Hutfach mitten im Kleiderschrank verschlossen gewesen, aber da es nicht sehr tief und außerdem mit Regalen versehen sei, habe sich kein Mann darin verstecken können.

Der Inspektor nickte langsam, während ich dies alles erklärte. ›Ich glaube Ihnen, gnädige Frau. Dann muß er eben, wie ich schon sagte, noch einmal zurückgekommen sein. Ein wirklich abgebrühter Geselle.‹

›Aber der Geschäftsführer hat doch die Tür abgeschlossen und den Schlüssel mitgenommen!‹

›Das hat nichts zu bedeuten. Der Dieb hat den Balkon und die Feuertreppe benutzt. Wahrscheinlich haben Sie ihn sogar bei der Arbeit gestört. Da ist er einfach zum Fenster hinausgeschlüpft und, als Sie alle fort waren, wieder zurückgekehrt, um mit seiner Arbeit fortzufahren.‹

›Sind Sie sicher‹, fragte ich, ›daß es ein Dieb war?‹

Er erwiderte ziemlich trocken:

›Na, es sieht doch ganz danach aus, nicht wahr?‹

Aber etwas in seinem Ton gab mir eine gewisse Befriedigung. Ich hatte das Gefühl, daß er Mr. Sanders in seiner Rolle als trauernder Witwer nicht allzu ernst nehmen würde. Ich gebe unumwunden zu, daß ich von dieser fixen Idee ganz besessen war. Daß dieser Sanders seine Frau umbringen wollte, stand für mich durchaus fest. Was ich jedoch nicht mit einkalkuliert hatte, war dieses seltsame und phantastische Etwas, das man als Koinzidenz bezeichnet. Meine Ansichten über Mr. Sanders – davon war ich überzeugt – waren absolut richtig. Der Mann war ein Schurke. Aber obgleich sein geheuchelter Kummer mich nicht für eine Sekunde täuschte, so hatte ich doch empfunden, als wir zuerst ins Zimmer traten, daß seine Überraschung und Verwirrung außerordentlich echt schienen – absolut natürlich. Ich muß gestehen, daß mich nach meiner Unterhaltung mit dem Inspektor ein seltsamer Zweifel beschlich. Denn wenn Sanders diese furchtbare Tat begangen hatte, konnte ich mir keinen stichhaltigen Grund vorstellen, warum er sich über die Feuertreppe zurückschleichen sollte, um seiner Frau die Ohrringe fortzunehmen. Das wäre durchaus nicht klug gewesen, und Sanders war ein sehr kluger Mann – darum hielt ich ihn ja für so gefährlich.«

Miss Marple blickte sich im Kreise ihrer Zuhörer um.

»Sie wissen vielleicht schon, worauf ich hinauswill. In dieser Welt geschieht oft genug das, was man am wenigsten erwartet. Ich war eben sicher, und das hatte mich wohl so blind gemacht. Das Resultat war für mich ein großer Schock. Denn es wurde einwandfrei bewiesen, daß Mr. Sanders unter keinen Umständen das Verbrechen begangen haben konnte...«

Ein Laut der Überraschung kam von Mrs. Bantrys Lippen. Miss Marple wandte sich ihr zu.

»Ich weiß, meine Liebe, das haben Sie nach dem Anfang meiner Geschichte nicht erwartet. Auch ich hatte es nicht erwartet. Aber an den Tatsachen läßt sich nicht rütteln, und wenn die Beweise ergeben, daß man unrecht hat, muß man sich bescheiden und wieder von vorn anfangen. Daß Mr. Sanders im Grunde genommen ein Mörder war, wußte ich – von dieser festen Überzeugung ließ ich mich durch nichts abbringen.

Und nun möchten Sie wohl gern hören, wie sich alles zugetragen hat. Wie Sie bereits wissen, verbrachte Mrs. Sanders den Nachmittag bei ihren Freunden, den Mortimers, wo sie Bridge spielte. Um Viertel nach sechs etwa ging sie von dort weg. Von dem Haus ihrer Freunde bis zum Kurhotel brauchte man ungefähr eine Viertelstunde – oder noch weniger, wenn man sich beeilte. Sie mußte also um halb sieben zurückgekehrt sein. Da niemand sie hereinkommen sah, ist anzunehmen, daß sie die Seitentür benutzt hat und geradewegs auf ihr Zimmer gegangen ist. Sie hat sich dann wohl umgezogen (die Sachen, die sie nachmittags getragen hatte, hingen im Schrank) und war offenbar auf dem

Sprung, wieder auszugehen, als das Unglück sich ereignete. Wahrscheinlich, so sagte man, hat sie gar nicht gemerkt, wer sie niedergeschlagen hat. Der Sandsack soll ja eine sehr wirksame Waffe sein. Demnach muß der Angreifer im Zimmer verborgen gewesen sein, möglicherweise in dem anderen Schrank, den sie nicht geöffnet hatte.

Nun zu Mr. Sanders. Er ging, wie gesagt, gegen halb sechs aus – oder ein wenig später. Dann besuchte er verschiedene Läden und betrat gegen sechs Uhr das Grand Spa Hotel, wo er zwei Freunde traf – dieselben, mit denen er später zum Kurhotel zurückkehrte. Sie spielten zusammen Billard und tranken mehrere Glas Whisky dabei. Diese beiden Männer waren tatsächlich die ganze Zeit von sechs Uhr an mit ihm zusammen. Sie begleiteten ihn zum Hotel, und er verließ sie erst, als er zu mir und Miss Trollope an den Tisch kam. Das war etwa um Viertel vor sieben; wie ich bereits erwähnte, muß seine Frau um diese Zeit schon tot gewesen sein.

Ich gestehe, daß ich selbst mit diesen beiden Freunden gesprochen habe. Ich mochte sie nicht leiden. Sie waren weder angenehm noch gebildet. Doch über eines war ich mir klar: Sie sprachen die volle Wahrheit, als sie sagten, Mr. Sanders sei während der ganzen Zeit in ihrer Gesellschaft gewesen. Eine Kleinigkeit ist vielleicht noch zu erwähnen. Während des Bridgespiels wurde Mrs. Sanders offenbar ans Telefon gerufen. Ein Mr. Littleworth wollte sie sprechen. Hinterher schien sie freudig erregt zu sein und machte, nebenbei bemerkt, ein paar schlimme Spielfehler. Sie brach bedeutend früher auf, als ihre Freunde erwartet hatten.

Mr. Sanders wurde gefragt, ob ihm der Name Littleworth bekannt sei und ob dieser Mann zu den Freunden seiner Frau zähle, aber er erklärte, er habe den Namen noch nie gehört. Und das schien mir durch das Verhalten seiner Frau bestätigt – ihr bedeutete der Name Littleworth anscheinend zuerst auch nichts. Dennoch kam sie lächelnd, aber doch etwas verwirrt vom Telefon zurück. Daraus muß man schließen, daß der Betreffende nicht seinen richtigen Namen genannt hat, und das erweckt an sich schon ein gewisses Mißtrauen, nicht wahr?

Jedenfalls war dies das Problem, das sich uns präsentierte: die Einbrechergeschichte, die ziemlich unwahrscheinlich war – oder aber die Theorie, daß Mrs. Sanders im Begriff stand, auszugehen und sich mit jemandem zu treffen. Ist dieser Jemand über die Feuertreppe in ihr Zimmer gekommen? Hat es einen Streit gegeben? Oder hat er sie aus dem Hinterhalt überfallen?«

»Nun?« meinte Sir Henry. »Wie lautet die Antwort?«

»Ob einer unter Ihnen sie wohl erraten kann?«

»Ich kann nicht gut raten«, erklärte Mrs. Bantry. »Es ist schade, daß Sanders ein so tadelloses Alibi hatte. Aber wenn es Ihnen genügte, muß es schon in Ordnung gewesen sein.«

Jane Helier bewegte ihr schönes Haar und wollte wissen: »Warum war das Hutfach verschlossen?«

»Eine sehr kluge Frage, meine Liebe«, antwortete Miss Marple strahlend. »Darüber habe ich mich im stillen auch gewundert. Allerdings war die Erklärung ganz einfach. Es enthielt ein paar handgearbeitete Pantoffeln und einige Taschentücher, die die junge Frau für ihren Mann zu Weihnachten bestickt hatte. Darum hatte sie das Fach abgeschlossen. Den Schlüssel fand man in ihrer Handtasche.«

»Oh!« meinte Jane. »Dann ist es doch nicht so interessant.«

»O ja, aber sehr«, erwiderte Miss Marple. »Es ist das einzig wirklich Interessante an der Sache – das einzige, was die Pläne des Mörders vereitelte.«

Jeder starrte die alte Dame an.

»Ich selbst habe es zwei Tage lang nicht erkannt«, sagte Miss Marple. »Ich zerbrach mir immer und immer wieder den Kopf, und dann auf einmal kam die Erleuchtung über mich. Ich ging sofort zum Inspektor und bat ihn, etwas auszuprobieren, was er dann auch tat.«

»Um was haben Sie ihn gebeten?«

»Ich bat ihn, der armen Frau den Hut aufzusetzen – das ging nicht. Der Hut paßte nicht. Es war nicht ihr Hut.«

Mrs. Bantry rief ganz erstaunt:

»Aber er saß doch zuerst auf ihrem Kopf.«

»Nicht auf ihrem Kopf...«

Miss Marple wartete einen Augenblick, um ihren Worten Gewicht zu verleihen, und fuhr dann fort:

»Wir nahmen als selbstverständlich an, daß es sich um die Leiche der armen Gladys handelte. Aber wir haben uns nie das Gesicht angesehen. Wie Sie sich erinnern, lag sie mit dem Gesicht nach unten, und der Hut verdeckte alles.«

»Aber sie wurde doch getötet?«

»Ja, später. In dem Augenblick, als wir die Polizei anriefen, war Gladys noch quicklebendig.«

»Meinen Sie etwa, es war jemand anders, die vorgab, Gladys zu sein? Aber als Sie sie anfaßten...«

»Es war eine Leiche. Darüber besteht nicht der geringste Zweifel«, sagte Miss Marple ernst.

»Aber zum Kuckuck noch mal«, mischte sich Colonel Bantry ein, »Leichen fallen einem doch nicht einfach so in den Schoß. Was hat man denn nachher mit der ersten Leiche gemacht?«

»Mr. Sanders hat sie zurückgetragen«, erwiderte Miss Marple.

»Es war ein böser, aber sehr kluger Plan. Unsere Unterhaltung im Salon hat ihn darauf gebracht. Die Leiche des armen Hausmädchens Mary – warum sollte er sie nicht gebrauchen? Sie müssen bedenken, daß das Zimmer der Sanders oben im Dienstbotenflügel lag. Marys Zimmer befand sich nur zwei Türen weiter, und der Leichenbestatter würde erst später am Abend kommen – damit rechnete Mr. Sanders. Er trug also die Leiche über den Balkon (um fünf Uhr war es schon dunkel), zog ihr ein Kleid seiner Frau und ihren weiten roten Mantel an. Und dann entdeckte er, daß das Hutfach abgeschlossen war! Was tun? Es blieb ihm nichts anderes übrig, als einen Hut des Mädchens zu holen. Das würde niemandem auffallen. Er legte den Sandsack neben sie auf den Boden und ging dann fort, um sich ein Alibi zu beschaffen. Unter dem Namen Littleworth rief er seine Frau an. Ich weiß nicht, was er ihr erzählt hat. Aber sie war eine leichtgläubige Frau, wie ich vorhin schon sagte. Auf alle Fälle veranlaßte er sie, das Bridgespiel früher abzubrechen und nicht ins Kurhotel zurückzukehren. Er verabredete sich mit ihr im Park des Hotels, nahe der Feuertreppe, um sieben Uhr.

Er selbst kehrte mit seinen Freunden ins Hotel zurück

und richtete es so ein, daß Miss Trollope und ich gemeinsam mit ihm die Leiche entdeckten. Er tat sogar so, als wollte er sie umdrehen – und ausgerechnet ich hielt ihn davor zurück! Dann schickte man nach der Polizei, und er taumelte in den Park hinaus.

Es hatte ihn natürlich niemand gefragt, wo er sich nach dem Verbrechen aufgehalten habe. Er traf sich mit seiner Frau, ging mit ihr die Feuertreppe hinauf, und sie betraten das Zimmer. Vielleicht hatte er ihr gegenüber schon etwas von der Leiche erwähnt. Sie beugte sich über die am Boden liegende Gestalt, und er nahm den Sandsack und schlug zu ... mein Gott, es macht mich jetzt noch ganz krank, wenn ich nur daran denke! Dann zog er ihr rasch den Mantel und den Rock aus, hängte die Sachen in den Schrank und zog ihr die Sachen der anderen Leiche an.

Doch der Hut wollte nicht passen. Mary hatte kurzgeschnittenes Haar und Gladys Sanders eine dicke Haarrolle. Er war gezwungen, ihn neben die Leiche zu legen, und hoffte, daß niemand es bemerken würde. Dann trug er die Leiche der armen Mary in ihr Zimmer zurück und legte sie wieder schicklich auf das Bett.«

»Es erscheint unglaublich«, bemerkte Dr. Lloyd. »Dieses Risiko, das er auf sich nahm. Die Polizei hätte ja bloß zu früh einzutreffen brauchen.«

»Sie müssen bedenken, daß die Telefonleitung nicht in Ordnung war«, erinnerte ihn Miss Marple. »Dafür war natürlich er verantwortlich. Er konnte es sich nicht leisten, daß die Polizei zu früh erschien. Als sie dann endlich kam, brachte sie noch eine Weile im Büro des Geschäftsführers zu. Die größte Gefahr bestand darin, daß jemand merken würde, daß Gladys erst vor einer halben Stunde das Zeitliche gesegnet hatte. Aber er verließ sich darauf, daß die Leute, die das Verbrechen zuerst entdeckten, keine Fachkenntnisse auf diesem Gebiet besaßen.«

Dr. Lloyd nickte.

»Man nahm wahrscheinlich an, daß das Verbrechen gegen Viertel vor sieben begangen worden sei«, meinte er. »In Wirklichkeit geschah es um sieben oder ein paar Minuten nach sieben. Frühestens um halb acht hat dann der Polizeiarzt die Leiche untersucht. Da konnte er es unmöglich merken.«

»Aber ich bin diejenige, die es hätte merken sollen«, erwiderte Miss Marple. »Ich habe die Hand der armen Frau angefaßt, und sie war eiskalt. Und kurz darauf sprach der Inspektor davon, daß der Mord gerade vor unserer Ankunft begangen worden sein müsse – und ich habe nichts bemerkt!«

»Meiner Ansicht nach haben Sie sehr viel bemerkt, Miss Marple«, sagte Sir Henry. »Es muß vor meiner Zeit passiert sein. Ich kann mich überhaupt nicht entsinnen, daß ich je davon gehört habe. Was geschah dann?«

»Sanders wurde gehängt«, entgegnete Miss Marple lebhaft.

»Und das geschah ihm recht. Ich habe es niemals bereut, daß ich dazu beigetragen habe, diesen Mann vor den Richter zu bringen.«

Ihre strengen Züge wurden weicher.

»Aber ich habe mir oft bittere Vorwürfe gemacht, daß ich es versäumte, dieser armen Frau das Leben zu retten. Würde sie aber auf mich gehört haben? Wahrscheinlich hätte sie meine Warnungen für Hirngespinste einer alten Frau gehalten. Wer weiß? Auf jeden Fall liebte sie diesen Schurken und vertraute ihm. Sie hat ihn nie durchschaut.«

»Nun«, meinte Jane Helier, »dann war ja soweit alles in Ordnung. In bester Ordnung. Ich wollte ...« Sie brach ab. Miss Marple blickte auf die berühmte, die schöne, die erfolgreiche Jane Helier und nickte sanft mit dem Kopf.

»Ich verstehe, liebes Kind«, sagte sie sehr leise. »Ich verstehe.«

Agatha Christie

Das Rätsel um den Weihnachtspudding

Ich habe eine besondere Schwäche für das Rätsel des Weihnachtspuddings, denn er erinnert mich auf sehr angenehme Weise an die Weihnachtsfeste meiner Jugend. Nach dem Tod meines Vaters verbrachten meine Mutter und ich die Weihnachtstage immer bei der Familie meines Schwagers in Nordengland – was waren das für herrliche Weihnachtsfeste, was für eine wunderbare Erinnerung für ein Kind! Abney Hall hatte alles! Einen Garten mit einem Wasserfall, einem Bach und einem Tunnel unter der Auffahrt! Die Weihnachtsmahlzeiten hatten gigantische Ausmaße. Ich war ein schmächtiges, zerbrechlich wirkendes Kind, aber in Wirklichkeit kerngesund und ständig hungrig! Die Jungen der Familie und ich wetteiferten für gewöhnlich miteinander, wer am Weihnachtstag am meisten essen konnte. Austernsuppe und Steinbutt wurden ohne übertriebene Begeisterung verspeist, aber dann kamen gebratener Truthahn, gekochter Truthahn und enorme Stücke Rinderlende. Von allen dreien nahmen die Jungen und ich zwei Portionen! Dann gab es Plumpudding, süße Pasteten, Trifle und alle möglichen Nachspeisen. Am Nachmittag machten wir uns einmütig über die Pralinen her. Und uns wurde nicht einmal schlecht dabei! Wie wunderbar, elf Jahre alt und gierig zu sein!

Was für ein herrlicher Tag, angefangen von den ›Strümpfen‹ im Bett am Morgen bis hin zur Kirche mit den Weihnachtsliedern, dem Weihnachtsdinner, den Geschenken und endlich dem Anzünden der Kerzen am Weihnachtsbaum!

Und in welch tiefer Dankbarkeit denke ich an die freundliche und großzügige Gastgeberin, die so hart gearbeitet haben muß, um mir diese Weihnachtstage noch bis in meine alten Tage zu einer wunderbaren Erinnerung zu machen.

So lassen Sie mich diese Erzählung dem Andenken Abney Halls widmen – seiner Freundlichkeit und seiner Gastlichkeit.

Und ein fröhliches Weihnachtsfest allen, die (sie) lesen.

Agatha Christie

I

»Ich bedaure außerordentlich…«, sagte Monsieur Hercule Poirot.

Er wurde unterbrochen. Die Unterbrechung war nicht etwa grob und unhöflich, sondern verbindlich und geschickt, eher der Versuch einer Überredung als eines Widerspruchs.

»Bitte lehnen Sie nicht so ohne weiteres ab, Monsieur Poirot. Es geht um schwerwiegende Staatsangelegenheiten. Man würde Ihre Kooperation an höchster Stelle zu würdigen wissen.«

»Sie sind zu freundlich.« Hercule Poirot hob eine Hand. »Aber ich kann Ihrer Bitte wirklich nicht nachkommen. Zu dieser Zeit des Jahres…«

Wieder unterbrach ihn Mr. Jesmond. »Weihnachten«, sagte er einladend. »Ein altmodisches englisches Weihnachtsfest auf dem Land.«

Hercule Poirot erschauerte. Der Gedanke, im Winter aufs Land zu gehen, hatte nichts Verlockendes für ihn.

»Ein schönes, altmodisches Weihnachtsfest!« betonte Mr. Jesmond.

»Ich – ich bin kein Engländer«, sagte Hercule Poirot. »In meinem Land ist Weihnachten etwas für Kinder. Neujahr, das ist es, was wir feiern.«

»Ah«, sagte Mr. Jesmond. »Aber Weihnachten in England ist etwas Großartiges, und ich versichere Ihnen, in Kings Lacey würden Sie es von seiner besten Seite kennenlernen. Kings Lacey ist ein wundervolles altes Haus, wissen Sie. Ein Flügel des Gebäudes stammt noch aus dem vierzehnten Jahrhundert.«

Wieder erschauerte Poirot. Der Gedanke an ein englisches Landgut aus dem vierzehnten Jahrhundert erfüllte ihn mit den schlimmsten Vorahnungen. Zu oft schon hatte er in den historischen Landhäusern Englands gelitten. Anerkennend sah er sich in seiner komfortablen, modernen Wohnung um, mit ihren Heizkörpern und den neuesten, ausgesprochen praktischen Vorrichtungen, die jede Art von Zugluft ausschlossen.

»Im Winter«, sagte er standhaft, »verlasse ich London grundsätzlich nicht.«

»Ich glaube, es ist Ihnen nicht ganz klar, Monsieur Poirot, wie ausgesprochen ernst diese Angelegenheit ist.« Mr. Jesmond sah erst seinen Begleiter an, dann wieder Poirot.

Poirots zweiter Besucher hatte bisher außer einem höflichen und formellen ›Guten Tag‹ nichts gesagt. Jetzt saß er da und blickte mit dem Ausdruck größter Niedergeschlagenheit auf seine blankpolierten Schuhe hinab. Er war ein junger Mann – nicht älter als dreiundzwanzig – und eindeutig in einem absolut jämmerlichen Zustand.

»Ja, ja«, sagte Hercule Poirot. »Natürlich ist die Angelegenheit ernst. Das ist mir sehr wohl bewußt. Seine Hoheit haben mein aufrichtiges Mitleid.«

»Die Situation ist äußerst delikat«, sagte Mr. Jesmond.

Poirot wandte seinen Blick von dem jungen Mann ab, um wieder dessen älteren Begleiter anzusehen. Wenn man Mr. Jesmond mit einem Wort hätte charakterisieren wollen, hätte dieses Wort Diskretion geheißen. Alles an Mr. Jesmond war diskret. Seine gutgeschnittene, aber unauffällige Kleidung, seine angenehme, wohlerzogene Stimme, die sich kaum je aus einer gefälligen Monotonie erhob, sein hellbraunes Haar, das nur an den Schläfen ein wenig dünner wurde, sein blasses, ernstes Gesicht. Es schien Hercule Poirot, als sei ihm im Laufe seines Lebens nicht nur ein einziger Mr. Jesmond, sondern ein ganzes Dutzend Mr. Jesmonds begegnet, die alle früher oder später die gleiche Wendung benutzten: »Eine äußerst delikate Situation.«

»Wissen Sie«, sagte Hercule Poirot, »die Polizei kann sehr diskret sein.«

Mr. Jesmond schüttelte entschieden den Kopf. »Nicht die Polizei«, sagte er. »Um herauszufinden, was – eh – was wir herausfinden wollen, wird es mehr oder weniger unumgänglich sein, ein Gerichtsverfahren einzuleiten. Und wir wissen zu wenig. Wir *vermuten* zwar etwas, aber wir *wissen* es nicht.«

»Sie haben mein volles Mitleid«, sagte Hercule Poirot wieder.

Falls er glaubte, daß sein Mitleid seinen beiden Besuchern auch nur das Geringste bedeuten würde, so irrte er sich. Sie wollten kein Mitleid, sie wollten praktische Hilfe. Noch einmal kam Mr. Jesmond auf die Freuden eines englischen Weihnachtsfestes zu sprechen.

»Sie stirbt langsam aus«, sagte er, »die echte, altmodische Art, Weihnachten zu feiern. Heutzutage verbringen die Leute die Weihnachtstage im Hotel. Aber ein englisches Weihnachtsfest mit der Familie, den Kindern und ihren Strümpfen, mit Weihnachtsbaum, Truthahn, Plumpudding und Gebäck! Der Schneemann draußen vorm Fenster ...«

Im Interesse der Genauigkeit griff Hercule Poirot an dieser Stelle ein.

»Um einen Schneemann zu machen, muß man erst einmal Schnee haben«, bemerkte er streng. »Und Schnee gibt es nicht auf Bestellung, nicht einmal für ein englisches Weihnachtsfest.«

»Ich habe erst heute mit einem Freund gesprochen, der beim Wetteramt arbeitet«, erwiderte Mr. Jesmond. »Und er sagt, daß es dieses Jahr zu Weihnachten höchstwahrscheinlich Schnee geben *wird.*«

Damit hatte er genau das Falsche gesagt. Hercule Poirot schauderte überzeugender als je zuvor.

»Schnee auf dem Land!« sagte er. »Das wäre ja noch scheußlicher. Ein großes, kaltes, steinernes Landhaus.«

»Aber mitnichten«, sagte Mr. Jesmond. »Die Dinge haben sich in den letzten zehn Jahren, oder so, erheblich geändert. Ölzentralheizung.«

»Sie haben eine Ölzentralheizung auf Kings Lacey?« fragte Poirot. Zum ersten Male schien sein Entschluß ins Wanken zu geraten.

Mr. Jesmond ergriff die Gelegenheit. »Ja, in der Tat«, sagte er. »Und eine hervorragende Versorgung mit heißem Wasser. Heizkörper in jedem Schlafzimmer. Ich versichere Ihnen, mein lieber Monsieur Poirot, Kings Lacey ist im Winter der Luxus selbst. Es wäre sogar gut möglich, daß Sie das Haus *zu* warm finden.«

»Das ist höchst unwahrscheinlich«, sagte Hercule Poirot.

Mit wohlerprobter Gewandtheit gab Mr. Jesmond dem Gespräch eine andere Wendung.

»Sie können sich vorstellen, in was für einem schrecklichen Dilemma wir stecken«, sagte er in einem vertraulichen Tonfall.

Hercule Poirot nickte. Das Ganze war in der Tat nicht besonders erfreulich. Ein angehender junger Potentat, einziger Sohn des Herrschers eines reichen und wichtigen unabhängigen Fürstentums in Indien, war vor ein paar Wochen in London angekommen. Sein Land hatte eine Periode der Ruhelosigkeit und Unzufriedenheit durchgemacht. Während das Volk loyal hinter dem Vater stand, war die öffentliche Meinung in bezug auf die jüngere Generation der Herrscherfamilie etwas unsicher. Die Torheiten des jungen Prinzen waren die Europas und stießen daher auf Mißbilligung.

Kürzlich aber war seine Verlobung bekanntgegeben worden. Er sollte eine Cousine vom selben Geblüt heiraten, eine junge Frau, die trotz ihrer Erziehung in Cambrigde vorsichtig genug war, in ihrem eigenen Land keinen westlichen

Einfluß durchblicken zu lassen. Man hatte den Hochzeitstag festgelegt, und der junge Prinz war mit einem Teil des berühmten Familienschmucks, der bei Cartier geeignete moderne Fassungen erhalten sollte, nach England gereist. Zu dem Schmuck gehörte auch ein sehr berühmter Rubin, den man aus einem klobigen, altmodischen Halsband entfernt hatte, um ihn von den bekannten Juwelieren umarbeiten zu lassen. So weit, so gut, aber dann fingen die Schwierigkeiten an. Niemand erwartete, daß ein geselliger junger Mann, der noch dazu über großen Reichtum verfügte, sich nicht auch zu einigen Dummheiten der angenehmeren Art hinreißen ließ. Was das betraf, hätte er keinen Tadel zu fürchten gehabt. Man erwartete förmlich, daß junge Prinzen sich auf diese Art und Weise amüsierten. Man hätte es auch für ganz natürlich und passend gehalten, wenn der Prinz seine augenblickliche Freundin auf einem Spaziergang auf der Bond Street begleitet und ihr ein Smaragdarmband oder eine diamantene Haarspange geschenkt hätte. Das hätte durchaus zu den Cadillacs gepaßt, die sein Vater seiner jeweiligen Lieblingstänzerin zu verehren pflegte.

Aber der Prinz war weit unbesonnener gewesen. Geschmeichelt von dem Interesse jener Dame, hatte er ihr den berühmten Rubin in seiner Fassung gezeigt und war schließlich so unklug gewesen, ihr den Wunsch zu erfüllen, den Schmuck – nur einen Abend lang – zu tragen!

Das Nachspiel war kurz und traurig. Die Dame hatte sich von der Abendtafel zurückgezogen, um sich die Nase zu pudern. Die Zeit verging. Die Dame kam nicht wieder. Sie hatte das Lokal durch eine andere Tür verlassen und war seither wie vom Erdboden verschluckt. Das Entscheidende und Bedrückende daran war, daß der Rubin in seiner neuen Fassung mit ihr verschwunden war. Diese Fakten konnten nicht an die Öffentlichkeit dringen, ohne unweigerlich die schrecklichsten Konsequenzen nach sich zu ziehen. Der Rubin war mehr als nur irgendein Rubin, er war ein historisches Besitztum von großer Bedeutung. Und die Umstände seines Verschwindens waren derart, daß jedwede ungebührliche Publicity zu den ernsthaftesten politischen Konsequenzen führen konnte.

Mr. Jesmond war nicht der Mann, diese Fakten in einfache Worte zu kleiden. Er verpackte sie in einen ganzen Schwall von Worten. Wer genau Mr. Jesmond eigentlich war, wußte Hercule Poirot nicht. Ihm waren jedoch im Laufe seiner Karriere schon andere Mr. Jesmonds begegnet. Man konnte nicht genau sagen, ob er mit dem Innenministerium zu tun hatte oder mit dem Außenminister, oder ob er einer anderen, etwas diskreteren Abteilung des Staatsdienstes angehörte. Er handelte jedenfalls im Interesse des Commonwealth. Der Rubin mußte wiedergefunden werden.

Und Monsieur Poirot, so deutete Mr. Jesmond an, sei genau der richtige Mann dafür.

»Vielleicht – ja«, gab Hercule Poirot zu. »Aber Sie können mir so wenig sagen. Andeutungen – Verdachtsmomente – das sind keine besonders guten Anhaltspunkte.«

»Nun kommen Sie schon, Monsieur Poirot. Die Sache übersteigt doch bestimmt nicht Ihre Fähigkeiten. Ach, nun kommen Sie schon.«

»Ich habe nicht immer Erfolg.«

Aber das war falsche Bescheidenheit. Poirots Ton machte

mehr als deutlich, daß die Übernahme einer Mission für ihn beinahe gleichbedeutend mit deren Erfolg war.

»Seine Hoheit ist noch sehr jung«, sagte Mr. Jesmond. »Es wäre traurig, wenn sein ganzes Leben wegen einer einzigen jugendlichen Unbesonnenheit zerstört würde.«

Poirot warf dem niedergeschlagenen jungen Mann einen freundlichen Blick zu. »Es ist die Zeit der Torheiten, wenn man so jung ist«, sagte er ermutigend. »Und normalerweise ist das für einen jungen Mann auch nicht weiter von Bedeutung. Der gute Papa, er zahlt die Schulden; der Rechtsanwalt der Familie, er befreit ihn aus seinen Ungelegenheiten; der junge Mann selbst, er lernt aus seinen Erfahrungen, und alles kommt zu einem guten Ende. In einer Position wie der Ihren, Eure Hoheit, ist es allerdings wirklich schwierig. Die bevorstehende Hochzeit...«

»Das ist es. Genau das ist es.« Zum ersten Mal brachte nun auch der junge Mann ein paar Worte über die Lippen. »Sehen Sie, sie ist sehr, sehr ernst. Sie nimmt das Leben sehr ernst. Sie hat sich in Cambrigde viele ausgesprochen ernsthafte Vorstellungen zu eigen gemacht. Mein Land braucht ein Bildungswesen, es braucht Schulen. Es braucht so viele Dinge. Alles im Namen des Fortschritts, Sie verstehen, im Namen der Demokratie. Es wird nicht so sein, sagt sie, wie zur Zeit meines Vaters. Sie weiß natürlich, daß es in London gewisse Zerstreuungen für mich geben wird, aber doch keinen Skandal. Nein! Der Skandal ist es, was zählt. Wissen Sie, dieser Rubin ist sehr, sehr berühmt. Er hat einen langen Weg hinter sich, eine Geschichte. Viel Blutvergießen – viele Tote!«

»Tote«, sagte Hercule Poirot nachdenklich. Er sah Mr.

Jesmond an. »Wir wollen doch hoffen«, sagte er, »daß es dazu nicht kommen wird.«

Mr. Jesmond gab ein seltsames Geräusch von sich, etwa so wie eine Henne, die sich erst entschlossen hat, ein Ei zu legen, und dann doch Abstand davon nimmt.

»Nein, nein wirklich nicht«, sagte er ziemlich steif. »Ich bin sicher, daß *so etwas* nicht passieren wird.«

»Das kann man nie wissen«, sagte Hercule Poirot. »Wer auch immer den Rubin jetzt hat, es mag andere geben, die ihn in ihren Besitz bringen wollen, Leute, die sich nicht mit Kleinigkeiten abgeben werden, mein Freund.«

»Ich glaube wirklich nicht«, sagte Mr. Jesmond, der jetzt steifer als je zuvor klang, »daß wir uns dieser Art von Spekulationen hingeben müssen. Völlig überflüssig.«

»Was mich betrifft«, sagte Hercule Poirot, der plötzlich sehr fremd und unenglisch wurde, »was mich betrifft, ich erforsche alle möglichen Wege, wie die Politiker.«

Mr. Jesmond sah ihn zweifelnd an. Dann riß er sich zusammen und sagte: »Also, ich kann davon ausgehen, daß diese Angelegenheit geregelt ist, Monsieur Poirot? Sie werden nach Kings Lacey gehen?«

»Und wie soll ich meine Anwesenheit dort erklären?« fragte Monsieur Poirot.

Mr. Jesmond lächelte zuversichtlich.

»Das, denke ich, läßt sich sehr leicht arrangieren«, sagte er. »Ich kann Ihnen versichern, daß alles ganz natürlich aussehen wird. Sie werden die Laceys höchst charmant finden. Reizende Leute.«

»Und Sie machen mir nichts vor, was die Ölzentralheizung betrifft?«

»Nein, wirklich nicht.« Mr. Jesmond klang ziemlich gequält. »Ich versichere Ihnen, Sie werden dort jeden Komfort finden.«

»Tout confort moderne«, murmelte Poirot, der in Erinnerungen schwelgte, vor sich hin. *»Eh bien«,* sagte er. »Ich nehme an.«

2

Die Temperatur in dem weitläufigen Wohnzimmer auf Kings Lacey betrug komfortable zwanzig Grad, als Hercule Poirot sich vor einem der großen, mit einem Mittelpfosten versehenen Fenster mit Mrs. Lacey unterhielt. Mrs. Lacey war mit einer Handarbeit beschäftigt. Es handelte sich dabei nicht um petit point, und sie stickte auch keine Blumen auf irgendeinen Seidenstoff. Statt dessen schien sie sich der prosaischen Aufgabe zu widmen, Geschirrtücher zu säumen. Während sie nähte, sprach sie mit einer sanften, nachdenklichen Stimme, die Poirot sehr charmant fand.

»Ich hoffe, unsere Weihnachtsfeier hier wird Ihnen gefallen, Monsieur Poirot. Wissen Sie, es ist nur die Familie da. Meine Enkelin, ein Enkel und ein Freund von ihm, und Bridget, meine Großnichte, und Diana, eine Cousine, und David Welwyn, ein sehr lieber alter Freund. Nur eine Familienfeier. Aber Edwina Morecombe sagte, genau das sei es, was Sie wollten. Ein altmodisches Weihnachtsfest. Nichts könnte altmodischer sein, als wir es sind! Mein Mann, müssen Sie wissen, lebt ganz in der Vergangenheit. Er möchte, daß alles genauso ist wie zu der Zeit, als er ein zwölfjähriger Junge war und hier seine Ferien verbrachte.« Sie lächelte in sich hinein. »Die gleichen alten Dinge wie früher. Der Weihnachtsbaum und die Strümpfe, die aufgehängt werden, Austernsuppe und Truthahn – zwei Truthähne, der eine gekocht und der andere gebraten –, und dann natürlich der Plumpudding mit dem Ring und dem Junggesellenknopf und allem, was sonst noch hineingehört. Man kann ja heute leider keine Sixpence-Stücke mehr verwenden, weil sie nicht mehr aus reinem Silber sind. Aber all die alten Desserts, die Elvaspflaumen und Carlsbadpflaumen, die Mandeln und Rosinen, die kandierten Früchte und der kandierte Ingwer. Lieber Himmel, ich höre mich an wie ein Katalog von *Tortnum and Mason!*«

»Sie wecken meine Feinschmecker-Säfte, Madame.«

»Ich gehe davon aus, daß wir alle bis morgen abend schreckliche Verdauungsprobleme haben werden«, sagte Mrs. Lacey. »Man ist heutzutage ja nicht mehr daran gewöhnt, so viel zu essen.«

Sie wurde von lauten Rufen und jauchzendem Gelächter vor dem Fenster unterbrochen. Sie sah hinaus.

»Ich weiß nicht, was die Kinder da draußen anstellen. Sie werden wohl irgend etwas spielen. Wissen Sie, ich habe mir immer solche Sorgen gemacht, daß die jungen Leute unser Weihnachtsfest hier langweilig finden würden. Aber das tun sie nicht. Ganz im Gegenteil. Nehmen Sie dagegen meinen eigenen Sohn und meine Tochter und ihre Freunde – sie hatten dem Weihnachtsfest gegenüber immer ziemliche Vorbehalte. Meinten, es wäre alles Unfug und viel zuviel Theater, und daß es weit besser wäre, irgendwohin in ein Hotel zu gehen und zu tanzen. Aber die ganz junge Generation scheint das alles schrecklich interessant zu finden. Außerdem«, fügte Mrs. Lacey sachdienlich hinzu, »haben Schulkinder immer Hunger, nicht wahr? Ich glaube, sie hungern sie in diesen Schulen regelrecht aus. Aber man weiß schließlich, daß Kinder in dem Alter soviel wie drei starke Männer essen.«

Poirot lachte und sagte: »Es ist äußerst liebenswürdig von Ihnen und Ihrem Mann, Madame, mich auf diese Weise in Ihre Familienfeier einzuschließen.«

»Oh, wir sind beide ganz entzückt darüber, da bin ich mir sicher«, sagte Mrs. Lacey. »Und falls Ihnen Horace ein wenig barsch erscheinen sollte«, fuhr sie fort, »achten Sie einfach nicht darauf. Er ist eben so.«

Was ihr Mann, Colonel Lacey, wirklich gesagt hatte, war: »Ich weiß gar nicht, warum du einen von diesen verdammten Ausländern unser ganzes Weihnachtsfest durcheinanderbringen läßt. Warum können wir ihn nicht irgendwann später einladen? Ich kann Ausländer nicht leiden! Na schön, na schön. Edwina Morecombe hat ihn uns also auf den Hals geschickt. Was hat *sie* eigentlich damit zu tun? Das wüßte ich doch gerne einmal! Warum lädt *sie* ihn nicht zu Weihnachten ein?«

»Weil sie, wie du genau weißt, immer zu Claridges geht«, hatte Mrs. Lacey geantwortet.

Ihr Mann hatte sie durchdringend angesehen und gefragt: »Du führst doch nicht irgend etwas im Schilde, Em?«

»Ob ich etwas im Schilde führe?« sagte Em, wobei sie ihre sehr blauen Augen weit aufriß. »Natürlich nicht. Warum sollte ich auch?«

Der alte Colonel Lacey lachte ein tiefes, grollendes Lachen. »Das würde dir durchaus ähnlich sehen, Em«, sagte er. »Wenn du am unschuldigsten aussiehst, dann führst du *garantiert* etwas im Schilde.«

Während ihr diese Dinge durch den Kopf gingen, fuhr Mrs. Lacey fort: »Edwina sagte, daß Sie uns vielleicht helfen könnten ... Ich weiß natürlich nicht so recht, wie, aber sie sagte, daß ein paar Freunde von Ihnen Sie einmal sehr hilfreich gefunden hätten in – in einem Fall wie dem unseren. Ich – nun, vielleicht wissen Sie ja gar nicht, wovon ich spreche?«

Poirot warf ihr einen ermutigenden Blick zu. Mrs. Lacey war an die Siebzig und saß so gerade, als hätte sie einen Stock verschluckt; sie hatte schneeweißes Haar, rosige Wangen, blaue Augen, eine lächerliche Nase und ein entschlossenes Kinn.

»Wenn es irgend etwas gibt, was ich für Sie tun kann, dann wäre ich nur allzu glücklich darüber«, sagte Poirot. »Es geht, wenn ich recht verstehe, um eine ziemlich bedauerliche Angelegenheit, um die Vernarrtheit eines jungen Mädchens.«

Mrs. Lacey nickte. »Ja. Es scheint schon außerordentlich, daß ich – daß ich überhaupt mit Ihnen darüber reden möchte. Schließlich sind Sie ja *wirklich* ein Fremder für uns ...«

»*Und* ein Ausländer«, sagte Poirot verständnisvoll.

»Ja«, sagte Mrs. Lacey. »Aber vielleicht macht es das auch einfacher. Wie dem auch sei, Edwina schien zu glauben, daß Sie – wie soll ich es ausdrücken – vielleicht etwas Nützliches über diesen jungen Desmond Lee-Wortley wüßten.«

Poirot hielt einen Augenblick inne, um Mr. Jesmonds

Einfallsreichtum zu bewundern und die Leichtigkeit, mit der er sich zur Verfolgung seiner eigenen Zwecke Lady Morecombes bedient hatte.

»Er hat, wenn ich richtig verstehe, nicht gerade einen guten Ruf, dieser junge Mann?« begann er taktvoll.

»Nein, den hat er wahrlich nicht! Sein Ruf ist ausgesprochen schlecht! Aber das hilft uns bei Sarah nicht weiter. Es hat doch niemals einen Sinn, nicht wahr, jungen Mädchen zu erzählen, daß ein Mann einen schlechten Ruf hat? Es – es spornt sie nur noch an!«

»Wie recht Sie haben«, sagte Poirot.

»Zu meiner Zeit«, fuhr Mrs. Lacey fort, »(o Himmel, das ist schon sehr lange her!) da warnte man uns vor gewissen jungen Männern, und natürlich *hat* es das Interesse an ihnen nur noch gesteigert. Und wenn man es irgendwie schaffen konnte, mit ihnen zu tanzen oder mit ihnen allein in einem dunklen Wintergarten zu sein ...« Sie lachte. »Das ist auch der Grund, warum ich Horace nicht erlauben wollte, irgend etwas von dem zu tun, was er tun wollte.«

»Erzählen Sie mir«, sagte Poirot, »was genau es ist, das Ihnen solche Sorgen macht.«

»Unser Sohn ist im Krieg umgekommen«, sagte Mrs. Lacey. »Meine Schwiegertochter starb bei Sarahs Geburt, so daß das Kind immer bei uns gewesen ist und wir es aufgezogen haben. Vielleicht war unsere Erziehung unklug – ich weiß nicht. Aber wir dachten, wir sollten ihr immer soviel Freiheit wie möglich lassen.«

»Das ist auch wünschenswert, denke ich«, sagte Poirot. »Man kann nicht gegen den Geist der Zeit angehen.«

»Eben«, sagte Mrs. Lacey. »Genau das haben wir uns

auch gedacht. Natürlich tun die Mädchen von heute solche Dinge.«

Poirot sah sie fragend an.

»Ich glaube, man kann es folgendermaßen ausdrücken«, sagte Mrs. Lacey. »Sarah hat sich mit etwas eingelassen, das man das Coffee-Bar-Set nennt. Sie will nicht tanzen gehen, sie will auch nicht, wie sich das gehört, ihr Debüt machen oder irgend etwas in dieser Art. Statt dessen hat sie zwei ziemlich unfreundliche Zimmer in Chelsea, direkt am Fluß, und trägt diese komischen Kleider, die heute so beliebt sind, und dazu schwarze Strümpfe oder hellgrüne. Sehr dicke Strümpfe. (Sie müssen furchtbar jucken, denke ich immer!) Und dann läuft sie rum, ohne ihre Haare zu waschen oder zu kämmen.«

»Ça, c'est tout à fait naturelle«, sagte Poirot. »Das ist die augenblickliche Mode. Das wächst sich aus.«

»Ja, ich weiß«, sagte Mrs. Lacey, »über *diese* Dinge würde ich mir auch keine Sorgen machen. Sie hat sich mit diesem Desmond Lee-Wortley eingelassen, und er hat wirklich einen *sehr* unangenehmen Ruf. Er lebt mehr oder weniger von wohlhabenden Mädchen. Sie scheinen ziemlich verrückt nach ihm zu sein. Er war nahe daran, die kleine Hope zu heiraten, aber ihre Leute haben sie gerichtlich unter Kuratel stellen lassen oder so etwas. Und das will Horace jetzt natürlich auch tun. Er sagt, er müsse das zu ihrem eigenen Schutz tun. Aber ich glaube nicht, daß das wirklich eine gute Idee ist, Monsieur Poirot. Ich meine, sie laufen dann einfach zusammen weg und gehen nach Schottland oder Irland oder nach Argentinien oder sonstwohin, und dort werden sie dann entweder heiraten oder auch ohne

Trauschein zusammenleben. Das mag zwar Mißachtung des Gerichts sein und all das – aber was erreicht man letzten Endes damit? Besonders, wenn ein Kind kommt. Dann muß man natürlich nachgeben und sie heiraten lassen. Und dann gibt es nach einem Jahr oder zweien die Scheidung. Fast immer, so kommt es mir vor. Und dann kommt das Mädchen wieder nach Hause, und nach ein oder zwei Jahren heiratet sie für gewöhnlich einen Mann, der so nett ist, daß es schon beinahe langweilig ist, und kommt endlich zur Ruhe. Aber es ist ganz besonders traurig, finde ich, wenn ein Kind davon betroffen ist. Denn es ist einfach nicht dasselbe, von einem Stiefvater aufgezogen zu werden, egal, wie nett er ist. Nein, ich halte es für viel besser, wenn wir so vorgingen, wie wir das zu meiner Zeit taten. Ich meine, der erste junge Mann, in den man sich verliebte, war *immer* eine wenig wünschenswerte Partie. Ich erinnere mich daran, daß ich damals eine fürchterliche Leidenschaft für einen jungen Mann entwickelt hatte; er hieß – also, wie hieß er denn noch? – wie merkwürdig, ich kann mich überhaupt nicht an seinen Vornamen erinnern! Sein Nachname war Tibbitt. Der junge Tibbitt. Natürlich hat ihm mein Vater mehr oder weniger das Haus verboten, aber wir wurden immer zu denselben Bällen eingeladen, und dort haben wir miteinander getanzt. Und manchmal flohen wir dann aus dem Saal und saßen draußen beieinander, und gelegentlich organisierten unsere Freunde Picknicks, zu denen wir beide gingen. Natürlich war alles sehr aufregend und verboten, und man hat es ganz enorm genossen. Aber man ging damals nicht – nun, man ging eben nicht *so weit,* wie es die Mädchen heute tun. Und so verblaßten die Mr. Tibbitts nach einer Weile. Und wissen Sie, als ich ihm vier Jahre später noch einmal begegnete, war ich ganz überrascht, wie ich mich *jemals* für ihn hatte interessieren können! Er machte einen so *langweiligen* Eindruck. Aufgeblasen, wissen Sie. Keine interessante Unterhaltung möglich.«

»Man glaubt immer, die eigene Jugend sei die beste Zeit gewesen«, sagte Poirot ein wenig salbungsvoll.

»Ich weiß«, sagte Mrs. Lacey. »Das ist ausgesprochen ermüdend, nicht wahr? Aber diesen Eindruck möchte ich unbedingt vermeiden. Wie dem auch sei, ich *will nicht,* daß Sarah, wirklich ein liebes Mädchen, diesen Desmond Lee-Wortley heiratet. Sie und David Welwyn, der im Augenblick auch hier ist, waren immer so gute Freunde und hatten einander so gern. Wir hatten gehofft, Horace und ich, daß sie eines Tages heiraten würden. Aber natürlich findet sie ihn jetzt furchtbar langweilig, und in Desmond ist sie absolut vernarrt.«

»Ich verstehe nicht ganz, Madame«, sagte Poirot. »Er ist jetzt hier, zu Gast in diesem Haus, dieser Desmond Lee-Wortley?«

»Das ist *mein* Werk«, sagte Mrs. Lacey. »Horace war ganz dafür, ihr den Umgang mit ihm zu verbieten und dergleichen mehr. Zu Horaces Zeit wäre der Vater oder Vormund des Mädchens mit einer Pferdepeitsche bei dem jungen Mann aufgetaucht! Horace war dafür, dem Burschen das Haus zu verbieten und dem Mädchen zu verbieten, sich mit ihm zu treffen. Ich habe ihm gesagt, daß so ein Verhalten genau das Verkehrte wäre. ›Nein‹, habe ich zu ihm gesagt, ›lade ihn zu uns ein. Wir werden ihn mit der Familie zusammen über Weihnachten hier zu Gast haben.‹ Natürlich sagte mein Mann, ich sei verrückt! Aber ich sagte: ›Laß es uns auf jeden Fall *versuchen.* Sie soll ihn in *unserer* Atmosphäre erleben und in *unserem* Haus, und wir werden nett und sehr höflich zu ihm sein. Vielleicht wird er ihr dann weniger interessant erscheinen.«

»Ich glaube, Madame, da ist etwas *dran,* wie man so schön sagt«, bemerkte Poirot. »Ich glaube, Ihre Ansichten sind sehr weise. Weiser als die Ihres Mannes.«

»Nun, ich hoffe es«, sagte Mrs. Lacey zweifelnd. »Bisher scheint es nicht besonders gut zu funktionieren. Aber schließlich ist er erst seit ein paar Tagen hier.« Ein unerwartetes Grübchen zeigte sich auf ihrer faltigen Wange. »Ich werde Ihnen etwas gestehen, Monsieur Poirot. Ich kann mir nicht helfen, aber ich mag ihn. Ich meine, nicht daß ich ihn *wirklich* mag, daß mein *Verstand* davon betroffen wäre, aber ich bin durchaus empfänglich für seinen Charme. O ja, ich verstehe, was Sarah in ihm sieht. Aber ich bin eine alte Frau und habe genug Erfahrung, um zu wissen, daß er absolut nichts taugt. Selbst *wenn* ich seine Gesellschaft genieße. Obwohl ich doch denke«, fügte Mrs. Lacey versonnen hinzu, »daß er auch *einige* gute Seiten hat. Er hat gefragt, ob er seine Schwester mitbringen dürfe. Sie hat eine Operation hinter sich und war im Krankenhaus. Er sagte, es sei so traurig für sie, Weihnachten in einem Pflegeheim zu verbringen, und fragte sich, ob es wohl zu viel Aufwand für uns bedeuten würde, wenn er sie mitbrächte. Er versprach, ihr alle Mahlzeiten nach oben zu bringen und so weiter. Nun ja, ich glaube *wirklich,* daß das sehr nett von ihm war. Finden Sie nicht auch, Monsieur Poirot?«

»Es zeigt eine Rücksichtnahme«, sagte Poirot nachdenklich, »die nicht so recht zu seinem sonstigen Charakter zu passen scheint.«

»Oh, ich weiß nicht. Man kann doch familiäre Gefühle haben und gleichzeitig versuchen, Jagd auf ein reiches junges Mädchen zu machen. Sarah wird eines Tages *sehr* reich sein, nicht nur das, was wir ihr hinterlassen – das wird natürlich nicht sehr viel sein, denn das meiste Geld geht zusammen mit dem Anwesen an Colin, meinen Enkel. Aber ihre Mutter war eine sehr reiche Frau, und Sarah wird das ganze Geld erben, wenn sie einundzwanzig ist. Sie ist jetzt erst zwanzig. Nein, ich denke wirklich, daß es nett von Desmond war, für seine Schwester zu sorgen. Und er hat auch nicht so getan, als sei sie etwas ausgesprochen Wichtiges. Sie ist Stenotypistin, soweit ich verstanden habe – arbeitet als Sekretärin in London. Und er hält sein Wort und trägt ihr wirklich die Tabletts nach oben. Nicht immer natürlich, aber doch ziemlich oft. Daher glaube ich, daß er auch nette Seiten haben muß. Aber wie dem auch sei«, sagte Mrs. Lacey mit großer Entschlossenheit, »ich will nicht, daß Sarah ihn heiratet.«

»Nach allem, was ich gehört habe«, sagte Poirot, »wäre das in der Tat ein Desaster.«

»Glauben Sie, es wäre Ihnen möglich, uns irgendwie zu helfen?« fragte Mrs. Lacey.

»Ich glaube, es ist möglich, ja«, sagte Hercule Poirot. »Aber ich möchte nicht zuviel versprechen. Denn die Mr. Desmond Lee-Wortleys dieser Welt sind clever, Madame. Aber verzweifeln Sie nicht. Man kann vielleicht doch ein klein wenig nachhelfen. Ich werde mich jedenfalls nach Kräften bemühen, und sei es nur aus Dankbarkeit für Ihre

Freundlichkeit, mich über Weihnachten hierher einzuladen.« Er sah sich um. »Und heutzutage ist es bestimmt nicht so einfach, solche Weihnachtsfeiern auszurichten.«

»Nein, wirklich nicht.« Mrs. Lacey seufzte. Sie beugte sich vor. »Wissen Sie, Monsieur Poirot, wovon ich wirklich träume – was ich schrecklich gern hätte?«

»Sagen Sie es mir doch, Madame.«

»Ich sehne mich einfach nach einem kleinen, modernen Bungalow. Nein, vielleicht nicht direkt nach einem Bungalow, aber nach einem kleinen, modernen, leicht zu führenden Haus irgendwo hier im Park. Und da hätte ich dann gern so eine richtig zeitgemäße Küche und keine langen Gänge zwischen den Zimmern. Alles leicht und einfach.«

»Das ist eine sehr praktische Vorstellung, Madame.«

»Für mich ist sie leider nicht praktisch«, sagte Mrs. Lacey. »Mein Mann *betet* dieses Haus an. Er findet es *herrlich*, hier zu leben. Es stört ihn nicht, daß er es hier ein wenig ungemütlich hat. Ein paar Unannehmlichkeiten machen ihm nichts aus. Und er würde es hassen, wirklich *hassen*, in einem kleinen, modernen Haus im Park zu leben!«

»Also bringen Sie ihm zuliebe ein Opfer?«

Mrs. Lacey richtete sich auf. »Ich betrachte es nicht als Opfer, Monsieur Poirot«, sagte sie. »Ich habe meinen Mann mit dem Wunsch, ihn glücklich zu machen, geheiratet. Er war mir immer ein guter Ehemann und hat mich in all diesen Jahren sehr glücklich gemacht. Und sein Glück liegt mir eben am Herzen.«

»Also werden Sie auch weiterhin hier wohnen«, sagte Poirot.

»Es ist nicht wirklich ungemütlich«, sagte Mrs. Lacey.

»Nein, nein«, sagte Poirot hastig. »Im Gegenteil. Es ist äußerst komfortabel. Ihre Zentralheizung und das fließende Wasser sind einfach perfekt.«

»Wir haben viel Geld dafür ausgegeben, das Haus komfortabel einzurichten«, sagte Mrs. Lacey. »Wir konnten ein wenig Land verkaufen. Geeignet für die Erschließung, nennt man das wohl. Glücklicherweise kann man es vom Haus aus nicht sehen; es liegt auf der anderen Seite des Parks. Wirklich ein häßliches Stück Land, ohne schönen Ausblick, aber wir haben einen sehr guten Preis dafür bekommen. So daß wir hier alles modernisieren lassen konnten, was sich eben modernisieren ließ.«

»Aber die Dienstboten, Madame?«

»Ach, das ist weniger schwierig, als Sie vielleicht denken. Natürlich kann man nicht erwarten, daß man versorgt und bedient wird, wie das früher einmal war. Es kommen verschiedene Leute aus dem Dorf her. Zwei Frauen morgens, eine andere, die den Lunch zubereitet und hinterher den Abwasch erledigt, und wieder andere am Abend. Es gibt jede Menge Leute, die gerne für ein paar Stunden Arbeit am Tag herkommen. Was die Weihnachtstage betrifft, haben wir natürlich großes Glück. Meine liebe Mrs. Ross kommt jedes Jahr zu Weihnachten zu uns. Sie ist eine wunderbare Köchin, wirklich erstklassig. Sie lebt seit zehn Jahren im Ruhestand, kommt uns aber immer zu Hilfe, wenn Not am Mann ist. Und dann ist da noch der gute Peverell.«

»Ihr Butler?«

»Ja. Er ist pensioniert und wohnt in dem Häuschen neben dem Gartenhaus. Aber er ist uns so ergeben, und er besteht darauf, Weihnachten herzukommen, um uns zu bedienen. Wirklich, Monsieur Poirot, ich habe schreckliche Angst dabei, denn er ist so alt und zittrig; ich bin mir sicher, wenn er mal etwas Schweres zu tragen bekommt, dann wird es ihm herunterfallen. Es ist eine richtige Folter, ihm zuzusehen. Außerdem hat er ein schwaches Herz, und ich habe Angst, wenn er zuviel arbeitet. Aber es würde seine Gefühle schrecklich verletzen, wenn ich ihn nicht herkommen ließe. Er druckst herum und gibt mißbilligende Laute von sich, wenn er sieht, in welchem Zustand sich unser Silber befindet, und nach den drei Tagen, die er hier zugebracht hat, ist alles wieder in schönster Ordnung. Ja. Er ist ein lieber, treuer Freund.« Sie lächelte Poirot an. »Sie sehen also, wir sind alle bereit für ein fröhliches Weihnachtsfest. Ein weißes Weihnachten außerdem«, fügte sie hinzu, als sie aus dem Fenster sah. »Sehen Sie? Es fängt an zu schneien. Ah, da kommen die Kinder. Sie müssen sie kennenlernen, Monsieur Poirot.«

Poirot wurde mit entsprechendem Zeremoniell vorgestellt. Zuerst kamen Colin und Michael an die Reihe, der Enkel und sein Freund, nette, höfliche Schuljungen von fünfzehn Jahren, einer dunkelhaarig, der andere blond. Dann wurde ihm ihre Cousine Bridget vorgestellt, ein schwarzhaariges Mädchen voller Vitalität, etwa im selben Alter wie die Jungen.

»Und das ist meine Enkelin Sarah«, sagte Mrs. Lacey.

Mit einigem Interesse betrachtete Poirot Sarah, ein attraktives Mädchen mit einem Schopf roten Haares; sie machte einen nervösen und auch ein wenig trotzigen Eindruck auf ihn, zeigte aber eine echte Zuneigung für ihre Großmutter.

»Und das ist Mr. Lee-Wortley.«

Mr. Lee-Wortley trug einen Seemannspullover und enge schwarze Jeans; sein Haar war ziemlich lang, und es schien zweifelhaft, ob er sich an diesem Morgen rasiert hatte. Einen ganz anderen Eindruck machte dagegen ein junger Mann, der Poirot als David Welwyn vorgestellt wurde. Er wirkte zuverlässig und ruhig, zeigte ein freundliches Lächeln, und seine Leidenschaft für Wasser und Seife war ziemlich offensichtlich. Außerdem war noch ein hübsches, gefühlvoll aussehendes Mädchen namens Diana Middleton mit von der Partie.

Der Tee wurde hereingebracht, eine herzhafte Mahlzeit mit Scones, Sauerteigfladen, Sandwiches und drei verschiedenen Sorten Kuchen. Die jüngeren Leute waren besonders dankbar dafür. Colonel Lacey kam als letzter und bemerkte ein wenig nichtssagend:

»Was, Tee? O ja, Tee.«

Er nahm seine Teetasse aus der Hand seiner Frau entgegen, versorgte sich mit zwei Scones, warf Desmond Lee-Wortley einen Blick voller Abneigung zu und nahm so weit wie möglich von ihm entfernt Platz. Er war ein großer Mann mit buschigen Augenbrauen und einem roten, wettergegerbten Gesicht. Man hätte ihn eher für einen Bauern gehalten als für den Gutsherrn.

»Hat angefangen zu schneien«, sagte er. »Wir werden tatsächlich weiße Weihnachten bekommen.«

Nach dem Tee zerstreute sich die kleine Gesellschaft.

»Ich nehme an, sie werden jetzt mit ihren Tonbandgeräten herumspielen«, sagte Mrs. Lacey zu Poirot. Sie blickte nachsichtig ihrem Enkel hinterher, der aus dem Zimmer ging. Ihr Ton war der eines Menschen, der sagt: »Die Kinder spielen jetzt mit ihren Spielzeugsoldaten.«

»Die ganze Sache ist natürlich furchtbar technisch«, sagte sie. »Und sie machen ein großes Getue darum.«

Die Jungen und Bridget beschlossen jedoch, zum See zu gehen und nachzuschauen, ob man auf dem Eis schon Schlittschuh laufen konnte.

»*Ich* habe gedacht, wir hätten heute morgen schon darauf laufen können«, sagte Colin. »Aber der alte Hodgkins hat nein gesagt. Er ist immer so schrecklich vorsichtig.«

»Laß uns spazierengehen, David«, sagte Diana Middleton sanft.

David zögerte einen winzigen Augenblick lang, während sein Blick auf Sarahs rotem Schopf ruhte. Sie stand neben Desmond Lee-Wortley, hatte eine Hand auf seinen Arm gelegt und sah zu ihm auf.

»Also gut«, sagte David Welwyn. »Ja, laß uns gehen.«

Prompt hakte Diana ihn unter, und die beiden gingen hinaus in den Garten. Sarah sagte:

»Wollen wir nicht auch gehen, Desmond? Es ist furchtbar stickig im Haus.«

»Wer will denn schon laufen?« sagte Desmond. »Ich hole meinen Wagen aus der Garage. Wir fahren zum *Speckled Boar* und nehmen einen Drink.«

Sarah zögerte einen Augenblick, bevor sie sagte:

»Laß uns lieber nach Market Ledbury zum *White Hart* fahren. Da ist mehr los.«

Obwohl sie es um alles in der Welt nicht ausgesprochen hätte, empfand sie einen instinktiven Widerwillen dagegen, mit Desmond in das örtliche Pub zu gehen. Es entsprach irgendwie nicht der Tradition von Kings Lacey. Die Frauen von Kings Lacey waren noch nie in der Bar des *Speckled Boar* zu Gast gewesen. Sie hatte das seltsame Gefühl, daß sie mit einem Besuch dort den alten Colonel Lacey und seine Frau im Stich lassen würde. Und warum nicht?, hätte Desmond Lee-Wortley gesagt. Einen verzweifelten Augenblick lang hatte Sarah das Gefühl, daß er eigentlich wissen sollte, warum nicht! Man regte so liebe alte Leute wie Großvater und die gute alte Em nicht auf, es sei denn, es wäre unbedingt nötig. Es war wirklich sehr nett von ihnen gewesen, ihr zu gestatten, ihr eigenes Leben zu führen, obwohl sie nicht im mindesten verstanden, warum sie auf diese Art und Weise in Chelsea leben wollte. Aber die beiden hatten es akzeptiert. Das war natürlich Ems Verdienst. Großvater hätte sicher endlos Krawall geschlagen.

Sarah hegte keine Illusionen, was die Einstellung ihres Großvaters betraf. Es war nicht sein Werk, daß Desmond nach Kings Lacey eingeladen worden war. Dahinter steckte Em, und Em war ein Schatz, war es immer gewesen.

Nachdem Desmond weggegangen war, um den Wagen zu holen, steckte Sarah den Kopf noch einmal kurz zur Tür herein. »Wir fahren kurz rüber nach Market Ledbury«, sagte sie. »Wir dachten, wir könnten da vielleicht im *White Hart* noch etwas trinken.«

In ihrer Stimme schwang ein wenig Trotz mit, aber Mrs. Lacey schien das nicht zu bemerken.

»Nun, mein Liebes«, sagte sie, »ich bin sicher, das wird sehr nett für dich. David und Diana sind spazierengegangen, wie ich sehe. Ich freue mich so darüber. Ich glaube wirklich, es war eine besonders gute Idee von mir, Diana einzuladen. Es ist so traurig; so jung und schon Witwe ... Sie ist erst zweiundzwanzig ... Ich hoffe doch, daß sie *bald* wieder heiratet.«

Sarah sah sie scharf an. »Was führst du im Schilde, Em?«

»Ich habe da einen kleinen Plan«, sagte Mrs. Lacey fröhlich. »Ich glaube, sie wäre genau die Richtige für David. Natürlich weiß ich, daß er einmal schrecklich in *dich* verliebt war, Sarah, aber du hattest ja keine Verwendung für ihn, und ich sehe ein, daß er nicht dein Typ ist. Aber ich möchte nicht, daß er weiter unglücklich ist, und ich meine, Diana würde wirklich gut zu ihm passen.«

»Was für eine Kupplerin du doch bist, Em«, sagte Sarah.

»Ich weiß«, sagte Mrs. Lacey. »Das sind alte Frauen immer. Diana ist schon ganz von ihm eingenommen, glaube ich. Meinst du nicht auch, daß sie genau die Richtige für ihn wäre?«

»Das würde ich nicht sagen«, sagte Sarah. »Ich glaube, Diana ist viel zu – nun, zu überspannt, zu ernsthaft. Ich könnte mir vorstellen, daß David eine Ehe mit ihr schrecklich langweilig finden würde.«

»Nun, wir werden ja sehen«, sagte Mrs. Lacey. »*Du* willst ihn jedenfalls nicht, oder, Liebling?«

»Nein, wirklich nicht«, sagte Sarah sehr hastig. Dann fügte sie, plötzlich in Eile, hinzu: »Du magst Desmond doch *wirklich*, nicht wahr, Em?«

»Ich bin sicher, daß er tatsächlich sehr nett ist«, sagte Mrs. Lacey.

»Großvater mag ihn nicht«, sagte Sarah.

»Nun, das konntest du auch kaum von ihm erwarten, oder?« sagte Mrs. Lacey verständig. »Aber ich wage zu behaupten, daß er sich schon wieder beruhigen wird, wenn er sich erst an die Idee gewöhnt hat. Du darfst ihn nicht hetzen, Liebes. Alte Menschen ändern ihre Meinung nur sehr langsam, und dein Großvater *ist* nun einmal sehr halsstarrig.«

»Mir ist es egal, was Großvater denkt oder sagt«, sagte Sarah. »Ich werde Desmond heiraten, wann immer ich möchte!«

»Ich weiß, Liebes, ich weiß. Aber versuch doch, die Sache realistisch zu betrachten. Dein Großvater könnte dir eine Menge Schwierigkeiten machen. Du bist noch nicht volljährig. In einem Jahr kannst du tun, was du willst. Aber ich schätze, daß Horace sich schon lange vorher beruhigt haben wird.«

»Du bist doch auf meiner Seite, nicht wahr?« sagte Sarah. Sie schlang ihre Arme um den Hals ihrer Großmutter und gab ihr einen liebevollen Kuß.

»Ich will, daß du glücklich bist«, sagte Mrs. Lacey. »Ah! Da ist dein junger Mann mit seinem Wagen. Weißt du, ich mag diese ganz engen Hosen, die die jungen Männer heutzutage tragen. Sie sehen so chic aus – nur fällt es natürlich stärker auf, wenn jemand X-Beine hat.« Ja, dachte Sarah, Desmond *hatte* X-Beine, das war ihr noch nie zuvor aufgefallen...

»Nun geh schon, Liebes, und viel Spaß«, sagte Mrs. Lacey.

Sie sah ihrer Enkelin nach, die zum Wagen lief, und ging dann, als ihr der ausländische Gast wieder einfiel, hinüber in die Bibliothek. Als sie jedoch einen Blick in das Zimmer warf, sah sie, daß Hercule Poirot ein nettes kleines Nickerchen hielt. Vor sich hinlächelnd ging sie durch den Korridor und in die Küche, um sich mit Mrs. Ross zu besprechen.

»Nun komm schon, meine Schöne«, sagte Desmond. »Deine Leute sind wohl sauer, weil du in ein Pub willst? Die hängen hier Jahre hinterher, was?«

»Sie hatten natürlich nichts dagegen«, sagte Sarah scharf, während sie in den Wagen stieg.

»Weshalb haben sie eigentlich diesen ausländischen Burschen hierher eingeladen? Er ist doch Detektiv, oder? Was gibt es hier für einen Detektiv zu tun?«

»Oh, er ist nicht beruflich hier«, sagte Sarah. »Edwina Morecombe, meine Großmutter, hat uns gebeten, ihn einzuladen. Ich glaube, er hat sich schon vor langer Zeit aus seinem Beruf zurückgezogen.«

»Hört sich nach einem heruntergekommenen, alten Droschkengaul an«, sagte Desmond.

»Er wollte einmal ein altmodisches englisches Weihnachtsfest erleben, glaube ich«, sagte Sarah vage.

Desmond lachte verächtlich. »Absoluter Quatsch, dieser ganze alte Kram«, stellte er fest. »Wie du das aushältst, weiß ich wirklich nicht.«

Sarahs rotes Haar wurde zurückgeworfen, und ihr aggressives Kinn fuhr in die Höhe.

»Ich genieße es!« sagte sie herausfordernd.

»Das kannst du nicht, Baby. Laß uns der ganzen Sache morgen ein Ende machen. Wir gehen rüber nach Scarborough oder sonstwohin.«

»Das kann ich unmöglich tun.«

»Warum nicht?«

»Oh, es würde ihre Gefühle verletzen.«

»Ach, Blödsinn! Du weißt doch selbst ganz genau, daß dir dieser sentimentale Kinderkram nicht gefällt.«

»Nun, vielleicht gefällt er mir wirklich nicht, aber...« Sarah brach ab. Mit einem gewissen Schuldgefühl wurde ihr klar, daß sie sich ziemlich auf die Weihnachtsfeier freute. Ihr gefiel die ganze Sache, aber sie schämte sich, das Desmond gegenüber zuzugeben. Es war einfach nicht das Richtige, Weihnachten und das Leben mit der Familie zu genießen. Nur für einen Augenblick wünschte sie, Desmond wäre nicht über Weihnachten gekommen. Um genau zu sein, wünschte sie beinahe, Desmond wäre überhaupt nicht hierher gekommen. In London machte das Zusammensein mit ihm viel mehr Spaß als hier zu Hause.

In der Zwischenzeit kehrten die Jungen und Bridget vom See zurück, wobei sie immer noch ernsthaft über die Probleme des Eislaufens diskutierten. Ein paar Schneeflocken waren bereits gefallen, und wenn man zum Himmel aufsah, konnte man leicht vorhersagen, daß es binnen kurzem heftig schneien würde.

»Es wird wohl die ganze Nacht schneien«, sagte Colin. »Ich wette, morgen früh haben wir mindestens einen Meter hoch Schnee.«

Diese Aussicht war durchaus vielversprechend.

»Laß uns einen Schneemann bauen«, sagte Michael.

»Gütiger Himmel«, sagte Colin. »Ich habe keinen Schneemann mehr gebaut, seit – na, seit ich etwa vier Jahre alt war.«

»Ich glaube nicht, daß das so ganz einfach ist«, sagte Bridget. »Ich meine, man muß schon wissen, wie es geht.«

»Wir könnten ja ein Bildnis von Monsieur Poirot entwerfen«, sagte Colin. »Er kriegt einen großen, schwarzen Schnurrbart. Da liegt noch einer bei den Kostümen.«

»Ich kann mir einfach nicht vorstellen«, sagte Michael nachdenklich, »wie Monsieur Poirot jemals als Detektiv gearbeitet haben soll. Ich kann mir nicht vorstellen, wie er sich hätte verkleiden sollen.«

»Ich weiß«, sagte Bridget. »Und man kann sich auch nicht vorstellen, daß er mit einem Mikroskop herumläuft und nach Anhaltspunkten sucht oder Fußspuren ausmißt.«

»Ich habe eine Idee«, sagte Colin. »Laß uns eine Show für ihn abziehen!«

»Was meinst du damit, eine Show?« fragte Bridget.

»Nun, wir könnten einen Mord für ihn inszenieren.«

»Was für eine himmlische Idee«, sagte Bridget. »Du meinst, eine Leiche im Schnee – so etwas in der Art?«

»Ja. Er würde sich dann richtig wie zu Hause fühlen, was?«

Bridget kicherte.

»Ich weiß nicht, ob das nicht etwas zu weit geht.«

»Wenn es schneit«, sagte Colin, »hätten wir ein perfektes Bühnenbild. Eine Leiche und Fußspuren – wir müssen das genau überlegen und uns einen von Großvaters Dolchen schnappen. Wir müssen natürlich auch etwas Blut machen.«

Sie blieben stehen und traten ungeachtet des starken Schneefalls in eine erregte Debatte ein.

»Im alten Schulzimmer steht noch ein Malkasten. Wir könnten uns ein bißchen Blut zurechtmixen – Karminlack, würde ich vorschlagen.«

»Karminlack ist ein bißchen zu rosa, finde *ich*«, sagte Bridget. »Es sollte schon etwas brauner sein.«

»Wer soll die Leiche spielen?« fragte Michael.

»Ich bin die Leiche«, sagte Bridget schnell.

»Nun komm aber«, sagte Colin. »Das war schließlich *meine* Idee.«

»Ach nein, nein«, sagte Bridget. »Ich muß die Leiche sein. Es muß ein Mädchen sein. Das ist viel aufregender.«

»Ein schönes Mädchen, das leblos im Schnee liegt.«

»Schönes Mädchen! Ha, ha«, sagte Michael spöttisch.

»Außerdem habe ich schwarzes Haar«, sagte Bridget.

»Was hat das denn damit zu tun?«

»Nun, das wird sich so schön vom Schnee abheben, und dann trage ich noch meinen roten Pyjama.«

»Wenn du einen roten Pyjama trägst, sieht man die Blutflecke nicht«, stellte Michael mit einem Auge fürs Praktische fest.

»Aber er hätte eine so gute Wirkung im Schnee«, sagte Bridget. »Und er hat weiße Blenden, auf denen dann das Blut sein könnte. Oh, wird das nicht himmlisch? Glaubt ihr, er fällt wirklich darauf rein?«

»Wenn wir es richtig anstellen, bestimmt«, sagte Michael. »Im Schnee werden nur deine Fußspuren zu sehen sein und die einer anderen Person. Diese Fußspuren führen zur Leiche hin und wieder davon weg – sie gehören natürlich einem Mann. Er wird die Spuren nicht durcheinanderbringen wollen, und darum wird er auch nicht wissen, daß du nicht wirklich tot bist. Ihr denkt doch nicht...« Von einer plötzlichen Idee irritiert, hielt Michael inne. Die anderen sahen ihn an. »Ihr glaubt doch nicht, daß er sich darüber *ärgern* wird?«

»Ach, das glaube ich nicht«, sagte Bridget mit oberflächlichem Optimismus. »Ich bin sicher, er wird verstehen, daß wir es nur zu seiner Unterhaltung getan haben. Eine Art Weihnachtspräsent.«

»Ich glaube nicht, daß wir es am ersten Weihnachtstag tun sollten«, grübelte Colin. »Ich schätze, Großvater würde das nicht besonders gut gefallen.«

»Also am zweiten Weihnachtstag«, sagte Bridget.

»Der zweite Weihnachtstag wäre genau richtig«, sagte Michael.

»Außerdem haben wir auf diese Weise mehr Zeit«, setzte Bridget seinen Gedankensprung fort. »Schließlich gibt es noch viel zu erledigen. Gehen wir rein, und schauen wir uns mal die Requisiten an.«

Sie eilten ins Haus.

3

Am Abend herrschte geschäftiges Treiben. Man hatte große Mengen Stechpalmen und Mistelzweige hineingebracht, und an einem Ende des Wohnzimmers wurde ein Weihnachtsbaum aufgestellt. Alle halfen dabei, ihn zu schmükken, die Stechpalmenzweige hinter Bilder zu klemmen und die Mistelzweige im Flur in eine passende Anordnung zu bringen.

»Ich hatte ja keine Ahnung, daß es so etwas Archaisches noch gibt«, flüsterte Desmond Sarah mit einer spöttischen Grimasse zu. »Wir haben es immer so gemacht«, verteidigte sich Sarah.

»Was für ein Grund!«

»Ach, hab dich doch nicht so, Desmond. *Mir* macht es Spaß.«

»Sarah, meine Süße, das ist *unmöglich!*«

»Nun, vielleicht – vielleicht nicht wirklich – aber irgendwie wohl doch.«

»Wer will dem Schnee trotzen und in die Christmette gehen?« fragte Mrs. Lacey um zwanzig vor zwölf.

»Ich nicht«, sagte Desmond. »Komm mit, Sarah.«

Er legte ihr eine Hand auf den Arm, führte sie in die Bibliothek und ging zum Plattenschrank hinüber.

»Alles hat seine Grenzen, Liebling«, sagte Desmond. »Christmette!«

»Ja«, sagte Sarah. »Ja, wirklich.«

Mit viel Gelächter und Getrampel wurden im Flur die Mäntel angezogen, und die meisten der anderen machten sich auf den Weg. Die beiden Jungen, Bridget, David und Diana gingen die zehn Minuten zur Kirche durch den fallenden Schnee zu Fuß. Ihr Gelächter verhallte in der Ferne.

»Christmette!« schnaubte Colonel Lacey. »Bin in jungen Jahren auch nie zur Christmette gegangen. *Mette,* wahrhaftig! Papistischer Kram! Oh, ich bitte um Verzeihung, Mr. Poirot.«

Poirot winkte ab.

»Es ist schon in Ordnung. Kümmern Sie sich nicht um mich.«

»Die Frühmesse ist für jeden gut genug, würde ich sagen«, stellte der Colonel fest. »Ein ordentlicher Sonntagmorgen-Gottesdienst. ›*Hark the herald angels sing*‹ und all die guten alten Weihnachtshymnen. Und dann kehrt man heim zum Weihnachtsmahl. So ist es richtig, was, Em?«

»Ja, mein Lieber«, sagte Mrs. Lacey. »So machen *wir* es. Aber die jungen Leute gehen gerne in den Gottesdienst um Mitternacht. Und es ist wirklich schön, daß sie gehen *wollen.*«

»Sarah und dieser Bursche wollen es jedenfalls nicht.«

»Na, mein Lieber, ich glaube, da irrst du dich«, sagte Mrs. Lacey. »Sarah *wollte* gehen, aber sie wollte es nicht sagen.«

»Warum sie sich darum kümmert, was dieser Bursche denkt, ist mir wirklich zu hoch.«

»Sie ist noch sehr jung«, erklärte Mrs. Lacey gelassen. »Gehen Sie zu Bett, Monsieur Poirot? Gute Nacht. Hoffentlich schlafen Sie gut.«

»Und Sie, Madame? Gehen Sie noch nicht zu Bett?«

»Nein, noch nicht sofort«, sagte Mrs. Lacey. »Ich muß noch die Strümpfe füllen, wissen Sie. Oh, ich weiß, sie sind praktisch schon alle erwachsen, aber ihre Strümpfe haben sie doch noch sehr gern. Man steckt ein paar törichte Kleinigkeiten hinein! Irgend etwas. Aber es macht allen großen Spaß.«

»Sie arbeiten hart, um Ihre Familie über Weihnachten glücklich zu machen«, sagte Poirot. »Ich habe große Hochachtung vor Ihnen.«

In höflicher Manier hob er ihre Hand an die Lippen.

»Hm«, grunzte Colonel Lacey, nachdem Poirot gegangen war. »Drückt sich ja ziemlich geschwollen aus, dieser Bursche. Aber immerhin – er weiß dich zu schätzen.« Mit Grübchen in den Wangen sah Mrs. Lacey zu ihm auf. »Ist dir eigentlich aufgefallen, Horace, daß ich unter dem Mistelzweig stehe?« fragte sie mit der Geziertheit eines neunzehnjährigen Mädchens.

Hercule Poirot betrat sein Schlafzimmer. Es war ein geräumiger, reichlich mit Heizkörpern ausgestatteter Raum. Als er zu dem großen Himmelbett hinüberging, bemerkte er einen Briefumschlag auf seinem Kopfkissen. Er öffnete ihn und zog ein Stück Papier heraus. Darauf war in großen zittrigen Druckbuchstaben eine Nachricht gekritzelt.

ESSEN SIE MAN BLOSS NIX VON DEM PLUMPUDDING. EINER, DER ES GUT MIT IHNEN MEINT.

Hercule Poirot starrte den Zettel an. Er hob die Augenbrauen. »Kryptisch«, murmelte er, »und äußerst unerwartet.«

4

Das Weihnachtsessen begann um zwei Uhr mittags und war in der Tat ein Festmahl. Riesige Holzscheite prasselten vergnüglich in dem breiten Kamin, und über ihrem Prasseln erhob sich das Durcheinander vieler Stimmen. Man hatte die Austernsuppe verzehrt, zwei riesige Truthähne waren gekommen und als bloße Skelette ihres früheren Selbst wieder gegangen. Dann der große Augenblick: Der Weihnachtspudding wurde hereingebracht, und zwar mit großem Zeremoniell! Der alte Peverell, dessen Hände und Knie mit der Schwäche seiner achtzig Jahre zitterten, überließ es keinem anderen, ihn hineinzutragen. Mrs. Lacey saß in nervöser Erwartung mit zusammengepreßten Händen da. Sie hatte das sichere Gefühl, daß Peverell irgendwann einmal zu Weihnachten tot umfallen würde. Sie mußte nun entweder das

Risiko eingehen, daß er tot umfiele, oder seine Gefühle so sehr verletzen, daß er wahrscheinlich lieber tot als lebendig wäre, und bisher hatte sie sich immer für die erste Alternative entschieden. Auf einer silbernen Platte ruhte der Weihnachtspudding in seiner ganzen Herrlichkeit. Ein riesiger Fußball von einem Pudding, ein Stück von einem Stechpalmenzweig steckte darin wie eine glorreiche Flagge, und um ihn herum erhoben sich blau und rot die herrlichsten Flammen. Dann wurde unter lautem »Ooh« und »Ah« heftig applaudiert.

Eines hatte Mrs. Lacey jedoch getan: Sie hatte Peverell dazu bewogen, den Pudding, statt ihn bei Tisch herumzureichen, vor sie hinzustellen, so daß sie selbst ihn verteilen konnte. Sie stieß einen Seufzer der Erleichterung aus, als der Pudding vor ihr niedergesetzt wurde. Während die Flammen noch immer an den einzelnen Portionen leckten, wurden schnell die Teller herumgereicht.

»Wünschen Sie sich etwas, Monsieur Poirot«, rief Bridget. »Wünschen Sie sich etwas, bevor die Flamme erlöscht. Schnell, Opa, du auch, schnell.«

Mit einem zufriedenen Seufzer lehnte Mrs. Lacey sich zurück. Die Operation Pudding war ein voller Erfolg gewesen. Jeder hatte ein noch immer brennendes Stück vor sich. Einen Augenblick lang herrschte Schweigen überall am Tisch, während sich alle auf ihre Wünsche konzentrierten. Niemand bemerkte den seltsamen Gesichtsausdruck, mit dem Monsieur Poirot den Pudding auf seinem Teller musterte. *»Essen Sie man bloß nix von dem Plumpudding.«* Was um alles in der Welt hatte diese finstere Warnung zu bedeuten? Seine Portion Plumpudding konnte sich in nichts von allen anderen unterscheiden! Seufzend gestand er sich ein, daß er vor einem Rätsel stand – und Hercule Poirot hatte es überhaupt nicht gern, sich so etwas eingestehen zu müssen. Er nahm Löffel und Gabel zur Hand.

»Vanillesauce, Monsieur Poirot?«

Dankbar griff Poirot zu.

»Hast wohl wieder meinen besten Brandy geklaut, was, Em?« ließ sich der Colonel gutgelaunt vom anderen Ende des Tisches hören. Mrs. Lacey zwinkerte ihm zu.

»Mrs. Ross besteht darauf, nur den besten Brandy für den Pudding zu nehmen«, erwiderte sie. »Sie sagt, genau darauf käme es an.«

»Schön, schön«, sagte Colonel Lacey. »Weihnachten ist ja nur einmal im Jahr, und Mrs. Ross ist eine großartige Frau. Eine großartige Frau und eine großartige Köchin.«

»Das ist sie wirklich«, sagte Colin. »Ein umwerfender Plumpudding, das hier. Mmm.« Anerkennend stopfte er sich den Mund voll.

Behutsam, beinahe zimperlich, nahm Hercule Poirot seine Portion Pudding in Angriff. Er aß einen Bissen. Er war köstlich! Er aß noch einen. Irgend etwas klirrte auf seinem Teller. Mit einer Gabel forschte er nach. Bridget, die links von ihm saß, kam ihm zu Hilfe.

»Sie haben etwas gefunden, Monsieur Poirot«, sagte sie. »Was mag das wohl sein?«

Poirot löste einen kleinen, silbernen Gegenstand von den Rosinen, die daran klebten.

»Oooh«, sagte Bridget. »Es ist der Junggesellenknopf. Monsieur Poirot hat den Junggesellenknopf.«

Hercule Poirot tauchte den kleinen Silberknopf in die mit

Wasser gefüllte Fingerschale, die neben seinem Teller stand, und wusch die Puddingkrümel davon ab.

»Er ist sehr hübsch«, bemerkte er.

»Das bedeutet, daß Sie wohl Junggeselle bleiben werden, Monsieur Poirot«, erklärte Colin hilfsbereit.

»Das ist zu erwarten«, sagte Poirot feierlich. »Ich habe jetzt so viele lange Jahre als Junggeselle hinter mich gebracht, und es ist unwahrscheinlich, daß ich diesen Status jetzt noch ändere.«

»Oh, man soll nie nie sagen«, sagte Michael. »Ich habe in der Zeitung gelesen, daß neulich ein Fünfundneunzigjähriger ein zweiundzwanzigjähriges Mädchen geheiratet hat.«

»Du machst mir Mut«, erwiderte Hercule Poirot.

Plötzlich stieß Colonel Lacey einen Schrei aus. Sein Gesicht lief purpurn an, und seine Hand fuhr zum Mund.

»Zum Teufel, Emeline«, brüllte er, »warum, um Himmels willen, erlaubst du der Köchin, Glas in den Pudding zu tun?«

»Glas!« rief Mrs. Lacey erstaunt.

Colonel Lacey entfernte den schimpflichen Gegenstand aus seinem Mund. »Hätte mir einen Zahn abbrechen können«, brummte er. »Oder das verdammte Ding runterschlucken und mir eine Blinddarmentzündung holen.«

Er ließ das Stück Glas in die Fingerschale fallen, spülte es ab und hielt es hoch.

»Allmächtiger«, stieß er hervor. »Es ist ein roter Stein aus so einer unechten Brosche.« Er hob ihn in die Höhe.

»Sie gestatten?«

Sehr geschickt beugte Monsieur Poirot sich über den Tisch, nahm den Stein aus Colonel Laceys Fingern und prüfte ihn aufmerksam. Wie der Squire gesagt hatte, handelte es sich um einen roten Stein von der Farbe eines Rubins. Das Licht schimmerte auf seinen Facetten, als er ihn in der Hand bewegte. Irgendwo am Tisch wurde ein Stuhl ruckartig zurückgeschoben und dann wieder herangezogen.

»Puh!« rief Michael. »Was für eine phantastische Sache, wenn der *echt* wäre.«

»Vielleicht ist er ja echt!« sagte Bridget hoffnungsvoll.

»Ach, mach dich doch nicht lächerlich, Bridget. Also wirklich, ein Rubin von dieser Größe wäre Tausende und Abertausende von Pfund wert. Habe ich nicht recht, Monsieur Poirot?«

»Ja, das stimmt«, sagte Poirot.

»Aber was *ich* nicht verstehen kann«, wandte Mrs. Lacey ein, »ist, wie er überhaupt in den Pudding gekommen ist.«

»Oooh«, sagte Colin, abgelenkt von seinem letzten Stückchen Pudding. »Ich habe das Schwein. Das ist nicht fair.«

Sofort begann Bridget zu trällern: »Colin hat das Schwein! Colin hat das Schwein! Colin ist das gierige verfressene *Schwein*!«

»Ich habe den Ring«, sagte Diana mit klarer, hoher Stimme.

»Schön für dich, Diana. Dann wirst du als erste von uns allen heiraten.«

»Ich habe den Fingerhut«, jammerte Bridget.

»Bridget wird eine alte Jungfer«, trällerten nun die beiden Jungen. »Ja, Bridget wird eine alte Jungfer.«

»Wer hat das Geld?« fragte David. »Es steckt ein echtes goldenes Zehn-Shilling-Stück im Pudding. Ich weiß es, Mrs. Ross hat es erzählt.«

»Ich glaube, ich bin der Glückliche«, sagte Desmond Lee-Wortley. Die beiden Leute, die rechts und links neben Colonel Lacey saßen, hörten ihn brummen: »Ja, das war wohl zu erwarten.«

»Ich habe *auch* einen Ring«, sagte David. Er blickte hinüber zu Diana. »Ein ganz schöner Zufall, was?« Das Gelächter hielt an. Niemand bemerkte, daß Monsieur Poirot sorglos, als denke er an etwas ganz anderes, den roten Stein in seine Tasche hatte gleiten lassen.

Dem Pudding folgten noch süße Pasteten und das Weihnachtsdessert. Die Älteren zogen sich dann zu einer höchst willkommenen Siesta zurück, um sich vor dem zeremoniellen Anzünden des Weihnachtsbaumes zur Teezeit noch ein wenig auszuruhen. Hercule Poirot jedoch hielt keine Siesta. Statt dessen begab er sich in die riesige, altmodische Küche.

»Ist es gestattet«, fragte er, während er sich strahlend im Raum umsah, »der Köchin zu dieser fabelhaften Mahlzeit zu gratulieren, in deren Genuß ich soeben gekommen bin?«

Es entstand eine kurze Pause, bis Mrs. Ross würdevoll vortrat, um sich vorzustellen. Sie war eine große, stattliche Frau, der die ganze Würde einer Bühnenherzogin zu eigen war. Zwei hagere, grauhaarige Frauen besorgten hinten in der Spülküche den Abwasch, und ein flachsblondes Mädchen lief zwischen Küche und Spüle hin und her. Aber diese Frauen waren offensichtlich bloße Vasallen. Mrs. Ross war die Königin des Küchentrakts.

»Ich freue mich zu hören, daß es Ihnen geschmeckt hat, Sir«, sagte sie huldvoll.

»Daß es mir geschmeckt hat!« rief Hercule Poirot. Mit einer extravaganten, fremdländischen Geste hob er die Hand an die Lippen, küßte sie und sandte den Kuß an die Decke. »Sie sind ein Genie, Mrs. Ross! Ein Genie! *Noch nie* habe ich etwas so Wunderbares gegessen. Die Austernsuppe ...« Er schnalzte ausdrucksstark mit den Lippen. »... und die Füllung, die Haselnußfüllung im Truthahn, das war meines Wissens nach wirklich einzigartig.«

»Nun, es ist komisch, daß Sie das sagen, Sir«, sagte Mrs. Ross, immer noch huldvoll. »Es ist ein ganz spezielles Rezept, diese Füllung. Ein österreichischer Küchenchef, für den ich vor vielen Jahren gearbeitet habe, hat es mir gegeben. Aber alles andere«, fügte sie hinzu, »ist nichts als gute, einfache englische Küche.«

»Und gibt es irgend etwas Besseres?« fragte Hercule Poirot.

»Nun, es ist nett von Ihnen, das zu sagen, Sir. Natürlich hätten Sie als ausländischer Gentleman durchaus die kontinentale Küche vorziehen können. Nicht, daß ich nicht auch mit kontinentalen Gerichten fertig würde.«

»Ich bin sicher, Mrs. Ross, Sie würden mit allem fertig! Aber Sie müssen wissen, daß die englische Küche – die *gute* englische Küche, nicht das, was man in zweitklassigen Hotels oder Restaurants bekommt – von den *Gourmets* auf dem Kontinent durchaus geschätzt wird. Und ich glaube, ich habe auch recht, wenn ich sage, daß zu Beginn des achtzehnten Jahrhunderts eigens eine Expedition nach London unternommen und ein Bericht zurück nach Frankreich gesandt wurde, der die Wunder der englischen Puddings beschrieb. ›Wir haben nichts Derartiges in Frankreich‹, stand darin zu lesen. ›Eine Reise nach London lohnt sich schon allein, um die Vielfalt und Vorzüglichkeit der englischen Puddings zu kosten.‹ Und über allen Puddings«, fuhr Poirot fort, der mittlerweile geradezu in Ekstase geraten war, »steht der weihnachtliche Plumpudding, so wie wir ihn heute gegessen haben. Das war doch ein selbstgemachter Pudding, kein gekaufter?«

»Ja wirklich, Sir, diesen Pudding habe ich mit eigenen Händen und nach meinem eigenen Rezept gemacht, so wie ich es schon viele Jahre lang getan habe. Als ich herkam, sagte Mrs. Lacey, sie hätte einen Pudding in einem Londoner Geschäft bestellt, um mir die Mühe zu ersparen. ›Aber nein, Madam‹, sagte ich, ›das mag zwar sehr freundlich von Ihnen sein, aber kein gekaufter Pudding aus einem Geschäft kann einem selbstgemachten Weihnachtspudding das Wasser reichen.‹ Und Sie müssen bedenken«, sagte Mrs. Ross, die sich, Künstlerin, die sie war, langsam für das Thema erwärmte, »er ist viel zu spät gemacht worden. Einen guten Weihnachtspudding sollte man ein paar Wochen vorher machen, um ihm ein wenig Wartezeit zu gewähren. Je länger man ihn stehenläßt, natürlich innerhalb vernünftiger Grenzen, um so besser wird er. Ich erinnere mich, daß wir in meiner Kindheit, als wir noch jeden Sonntag zur Kirche gingen, immer auf das Gebet *›Stir up O Lord we beseech thee…‹* gewartet haben. Dieses Gebet war nämlich das Signal dafür, daß in der folgenden Woche die Puddings gemacht werden sollten. Und das passierte dann natürlich auch. Am Sonntag kam dieses Gebet in der Kirche, und in der nächsten Woche machte meine Mutter mit Sicherheit die Weihnachtspuddings. Und so hätte es dieses Jahr auch hier sein sollen. Aber der Pudding, den Sie heute gegessen haben, ist erst vor drei Tagen gemacht worden, am Tag vor Ihrer Ankunft, Sir. Wie dem auch sei, ich habe mich an den alten Brauch gehalten. Jeder hier im Haus mußte in die Küche kommen, einmal umrühren und sich etwas wünschen. Das ist ein alter Brauch, Sir, und ich habe immer daran festgehalten.«

»Höchst interessant«, sagte Hercule Poirot. »Höchst interessant. Also kam jeder hier in die Küche?«

»Ja, Sir. Die jungen Herren, Miss Bridget, der Gentleman aus London, der hier zu Besuch ist, seine Schwester, Mr. David und Miss Diana – Mrs. Middleton, müßte ich wohl sagen –, alle haben sie einmal umgerührt, jawohl.«

»Wie viele Puddings haben Sie gemacht? Ist dies der einzige gewesen?«

»Nein, Sir, ich habe vier gemacht. Zwei größere und zwei kleinere. Den anderen großen wollte ich eigentlich zu Neujahr servieren, und die kleineren waren für Colonel und Mrs. Lacey vorgesehen, wenn sie dann wieder allein wären und nicht mehr so viele Gäste hätten.«

»Aha, aha«, sagte Poirot.

»Übrigens, Sir«, sagte Mrs. Ross, »es war der falsche Pudding, den Sie heute mittag gegessen haben.«

»Der falsche Pudding?« Poirot runzelte die Stirn. »Wie ist das möglich?«

»Nun, Sir, wir haben eine große Weihnachtsform. Eine Porzellanform mit einem Muster von Stechpalmen und Mistelzweigen darauf, und in dieser Form wird immer der eigentliche Weihnachtspudding zubereitet. Aber es hat einen ausgesprochen unglücklichen Unfall gegeben. Heute morgen, als Annie ihn von dem Regal in der Speisekammer herunterholte, ist sie ausgerutscht. Dabei ist ihr die Form heruntergefallen und zerbrochen. Nun, Sir, die konnte ich natürlich nicht mehr auf den Tisch bringen. Es hätten ja vielleicht Splitter im Pudding sein können. Also mußten wir den anderen nehmen – den für Neujahr, der in einer schlichten Schüssel war. Er ist zwar ganz hübsch, aber doch lange nicht so dekorativ wie der aus der Weihnachtsform. Ich weiß wirklich nicht, wo wir wieder so eine Form herbekommen sollen. Heutzutage werden die Sachen nicht mehr in solchen Größen hergestellt. Gibt nur noch so winzige kleine Dinger. Ha, man kann ja nicht einmal mehr eine Servierplatte fürs Frühstück kaufen, auf der man, wie es sich gehört, acht bis zehn Eier und Schinken unterbringen kann. Ach, die Dinge sind alle nicht mehr das, was sie mal waren.«

»Nein, wirklich nicht«, sagte Poirot. »Aber für den heutigen Tag trifft das nicht zu. Dieser erste Weihnachtstag war wie in früheren Zeiten, habe ich nicht recht?«

Mrs. Ross seufzte. »Ach, ich freue mich, daß Sie das sagen, Sir, aber natürlich habe ich heute auch nicht mehr die *Hilfe*, die ich früher hatte. Keine Fachkräfte, meine ich. Die Mädchen von heute …« Sie senkte ihre Stimme ein wenig, »… sie meinen es zwar sehr gut und sind auch durchaus willig, aber sie haben eben keine *Ausbildung*, Sir, wenn Sie verstehen, was ich meine.«

»Die Zeiten ändern sich, ja«, sagte Hercule Poirot. »Auch ich finde das manchmal traurig.«

»Dieses Haus, Sir«, sagte Mrs. Ross, »ist zu groß für die Mistress und den Colonel. Und die Mistress weiß das auch.

Sie leben ja nur noch in einer Ecke des Hauses, und das ist überhaupt nicht mit früher zu vergleichen. Es wird erst lebendig zur Weihnachtszeit, wenn die ganze Familie herkommt, könnte man sagen.«

»Es ist, glaube ich, das erste Mal, daß Mr. Lee-Wortley und seine Schwester hier zu Gast sind?«

»Ja, Sir.« Eine Spur leiser Reserviertheit schlich sich in Mrs. Ross' Stimme. »Er ist ein sehr netter Herr, aber – nun ja – unserer Meinung nach scheint er ein merkwürdiger Freund für Miss Sarah zu sein. Aber was will man machen – in London ist eben alles anders! Es ist traurig, daß seine Schwester so schlecht dran ist. Hat eine Operation hinter sich. Am ersten Tag, als sie hier ankam, schien sie ganz in Ordnung zu sein, aber gerade an jenem Tag, nachdem wir die Puddings gerührt hatten, wurde es wieder schlimmer mit ihr, und seitdem liegt sie im Bett. Sie ist wohl nach ihrer Operation zu schnell wieder aufgestanden, nehme ich an. Ach, die Ärzte von heute, sie entlassen einen aus dem Krankenhaus, noch bevor man so halbwegs auf den eigenen Füßen stehen kann. Also, die Frau von meinem eigenen Neffen...« Und Mrs. Ross begann eine lange und temperamentvolle Geschichte über die Krankenhausbehandlung, wie sie ihre Verwandten erduldet hatten. Ihrer Meinung nach war nichts davon mit der überreichen Rücksicht zu vergleichen, die die Patienten in früheren Zeiten genossen hatten.

Poirot bemitleidete sie gebührend. »Jetzt«, sagte er, »muß ich mich nur noch für diese exquisite und üppige Mahlzeit bedanken. Sie gestatten eine kleine Anerkennung meiner Wertschätzung?« Eine noch neue Fünf-Pfund-Note wechselte von seiner Hand in die von Mrs. Ross, die mechanisch bemerkte:

»*Das* wäre doch wirklich nicht nötig gewesen, Sir.«

»Ich bestehe darauf. Ich bestehe darauf.«

»Nun, das ist wirklich sehr freundlich von Ihnen, Sir.« Mrs. Ross akzeptierte den Tribut in der festen Überzeugung, daß er ihr zustehe. »Und ich wünsche Ihnen weiterhin fröhliche Weihnachten, Sir, und ein erfolgreiches neues Jahr.«

5

Das Ende des ersten Weihnachtstages war wie das Ende der meisten ersten Weihnachtstage. Die Kerzen am Baum wurden angezündet, zum Tee gab es einen hervorragenden Weihnachtskuchen, der zwar mit Anerkennung aufgenommen wurde, aber dem man doch nur bescheiden zusprach. Dann folgte ein kaltes Abendessen.

Sowohl Poirot als auch sein Gastgeber und seine Gastgeberin gingen früh zu Bett.

»Gute Nacht, Monsieur Poirot«, sagte Mrs. Lacey. »Ich hoffe, es hat Ihnen gefallen.«

»Es war ein wunderschöner Tag, Madame, wunderschön.«

»Sie sehen sehr nachdenklich aus«, sagte Mrs. Lacey.

»Es ist der englische Pudding, der mir im Kopf herumgeht.«

»Sie fanden ihn vielleicht ein wenig zu schwer?« fragte Mrs. Lacey taktvoll.

»Nein, nein, ich rede nicht von dem gastronomischen Aspekt. Ich denke über seine Bedeutung nach.«

»Es ist natürlich ein traditioneller Pudding«, sagte Mrs. Lacey. »Nun, gute Nacht, Monsieur Poirot, und träumen Sie nicht zuviel von Weihnachtspuddings und gefüllten Pasteten.«

»Ja«, murmelte Poirot bei sich, während er sich entkleidete. »Dieser Plumpudding stellt gewiß ein Problem dar. Hier ist etwas, das ich absolut nicht verstehe.« Ungehalten schüttelte er den Kopf. »Nun – wir werden sehen.«

Nachdem er gewisse Vorbereitungen getroffen hatte, ging Poirot ins Bett, ohne jedoch einzuschlafen.

Es war etwa zwei Stunden später, als seine Geduld belohnt wurde. Sehr vorsichtig öffnete sich die Tür seines Schlafzimmers. Er lächelte. Genau das hatte er erwartet. Geschwind wanderten seine Gedanken zurück zu der Tasse Kaffee, die Desmond Lee-Wortley ihm so höflich gereicht hatte. Ein wenig später, als Desmond ihm den Rücken zuwandte, hatte er die Tasse für ein paar Augenblicke auf den Tisch gestellt. Dann hatte er sie scheinbar wieder zur Hand genommen, und Desmond hatte die Genugtuung gehabt – falls es eine Genugtuung für ihn war –, zu sehen, wie er den Kaffee bis auf den letzten Tropfen austrank. Aber ein kleines Lächeln hob Poirots Schnurrbart, als er darüber nachdachte, daß heute nacht nicht er, sondern jemand anderes einen guten, festen Schlaf haben würde. »Dieser liebenswerte junge David«, dachte Poirot bei sich, »er ist besorgt, unglücklich. Es wird ihm nicht schaden, einmal eine Nacht so richtig fest zu schlafen. Und jetzt wollen wir doch mal sehen, was passiert.«

Er lag ganz still da, und sein Atem ging gleichmäßig mit einer gelegentlichen Andeutung – einer ganz schwachen Andeutung nur – eines Schnarchens.

Jemand trat an sein Bett und beugte sich über ihn. Dann wandte sich dieser Jemand zufrieden ab und ging zum Toilettentisch. Im Licht einer winzigen Taschenlampe untersuchte der Besucher Poirots Habseligkeiten, die ordentlich auf dem Toilettentisch aufgestellt waren. Fremde Finger erforschten die Brieftasche, zogen vorsichtig die Schubladen des Toilettentisches auf und dehnten die Suche auf die Taschen von Poirots Kleidern aus. Zu guter Letzt näherte sich der Besucher wieder dem Bett und ließ mit größter Vorsicht seine Hand unter das Kissen gleiten. Nachdem er die Hand zurückgezogen hatte, stand er ein oder zwei Augenblicke einfach nur da, als wisse er nicht, was er als nächstes tun solle. Er wanderte im Zimmer umher, betrachtete Zierstücke und ging in das angrenzende Badezimmer, aus dem er sogleich wieder zurückkam. Dann verließ er mit einem leisen, widerwilligen Ausruf das Zimmer.

»Ah«, sagte Poirot im Flüsterton, »da sind Sie enttäuscht. Ja, ja, ernstlich enttäuscht. Bah! Sich auch nur vorzustellen, daß Hercule Poirot etwas verstecken würde, wo Sie es finden könnten!« Dann drehte er sich auf die andere Seite und schlief friedlich ein.

Am nächsten Morgen wurde er von einem leisen, drängenden Klopfen an der Tür geweckt.

»*Qui est là?* Nur herein, herein.«

»Monsieur Poirot, Monsieur Poirot.«

»Ja bitte?« Poirot setzte sich im Bett auf. »Ist es der Morgentee? Aber nein. Du bist es, Colin. Was ist passiert?«

Colin war einen Augenblick lang sprachlos. Er schien von einem starken Gefühl beherrscht zu werden. Um ganz genau zu sein, war es der Anblick der Nachtmütze, die Hercule Poirot trug, der ein paar Sekunden lang seine Sprechwerkzeuge lähmte. Aber schon bald faßte er sich wieder und begann zu sprechen.

»Ich glaube – Monsieur Poirot – könnten Sie uns helfen? Es ist etwas ziemlich Schreckliches passiert.«

»Etwas ist passiert? Aber was denn?«

»Es ist – es ist Bridget. Sie liegt da draußen im Schnee. Ich glaube – sie bewegt sich nicht, und sie sagt auch nichts und – oh, Sie sollten besser mitkommen und es sich selbst ansehen. Ich habe schreckliche Angst – sie könnte vielleicht *tot* sein.«

»Was?« Poirot schleuderte die Bettdecke weg. »Mademoiselle Bridget – tot!«

»Ich glaube – ich glaube, jemand hat sie umgebracht. Da ist – da ist Blut und – oh, kommen Sie doch endlich!«

»Aber gewiß, gewiß. Ich komme auf der Stelle.«

Mit großer Geschicklichkeit steckte Poirot die Füße in seine Straßenschuhe und zog einen pelzgefütterten Mantel über seinen Pyjama.

»Ich komme«, sagte er. »Ich komme augenblicklich. Du hast das ganze Haus geweckt?«

»Nein, nein, bisher habe ich noch niemandem außer Ihnen etwas gesagt. Ich dachte, das wäre besser so. Großvater und Oma sind noch nicht auf. Unten decken sie den Frühstückstisch, aber auch Peverell habe ich nichts gesagt. Sie – Bridget – sie ist auf der anderen Seite des Hauses, in der Nähe der Terrasse und des Fensters der Bibliothek.«

»Aha. Geh voran. Ich komme dir nach.« Colin wandte sich ab, um sein belustigtes Grinsen zu verbergen, und ging die Treppe hinunter. Sie gingen durch den Nebeneingang nach draußen.

Es war ein klarer Morgen, und die Sonne stand noch nicht weit über dem Horizont. Im Augenblick schneite es nicht, aber über Nacht hatte es heftig geschneit, und um das ganze Haus herum erstreckte sich ein unversehrter, dicker Schneeteppich. Die Welt sah sehr rein und weiß und schön aus.

»Da!« sagte Colin atemlos. »Ich – sie ist – *da*!« Mit einer dramatischen Geste streckte er die Hand aus.

Die Szene war in der Tat ausgesprochen dramatisch. Ein paar Meter weiter weg lag Bridget im Schnee. Sie trug einen scharlachroten Pyjama und hatte sich einen weißen Wollumhang über die Schultern geworfen. Auf dem weißen Umhang zeichneten sich dunkelrote Flecken ab. Ihr Kopf, der unter der Masse ihres ausgebreiteten schwarzen Haares versteckt war, war zur Seite gedreht. Der eine Arm lag unter ihrem Körper, der andere war ausgestreckt und die Finger waren zusammengekrampft. In der Mitte des dunkelroten Flecks ragte der Griff eines langen, gebogenen kurdischen Messers empor, das Colonel Lacey erst am Vorabend seinen Gästen gezeigt hatte.

»*Mon Dieu!*« stieß Monsieur Poirot hervor. »Das ist ja wie auf der Bühne!«

Von Michael war ein schwaches, ersticktes Geräusch zu hören. Schnell sprang Colin in die Bresche.

»Ich weiß«, sagte er. »Es – wirkt irgendwie gar nicht *real.* Sehen Sie diese Fußabdrücke da – ich nehme an, wir dürfen sie nicht durcheinanderbringen?«

»Ach ja, die Fußabdrücke. Nein, wir müssen sehr vorsichtig sein, damit wir sie nicht zerstören.«

»Das haben wir uns auch gedacht!« sagte Colin. »Deshalb wollte ich auch niemanden in ihre Nähe lassen, bevor wir Sie geholt hatten. Ich dachte, Sie würden schon wissen, was zu tun ist.«

»Aber wie dem auch sei«, sagte Hercule Poirot energisch, »zuerst müssen wir doch wohl nachsehen, ob sie noch lebt? Ist das nicht so?«

»Ehm – ja – natürlich«, sagte Michael ein wenig zweifelnd. »Aber wissen Sie, wir dachten – ich meine, wir wollten nicht...«

»Ah, ihr seid sehr besonnen! Ihr habt Detektivgeschichten gelesen. Es ist von größter Wichtigkeit, daß nichts berührt wird und daß niemand etwas an der Leiche verändert. Aber wir können noch gar nicht sicher sein, daß dies eine Leiche *ist,* oder? Immerhin ist Besonnenheit zwar bewunderungswürdig, aber allgemeine Menschlichkeit kommt zuerst. Wir müssen an den Arzt denken, bevor wir an die Polizei denken, stimmt's nicht?«

»O ja. Natürlich«, sagte Colin, der immer noch ein wenig bestürzt war.

»Wir haben nur gedacht – ich meine – wir dachten, wir sollten Sie erst holen, bevor wir irgend etwas unternehmen«, sagte Michael hastig.

»Dann werdet ihr beide hierbleiben«, sagte Poirot. »Ich werde mich ihr von der anderen Seite nähern, so daß ich diese Fußabdrücke nicht verwische. Solch exzellente Fußabdrücke, nicht wahr – so ausgesprochen klar? Die Fußspuren eines Mannes und eines Mädchens, die zusammen dahin gehen, wo sie jetzt liegt. Und dann die Fußspuren eines Mannes, die zurückkommen, aber die des Mädchens tun das nicht.«

»Das müssen die Fußspuren des Mörders sein«, sagte Colin mit angehaltenem Atem.

»Genau. Die Fußspuren des Mörders. Ein langer, schmaler Fuß mit einer ziemlich merkwürdigen Art von Schuh. Sehr interessant. Einfach wiederzuerkennen, denke ich. Ja, die Fußspuren werden noch sehr wichtig sein.« In diesem Augenblick kam Desmond Lee-Wortley mit Sarah aus dem Haus und gesellte sich zu ihnen.

»Was um alles in der Welt tun Sie alle hier?« fragte er ziemlich theatralisch. »Ich habe Sie von meinem Schlafzimmerfenster aus gesehen. Was ist los? Gütiger Himmel, was ist das? Es – es sieht aus wie...«

»Genau«, sagte Hercule Poirot, »es sieht aus wie Mord.«

Sarah keuchte und warf dann einen schnellen, argwöhnischen Blick auf die beiden Jungen.

»Sie meinen, jemand hat das Mädchen umgebracht, diese – wie hieß sie noch gleich – Bridget?« wollte Desmond wissen. »Wer um alles in der Welt sollte sie umbringen wollen? Es ist unglaublich.«

»Es geschehen viele unglaubliche Dinge«, sagte Poirot, »besonders vor dem Frühstück, nicht wahr? Das jedenfalls behauptet einer Ihrer Klassiker. Sechs unmögliche Dinge vor dem Frühstück.« Er fügte hinzu: »Bitte warten Sie hier, Sie alle.«

Vorsichtig machte er einen Umweg, um sich Bridget zu nähern, und beugte sich dann für einen Augenblick über die Leiche. Colin und Michael zitterten jetzt beide vor lauter unterdrücktem Gelächter. Sarah trat zu ihnen und murmelte: »Was führt ihr beide da im Schilde?«

»Die gute, alte Bridget«, flüsterte Colin, »ist sie nicht wundervoll? Nicht ein einziges Zucken!«

»Ich habe noch nie jemanden gesehen, der so tot wirkte wie Bridget«, flüsterte Michael.

Hercule Poirot richtete sich wieder auf.

»Das ist eine schreckliche Angelegenheit«, sagte er. In seiner Stimme schwang jetzt ein Gefühl mit, das vorher nicht dagewesen war.

Von Heiterkeit überwältigt, wandten sich Michael und Colin beide ab. Mit erstickter Stimme sagte Michael:

»Was – was müssen wir jetzt tun?«

»Es gibt nur eines, was wir jetzt tun können«, sagte Poirot. »Wir müssen die Polizei verständigen. Will einer von Ihnen telefonieren, oder wäre es Ihnen lieber, ich täte das?«

»Ich glaube«, sagte Colin, »ich glaube – was meinst du, Michael?«

»Ja«, sagte Michael, »das Spiel ist aus.« Er trat vor. Zum ersten Mal wirkte er etwas weniger selbstsicher. »Es tut mir schrecklich leid«, sagte er. »Ich hoffe, Sie werden nicht allzu böse sein. Es – ehm – es war eine Art Scherz zu Weihnachten oder so etwas. Wir dachten, wir könnten – nun ja, einen Mord für Sie inszenieren.«

»Ihr dachtet, ihr könntet für mich einen Mord inszenieren? Dann – dann ist das …«

»Es ist nur eine Show, die wir ausgeheckt haben«, erklärte Colin. »Damit – damit Sie sich hier wie zu Hause fühlen.«

»Aha«, sagte Hercule Poirot. »Ich verstehe. Ihr wolltet

mich in den April schicken, nicht wahr? Aber heute ist nicht der 1. April, sondern der 26. Dezember.«

»Ich nehme an, wir hätten es eigentlich nicht tun dürfen«, sagte Colin. »Aber – Sie sind doch nicht wirklich böse, oder, Monsieur Poirot? Nun komm, Bridget«, rief er. »Steh auf. Du mußt dich schon halb zu Tode gefroren haben.«

Die Gestalt im Schnee rührte sich jedoch nicht.

»Es ist doch merkwürdig«, sagte Hercule Poirot, »sie scheint dich nicht zu hören.« Nachdenklich betrachtete er die beiden Jungen. »Es ist ein Scherz, sagt ihr? Ihr seid sicher, daß dies ein Scherz ist?«

»Aber ja.« Colin klang verlegen. »Wir – wir haben es nicht böse gemeint.«

»Aber warum steht dann Mademoiselle Bridget nicht auf?«

»Keine Ahnung«, sagte Colin.

»Na komm schon, Bridget«, sagte Sarah ungeduldig. »Du brauchst da nicht weiter herumzuliegen und dich lächerlich zu machen.«

»Es tut uns wirklich sehr leid, Monsieur Poirot«, bemerkte Colin ängstlich. »Wir möchten uns bei Ihnen entschuldigen.«

»Ihr braucht euch nicht zu entschuldigen«, sagte Poirot in einem sonderbaren Ton.

»Was meinen Sie damit?« Colin starrte ihn an. Dann drehte er sich wieder herum. »Bridget! Bridget! Was ist denn los? Warum steht sie nicht auf? Warum liegt sie immer noch da hinten?«

Poirot winkte Desmond heran. »*Sie*, Mr. Lee-Wortley. Kommen Sie her ...«

Desmond trat zu ihm.

»Fühlen Sie ihr den Puls«, forderte Poirot ihn auf.

Desmond Lee-Wortley beugte sich hinab. Er berührte den Arm – das Handgelenk.

»Da ist kein Puls …« Er starrte Poirot an. »Ihr Arm ist steif. Gütiger Gott. Sie ist *wirklich* tot!«

Poirot nickte. »Ja, sie ist tot«, sagte er. »Jemand hat eine Komödie in eine Tragödie verwandelt.«

»Jemand – wer?«

»Es gibt da ein paar Fußspuren, die zur Leiche hin und wieder weg führen. Ein paar Fußspuren, die eine starke Ähnlichkeit mit jenen haben, die *Sie* gerade gemacht haben, Mr. Lee-Wortley, als Sie hierhergekommen sind.«

Desmond Lee-Wortley wirbelte herum.

»Was um alles in der Welt – beschuldigen Sie etwa mich? MICH? Sie sind übergeschnappt! Warum, um Himmels willen, sollte ich das Mädchen umbringen wollen?«

»Ja, warum? Wir wollen doch mal sehen …«

Er beugte sich hinab und drückte die steifen Finger der zusammengeballten Hand des Mädchens ganz sanft auf.

Desmond sog scharf die Luft ein. Ungläubig blickte er hinunter. In der Hand des toten Mädchens lag etwas, das wie ein großer Rubin aussah.

»Es ist dieses verdammte Ding aus dem Pudding!« rief er.

»Ach wirklich?« sagte Poirot. »Sind Sie sicher?«

»Aber natürlich bin ich sicher.«

Mit einer raschen Bewegung beugte Desmond sich hinunter und riß den roten Stein aus Bridgets Hand an sich.

»Das hätten Sie nicht tun sollen«, sagte Poirot vorwurfsvoll. »Man darf nichts verändern.«

»An der Leiche habe ich ja auch nichts verändert, oder? Aber dieses Ding hier könnte – könnte vielleicht verlorengehen, und es ist ein Beweisstück. Das Wichtigste ist jetzt, so bald wie möglich die Polizei zu holen. Ich werde sofort anrufen.«

Er fuhr herum und rannte zum Haus. Hastig trat Sarah neben Poirot.

»Ich verstehe es nicht«, flüsterte sie. Ihr Gesicht war totenbleich. »Ich *verstehe* nicht.« Sie griff nach Poirots Arm. »Was meinten Sie mit – mit den Fußspuren?«

»Sehen Sie selbst, Mademoiselle.«

Die Fußspuren, die zur Leiche und wieder zurückführten, waren dieselben wie die, die Poirot gerade auf seinem Weg zu dem toten Mädchen begleitet hatten.

»Sie meinen – daß es Desmond war? Unsinn!«

Plötzlich drang das Geräusch eines Wagens durch die klare Luft. Sie fuhren herum. Überdeutlich sahen sie den Wagen mit rasender Geschwindigkeit die Auffahrt hinunterfahren, und Sarah erkannte das Auto.

»Es ist Desmond«, sagte sie. »Es ist Desmonds Wagen. Er – er ist wohl losgefahren, um die Polizei zu holen, statt sie anzurufen.«

Diana Middleton kam aus dem Haus gerannt und gesellte sich zu ihnen.

»Was ist passiert?« rief sie atemlos. »Desmond ist gerade ins Haus gelaufen. Er sagte etwas davon, daß Bridget getötet worden sei, und dann machte er sich am Telefon zu schaffen, aber das funktioniert nicht. Er bekam keinen Anschluß. Er meinte, jemand hätte die Drähte durchgeschnitten. Also bliebe ihm nichts anderes übrig, als einen Wagen zu nehmen und zur Polizei zu fahren. Warum zur Polizei …?«

Poirot machte eine Handbewegung.

»Bridget?« Diana starrte ihn an. »Aber bestimmt ist es – sollte das nicht irgendeine Art von Scherz sein? Ich habe etwas gehört – gestern abend. Ich dachte, sie wollten Ihnen einen Streich spielen, Monsieur Poirot?«

»Ja«, sagte Poirot, »das war ihr Plan – mir einen Streich zu spielen. Aber jetzt kommen Sie bitte ins Haus, Sie alle. Wir werden uns sonst hier draußen noch den Tod holen, und wir können ohnehin nichts tun, bevor Mr. Lee-Wortley mit der Polizei zurückkehrt.«

»Aber hören Sie doch«, sagte Colin. »Wir können – wir können Bridget doch nicht hier allein lassen.«

»Ihr könnt ihr nicht helfen, wenn ihr hierbleibt«, sagte Poirot sanft. »Kommt. Es ist eine traurige, eine sehr traurige Tragödie, aber wir können nichts mehr für Mademoiselle Bridget tun. Laßt uns also hineingehen und uns aufwärmen und vielleicht eine Tasse Tee oder Kaffee trinken.«

Gehorsam folgten sie ihm ins Haus. Peverell war gerade im Begriff, den Gong zu schlagen. Falls er es außergewöhnlich fand, daß der größte Teil der Anwesenden draußen gewesen war und daß Poirot in Pyjama und Mantel erschien, so zeigte er es jedenfalls nicht. Der alte Peverell war immer noch ein perfekter Butler. Er bemerkte nichts, das man ihn nicht zu bemerken aufforderte. Sie gingen ins Wohnzimmer und setzten sich. Als sie alle eine Tasse Kaffee vor sich stehen hatten und daran nippten, begann Poirot zu sprechen.

»Ich muß Ihnen«, sagte er, »eine kleine Geschichte erzählen. Ich kann Ihnen natürlich nicht alle Einzelheiten verraten, nein. Aber ich kann Ihnen sehr wohl das Ganze in groben Zügen schildern. Es betrifft einen jungen Prinzen, der in dieses Land kam. Bei sich hatte er ein berühmtes Juwel, das er für die Dame, die er demnächst heiraten wird, neu fassen lassen wollte. Aber unglücklicherweise freundete er sich zuvor mit einer sehr hübschen jungen Dame an. Diese hübsche junge Dame hatte zwar nicht sehr viel für den Mann übrig, aber sehr wohl etwas für sein Juwel – sie hatte so viel dafür übrig, daß sie eines Tages mit dem historischen Stück, das seit Generationen im Besitz der Familie des Prinzen gewesen war, verschwand. Also saß der arme junge Mann in der Klemme. Vor allem mußte er einen Skandal vermeiden. Unmöglich, zur Polizei zu gehen. Daher kommt er also zu mir, zu Hercule Poirot. ›Beschaffen Sie mir‹, sagt er, ›meinen historischen Rubin wieder.‹ *Eh bien.* Diese junge Dame, sie hat einen Freund. Und der Freund, er hat schon verschiedene fragwürdige Transaktionen durchgeführt. Er hatte mit Erpressung zu tun, und er hatte mit dem Verkauf von Juwelen im Ausland zu tun. Immer war er dabei sehr clever. Er wird verdächtigt, ja, aber man kann ihm nichts nachweisen. Es kommt mir zu Ohren, daß dieser sehr clevere Gentleman Weihnachten hier in diesem Haus verbringt. Es ist wichtig, daß die hübsche junge Dame, sobald sie das Juwel beschafft hat, für eine Weile verschwindet, damit man keinen Druck auf sie ausüben kann, damit man ihr keine Fragen stellen kann. Daher arrangiert man es so, daß sie nach Kings Lacey kommt, als angebliche Schwester des cleveren Gentlemans…«

Sarah zog scharf die Luft ein.

»Oh, nein. Oh, nein. Nicht *hier*! Nicht mit mir!«

»Aber so ist es«, sagte Poirot. »Und mit Hilfe einer kleinen Manipulation wurde auch ich über Weihnachten nach Kings Lacey eingeladen. Diese junge Dame ist übrigens angeblich gerade aus dem Krankenhaus gekommen. Es geht ihr viel besser, als sie hier ankommt. Aber dann erfährt man, daß auch ich erwartet werde, ich, ein Detektiv – ein wohlbekannter Detektiv. Auf der Stelle kriegt sie, wie Sie es hier nennen, Bammel. Sie versteckt den Rubin an dem ersten Ort, der ihr einfällt, und dann erleidet sie ganz schnell einen Rückfall und legt sich wieder ins Bett. Sie will nicht, daß ich sie sehe, denn ich habe zweifellos eine Fotografie und werde sie darauf erkennen. Es ist sehr langweilig für sie, ja, aber sie muß in ihrem Zimmer bleiben, und ihr Bruder, er bringt ihr das Essen hinauf.«

»Und der Rubin?« wollte Michael wissen.

»Ich glaube«, sagte Poirot, »daß die junge Dame sich in dem Augenblick, als meine Ankunft hier erwähnt wurde, mit Ihnen allen in der Küche befand. Sie haben gelacht und geredet und die Weihnachtspuddings umgerührt. Die Weihnachtspuddings werden in Schüsseln gegossen, und die junge Dame versteckt den Rubin, indem sie ihn in eine der Puddingschüsseln drückt. Nicht in die, die wir zu Weihnachten serviert bekommen werden. Oh, nein. Sie weiß, daß dieser Pudding in einer speziellen Schale ist. Sie steckt den Rubin in einen anderen Pudding, in den, der für den Neujahrstag bestimmt ist. Vor diesem Tag wird sie jedoch zur Abreise bereit sein, und wenn sie das Haus verläßt, wird dieser Weihnachtspudding zweifellos mit ihr reisen. Aber sehen Sie, wie das Schicksal eingreift. Am Morgen des ersten Weihnachtstages kommt es zu einem Unfall. Der Weihnachtspudding in der reich verzierten Form fällt auf den Steinfußboden, und die Schale zerspringt in tausend Stücke. Was soll man tun? Die gute Mrs. Ross, sie nimmt den anderen Pudding und läßt ihn servieren.«

»Gütiger Himmel«, sagte Colin. »Wollen Sie damit sagen, daß das, was Großvater gestern in seinem Pudding hatte, ein *echter* Rubin war?«

»Ganz genau«, sagte Poirot. »Und Sie können sich die Gefühle von Mr. Desmond-Wortley vorstellen, als er den Stein sah. *Eh bien.* Was geschieht als nächstes? Der Rubin macht die Runde. Ich untersuche ihn, und es gelingt mir, ihn unauffällig in meine Tasche gleiten zu lassen. Auf eine sorglose Weise, als wäre ich nicht im mindesten daran interessiert. Aber eine Person zumindest beobachtet, was ich getan habe. Als ich im Bett liege, durchsucht diese Person mein Zimmer. Er durchsucht mich. Er findet den Rubin allerdings nicht. Warum?«

»Weil«, sagte Michael atemlos, »Sie ihn Bridget gegeben hatten. Das meinen Sie doch. Und das ist auch der Grund, warum – aber ich verstehe nicht recht – ich meine – also wirklich, was *ist* denn nun passiert?«

Poirot lächelte ihn an.

»Kommen Sie jetzt mit in die Bibliothek«, sagte er. »Schauen Sie aus dem Fenster, und ich werde Ihnen etwas zeigen, was das Geheimnis vielleicht lösen wird.«

Er ging voran, und die anderen folgten ihm. »Bedenken Sie noch einmal«, sagte Poirot, »den Ort des Verbrechens.«

Er zeigte aus dem Fenster. Von den Lippen aller anderen war ein gleichzeitiges Keuchen zu hören. Da lag keine Leiche mehr im Schnee, keine Spur der Tragödie schien übriggeblieben zu sein, bis auf eine Masse zertrampelten Schnees.

»Das war doch nicht alles nur ein Traum, oder?« fragte Colin schwach. »Ich – hat jemand die Leiche weggebracht?«

»Ah«, sagte Poirot, »verstehst du? Das Geheimnis der verschwundenen Leiche.« Er nickte, und ein freundliches Zwinkern trat in seine Augen.

»Gütiger Gott«, rief Michael. »Monsieur Poirot, Sie sind – Sie haben doch nicht – oh, seht mal, er hat uns die ganze Zeit an der Nase herumgeführt.«

Poirot zwinkerte jetzt stärker als je zuvor.

»Es ist wahr, meine lieben Kinder. Ich habe mir auch einen kleinen Scherz erlaubt. Ich wußte von eurem kleinen Komplott, und daher habe ich meinen eigenen Gegenplan geschmiedet. Ah, *voilà,* Mademoiselle Bridget. Ich hoffe, dein Ausflug in den Schnee hatte keine negativen Nachwirkungen? Ich würde es mir nie verzeihen, wenn du dir *une fluxion de poitrine* zugezogen hättest.«

Bridget hatte gerade das Zimmer betreten. Sie trug einen dicken Rock und einen Wollpullover. Sie lachte.

»Ich habe dir eine *tisane* auf dein Zimmer bringen lassen«, sagte Poirot streng. »Du hast sie getrunken?«

»Ein Schluck war genug!« sagte Bridget. »*Ich* bin ganz in Ordnung. Habe ich es gut gemacht, Monsieur Poirot? Meine Güte, mir tut von der Aderpresse, die ich anlegen mußte, immer noch der Arm weh.«

»Du warst großartig, mein Kind«, sagte Poirot. »Großartig. Aber siehst du, die anderen tappen immer noch im dunkeln. Gestern abend bin ich zu Mademoiselle Bridget gegangen. Ich habe ihr gesagt, daß ich von eurem kleinen *complot* wüßte, und sie gefragt, ob sie für mich eine Rolle spielen würde. Und sie hat es ausgesprochen schlau angestellt. Sie hat die Fußspuren mit einem Paar von Mr. Lee-Wortleys Schuhen gemacht.« Sarah fragte schroff: »Aber was sollte das Ganze, Monsieur Poirot? Welchen Sinn hatte es, Desmond zur Polizei zu schicken? Sie werden sehr ärgerlich sein, wenn sie herausfinden, daß es nichts als ein dummer Streich war.«

Freundlich schüttelte Poirot den Kopf. »Aber ich glaube keinen Augenblick lang, Mademoiselle, daß Mr. Lee-Wortley zur Polizei gefahren ist«, sagte er. »Mord ist eine Sache, mit der Mr. Lee-Wortley nichts zu tun haben will. Er hat ganz einfach die Nerven verloren. Das einzige, was er sehen konnte, war seine Chance, den Rubin an sich zu bringen. Er schnappte sich den Stein, er tat so, als funktioniere das Telefon nicht, und machte sich in seinem Wagen davon, angeblich, um die Polizei zu holen. Ich selbst glaube, daß dies für lange Zeit das letzte war, was Sie von ihm gesehen haben. Er hat, soweit ich weiß, seine eigenen Möglichkeiten, von England wegzukommen. Er besitzt ein Flugzeug, nicht wahr, Mademoiselle?«

Sarah nickte. »Ja«, sagte sie. »Wir hatten vor, vielleicht...« Sie hielt inne.

»Er wollte, daß Sie mit ihm auf diese Weise durchbrennen, stimmt's? *Eh bien,* das ist eine sehr gute Möglichkeit, ein Schmuckstück aus dem Land zu schmuggeln. Wenn man mit einem Mädchen durchbrennt und dieser Umstand publik wird, dann wird man nicht verdächtigt, gleichzeitig ein historisches Juwel außer Landes zu schmuggeln. O ja, das wäre eine hervorragende Tarnung gewesen.«

»Ich glaube es nicht«, sagte Sarah. »Ich glaube kein Wort davon!«

»Dann fragen Sie doch seine Schwester«, sagte Poirot, der freundlich mit dem Kopf über ihre Schulter wies. Hurtig drehte Sarah sich um.

Eine platinblonde Frau stand an der Tür. Sie trug einen Pelzmantel und warf ihnen finstere Blicke zu. Sie war eindeutig maßlos wütend.

»Von wegen Schwester!« sagte sie mit einem kurzen, unangenehmen Lachen. »Dieses Schwein ist keinesfalls mein Bruder! Er hat sich doch aus dem Staub gemacht und mich hiergelassen, damit ich den Kopf für ihn hinhalte, wie? Dabei war das Ganze *seine* Idee! *Er* hat mich darauf gebracht! Meinte, es wäre leichtverdientes Geld. Sie würden nie vor Gericht gehen, wegen des Skandals. Und wenn, dann könnte ich immer noch damit drohen, zu behaupten, Ali habe mir sein historisches Juwel *geschenkt.* Des und ich wollten uns die Beute in Paris teilen – und jetzt läßt mich das Schwein im Stich! Ich würde ihn am liebsten ermorden!« Abrupt wechselte sie das Thema. »Je eher ich hier wegkomme – kann mir jemand ein Taxi rufen?«

»Am Vordereingang wartet ein Wagen, der Sie zum Bahnhof bringen wird, Mademoiselle«, sagte Poirot.

»Sie denken auch an alles, was?«

»An das meiste«, sagte Poirot selbstgefällig.

Aber so leicht sollte Poirot nicht davonkommen. Als er, nachdem er der falschen Miss Lee-Wortley in den bereitstehenden Wagen geholfen hatte, ins Wohnzimmer zurückkehrte, wartete dort bereits Colin auf ihn.

Ein Stirnrunzeln lag auf seinem jungenhaften Gesicht.

»Aber eines verstehe ich nicht, Monsieur Poirot. *Was ist mit dem Rubin?* Wollen Sie etwa behaupten, daß Sie ihn mit dem Stein haben entkommen lassen?«

Poirot machte ein langes Gesicht. Er zwirbelte seinen Schnurrbart. Er schien sich unbehaglich zu fühlen.

»Ich werde ihn schon wiederfinden«, sagte er schwach. »Es gibt auch andere Möglichkeiten. Ich kann immer noch...«

»Also wirklich!« sagte Michael. »Das Schwein mit dem Rubin davonkommen zu lassen!«

Bridget war klüger.

»Er führt uns ja wieder an der Nase herum«, rief sie. »Das tun Sie doch, oder, Monsieur Poirot?«

»Sollen wir einen letzten Zaubertrick vorführen, Mademoiselle? Fassen Sie mal in meine linke Tasche.«

Bridget ließ ihre Finger hineingleiten. Dann zog sie sie mit einem Triumphgeschrei wieder heraus und hielt einen großen, in seiner dunkelroten Pracht glänzenden Rubin empor.

»Du siehst also«, erklärte Poirot, »daß der, den du in deiner Hand hattest, eine Fälschung war. Die habe ich in London gekauft für den Fall, daß sich die Möglichkeit ergeben könnte, einen Austausch vorzunehmen. Du verstehst? Wir wollen keinen Skandal. Monsieur Desmond wird versuchen, den Stein loszuwerden. In Paris oder in Belgien oder wo auch immer er seine Kontakte hat, und dann wird sich herausstellen, daß der Stein nicht echt ist! Was könnte besser sein? Alles kommt zu einem glücklichen Ende. Der Skandal wird vermieden, mein junger Prinz bekommt seinen Rubin zurück, kehrt in sein Land heim und schließt eine solide und wie ich hoffe auch glückliche Ehe. Alles endet gut.«

»Nur für mich nicht«, murmelte Sarah fast tonlos.

Sie sprach so leise, daß niemand außer Poirot sie hörte. Gütig schüttelte er den Kopf.

»Mit dem, was Sie da sagen, Mademoiselle Sarah, befinden Sie sich im Irrtum. Sie haben an Erfahrung gewonnen. Jede Erfahrung ist wertvoll. Vor Ihnen liegt das Glück, das prophezeie ich Ihnen.«

»Ja, das sagen *Sie*«, erwiderte Sarah.

»Moment mal, Monsieur Poirot.« Colin runzelte die Stirn. »Woher wußten Sie von der kleinen Vorstellung, die wir für Sie geplant hatten?«

»Es ist mein Geschäft, Dinge zu wissen«, sagte Hercule Poirot. Er zwirbelte seinen Schnurrbart.

»Ja, aber ich kann mir nicht vorstellen, wie Ihnen das gelungen ist. Hat jemand geplaudert – ist jemand zu Ihnen gekommen und hat es verraten?«

»Nein, nein, so war es nicht.«

»Aber wie dann? Sagen Sie uns, wie es gewesen ist?«

Jetzt riefen sie alle im Chor: »Ja, sagen Sie uns, wie es gewesen ist.«

»Aber nein«, protestierte Poirot. »Aber nein. Wenn ich euch erzähle, wie ich es herausgefunden habe, würdet ihr nichts mehr davon halten. Es ist so, als zeigte ein Zauberer, wie er seine Kunststücke zuwege bringt!«

»Erzählen Sie es uns, Monsieur Poirot! Na los, erzählen Sie, erzählen Sie!«

»Ihr wollt also wirklich, daß ich für euch auch dieses letzte Rätsel löse?«

»Ja, bitte. Erzählen Sie es uns.«

»Ah, ich glaube nicht, daß ich das kann. Ihr werdet so enttäuscht sein.«

»Ach, nun machen Sie schon, Monsieur Poirot. Verraten Sie es uns. *Woher wußten Sie davon?*«

»Also seht ihr, gestern nach dem Tee saß ich in einem Sessel neben dem Fenster der Bibliothek und ruhte mich ein wenig aus. Ich hatte geschlafen, und als ich erwachte, habt ihr gerade draußen vor dem Fenster, ganz in meiner Nähe, eure Pläne diskutiert, und das Fenster stand oben offen.«

»Das ist alles?« rief Colin empört. »Wie einfach!«

»Ja, nicht wahr?« sagte Hercule Poirot lächelnd. »Na, seht ihr? Ihr *seid* enttäuscht!«

»Na schön«, sagte Michael. »Wenigstens wissen wir jetzt alles.«

»Tun wir das wirklich?« murmelte Hercule Poirot bei sich. »*Ich* tue es jedenfalls nicht. *Ich*, dessen Geschäft es ist, Dinge zu wissen.«

Kopfschüttelnd ging er hinaus in den Flur. Vielleicht zum zwanzigsten Mal zog er aus seiner Tasche ein ziemlich schmutziges Stück Papier hervor.

ESSEN SIE MAN BLOSS NIX VON DEM PLUMPUDDING. EINER, DER ES GUT MIT IHNEN MEINT.

Nachdenklich schüttelte Hercule Poirot den Kopf. Er, der alles erklären konnte, konnte das nicht erklären! Wie demütigend. Wer hatte den Zettel geschrieben? *Warum* war er geschrieben worden? Bevor er das nicht herausgefunden hatte, würde er keine ruhige Minute haben. Ein merkwürdiges Keuchen schreckte ihn plötzlich aus seinen Tagträumen auf. Hurtig blickte er zu Boden. Da saß, mit Kehrschaufel und Bürste beschäftigt, ein flachsblondes Geschöpf in einer geblümten Kittelschürze. Mit großen, runden Augen starrte es auf das Papier in seiner Hand. »Oh, Sir«, sagte diese Erscheinung. »Oh, *Sir. Bitte,* Sir.«

»Und wer wären denn Sie, bitte, *mon enfant*?« erkundigte sich Monsieur Poirot freundlich.

»Annie Bates, Sir. Bitte, Sir. Ich komme hierher, um Mrs. Ross zu helfen. Ich wollte nicht, Sir, ich wollte nichts – nichts Ungehöriges tun. Ich hab's nur gut gemeint, Sir. Gut für Sie, meine ich.«

Poirot hatte eine Erleuchtung. Er hielt ihr das schmutzige Stück Papier hin.

»Haben Sie das geschrieben, Annie?«

»Ich hab's nicht böse gemeint, Sir. Wirklich nicht.«

»Nein, natürlich haben Sie es nicht böse gemeint, Annie.« Er lächelte sie an. »Aber erzählen Sie mir davon. Warum haben Sie diesen Zettel geschrieben?«

»Na ja, es waren diese beiden da, Sir. Mr. Lee-Wortley und seine Schwester. Nicht, daß sie wirklich seine Schwester *war,* da bin ich mir sicher. Keiner von uns hat das geglaubt! Und sie war auch kein bißchen krank. *Das* konnten wir alle sehen. Wir dachten – wir alle dachten –, daß da etwas Komisches im Gange war. Ich werde Ihnen die Wahrheit sagen, Sir. Ich war in ihrem Badezimmer, um die sauberen Handtücher zu bringen, und habe an der Tür gelauscht. *Er* war in ihrem Zimmer, und sie haben miteinander geredet. Ich habe klar und deutlich gehört, wie sie sagten: ›Dieser Detektiv‹, hat er gesagt. ›Dieser Bursche Poirot kommt hierher. Wir müssen etwas unternehmen. Wir müssen ihn so bald wie möglich aus dem Weg schaffen.‹ Und dann senkt er seine Stimme und sagt zu ihr, und es klingt heimtückisch und finster: ›Wo hast du es hingetan?‹ Und sie antwortet ihm: ›*In den Pudding.*‹ Oh, Sir, mein Herz hat so einen Satz getan, daß ich dachte, es würde gleich zu schlagen aufhören. Ich dachte, sie wollten Sie mit dem Weihnachtspudding vergiften. Ich wußte ja nicht, was ich *tun* sollte! Mrs. Ross hört ja gar nicht zu, wenn meinesgleichen redet. Dann kam mir die Idee, daß ich Ihnen eine Warnung schreiben könnte. Und das habe ich auch getan und habe den Zettel auf Ihr Kissen gelegt, wo Sie ihn finden mußten, wenn Sie ins Bett gingen.« Atemlos hielt Annie inne.

Ein paar Sekunden lang betrachtete Poirot sie eingehend.

»Sie sehen zu viele aufregende Filme im Kino, glaube ich, Annie«, sagte er schließlich. »Oder ist es vielleicht das Fernsehen, das solchen Einfluß auf Sie hat? Aber wichtig ist, daß Sie ein gutes Herz haben und ein gewisses Maß an Einfallsreichtum. Wenn ich nach London zurückfahre, werde ich Ihnen ein Geschenk schicken.«

»Oh, danke, Sir. Vielen Dank, Sir.«

»Was für ein Geschenk hätten Sie denn gerne, Annie?«

»Kann ich mir irgend etwas aussuchen, Sir? Kann ich alles haben, was ich möchte?«

»Innerhalb vernünftiger Grenzen«, sagte Hercule Poirot vorsichtig, »ja.«

»Oh, Sir, könnte ich ein Kosmetik-Köfferchen haben? Ein richtiges, piekfeines, todschickes Kosmetik-Köfferchen wie das von Mr. Lee-Wortleys Schwester, die gar nicht seine Schwester war?«

»Ja«, sagte Poirot, »ja, ich glaube, das ließe sich machen.«

»Es ist doch interessant«, grübelte er. »Ich war neulich in einem Museum, um mir Antiquitäten aus Babylon oder einem von diesen Orten, die Tausende von Jahren alt sind, anzusehen – und darunter waren Kosmetik-Koffer. Das Frauenherz ändert sich nie.«

»Wie bitte, Sir?« sagte Annie.

»Ach nichts«, sagte Poirot. »Ich denke nur nach. Sie sollen Ihr Kosmetik-Köfferchen haben, Kind.«

»Oh, danke, Sir. Oh, ich danke Ihnen vielmals, Sir.«

Vor Freude hin- und hergerissen, verschwand Annie. Poirot sah ihr nach und nickte zufrieden.

»Ah«, sagte er zu sich selbst. »Und jetzt – verschwinde ich. Hier gibt es nichts mehr für mich zu tun.«

Unerwartet schlangen sich zwei Arme um seine Schultern.

»Wenn Sie sich nur für einen *Augenblick* unter den Mistelzweig stellen wollten...«, sagte Bridget.

Poirot hat es gefallen. Es hat ihm sehr gut gefallen. Er sagte sich, daß er ein ausgesprochen schönes Weihnachtsfest erlebt hatte.

Rex Stout

Die Weihnachtsfeier

I

»Es tut mir leid, Sir«, sagte ich. Ich versuchte, bedauernd zu klingen. »Aber ich habe Ihnen vor zwei Tagen, am Montag, gesagt, daß ich am Freitagnachmittag eine Verabredung habe, und Sie haben Ihr Okay dazu gegeben. Also werde ich Sie am Samstag oder Sonntag nach Long Island fahren.«

Nero Wolfe schüttelte den Kopf. »Das reicht nicht aus. Mr. Thompsons Schiff dockt am Freitagmorgen an, und er wird nur bis Samstagmittag bei Mr. Hewitt sein, um dann nach New Orleans zu fahren. Wie Sie wissen, ist er der beste Hybridzüchter Englands, und ich bin Mr. Hewitt dankbar, daß er mich eingeladen hat, ein paar Stunden mit ihm zu verbringen. Wenn ich mich recht erinnere, braucht man für die Fahrt eineinhalb Stunden, also sollten wir um zwölf Uhr dreißig losfahren.«

Ich entschloß mich, bis zehn zu zählen, und drehte meinen Stuhl so, daß ich auf meinen Schreibtisch blickte, damit er es nicht mitbekam. Wie gewöhnlich, wenn wir keinen wichtigen Fall bearbeiten, waren wir einander eine Woche lang auf die Nerven gegangen, und ich gebe zu, daß ich etwas empfindlich bin, aber daß er die Sache als so selbstverständlich betrachtete, war ein bißchen zuviel. Als ich mit Zählen fertig war, drehte ich meinen Kopf in die Richtung, in der er auf seinem Thron hinter seinem Schreibtisch saß, und verdammte ihn dafür, daß er sich wieder seinem Buch zugewandt hatte und damit klar zu verstehen gab, daß er das Thema als erledigt betrachtete. Das war viel zuviel. Ich drehte meinen Stuhl herum, um die Konfrontation mit ihm zu suchen.

»Es tut mir wirklich leid«, sagte ich und versuchte, nicht bedauernd zu klingen, »aber ich muß diese Verabredung Freitagnachmittag einhalten. Es handelt sich um eine Weihnachtsfeier im Büro von Kurt Bottweill – Sie erinnern sich an ihn, wir haben vor ein paar Monaten einen Job für ihn erledigt, die gestohlenen Gobelins. Sie mögen sich vielleicht nicht an ein Mitglied seines Teams namens Margot Dickey erinnern, aber ich. Ich habe mich ein paarmal mit ihr getroffen, und ich habe ihr versprochen, daß ich auf die Feier kommen werde. Wir veranstalten nie eine Weihnachtsfeier hier im Büro. Was die Fahrt nach Long Island angeht, ist Ihr Argument, daß ein Auto eine Todesfalle ist, wenn ich nicht fahre, nicht stichhaltig. Sie können ein Taxi nehmen oder jemanden von Baxter engagieren oder Saul Panzer herbeirufen, der Sie fahren wird.«

Wolfe hatte das Buch heruntergenommen. »Ich hoffe von Mr. Thompson einige nützliche Informationen zu bekommen, und Sie werden Notizen machen.«

»Nicht, wenn ich nicht dort bin. Hewitts Sekretärin kennt die Orchideenfachausdrücke ebensogut wie ich. Oder wie Sie selbst.«

Ich gebe zu, daß dieser letzte Satz ein wenig hart war,

aber er hätte sich nicht wieder seinem Buch zuwenden sollen. Er preßte die Lippen zusammen. »Archie. Wie oft habe ich Sie im vergangenen Jahr darum gebeten, mich zu fahren?«

»Wenn Sie mich so fragen, vielleicht achtzehn- oder zwanzigmal.«

»Sicherlich nicht übermäßig oft. Wenn es sich bei meinem Gefühl, daß man nur Ihnen am Steuer eines Autos vertrauen kann, um einen Irrtum handelt, so unterliege ich diesem eben. Wir werden am Freitag um zwölf Uhr dreißig zu Mr. Hewitt fahren.«

So sah das also aus. Ich atmete tief ein, aber ich mußte nicht wieder bis zehn zählen. Wenn er eine Lektion erteilt bekommen sollte – und er brauchte bestimmt eine –, so hatte ich glücklicherweise ein Dokument in meinem Besitz, das diese Aufgabe gut erfüllen würde. Aus meiner innenliegenden Brusttasche holte ich ein gefaltetes Blatt Papier hervor.

»Ich hatte nicht vor«, erzählte ich ihm, »Ihnen dies hier vor morgen oder vielleicht sogar erst später zu zeigen, aber ich schätze, es muß jetzt sein. Vielleicht ist es so besser.«

Ich verließ meinen Stuhl, entfaltete das Papier und gab es ihm. Er legte sein Buch weg, um es anzunehmen, warf einen Blick darauf, sah mich kurz an, schaute wieder auf das Papier und ließ es auf seinen Schreibtisch fallen.

Er schnaubte. »Pfui. Was für ein Geschwätz ist das?«

»Kein Geschwätz. Wie Sie sehen, ist es eine Heiratslizenz für Archie Goodwin und Margot Dickey. Sie hat mich zwei Dollar gekostet. Ich könnte sentimental werden, aber das werde ich nicht. Ich will nur bemerken, daß es in der Tat einen Experten gebraucht hat, wenn ich mich schließlich doch noch einfangen lasse. Sie besteht darauf, die Neuigkeit auf der Büroweihnachtsfeier bekanntzugeben, und natürlich muß ich anwesend sein. Wenn man ankündigt, daß man einen Fisch gefangen hat, hilft es, den Fisch persönlich dort zu haben. Ehrlich gesagt würde ich es vorziehen, Sie nach Long Island zu fahren, aber es geht nicht.«

Er reagierte wie erwartet. Er starrte mich durch zusammengekniffene Augen an, lang genug, um bis elf zu zählen, dann nahm er das Dokument auf und starrte es an. Er schob es von sich weg zur Schreibtischecke, als wäre es von Bazillen verseucht, und konzentrierte sich wieder auf mich.

»Sie sind geistesgestört«, sagte er gelassen und entschieden. »Setzen Sie sich.«

Ich nickte. »Ich nehme an«, stimmte ich ihm zu, stehenbleibend, »daß es eine Form von Wahnsinn ist, aber was soll es, wenn ich sie eben habe? Es ist so wie das, was mir Margot einmal nachts vorgelesen hat – irgendein Poet, ich glaube, es war ein Grieche: ›Oh, Liebe, unwiderstehlich in deiner Macht, du triumphierst selbst ...‹«

»Halten Sie den Mund und setzen Sie sich!«

»Ja, Sir.« Ich rührte mich nicht. »Aber wir überstürzen nichts. Wir haben keinen Termin festgesetzt, und es wird genügend Zeit verbleiben, um sich über die genauen Konditionen einig zu werden. Sie mögen mich dann vielleicht nicht mehr hier haben wollen, aber das ist Ihre Entscheidung. Soweit es mich angeht, würde ich gerne bleiben. Meine lange Zusammenarbeit mit Ihnen hatte ihre Mängel, aber ich würde sie nur ungern beenden. Die Bezahlung ist in Ordnung, besonders wenn ich am Ersten des neuen Jahres, welcher am übernächsten Montag ist, eine Gehaltserhöhung bekomme. Ich habe mich daran gewöhnt, dieses alte Backsteinhaus als mein Heim zu betrachten, obwohl es Ihnen gehört und obwohl im Boden meines Zimmers zwei knarrende Bretter sind. Ich weiß es zu schätzen, für den größten Privatdetektiv der freien Welt zu arbeiten, egal, wie exzentrisch er ist. Ich weiß es zu schätzen, in der Lage zu sein, zu den Pflanzenzimmern hochzugehen, wann immer ich mich danach fühle, und zehntausend Orchideen anzusehen, besonders die Odontoglossume. Ich weiß ...«

»Setzen Sie sich!«

»Ich bin zu aufgeregt zum Sitzen. Ich weiß Fritz' Kochkünste sehr zu schätzen. Ich mag den Billardtisch im Kellergeschoß. Ich mag die Westliche 35. Straße. Ich mag das von einer Seite durchsichtige Glas in der Haustür. Ich mag diesen Läufer, auf dem ich stehe. Ich mag Ihre Lieblingsfarbe, Gelb. Ich habe Margot von all dem und noch mehr erzählt, einschließlich der Tatsache, daß Sie gegen Frauen allergisch sind. Wir haben darüber diskutiert, und wir denken, daß es einen Versuch wert sein könnte, sagen wir für einen Monat, wenn wir von unseren Flitterwochen zurückkommen. Mein Zimmer könnte unser Schlafzimmer sein, und der andere Raum auf der Etage könnte unser Wohnzimmer werden. Dort stehen jede Menge Wandschränke. Wir könnten mit Ihnen essen, so wie ich es mit Ihnen getan habe, oder wir könnten dort oben essen, wenn Sie das vorziehen. Wenn der Versuch klappt, würden wir uns um neue Möbel oder um neue Tapeten kümmern. Sie wird ihren Job bei Kurt Bottweill behalten, so daß sie während des Tages nicht hier wäre, und da sie Innenausstatterin ist, würden wir ihre Sachen im Großhandel bekommen. Natürlich ist das nur ein Vorschlag von uns, um Ihnen Ihre Überlegung leichter zu machen. Es ist Ihr Haus.«

Ich nahm meine Heiratslizenz an mich, faltete sie und steckte sie in meine Tasche zurück.

Seine Augen waren zusammengekniffen geblieben und seine Lippen aufeinandergepreßt. »Ich glaube es nicht«, knurrte er. »Was ist mit Miss Rowan?«

»Wir werden Miss Rowan da nicht mit hineinziehen«, sagte ich steif.

»Was ist mit den Tausenden anderen, mit denen Sie herumschäkern?«

»Keine Tausende. Nicht einmal eintausend. Ich muß nachschlagen, was ›schäkern‹ bedeutet. Sie werden ihren Teil schon bekommen, wie Margot ihren bekommen hat. Wie Sie erkennen, bin ich nur bis zu einem Punkt geistesgestört. Mir ist bewußt...«

»Setzen Sie sich.«

»Nein, Sir. Ich weiß, daß das diskutiert werden muß, aber im Augenblick sind Sie aufgewühlt, und es wäre besser, einen Tag oder zwei oder vielleicht mehr zu warten. Bis Samstag könnte der Gedanke an eine Frau im Haus Sie noch ärger zum Kochen gebracht haben, als es jetzt der Fall ist, oder es könnte sich zu einem Köcheln abgekühlt haben. Beim ersteren wäre keine Diskussion notwendig. Beim letzteren könnten Sie entscheiden, ob es einen Versuch wert ist. Ich hoffe, daß das der Fall ist.«

Ich drehte mich um und ging hinaus.

In der Diele zögerte ich. Ich hätte zu meinem Zimmer hochgehen und von dort telefonieren können, aber in seinem derzeitigen Zustand war es durchaus möglich, daß er von seinem Schreibtisch mithören würde, und der Anruf, den ich erledigen wollte, war persönlich. Also nahm ich meinen Hut und Mantel vom Garderobenständer, ließ mich selbst hinaus, stieg die Treppenstufen vor dem Haus hinunter, spazierte zum Drugstore an der 9. Avenue, fand die Telefonzelle frei und wählte eine Nummer. Innerhalb kurzer Zeit erklang eine melodische Stimme – mehr ein Zwitschern als eine Stimme – in meinem Ohr.

»Kurt Bottweills Atelier, guten Morgen.«

»Hier ist Archie Goodwin, Cherry. Kann ich mit Margot sprechen?«

»Warum nicht, natürlich. Einen Augenblick.«

Es war ein recht langer Augenblick. Dann eine andere Stimme. »Archie, mein Schatz!«

»Ja, meine Liebe. Ich habe sie.«

»Ich wußte, daß du es schaffen würdest!«

»Sicher, ich kann alles. Und nicht nur das! Du hast von bis zu zweihundert Dollar gesprochen, und ich dachte, daß ich mich von mindestens zwanzig trennen müßte, aber es hat nur fünf gebraucht. Und die gehen auf meine Rechnung, weil ich bereits meinen Spaß gehabt habe, der das Geld und mehr wert war. Ich werde dir davon erzählen, wenn ich dich treffe. Soll ich sie mit einem Boten schicken?«

»Nein, ich glaube nicht – ich komme besser vorbei und hole sie mir. Wo bist du?«

»In einer Telefonzelle. Ich gehe im Augenblick besser nicht so bald ins Büro zurück, weil Mr. Wolfe allein sein will, um zu kochen, wie wäre es also mit der Tulip Bar am Churchill in zwanzig Minuten? Ich habe Lust, dir einen Drink zu spendieren.«

»Ich habe Lust, *dir* einen Drink zu spendieren!«

Das sollte sie auch, weil ich ihr ja eine Heiratslizenz spendierte.

2

Als ich mich um drei Uhr am Freitagnachmittag aus dem Taxi auf den Bordstein vor dem vierstöckigen Gebäude in der östlichen 60. herauswand, schneite es. Wenn es so weiterging, könnte New York eine weiße Weihnacht erleben.

Während der zwei Tage, die vergangen waren, seitdem ich meinen Spaß für mein für die Heiratslizenz ausgegebenes Geld gehabt hatte, war die Atmosphäre in Wolfes Haus nicht besonders der Jahreszeit entsprechend gewesen. Wenn wir einen Fall gehabt hätten, wäre eine häufige und ausdauernde Kommunikation unvermeidbar gewesen, aber ohne einen Fall gab es nichts, was unbedingt gesagt werden mußte, also sprachen wir nicht miteinander. Unsere Handhabung dieser aufreibenden Zeit offenbarte unsere wahren Wesensarten. Bei Tisch, zum Beispiel, war ich höflich und reserviert und sprach, wenn das Sprechen notwendig zu sein schien, in gedämpftem und kultiviertem Tonfall. Wenn Wolfe redete, schnappte er entweder, oder er bellte. Niemand von uns erwähnte den Zustand der Glückseligkeit, auf den ich zusteuerte, oder die genauen Konditionen, die es auszuarbeiten galt, oder meine Freitagsverabredung mit meiner Verlobten oder seinen Ausflug nach Long Island. Aber er arrangierte es irgendwie, daß am Freitag um exakt zwölf Uhr dreißig eine schwarze Limousine vor dem Haus anhielt, und Wolfe, der die Krempe seines alten schwarzen Hutes heruntergebogen und den Kragen seines neuen grauen Übermantels als Schutz vor dem Schnee hochgestellt hatte, stieg die Treppe hinunter, stand wuchtig, der Berg, der er war, auf der untersten Stufe, bis der uniformierte Chauffeur die Tür geöffnet hatte, überquerte den Bürgersteig und kletterte hinein. Ich beobachtete die Szene von oben, durch ein Fenster meines Zimmers.

Ich gebe zu, daß ich erleichtert war und mich besser fühlte. Er hatte ohne Frage eine Lektion gebraucht, und ich bereute es nicht, ihm eine erteilt zu haben, aber wenn er die Gelegenheit zu einer Orchideenbesprechung mit dem besten Hybridzüchter Englands verpaßt hätte, hätte ich davon nicht zum letzten Mal gehört. Ich ging zur Küche hinunter und aß mit Fritz zu Mittag, der von der giftigen Atmosphäre so mitgenommen war, daß er vergaß, den Zitronensaft in das Soufflé zu geben. Ich wollte ihn trösten, indem ich ihm erzählte, daß zu Weihnachten, in nur drei Tagen, alles rosig aussehen würde, aber das hätte natürlich nichts genutzt.

Ich hatte Lust, eine Münze zu werfen, um zu entscheiden, ob ich einen Blick auf die neue Dinosaurier-Ausstellung im Naturgeschichtsmuseum werfen oder zur Bottweill-Party gehen sollte, aber ich war neugierig zu erfahren, wie Margot mit der Lizenz zurechtkam, und auch, wie das andere Personal von Bottweill miteinander auskam. Cherry Quons Position war offensichtlich unbedeutend, weil sie in erster Linie als Empfangsdame und Anrufbeantworter fungierte, aber ich hatte gesehen, wie ihre schwarzen Augen Dolche auf Margot Dickey abschossen, die mit Cherrys Aufgabenbereich ganz klar nichts zu tun hatte. Ich hatte mitbekommen, daß man sich hauptsächlich auf Margot verließ, daß sie interessierte Kunden wie Rinder in den Korral trieb, daß Bottweill selbst sie in seinen Bann zog und daß es Alfred Kiernans Rolle war, sicherzustellen, daß ein Auftrag auf der gepunkteten Linie unterzeichnet wurde, bevor der Bann in seiner Wirkung nachließ.

Natürlich war das nicht alles. Der Auftrag mußte erfüllt werden, und das wurde, unter Bottweills Beaufsichtigung, von Emil Hatch in der Werkstatt erledigt. Außerdem waren Gelder erforderlich, um die nötigen Bestandteile zu kaufen, und die wurden von einem Prachtexemplar namens Mrs. Perry Porter Jerome geliefert. Margot hatte mir erzählt, daß Mrs. Jerome auf der Party sein und ihren Sohn Leo mitbringen würde, den ich nie getroffen hatte. Laut Margot hatte Leo, der in keiner Beziehung zu dem Bottweill-Geschäft oder irgendeinem anderen Geschäft stand, seine Zeit zwei wichtigen Aktivitäten gewidmet: genug Bargeld von seiner Mutter zu bekommen, um weiterhin den jugendlichen Playboy zu spielen, und den Geldfluß an Bottweill zu stoppen oder ihn zumindest zu drosseln.

Es war ein ziemliches Durcheinander, eine interessante Ausstellung springlebendiger Zweibeiner, und davon überzeugt, daß diese mehr Unterhaltung versprach als die toten Dinosaurier, nahm ich ein Taxi zur East Sixties.

Das Erdgeschoß des vierstöckigen Gebäudes, früher eine besonders breite De-Luxe-Residenz, war jetzt ein Schönheitssalon. Im ersten Stock war ein Immobilienbüro. In der zweiten Etage war Kurt Bottweills Werkstatt angesiedelt, und darüber lag sein Studio. Vom Vestibül aus nahm ich den

Do-it-yourself-Fahrstuhl nach ganz oben, öffnete die Tür und trat in die glänzende Blattgoldeleganz hinein, die ich vor einigen Monaten zum ersten Mal gesehen hatte, als Bottweill Wolfe angeheuert hatte, um herauszufinden, wer einige Gobelins geklaut hatte. Bei diesem ersten Besuch hatte ich für mich entschieden, daß der einzige große Unterschied zwischen der Chrom-Moderne und Bottweills Blattgold-Moderne die Farbe war, und ich dachte noch immer so. Nicht einmal porentief; nur ein Hunderttausendstel eines Zentimeters tief. Aber auf den Holzplatten und Garderobenständern und Möbelgerippen gab es dem großen, durch ein Oberlicht erleuchteten Atelier einen ziemlich eigentümlichen Farbton, und die Läufer und Vorhänge und Bilder, alle modern, fügten sich passend ein. Es wäre eine prächtige Bude für einen blinden Millionär gewesen.

»Archie!« rief eine Stimme. »Komm und hilf uns beim Probieren!«

Es war Margot Dickey. In einer entfernten Ecke stand eine Blattgoldbar, ungefähr zweieinhalb Meter lang, und sie saß auf einem Blattgoldhocker davor. Cherry Quon und Alfred Kiernan waren bei ihr, ebenfalls auf Hockern, und hinter der Bar stand Santa Claus, der aus einer Champagnerflasche einschenkte. Es war sicherlich modern, Santa Claus als Barkeeper zu haben, aber es war nichts Modernes an seinem Kostüm. Es war strikt traditionell, Schnitt, Farbe, Größe, Maske und alles, bis auf die Tatsache, daß die Hand, die die Champagnerflasche festhielt, einen weißen Handschuh trug. Ich nahm an, während ich über den dicken Läufer zu ihnen hinüberging, daß das ein Hauch Bottweill-Eleganz war, und erfuhr erst später, wie falsch ich lag.

Sie wünschten mir frohe Weihnachten, und Santa Claus schenkte mir ein Glas Perlen ein. Kein Blattgold am Glas. Ich war froh, daß ich gekommen war. Mit einer Blonden an einem Ellbogen und einer Brünetten am anderen zusammen Champagner zu trinken, gibt einem Mann ein Gefühl von Behaglichkeit, und diese beiden waren Prachtexemplare – die großgewachsene, schlanke Margot entspannt, nur Kurven, auf dem Hocker, und die kleine Cherry Quon mit ihren schräggestellten, schwarzen Augen, die mir nur bis zum Kragen reichte, wenn wir standen, dasitzend, ihr Rückgrat gerade wie eine senkrechte Linie, und doch nicht steif. Ich empfand Cherry nicht nur als Statuette eines Blickes würdig, obwohl sie hochgradig dekorativ war, sondern auch als Quelle, die menschliche Beziehungen möglicherweise unter einem neuen Licht erscheinen lassen konnte. Margot hatte mir erzählt, daß ihr Vater zu einer Hälfte Chinese und zur anderen Hälfte Inder und ihre Mutter Holländerin war.

Ich sagte, daß ich offensichtlich zu früh gekommen war, aber Alfred Kiernan verneinte das, die anderen wären in der Nähe und würden in Kürze da sein. Er fügte hinzu, daß es eine angenehme Überraschung sei, mich zu sehen, weil es nur ein kleines Familientreffen war und er nicht gewußt habe, daß andere eingeladen worden seien. Kiernan, dessen Titel Verwaltungsdirektor war, hatte nicht einen Schritt gemocht, den ich gemacht hatte, als ich den Gobelins nachjagte, und das tat er noch immer nicht, aber ein Ire auf einer Weihnachtsfeier mag einfach jeden. Mein Eindruck war, daß er wirklich erfreut war, also war ich das auch. Margot sagte, daß sie mich eingeladen hätte, und Kiernan tätschelte ihren Arm und meinte, daß, hätte sie es nicht, er es ganz sicher getan hätte. Ungefähr in meinem Alter und genauso gutaussehend, war er der Typ, der den Arm einer Königin oder einer Präsidentenfrau tätscheln kann, ohne daß überall die Augenbrauen hochgezogen werden.

Er war der Meinung, daß wir eine weitere Probe bräuchten, und wandte sich an den Barkeeper. »Mr. Claus, wir werden den Veuve Clicquot versuchen.« Zu uns: »Typisch Kurt, für verschiedene Marken zu sorgen. Keine Monotonie für Kurt.« Zum Barkeeper: »Darf ich Sie bei Ihrem Vornamen anreden, Santy?«

»Natürlich, Sir«, antwortete Santa Claus ihm durch die Maske in einem dünnen Falsett, das nicht zu seiner Größe paßte. Als er sich bückte und mit einer Flasche wieder hochkam, ging eine Tür zur Linken auf, und zwei Männer traten ein. Einen von ihnen, Emil Hatch, hatte ich bereits getroffen. Als er Wolfe wegen der Gobelins beauftragte und uns von seinem Personal erzählte, hatte Bottweill Margot Dickey seine Kontaktfrau genannt, Cherry Quon sein Mädchen für alles und Emil Hatch seinen kleinen Zauberer, und als ich Hatch getroffen hatte, fand ich heraus, daß er nicht nur genau dieser Rolle entsprechend aussah, sondern sie auch tatsächlich spielte. Er war nicht viel größer als Cherry Quon und hager, und irgend etwas hatte entweder seine linke Schulter herunter- oder seine rechte Schulter heraufgedrückt, was ihn windschief aussehen ließ, und er hatte ein mürrisches Gesicht, eine mürrische Stimme und einen mürrischen Geschmack.

Als mir der Fremde als Leo Jerome vorgestellt wurde, paßte das zu ihm. Ich hatte seine Mutter kennengelernt,

Mrs. Perry Porter Jerome. Sie war eine Witwe und ein Engel – das heißt, Kurt Bottweills Engel. Während der Untersuchung hatte sie geredet, als wenn die Gobelins ihr gehörten, aber das können nur ihre Umgangsformen gewesen sein, von denen sie jede Menge hat. Ich hätte etwas über ihre persönliche Beziehung zu Bottweill vermuten können, aber das hatte mich nicht interessiert. Ich hatte genug damit zu tun gehabt, meine eigenen persönlichen Beziehungen in den Griff zu bekommen, ohne meine Gedanken auf die anderer Leute verschwenden zu müssen. Was ihren Sohn Leo anging, mußte er seine Statur von seinem Vater geerbt haben – groß, knochig, mit großen Ohren und langen Armen. Er ging wahrscheinlich auf die dreißig zu, jünger als Kiernan, aber älter als Margot und Cherry.

Als er sich zwischen Cherry und mich schob, mir seinen Rücken zuwandte, und Emil Hatch Kiernan irgend etwas zu erzählen hatte, ohne Zweifel etwas Mürrisches, berührte ich Margots Ellbogen, und sie glitt vom Hocker und ließ sich zu einem Diwan herübersteuern, der mit Entwürfen von Euklid in sechs oder sieben Farben bedeckt war. Wir standen da, den Blick darauf gerichtet.

»Mächtig schön«, sagte ich, »aber bei weitem nicht so schön wie du. Wenn nur diese Lizenz echt wäre! Ich kann für zwei Dollar eine richtige besorgen. Was meinst du dazu?«

»Du!« sagte sie spöttisch. »Du würdest Miss Universum nicht heiraten, wenn sie mit einer Milliarde Dollar auf ihren Knien angerutscht kommen würde.«

»Ich würde es ihr nicht raten, es zu versuchen. Hat es geklappt?«

»Perfekt. Einfach perfekt.«

»Dann servierst du mich ab?«

»Ja, Archieliebling. Aber ich werde dir wie eine Schwester sein.«

»Ich habe eine Schwester. Ich will die Lizenz als Souvenir zurück, und außerdem will ich nicht, daß sie herumfliegt. Man könnte mich wegen Urkundenfälschung drankriegen. Du kannst sie mir schicken, meine Ehemalige.«

»Nein, das kann ich nicht. Er hat sie zerrissen.«

»Den Teufel hat er getan. Wo sind die Einzelteile?«

»Weg. Er hat sie in seinen Papierkorb geworfen. Wirst du zur Hochzeit kommen?«

»Welcher Papierkorb, wo?«

»Der goldene neben seinem Schreibtisch in seinem Büro. Gestern abend nach dem Dinner. Wirst du zur Hochzeit kommen?«

»Das werde ich nicht. Mir blutet das Herz. Ebenso wie das von Mr. Wolfe bluten wird – und nebenbei gesagt, sehe ich besser zu, daß ich hier rauskomme. Ich werde nicht herumstehen und schmollen.«

»Das wirst du nicht müssen. Er wird nicht wissen, daß ich es dir gesagt habe, und außerdem hat man nicht mit dir gerechnet – da kommt er!«

Sie schoß zur Bar, und ich ging auch in die Richtung. Durch die Tür zur Linken erschien Mrs. Perry Porter Jerome, ganz sie selbst, mollig und elegant, mit einem Nerzmantel, dessen Falten versuchten, an ihrem Platz zu bleiben, wenn sie einatmete. Als sie näher kam, standen die Sitzenden von ihren Hockern auf, aber diese Höflichkeit konnte ebenso ihrem Begleiter wie ihr gelten. Sie war der Engel, aber Kurt Bottweill war der Boß. Er blieb fünf Schritte vor der Bar stehen, breitete seine Arme so weit aus, wie es ging, und sang: »Frohe Weihnachten, all mein Segen! Viel Glück, Glück, Glück!«

Ich hatte ihn noch immer nicht abgestempelt. Mein erster Eindruck, vor ein paar Monaten, war gewesen, daß er einer von *jenen* Männern war, aber ich hatte unrecht gehabt. Er war ein Mann, in Ordnung, aber die Frage war: was für ein Typ. Ungefähr mittelgroß, rund, aber nicht schwammig, vielleicht zwei- oder dreiundvierzig, sein dünnes, schwarzes Haar zurückgeschniegelt, so daß er kahler aussah, als er war; er war kein großartiger Anblick, aber er hatte das gewisse Etwas, nicht nur für Frauen, sondern auch für Männer. Wolfe hatte ihn einmal eingeladen, zum Dinner zu bleiben, und sie hatten sich über die Schriftrollen des Toten Meeres unterhalten. Ich hatte ihn zweimal bei Baseballspielen getroffen. Seine Abstempelung würde wohl noch warten müssen.

Als ich mich zu ihnen an die Bar gesellte, wo Santa Claus *Mumms Cordon Rouge* einschenkte, schielte mich Bottweill einen Augenblick lang an und grinste dann. »Goodwin! Sie hier? Gut! Edith, dein Lieblingsspürhund!«

Mrs. Perry Porter Jerome hielt mitten in der Bewegung, mit der sie nach einem Glas griff, inne, um mich anzusehen. »Wer hat Sie eingeladen?« wollte sie wissen, sprach dann weiter, ohne Zeit für eine Antwort zu lassen, »Cherry, nehme ich an. Cherry *ist* ein Segen. Leo, hör auf, an mir herumzuzerren. Nun gut, nimm ihn. Es ist warm hier drin.« Sie ließ ihren Sohn ihr den Mantel abnehmen, dann griff sie nach dem Glas. In der Zeit, in der Leo den Nerz auf dem

Diwan ablegte und zurückkam, hatten wir alle Gläser, und als er seins hatte, hoben wir sie, und unsere Augen richteten sich auf Bottweill.

Seine Augen blitzten umher. »Es gibt Zeiten«, sagte er, »in denen die Liebe das Steuer übernimmt. Es gibt Zeiten ...«

»Warten Sie eine Minute«, unterbrach ihn Alfred Kiernan. »Sie sollen es auch genießen. Sie mögen dieses Zeug nicht.«

»Einen Schluck kann ich verkraften, Al.«

»Aber Sie werden es nicht genießen. Warten Sie.« Kiernan stellte sein Glas auf der Bar ab und marschierte zu der Tür auf der linken Seite und hindurch. Nach fünf Sekunden war er zurück, mit einer Flasche in der Hand, und als er wieder zu uns stieß und Santa Claus nach einem Glas fragte, sah ich das Pernod-Etikett. Er zog den Korken heraus, der schon vorher einmal herausgezogen worden war, füllte das Glas zur Hälfte und hielt es Bottweill entgegen. »Da«, sagte er. »Das wird es angenehmer machen.«

»Danke, Al.« Bottweill nahm es ihm ab. »Mein heimliches Laster, das eher ein offenes Geheimnis ist.« Er hob das Glas. »Ich wiederhole, es gibt Zeiten, in denen die Liebe das Steuer übernimmt. (Santa Claus, wo ist Ihr Drink? Aber ich nehme an, Sie können durch diese Maske nicht trinken.) Es gibt Zeiten, in denen all die kleinen Dämonen unten in ihren Rattenlöchern verschwinden und die Häßlichkeit selbst sich in Schönheit verwandelt; wenn die dunkelste Ecke vom Licht berührt wird, wenn das kälteste Herz das Glühen der Wärme fühlt; wenn der Trompetenstoß des Wohlwollens und der guten Wünsche das gesamte Babel der gemeinen kleinen Geräusche vertreibt. Dies ist solch eine Zeit. Frohe Weihnachten! Viel Glück, Glück, Glück!«

Ich war bereit, mein Glas mit den anderen anzustoßen, aber sowohl die Geldgeberin als auch der Boß steuerten ihre auf ihre Lippen zu, also folgten ich und die anderen diesem Beispiel. Ich war der Meinung, daß Bottweills Wortgewandtheit mehr als ein Nippen verdiente, also nahm ich einen gesunden Schluck, und aus den Augenwinkeln sah ich, daß er das gleiche mit dem Pernod tat. Als ich mein Glas absetzte, wanderten meine Augen zu Mrs. Jerome, die zu reden begann.

»Das war wunderschön«, tat sie kund. »Einfach wunderschön. Ich muß es aufschreiben und drucken lassen. Dieser Teil über den Trompetenstoß – *Kurt!* Was ist los? *Kurt!*«

Er hatte das Glas fallen gelassen und umschloß seine Kehle mit beiden Händen. Als ich mich bewegte, ließ er seine Kehle los, streckte seine Arme aus und stieß einen Schrei aus. Ich glaube, er schrie ›*Glück!*‹, aber ich hörte nicht genau hin. Die anderen gingen ebenfalls auf ihn zu, aber meine Reflexe waren besser auf Notfälle eingestellt als die der anderen, so war ich zuerst bei ihm. Als ich meine Arme um ihn gelegt hatte, fing er an zu husten und zu glucksen, und ein spastisches Zucken durchlief seinen Körper, das fast meinen Griff löste. Die anderen stießen Geräusche, aber keine Schreie aus, und irgend jemand krallte sich in meinem Arm fest. Als ich ihnen sagte, daß sie zurücktreten und mir Platz lassen sollten, wog er plötzlich unheimlich schwer, und ich ging fast mit ihm zu Boden und wäre es auch, wenn Kiernan nicht seinen Arm ergriffen hätte.

Ich rief: »Holt einen Doktor!« und Cherry rannte zu einem Tisch, auf dem ein Blattgold-Telefon stand. Kiernan und ich ließen Bottweill auf den Läufer sinken. Er war bewußtlos, atmete schnell und schwer, aber als ich seinen Kopf gerade hinlegte, beruhigte sich sein Atem, und Schaum zeigte sich auf seinen Lippen. Mrs. Jerome kommandierte uns herum: »Tut etwas, tut etwas!«

Da war nichts, was man tun konnte, und ich wußte das. Als ich ihn festgehalten hatte, hatte ich einen Hauch seines Atems mitbekommen, und jetzt, wo ich kniete, beugte ich mich über ihn, damit meine Nase etwas mehr davon erhaschte, und ich kannte diesen Geruch, und es erfordert eine große Dosis, wenn sie so schnell und hart wirkt. Kiernan löste Bottweills Krawatte und Kragen. Cherry Quon rief uns zu, daß sie versucht habe, einen Doktor zu erreichen und ihn nicht erwischen konnte und es mit einem anderen versuchen würde. Margot kauerte an Bottweills Füßen, zog ihm seine Schuhe aus, und ich hätte ihr sagen können, daß sie ihn genausogut in seinen Schuhen sterben lassen könne, aber das tat ich nicht. Ich hatte zwei Finger auf sein Handgelenk gelegt und meine andere Hand unter sein Hemd gesteckt und konnte fühlen, wie er uns entglitt.

Als ich nichts mehr fühlen konnte, ließ ich von der Brust und dem Handgelenk ab, nahm seine Hand, die zur Faust geballt war, bog den Mittelfinger gerade und preßte meine Daumenspitze auf den Fingernagel, bis er weiß war. Als ich meinen Daumen wegnahm, blieb der Nagel weiß. Die Hand fallen lassend, riß ich ein kleines Büschel Fasern aus dem Läufer, wies Kiernan an, sich nicht zu bewegen, hielt die Fasern gegen Bottweills Nasenlöcher, konzentrierte meine

Augen darauf und hielt meinen Atem für dreißig Sekunden an. Die Fasern bewegten sich nicht.

Ich stand auf und sprach: »Sein Herz ist stehengeblieben, und er atmet nicht. Wenn innerhalb von drei Minuten ein Doktor kommen und seinen Magen mit Chemikalien, die er nicht dabeihaben wird, ausspülen würde, ständen die Chancen eins zu tausend. So wie es aussieht …«

»Können Sie nichts *tun*?« kreischte Mrs. Jerome.

»Nicht für ihn, nein. Ich bin kein Polizeibeamter, aber ich bin ein Detektiv mit Lizenz, und von mir wird erwartet, daß ich weiß, wie man unter solchen Umständen reagiert, und ich werde Ärger bekommen, wenn ich die Regeln nicht befolge. Natürlich …«

»Tun Sie irgend etwas!« kreischte Mrs. Jerome.

Kiernans Stimme kam aus meinem Rücken. »Er ist tot.«

Ich drehte mich nicht um, um zu fragen, welchen Test er benutzt hatte. »Natürlich«, erzählte ich ihnen, »sein Drink war vergiftet. Bis die Polizei kommt, wird niemand etwas anfassen, vor allen Dingen nicht die Flasche Pernod, und niemand wird den Raum verlassen. Sie werden …«

Ich hielt inne. Dann fragte ich: »Wo ist Santa Claus?«

Ihre Köpfe drehten sich herum, um zur Bar zu sehen. Kein Barkeeper. Für den Fall, daß das Drama zuviel für ihn gewesen war, drückte ich mich zwischen Leo Jerome und Emil Hatch durch, um das Ende der Bar zu betreten, aber er lag auch nicht auf dem Boden.

Ich wirbelte herum. »Hat ihn jemand weggehen sehen?«

Sie hatten nicht. Hatch sagte: »Er hat nicht den Aufzug genommen. Ich bin sicher, daß er das nicht hat. Er muß …« Er ging los.

Ich versperrte ihm den Weg. »Sie bleiben hier. Ich werde nachsehen. Kiernan, rufen Sie die Polizei an. Spring, sieben-drei-einhundert.«

Ich ging zur Tür auf der linken Seite und durchquerte sie, zog sie dabei hinter mir zu und war in Bottweills Büro, das ich schon früher gesehen hatte. Es hatte ein Viertel der Fläche des Ateliers und war wesentlich unauffälliger, aber es war auf keinen Fall zu klein. Ich durchquerte es, sah durch die Glasscheibe, daß Bottweills privater Aufzug nicht da war, und drückte den Knopf. Ein Klopfen und Sirren kam aus dem Schacht, und der Lift fuhr hoch. Als er oben war und zu einem Halt geruckt war, öffnete ich die Tür, und dort auf dem Boden war Santa Claus, aber nur das Äußere von ihm. Er war dahingeschmolzen. Jacke, Stiefel, Maske, Perücke … Ich überprüfte nicht, ob alles da war, weil ich eine andere dringende Angelegenheit zu erledigen und nicht viel Zeit dafür hatte.

Ich klemmte einen Stuhl zwischen die Fahrstuhltür, ging los und umrundete Bottweills großen Blattgold-Schreibtisch zu seinem Blattgold-Papierkorb. Er war zu einem Drittel voll. Ich beugte mich hinunter und fing an zu wühlen, entschied, daß das unrationell war, nahm den Korb hoch, drehte ihn um und fing an, die Sachen eine nach der anderen wieder hineinzuwerfen. Ein paar der Teile waren zerrissene Papierstücke, aber keins von ihnen kam von einer Heiratslizenz. Als ich fertig war, blieb ich einen Moment unten, kauernd, überlegend, ob ich mich zu sehr beeilt und sie vielleicht übersehen hatte, und ich wäre ihn wohl noch einmal durchgegangen, wenn ich nicht ein mattes Geräusch aus dem Studio vernommen hätte, das sich anhörte, als würde sich die Aufzugtür öffnen. Ich ging zur Tür, die zum Studio führte, und öffnete sie, und als ich die Türschwelle überquerte, überlegten sich zwei Polizisten gerade, ob sie ihren ersten Blick eher auf den Toten oder auf die Lebenden werfen sollten.

3

Drei Stunden später saßen wir mehr oder weniger in einer Gruppe zusammen, und mein alter Freund und Feind, Sergeant Purley Stebbins von der Mordkommission, stand da und musterte uns. Er streckte uns einen kantigen Kiefer entgegen und hielt seine große, kräftige Gestalt aufrecht.

Er redete. »Mr. Kiernan und Mr. Hatch werden zur weiteren Befragung zum Büro des Bezirksstaatsanwaltes mitgenommen. Der Rest von Ihnen kann für den Augenblick gehen, aber Sie werden sich an den Adressen, die Sie angegeben haben, bereithalten müssen. Bevor Sie gehen, möchte ich Sie hier gemeinsam ein weiteres Mal nach dem Mann fragen, der als Santa Claus hier war. Sie alle haben behauptet, daß Sie nichts über ihn wissen. Behaupten Sie das nach wie vor?«

Es war zwanzig Minuten vor sieben. Ungefähr zwei Dutzend Polizeibeamte – Mediziner, Fotografen, Spurensicherer, Fleischkorbträger, der ganze Haufen – hatten die Routinearbeiten am Tatort beendet, inklusive der Einzelbefragungen der Augenzeugen. Ich hatte die größte Punktzahl erreicht, hatte Sitzungen mit Stebbins, einem Polizisten aus dem Revier, und mit Inspektor Cramer abgehalten, der gegen fünf Uhr gegangen war, um die Jagd nach Santa Claus zu organisieren.

»Ich habe nichts dagegen einzuwenden«, sagte Kiernan zu Stebbins, »zum Büro des Bezirksstaatsanwaltes zu gehen. Ich habe gegen nichts etwas einzuwenden. Aber wir haben Ihnen alles erzählt, was wir können; ich weiß, daß wir das gemacht haben. Er scheint mir, als wäre es Ihr Job, ihn zu finden.«

»Wollen Sie damit ausdrücken«, fragte Mrs. Jerome, »daß niemand auch nur irgend etwas über ihn weiß?«

»Das behaupten sie alle«, antwortete ihr Purley. »Es wußte sogar niemand, daß es einen Santa Claus geben würde, sagen sie zumindest. Er wurde von Bottweill aus seinem Büro in diesen Raum gebracht, ungefähr Viertel vor drei. Der springende Punkt ist, daß Bottweill selbst sich um seine Anstellung gekümmert hat, und er kam im privaten Fahrstuhl herauf und zog das Kostüm in Bottweills Büro an. Sie können durchaus erfahren, daß dieser Punkt eine Bestätigung erhalten hat. Wir haben herausgefunden, von wo das Kostüm kam – Burleson's in der 46. Straße. Bottweill hatte sie gestern nachmittag angerufen und damit beauftragt, es ihm hierhin und persönlich zu liefern. Miss Quon gibt zu, daß sie das Paket erhalten und es Bottweill in sein Büro gebracht hat.«

In den Augen eines Polizisten stellt man nie eine Tatsache nur fest oder berichtet oder erklärt oder erzählt davon. Man gibt sie zu.

»Außerdem«, gab Purley zu, »fragen wir bei den Agenturen nach, die Männer, die Santa Claus spielen, hätten vermitteln können, aber das sind eine ganze Menge. Wenn

Bottweill einen Mann durch eine Agentur bekommen hat, kann man nicht sagen, wen er bekommen hat. Wenn es ein Mann mit einer kriminellen Vorgeschichte war, ist er abgehauen, als er Ärger kommen sah. Während jeder sich auf Bottweill konzentrierte, schlich er hinaus, nahm seine Sachen, was immer er abgelegt hat, und fuhr im Aufzug, mit dem er hochgekommen war, hinunter. Er zog das Kostüm auf dem Weg nach unten aus und ließ es, als er unten angekommen war, im Aufzug zurück. Wenn es sich so abgespielt hat, wenn es nur ein Mann gewesen ist, den Bottweill angeheuert hatte, hätte er keinen Grund gehabt, ihn umzubringen – und außerdem hätte er nicht gewußt, daß Bottweills einziger Drink Pernod war, und er hätte nicht gewußt, wo das Gift stand.«

»Außerdem«, sagte Emil Hatch, mürrischer denn je, »wenn er nur für den Job angeheuert war, war er ein verdammter Idiot, hinauszuschleichen. Er hätte gewußt, daß er gefunden werden würde. Also war er nicht einfach gemietet. Er war jemand, der Bottweill kannte, und er wußte von dem Pernod und dem Gift und hatte irgendeinen guten Grund, aus dem er ihn töten wollte. Sie verschwenden Ihre Zeit mit den Agenturen.«

Stebbins hob seine schweren, breiten Schultern und ließ sie wieder fallen. »Wir verschwenden den größten Teil unserer Zeit, Mr. Hatch. Vielleicht hatte er zuviel Angst, um nachzudenken. Ich verlange nur von Ihnen, daß Sie verstehen, daß es uns schwerfallen wird zu glauben, daß er Gift in diese Flasche getan hat – falls wir ihn finden –, aber irgend jemand hat das getan. Ich will, daß Sie das verstehen, damit Sie verstehen, warum Sie alle an den Adressen, die Sie angegeben haben, zur Verfügung stehen müssen. Leisten Sie sich keinen Fehler in der Beziehung.«

»Wollen Sie damit ausdrücken«, wollte Mrs. Jerome wissen, »daß wir unter Verdacht stehen? Daß *ich* und *mein Sohn* unter Verdacht stehen?«

Purley öffnete seinen Mund und schloß ihn wieder. Bei solchen Typen hatte er immer Probleme mit seinen spontanen Reaktionen. Er wollte sagen: »Sie haben verdammt recht, allerdings.« Er sagte: »Ich meine, daß wir diesen Santa Claus finden werden, und wenn wir das getan haben, werden wir weitersehen. Wenn wir ihn nicht dafür verantwortlich machen können, werden wir uns weiter umsehen müssen, und wir werden von Ihnen allen erwarten, daß Sie uns helfen. Ich sehe es als selbstverständlich an, daß Sie alle uns helfen wollen. Wollen Sie das nicht, Mrs. Jerome?«

»Ich würde helfen, wenn ich könnte, aber ich weiß nichts darüber. Ich weiß nur, daß mein sehr lieber Freund tot ist, und ich habe nicht vor, mich beleidigen oder bedrohen zu lassen. Was ist mit dem Gift?«

»Sie wissen davon. Sie sind danach gefragt worden.«

»Ich weiß, daß ich das bin, aber was ist damit?«

»Das hätte durch die Fragen offensichtlich sein müssen. Der Mediziner glaubt, daß es Zyanid war, und er erwartet, daß die Autopsie das beweist. Emil Hatch benutzt Natriumzyanid für seine Arbeit mit Metallen und zur Vergoldung, und ein großes Glas davon steht auf einem Regal in der Werkstatt eine Etage tiefer, und von Bottweills Büro führt eine Treppe zur Werkstatt. Jeder, der davon wußte und der auch wußte, daß Bottweill eine Kiste Pernod in einem Schränkchen in seinem Büro aufbewahrte und eine offene Flasche davon in einer Schublade in seinem Schreibtisch, hätte sich kein besseres Arrangement wünschen können. Vier von Ihnen haben zugegeben, daß sie von beiden Sachen wußten. Drei von Ihnen – Mrs. Jerome, Leo Jerome und Archie Goodwin – geben zu, daß sie von dem Pernod wußten, aber bestreiten, daß sie von dem Natriumzyanid wußten. Das wird …«

»Das stimmt nicht! Sie wußte davon!«

Mrs. Perry Porter Jeromes Hand schoß über die Knie ihres Sohnes hinweg und klatschte gegen Cherry Quons Wange oder Mund oder beides. Ihr Sohn packte ihren Arm. Alfred Kiernan sprang auf seine Füße, und eine Sekunde lang dachte ich, daß er Mrs. Jerome schlagen würde, und er ging auch los und hätte es vielleicht getan, wenn Margot Dickey nicht an seinem Mantelsaum gezogen hätte. Cherry legte ihre Hand auf ihr Gesicht, bewegte sich ansonsten aber nicht.

»Setzen Sie sich«, sagte Stebbins an Kiernan gerichtet. »Immer mit der Ruhe. Miss Quon, Sie behaupten, daß Mrs. Jerome von dem Natriumzyanid wußte?«

»Natürlich tat sie das.« Cherrys Zwitschern war tiefer als normal, aber es war noch immer ein Zwitschern. »Eines Tages habe ich gehört, wie Mr. Hatch ihr in der Werkstatt erzählte, wofür er es brauchte und wie vorsichtig er sein mußte.«

»Mr. Hatch? Bestätigen Sie …«

»Unsinn«, schnappte Mrs. Jerome. »Was, wenn er es getan hat? Vielleicht hat er es getan. Ich hatte es völlig vergessen. Ich habe Ihnen gesagt, daß ich diese Beleidigungen nicht dulden werde!«

Purley blickte sie scharf an. »Hören Sie mal zu, Mrs. Jerome. Wenn wir diesen Santa Claus finden, wenn es jemand war, der Bottweill kannte und ein Motiv hatte, könnte das alles erledigen. Wenn nicht, wird es niemandem helfen, von Beleidigung zu sprechen, und das schließt Sie ein. Soviel ich bis jetzt weiß, hat mir nur einer von Ihnen eine Lüge erzählt. Sie. Das ist vermerkt. Ich sage Ihnen und Ihnen allen, daß Lügen es nur schwerer für Sie machen, aber manchmal machen sie es einfacher für uns. Ich werde das für den Augenblick so stehenlassen. Mr. Kiernan und Mr. Hatch, diese Männer« – er zeigte mit dem Daumen über seine Schulter auf zwei Schnüffler, die hinter ihm standen – »werden Sie in die Innenstadt bringen. Der Rest von Ihnen kann gehen, aber denken Sie daran, was ich Ihnen gesagt habe. Goodwin, ich will Sie sehen.«

Er hatte mich bereits gesehen, aber ich würde das nicht besonders betonen. Kiernan hatte allerdings einen Punkt extra zu betonen und sprach ihn auch aus: Er mußte als letzter gehen, damit er abschließen konnte. Es wurde so arrangiert. Die drei Frauen, Leo Jerome und Stebbins und ich nahmen den Aufzug hinunter, ließen die beiden Schnüffler mit Kiernan und Hatch zurück. Unten auf dem Bürgersteig, als sie in verschiedene Richtungen gingen, konnte ich kein Anzeichen von Schatten sehen, der ihnen folgte. Es schneite noch immer, schöne Aussichten in bezug auf Weihnachten und für die Straßenfeger. Es standen zwei Polizeiwagen am Bordstein, und Purley ging auf einen zu, öffnete die Tür und bedeutete mir einzusteigen.

Ich protestierte. »Wenn ich auch in die Innenstadt eingeladen werde, bin ich bereit, Ihnen den Gefallen zu tun, aber ich werde zunächst etwas essen. Ich bin verdammt noch mal dort einmal fast verhungert.«

»Sie sind in der Innenstadt nicht erwünscht, nicht jetzt. Kommen Sie aus dem Schnee heraus.«

Das tat ich und rutschte unter dem Steuer hindurch, um ihm Platz zu machen. Er brauchte Platz. Er gesellte sich zu mir und zog die Tür zu.

»Wenn wir schon hier sitzen werden«, schlug ich vor, »könnten wir ebensogut fahren. Machen Sie sich keine Umstände, die Stadt zu durchqueren, werfen Sie mich nur in der 35. heraus.«

Er protestierte. »Ich mag es nicht zu fahren und zu reden. Oder zuzuhören. Was hatten Sie heute dort zu suchen?«

»Das habe ich Ihnen erzählt. Spaß gehabt. Drei Sorten Champagner. Miss Dickey hat mich eingeladen.«

»Ich gebe Ihnen eine weitere Chance. Sie waren der einzige Außenstehende da. Warum? Sie sind für Miss Dickey niemand Besonderes. Sie wollte Bottweill heiraten. Warum?«

»Fragen Sie sie.«

»Wir haben sie gefragt. Sie sagt, daß es keinen besonderen Grund dafür gab; sie wußte, daß Bottweill Sie mochte und daß die Leute dort Sie als einen von ihnen betrachten, seit Sie einige Gobelins für sie wiedergefunden haben. Sie stotterte herum. Nun, was ich sagen will, ist, daß ich jedesmal, wenn ich Sie irgendwo in der Nähe eines Mordes vorfinde, das genaue Warum wissen will. Ich gebe Ihnen eine weitere Chance.«

Also hatte sie die Heiratslizenz nicht erwähnt. Gut für sie. Ich hätte lieber den gesamten Schnee gegessen, der seit

Mittag gefallen war, als Sergeant Stebbins oder Inspektor Cramer diese verdammte Lizenz zu erklären. Das war der Grund gewesen, weshalb ich den Papierkorb durchsucht hatte. »Danke für die Chance«, antwortete ich ihm, »aber ich kann sie nicht nutzen. Ich habe Ihnen alles gesagt, was ich dort heute gesehen und gehört habe.«

Das brachte mich in eine Kategorie mit Mrs. Jerome, weil ich mein kleines Gespräch mit Margot ausgelassen hatte. »Ich habe Ihnen alles gesagt, was ich über diese Leute weiß. Lassen Sie mich in Ruhe und gehen Sie Ihren Mörder finden.«

»Ich kenne Sie, Goodwin.«

»Yeah, Sie haben mich sogar einmal Archie genannt. Ich hüte die Erinnerung wie einen Schatz.«

»Ich kenne Sie.« Sein Kopf hatte sich auf seinem Stiernacken gedreht, und unsere Augen begegneten sich. »Erwarten Sie von mir, daß ich glaube, daß dieser Kerl aus diesem Raum herausgegangen und verschwunden ist, ohne daß Sie es bemerkt haben?«

»Quatsch. Ich kniete auf dem Boden, sah einen Mann sterben, und die anderen standen um uns herum. Außerdem reden Sie nur, um sich selbst zu hören. Sie glauben doch gar nicht, daß ich ein Helfershelfer des Mörders bin oder die Flucht des Mörders begünstigt habe.«

»Ich habe nicht gesagt, daß ich das tue. Selbst wenn er Handschuhe getragen hat – wozu, wenn nicht, um keine Fingerabdrücke zu hinterlassen? –, behaupte ich nicht, daß er der Mörder war. Aber wenn Sie wüßten, wer er war, und nicht wollten, daß er mit hineingezogen wird, und ihn entkommen lassen würden, und wenn wir uns deswegen auf der Suche nach ihm Löcher in die Schuhsohlen laufen würden, wie sieht es damit aus?«

»Das wäre gemein. Wenn ich mich nach meinem Rat gefragt hätte, wäre ich dagegen.«

»Verdammt noch mal«, bellte er, »wissen Sie, wer er ist?«

»Nein.«

»Haben Sie oder Wolfe irgend etwas damit zu tun, daß er dort angestellt wurde?«

»Nein.«

»In Ordnung, scheren Sie sich raus. Sie werden Sie in der Innenstadt haben wollen.«

»Ich hoffe nicht, heute nacht. Ich bin müde.« Ich öffnete die Tür. »Sie haben meine Adresse.« Ich schritt in den Schnee hinaus, und er startete den Motor und fuhr fort.

Es hätte für gewöhnlich eine gute Stunde gedauert, um ein leeres Taxi zu finden, aber bei einem Schneesturm zur Weihnachtszeit brauchte ich nur zehn Minuten, um eins zu erwischen. Als es vor dem alten Backsteinhaus in der Westlichen 35. Straße anhielt, war es acht Minuten vor acht.

Wie immer, wenn ich abwesend war, lag die Türkette vor, und ich mußte nach Fritz klingeln, damit er mich hereinließ. Ich fragte ihn, ob Wolfe zurück war, und er bejahte, er säße beim Abendessen. Während ich meinen Hut auf die Garderobe legte und meinen Mantel auf einen Kleiderbügel hängte, fragte ich, ob etwas für mich übriggeblieben wäre, und er antwortete »reichlich« und trat zur Seite, damit ich ihm den Flur hinunter zur Tür des Eßzimmers vorausgehen konnte. Fritz verfügt über hervorragende Umgangsformen.

Wolfe, in seinem übergroßen Stuhl am Tischende,

wünschte mir einen guten Abend, weder schnappend noch bellend. Ich erwiderte den Gruß, setzte mich an meinen Platz, nahm meine Serviette auf und entschuldigte mich dafür, daß ich zu spät dran war. Fritz kam aus der Küche mit einem vorgewärmten Teller, einem Teller geschmorter, knochenloser Entenküken und einer Schüssel Kartoffeln, die mit Champignons und Käse überbacken waren. Ich nahm reichlich. Wolfe fragte, ob es noch immer schneite, und ich sagte, ja. Nachdem ich einen guten Mundvoll vom Essen beseitigt hatte, sprach ich.

»Wie Sie wissen, billige ich Ihre Regel, Geschäfte nicht während einer Mahlzeit zu diskutieren, aber ich habe etwas auf dem Herzen, und es handelt sich nicht um ein Geschäft. Es ist persönlich.«

Er knurrte. »Der Tod von Mr. Bottweill wurde um sieben Uhr im Radio durchgegeben. Sie waren dort.«

»Ja. Ich war dort. Ich kniete neben ihm, als er starb.« Ich füllte meinen Mund wieder auf. Verdammtes Radio. Ich hatte nicht vorgehabt, den Mord zu erwähnen, bevor ich mich nicht mit der meiner Ansicht nach wichtigsten Frage beschäftigt hatte. Als meine Zunge wieder genug Platz hatte, um die Arbeit aufzunehmen, fuhr ich fort. »Ich werde davon in vollem Umfang berichten, wenn Sie es wünschen, aber ich bezweifle, daß die Angelegenheit einen Job bringt. Mrs. Perry Porter Jerome ist die einzige Verdächtige, die genug Kies hat, um Ihr Honorar zu bezahlen, und sie hat bereits Purley Stebbins mitgeteilt, daß sie sich nicht beleidigen lassen wird. Außerdem wird sich vielleicht alles von selbst erledigen, wenn sie Santa Claus finden. Wovon ich berichten will, ist etwas, was passiert ist, bevor Bottweill starb.

Diese Heiratslizenz, die ich Ihnen gezeigt habe, können Sie vergessen. Miss Dickey hat die Sache abgeblasen. Ich bin um zwei Dollar ärmer. Sie hat mir erzählt, daß sie sich entschieden hat, Bottweill zu heiraten.«

Er durchnäßte eine Kruste in der Soße auf seinem Teller. »Tatsächlich«, sagte er.

»Sir. Es war ein herber Schlag, aber ich hätte mich mit der Zeit davon erholt. Zehn Minuten später war Bottweill tot. Woran bin ich jetzt? Als ich während der Routinearbeit dort herumsaß, habe ich darüber nachgedacht. Vielleicht könnte ich sie jetzt zurückerobern, aber nein danke. Die Lizenz ist zerstört worden. Ich hole mir eine neue, weitere zwei Dollar, und dann erzählt sie mir, daß sie sich entschieden hat, Joe Doakes zu heiraten. Ich werde sie vergessen. Ich werde sie aus meiner Erinnerung streichen.«

Ich widmete mich wieder dem Entenküken. Wolfe war mit Kauen beschäftigt. Als er dazu in der Lage war, sagte er: »Für mich ist das natürlich eine Genugtuung.«

»Ich weiß, daß es das ist. Soll ich Ihnen von Bottweil erzählen?«

»Nach dem Essen.«

»Okay. Wie sind Sie mit Thompson klargekommen?«

Aber auch das sagte ihm als Dinnerthema nicht zu. Tatsächlich war das kein Thema. Gewöhnlicherweise mag er Unterhaltungen bei Tisch, über alles: von Kühlschränken bis zu den Republikanern, aber der Trip nach Long Island und zurück mit all seinen Gefahren hatte ihn offensichtlich ermüdet. Es paßte mir ganz gut, da auch ich einen lärmenden Nachmittag gehabt hatte und ein wenig Ruhe vertragen konnte. Nachdem wir uns beide gut mit den Entenküken und den Kartoffeln und dem Salat und den Backpflaumen und dem Käse und dem Kaffee herumgeschlagen hatten, schob er seinen Stuhl zurück.

»Da ist ein Buch«, sagte er, »das ich mir ansehen möchte. Es ist oben in Ihrem Zimmer – *Hier und Jetzt* von Herbert Block. Würden Sie es mir bitte herunterholen?«

Obwohl das bedeutete, zwei Treppen mit vollem Bauch hochzuklettern, war es mir ein Vergnügen, ihm gefällig zu sein, aus Dank dafür, daß er meine Bekanntgabe meiner zerschlagenen Hoffnungen so ruhig hingenommen hatte. Er hätte sehr lautstark sein können. Also erklomm ich vergnügt die Treppen, ging in mein Zimmer und durchquerte den Raum zu den Regalen, in denen ich ein paar Bücher aufbewahrte. Dort standen nur ein paar Dutzend, und ich wußte, wo jedes einzelne sich befand, aber *Hier und Jetzt* war nicht da. Dort, wo es hätte sein sollen, klaffte eine Lücke. Ich sah mich um, sah ein Buch auf der Kommode und schritt darauf zu. Es war *Hier und Jetzt*, und darauf lag ein Paar weißer Baumwollhandschuhe.

Ich glotzte sie an.

4

Ich würde gerne behaupten, daß ich sofort begriff, in der Sekunde, in der ich sie entdeckte, aber das tat ich nicht. Ich hatte sie aufgehoben und genau angesehen und einen von ihnen angezogen und wieder abgenommen, bevor ich mir vollends bewußt wurde, daß es dafür nur eine mögliche Erklärung gab. Als ich mir dessen klar war, bildete sich in meinem Kopf sofort ein Verkehrsstau mit lärmenden Hupen, quietschenden Bremsen und Auffahrunfällen. Um damit fertig zu werden, ging ich zu einem Stuhl und setzte mich. Ich brauchte vielleicht eine Minute, um zu meiner ersten klaren Schlußfolgerung zu kommen.

Er hatte diese Methode gewählt, mir beizubringen, daß er Santa Claus war, anstatt es mir einfach so zu sagen, weil er wollte, daß ich es mir allein durch den Kopf gehen ließ, bevor wir es zusammen durchsprachen.

Warum wollte er von mir, daß ich es mir allein durch den Kopf gehen ließ? Dafür brauchte ich ein wenig länger, aber als ich den Verkehr unter Kontrolle hatte, fand ich meinen Weg hindurch zur einzigen akzeptablen Antwort. Er hatte sich dazu entschlossen, seine Fahrt zu Thompson aufzugeben, und statt dessen mit Bottweill vereinbart, daß er als Santa Claus verkleidet die Weihnachtsfeier besuchte, weil der Gedanke an eine Frau, die in seinem Haus wohnte – oder an die einzige Alternative, mein Fortgehen –, ihn absolut zur Verzweiflung gebracht hatte und er es mit eigenen Augen sehen mußte. Er mußte Margot und mich zusammen sehen und mit ihr reden, wenn sich die Möglichkeit ergab. Wenn er herausgefunden hätte, daß die Heiratslizenz eine Fälschung war, hätte er mich am Haken gehabt; er hätte mir sagen können, daß er erfreut sein würde, meine Braut willkommen zu heißen, und mich beobachten können, wie ich mich da wieder herauswand. Wenn er herausgefunden hätte, daß ich es ehrlich meinte, hätte er gewußt, was auf ihn zukam, und von da aus weiter planen können. Der springende Punkt war, daß er gezeigt hatte, wie er wirklich über mich dachte. Er hatte gezeigt, daß er lieber alles mögliche tun würde, was er für kein Honorar der Welt getan hätte, egal, wer es ihm geboten hätte, als mich zu verlieren. Er würde eher eine Woche lang auf Bier verzichten als das zuzugeben, aber jetzt war er auf der Flucht vor der Justiz in einem Mordfall und brauchte mich. Also hatte er es mich wissen lassen, aber er wollte, daß ich verstand, daß dieser Aspekt der Angelegenheit nicht erwähnt werden dürfte. Die logische Schlußfolgerung wäre gewesen, daß er lieber zu Bottweills anstatt nach Long Island gegangen wäre, weil er es liebte, sich als Santa Claus zu verkleiden und Getränke auszuschenken.

Angesichts dieser Entwicklung versuchte eine meiner Gehirnzellen das Recht zu bekommen, die Frage danach zu stellen, wie groß die Gehaltserhöhung sein dürfte, die ich nach Neujahr bekommen sollte, aber ich ging nicht auf sie ein.

Ich überdachte andere Gesichtspunkte. Er hatte die Handschuhe getragen, damit ich seine Hände nicht wiedererkannte. Woher hatte er sie bekommen? Um wieviel Uhr war er bei Bottweills angekommen, und wer hatte ihn gesehen? Hatte Fritz gewußt, wohin er ging? Wie war er zurück nach Hause gekommen? Aber nach einer Weile solcher Fragen wurde mir klar, daß er mich nicht in mein Zimmer hochgeschickt hatte, damit ich mir Fragen stellte, die er beantworten konnte, also überlegte ich wieder, ob es noch etwas anderes gab, von dem er wollte, daß ich alleine darüber nachdachte. Nachdem ich es gründlich durchgekaut hatte, entschied ich, daß es das nicht gab, nahm *Hier und Jetzt* und die Handschuhe von der Kommode, ging die Treppe hinunter und betrat das Büro.

Er saß hinter seinem Schreibtisch und starrte mich von dort aus an, während ich den Raum durchquerte.

»Hier ist es«, sagte ich und gab ihm das Buch. »Und vielen Dank für die Handschuhe.« Ich hielt sie hoch, einen in jeder Hand, ließ sie zwischen Daumen und Fingerspitze herunterbaumeln.

»Das ist kein Anlaß zum Herumalbern«, knurrte er.

»Das ist es sicherlich nicht.« Ich ließ die Handschuhe auf meinen Schreibtisch fallen, wirbelte meinen Stuhl herum und setzte mich. »Wo fangen wir an? Wollen Sie wissen, was passiert ist, nachdem Sie gegangen sind?«

»Die Einzelheiten können warten. Zunächst, wie sich unsere Lage darstellt. War Mr. Cramer da?«

»Ja. Natürlich.«

»Hat er irgend etwas herausbekommen?«

»Nein. Das wird er wahrscheinlich nicht, bis er Santa Claus findet. Bis sie Santa Claus finden, werden sie die anderen nicht zu hart angehen. Je länger es dauert, ihn zu finden, um so sicherer werden sie sein, daß er der Täter ist. Drei Dinge über ihn: Niemand weiß, wer er war, er ist abgehauen, und er hat Handschuhe getragen. Tausend Männer suchen nach ihm. Sie hatten recht damit, die Handschuhe zu tragen. Ich hätte Ihre Hände wiedererkannt, aber woher haben Sie sie?«

»Aus einem Laden in der 9. Avenue. Verflixt noch mal, ich wußte nicht, daß ein Mann ermordet werden würde!«

»Ich weiß, daß Sie das nicht wußten. Darf ich ein paar Fragen stellen?«

Er blickte mich finster an. Ich interpretierte das als ein Ja.

»Wann haben Sie mit Bottweill telefoniert, um das Arrangement zu treffen?«

»Gestern nachmittag um zwei Uhr dreißig. Sie waren zur Bank gegangen.«

»Haben Sie einen Grund zu glauben, daß er irgend jemandem davon erzählt hat?«

»Nein. Er sagte, das würde er nicht.«

»Ich weiß, daß er das Kostüm geholt hat, das geht also in Ordnung. Als Sie heute um zwölf Uhr dreißig hier wegfuhren, sind Sie da direkt zu Bottweill gefahren?«

»Nein. Ich bin zu der Zeit weggefahren, weil Sie und Fritz das von mir erwartet haben. Ich hielt an, um die Handschuhe zu kaufen, und traf Bottweill bei Rusterman's, und wir aßen zu Mittag. Von da aus nahmen wir ein Taxi zu ihm, kamen kurz nach zwei Uhr an und fuhren mit seinem privaten Aufzug zu seinem Büro hoch. Direkt nachdem wir sein Büro betreten hatten, nahm er eine Flasche Pernod aus einer Schublade seines Schreibtisches, sagte, daß er immer einen kleinen Schluck nach dem Mittagessen trinken würde, und lud mich ein, mitzutrinken. Ich lehnte ab. Er schenkte sich eine großzügige Portion in ein Glas ein, ungefähr zwei Fingerbreit, trank sie in zwei Schlucken und stellte die Flasche zurück in die Schublade.«

»Mein Gott.« Ich pfiff. »Die Polizisten würden *das* gerne erfahren.«

»Ohne Zweifel. Das Kostüm war in einer Schachtel. Im hinteren Teil seines Büros gibt es einen Umkleideraum mit einem Badezimmer.«

»Ich weiß. Ich habe es benutzt.«

»Ich habe das Kostüm an mich genommen und dort angezogen. Er hatte die größte Größe bestellt, aber es war ziemlich eng, und es dauerte eine Weile. Ich war eine halbe Stunde oder länger da drin. Als ich das Büro wieder betrat, war es leer, aber bald darauf kam Bottweill die Treppe von der Werkstatt hoch und half mir mit der Maske und der Perücke. Sie waren kaum zurechtgerückt, als Emil Hatch und Mrs. Jerome und ihr Sohn ebenfalls die Stufen von der Werkstatt heraufkamen. Ich verschwand, ging ins Atelier und fand Miss Quon und Miss Dickey und Mr. Kiernan dort vor.«

»Und kurze Zeit später war ich da. Dann hat Sie keiner ohne Maske gesehen. Wann haben Sie die Handschuhe angezogen?«

»Als letztes. Kurz bevor ich das Atelier betrat.«

»Dann könnten Sie Fingerabdrücke hinterlassen haben. Ich weiß, Sie haben nicht gewußt, daß es einen Mord geben würde. Sie hatten Ihre Kleider im Umkleideraum gelassen? Sind Sie sicher, daß Sie alles mitgenommen haben, als Sie gingen?«

»Ja. Ich bin kein vollkommener Idiot.«

Ich ließ das unkommentiert. »Warum haben Sie die Handschuhe nicht beim Kostüm im Fahrstuhl zurückgelassen?«

»Weil sie nicht dazugehörten, und ich dachte, daß es besser wäre, sie mitzunehmen.«

»Dieser private Aufzug hält unten im hinteren Teil des Korridors. Hat Sie irgend jemand den Lift verlassen oder den Korridor durchqueren sehen?«

»Nein. Der Korridor war leer.«

»Wie sind Sie nach Hause gekommen? Taxi?«

»Nein. Fritz hat mich nicht vor sechs oder später wiedererwartet. Ich spazierte zur Bibliothek, verbrachte ungefähr zwei Stunden dort und nahm dann ein Taxi.«

Ich machte einen Schmollmund und schüttelte meinen Kopf, um Sympathie auszudrücken. Das war sein längster und schwerster Marsch seit Montenegro. Über eine Meile. Sich seinen Weg durch den Blizzard kämpfend, in panischer Angst vor dem Gesetz, das ihm im Nacken saß. Aber alles, was ich für meinen Blick voller Sympathie erntete, war ein böses Gesicht, also legte ich los. Ich lachte. Ich warf meinen Kopf zurück und ließ es heraus. Ich hatte es schon die ganze Zeit gewollt, seit ich erfahren hatte, daß er Santa Claus war, war aber zu beschäftigt mit Nachdenken gewesen. Es hatte sich in mir aufgestaut, und ich ließ es heraus, und das gründlich. Ich war im Begriff, es in einem Gackern ausklingen zu lassen, als er explodierte.

»Verflixt noch mal«, brüllte er, »heiraten Sie und seien Sie verflucht.«

Das war gefährlich. Dieser Aspekt konnte uns leicht in die Zwickmühle bringen, die zu überdenken er mich nach oben in mein Zimmer geschickt hatte, und wenn wir da erst hineingeraten waren, konnte alles passieren. Das verlangte Taktgefühl.

»Entschuldigen Sie bitte«, sagte ich. »Ich hatte einen Frosch im Hals. Möchten Sie die Situation beschreiben, oder wollen Sie, daß ich das tue?«

»Ich würde gerne Ihren Versuch hören«, antwortete er grimmig.

»Ja, Sir. Ich vermute, daß es nur eins gibt, was Sie tun können, und zwar Inspektor Cramer auf der Stelle anrufen und ihn einladen, hierherzukommen und einen Schwatz abzuhalten, und wenn er kommt, die Katze aus dem Sack lassen. Das wird …«

»Nein. Das werde ich nicht tun.«

»Dann das zweitbeste: Ich gehe zu ihm und plaudere es dort aus. Natürlich …«

»Nein.« Er meinte es so, wie er es sagte.

»Okay, ich werde die Lage beschreiben. Die Bullen werden sich nicht mit den anderen beschäftigen, bevor sie Santa Claus gefunden haben. Sie müssen ihn finden. Wenn er irgendwelche Fingerabdrücke hinterlassen hat, werden sie sie mit jeder Akte vergleichen, die sie haben, und früher oder später werden sie zu Ihrer kommen. Sie werden alle Geschäfte überprüfen, die weiße Baumwollhandschuhe an Männer verkaufen. Sie werden Bottweills Tagesablauf rekonstruieren und erfahren, daß er mit Ihnen bei Rusterman's zu Mittag gegessen hat und Sie zusammen weggegangen sind, und sie werden Ihre Spur bis zu Bottweill verfolgen. Natürlich wird das nicht beweisen, daß Sie Santa Claus waren, Sie könnten sich da herausreden, und es wird auf Ihre Fingerabdrücke ankommen, wenn sie welche finden, aber was ist mit den Handschuhen? Sie werden jenes Geschäft aufspüren, wenn Sie ihnen die Zeit dazu geben, und mit einer Beschreibung des Käufers werden sie Santa Claus finden. Sie sind geliefert.«

Ich hatte sein Gesicht nie düsterer gesehen.

»Wenn Sie ruhig abwarten, bis sie ihn gefunden haben«, behauptete ich, »wird es einen ziemlichen Aufruhr geben. Cramer juckt es seit Jahren in den Fingern, Sie einzusperren, und jeder Richter würde verurteilen, daß Sie als wichtiger Zeuge einfach fortgelaufen sind. Aber wenn Sie Cramer jetzt anrufen, und ich meine jetzt, und ihn einladen vorbeizukommen und ein paar Bier zu trinken, wird es zwar immer noch einen Aufruhr geben, aber er wird erträglich sein. Natürlich wird er wissen wollen, warum Sie dorthin gegangen sind und den Santa Claus gespielt haben, aber Sie können ihm erzählen, was Sie wollen. Erzählen Sie ihm, daß Sie mit mir um hundert Dollar, oder zum Teufel, machen Sie einen Riesen daraus, gewettet haben, daß Sie mit mir zehn Minuten lang in einem Zimmer sein könnten und ich Sie nicht erkennen würde. Ich würde mit Freuden mit Ihnen kooperieren.«

Ich beugte mich vor. »Ein weiterer Aspekt. Wenn Sie warten, bis sie Sie gefunden haben, könnten Sie es nicht wagen, ihnen zu erzählen, daß Bottweill kurz nach zwei Uhr einen Drink aus jener Flasche genommen und es ihm nicht geschadet hat. Wenn Sie ihnen das erzählen würden, nachdem sie Sie aufgespürt haben, könnten sie Sie wegen Vorenthaltens von Beweisen anklagen, und das würden sie wahrscheinlich tun – und auch damit durchkommen. Wenn Sie Cramer jetzt hierherholen und es ihm erzählen, wird er es zu schätzen wissen, obwohl er das natürlich nicht zugeben wird. Er ist wahrscheinlich in seinem Büro. Soll ich ihn anrufen?«

»Nein. Ich werde Mr. Cramer diese Vorführung nicht beichten. Ich werde nicht die Morgenzeitung aufschlagen, um von der Enthüllung dieser absonderlichen Maskerade zu lesen.«

»Dann werden Sie herumsitzen und *Hier und Jetzt* lesen, bis sie mit einem Haftbefehl kommen?«

»Nein. Das wäre albern.« Er atmete durch seinen Mund ein, so tief, wie es nur ging, und ließ die Luft durch die Nase heraus. »Ich werde den Mörder finden und ihn Mr. Cramer präsentieren. Es gibt keine andere Möglichkeit.«

»Oh! Das werden Sie?«

»Ja.«

»Das hätten Sie mir vorher sagen und mir den Atem sparen können, anstatt mich herumpalavern zu lassen.«

»Ich wollte wissen, ob Ihre Beurteilung der Situation mit meiner übereinstimmt. Das tut sie.«

»Das ist schön. Dann wissen Sie auch, daß wir zwei Wochen oder auch nur zwei Minuten haben könnten. In dieser Sekunde könnte irgendein Experte die Mordkommission anrufen, um zu sagen, daß er Fingerabdrücke gefunden hat, die mit denen in der Akte von Wolfe, Nero übereinstimmen …«

Das Telefon klingelte, und ich fuhr herum, als hätte mich jemand mit der Nadel gestochen. Vielleicht würden wir noch nicht einmal zwei Minuten haben. Meine Hand zitterte nicht, als ich den Hörer aufhob, hoffe ich zumindest. Wolfe nimmt seinen Hörer nur selten ab, bevor ich herausgefunden habe, wer dran ist, aber diesmal tat er es.

»Nero Wolfes Büro, Archie Goodwin am Apparat.«

»Hier ist das Büro des Bezirksstaatsanwalts, Mr. Goodwin. In bezug auf den Mord an Kurt Bottweill. Wir möchten Sie darum bitten, morgen früh um zehn Uhr hier zu sein.«

»In Ordnung. Sicher.«

»Um exakt zehn Uhr, bitte.«

»Ich werde dort sein.«

Wir hängten auf. Wolfe seufzte. Ich seufzte.

»Nun«, sagte ich, »ich habe ihnen bereits sechsmal erzählt, daß ich überhaupt nichts über Santa Claus weiß, also werden sie mich vielleicht nicht noch einmal fragen. Wenn sie es tun, wird es interessant sein, meine Stimme, wenn ich lüge, mit der zu vergleichen, wenn ich die Wahrheit sage.«

Er knurrte. »Nun. Ich will einen kompletten Bericht von dem, was dort geschehen ist, nachdem ich gegangen bin, aber zunächst will ich etwas Hintergrundwissen. Während Ihrer vertrauten Verbindung mit Miss Dickey müssen Sie etwas über diese Leute erfahren haben. Was?«

»Nicht viel.« Ich räusperte mich. »Ich schätze, daß ich etwas erklären muß. Meine Verbindung zu Miss Dickey war nicht vertraut.« Ich sprach nicht weiter. Es war nicht einfach.

»Wählen Sie Ihre eigenen Adjektive. Ich wollte keine versteckten Andeutungen machen.«

»Es ist keine Frage von Adjektiven. Miss Dickey ist eine gute Tänzerin, außergewöhnlich gut, und ich habe sie in den letzten paar Monaten hierhin und dorthin ausgeführt, insgesamt sechs- oder achtmal oder so. Montag abend im Flamingo Club hat sie mich um einen Gefallen gebeten. Sie sagte, daß Bottweill sie an der Nase herumführen würde, daß er sie seit einem Jahr hatte heiraten wollen, aber es weiterhin hinauszögerte, und sie wollte etwas unternehmen. Sie sagte, daß Cherry Quon es auf ihn abgesehen habe und sie nicht vorhabe, Cherry auf den fahrenden Zug aufspringen zu lassen. Sie fragte mich, ob ich eine Blanko-Heiratslizenz bekommen und sie für sie und mich ausfüllen und sie ihr geben könnte. Sie würde sie Bottweill zeigen und ihm ›jetzt oder nie‹ sagen. Es sah mir nach einer guten Tat aus, die kein Risiko war, und, wie ich bereits erwähnt habe, sie ist eine gute Tänzerin. Dienstag nachmittag bekam ich das Blankopapier, es spielte keine Rolle, wie, und an jenem Abend habe ich sie oben in meinem Zimmer ausgefüllt, inklusive einer gefälschten Unterschrift.«

Wolfe gab ein Geräusch von sich.

»Das ist alles«, sagte ich, »außer daß ich klarmachen will, daß ich nicht vorhatte, sie Ihnen zu zeigen. Ich tat das ganz spontan, als Sie Ihr Buch aufnahmen. Sie erinnern sich sicherlich so gut wie ich daran. Also, um es abzuschließen, Sie haben ohne Zweifel bemerkt, daß Margot und ich heute, kurz bevor Bottweill und Mrs. Jerome zur Party stießen, zu einem kleinen Schwätzchen zur Seite getreten sind. Sie erzählte mir, daß die Täuschung mit der Lizenz funktioniert habe. Ihre Worte waren: ›Perfekt, einfach perfekt.‹ Sie sagte, daß er am gestrigen Abend in seinem Büro die Lizenz zerrissen und die Einzelteile in seinen Papierkorb getan habe. Das geht in Ordnung, die Polizisten haben sie nicht gefunden. Ich habe nachgeschaut, bevor sie kamen, und die Teile waren nicht dort.«

Sein Mund arbeitete, aber er öffnete ihn nicht. Er wagte es nicht. Er hätte mich gerne in der Luft zerrissen, mir erzählt, daß mein unerträgliches Geschwätz ihn in eine gräßliche Situation hineingerissen hätte, aber wenn er das tat, würde er den Aspekt mit einbringen, von dem er nicht wollte, daß er erwähnt wurde. Er erkannte das rechtzeitig, und er erkannte auch, daß ich das erkannte. Sein Mund arbeitete, aber das war alles. Schließlich sprach er.

»Dann haben Sie keine vertraute Beziehung zu Miss Dickey.«

»Nein, Sir.«

»Trotzdem muß sie von diesem Unternehmen und diesen Leuten gesprochen haben.«

»Ein wenig, ja.«

»Und einer von ihnen hat Bottweill ermordet. Das Gift wurde zwischen zwei Uhr zehn, als ich ihn einen Drink nehmen sah, und drei Uhr dreißig, als Kiernan losging und die Flasche holte, in die Flasche geschüttet. Niemand kam während der halben Stunde, die ich im Umkleideraum verbrachte, mit dem privaten Aufzug hoch. Ich stieg in das Kostüm und achtete nicht auf Schritte oder andere Geräusche im Büro, aber der Aufzugschacht grenzt an den Umkleideraum, und ich hätte ihn gehört. Es ist sehr wahrscheinlich, daß die Zeitspanne sich sogar noch wesentlich verkleinern läßt und daß das Gift in die Flasche gegeben wurde, während ich im Umkleideraum war, weil drei von den Verdächtigen mit Bottweill im Büro waren, als ich hinausging. Es muß angenommen werden, daß einer von diesen dreien oder einer von den dreien im Atelier eine frühere Gelegenheit beim Schopf gepackt hat. Was wissen Sie über sie?«

»Nicht viel. Das meiste vom Montag abend, als Margot über Bottweill redete. Also handelt es sich nur um Gerüchte, die sie gehört hat. Mrs. Jerome hat eine halbe Million in Bottweills Geschäft gesteckt – wahrscheinlich sollten Sie das mindestens durch zwei teilen – und glaubt, daß er ihr Privateigentum ist. Oder glaubte. Sie war auf Margot und Cherry eifersüchtig. Was Leo angeht, der könnte natürlich in Versuchung geführt worden sein, wenn seine Mutter den Zaster, den er zu erben erwartete, an einen Kerl austeilte, der versuchte, den Weltvorrat an Blattgold zu erschöpfen, und den sie vielleicht auch heiraten würde. Vielleicht wußte er sogar von dem Glas mit dem Gift in der Werkstatt. Kiernan, ich weiß nicht, aber aus einer Bemerkung, die Margot gemacht hat, und aus der Art und Weise, wie er Cherry heute nachmittag angesehen hat, vermute ich, daß er gerne etwas Irisches mit ihrem Chinesischen und Indischen und Holländischen mixen würde, und wenn er glaubte, daß Bottweill dabei war, ihn matt zu setzen, dann wäre auch er vielleicht in Versuchung geführt worden. Soviel zu den Gerüchten.«

»Mr. Hatch?«

»Nichts über ihn von Margot, aber vom Umgang mit ihm während des Gobelin-Jobs hätte es mich nicht überrascht, wenn er die ganze Meute aus Prinzip ausgerottet hätte. Sein Herz pumpt Säure statt Blut durch seine Adern. Er ist ein kreativer Künstler, so hat er mir erzählt. Er hat praktisch durchscheinen lassen, daß er für den Erfolg des Unternehmens verantwortlich sei, aber keine Anerkennung dafür erhalten würde. Er hat mir nicht wörtlich gesagt, daß er Bottweill für einen Schwindler und Falschspieler hält, aber in gewisser Weise hat er es doch getan. Sie erinnern sich vielleicht daran, daß ich Ihnen erzählt habe, daß er unter Verfolgungswahn leiden würde, und Sie haben nur gemeint, ich soll aufhören, den Jargon anderer Leute zu gebrauchen.«

»Das macht vier. Miss Dickey?«

Ich hob meine Augenbrauen. »Ich habe ihr eine Lizenz zum Heiraten besorgt, nicht zum Töten. Wenn sie gelogen hat, als sie sagte, daß es funktioniert habe, ist sie eine fast so gute Lügnerin wie Tänzerin. Vielleicht ist sie das. Wenn es nicht geklappt hat, könnte auch sie in Versuchung geführt worden sein.«

»Und Miss Quon?«

»Sie ist zur Hälfte Orientalin. Bei Orientalen kenne ich mich nicht aus, aber ich denke, daß sie ihre Augen schrägstellen, damit man weiter über sie nachrätselt. Das ist es, was sie so unergründlich macht. Wenn ich schon von einem von diesem Haufen vergiftet werden sollte, würde ich wollen, daß sie es täte. Abgesehen von dem, was Margot mir erzählt hat…«

Die Türglocke klingelte. Das war schlimmer als das Telefon. Wenn sie Santa Claus auf die Spur gekommen waren und diese zu Nero Wolfe führte, würde Cramer wesentlich eher dazu neigen, persönlich vorbeizukommen, anstatt anzurufen. Wolfe und ich tauschten Blicke aus. Ich sah auf meine Armbanduhr, registrierte, daß es 10 Uhr 08 war, erhob mich, ging in den Korridor, schnippte den Schalter für das Licht über der Treppe draußen an und riskierte einen Blick durch das von einer Seite durchsichtige Glas der Haustür. Ich habe gute Augen, aber die Gestalt war in einen schweren Mantel mit einer Kapuze eingemummt, also ging ich den halben Weg zur Tür hin, um sicherzugehen. Dann kehrte ich ins Büro zurück und sagte zu Wolfe: »Cherry Quon. Allein.«

Er runzelte die Stirn. »Ich wollte…« Er brach den Satz ab. »Nun gut. Bringen Sie sie herein.«

5

Wie ich bereits erwähnt habe, ist Cherry sehr dekorativ, und sie harmonierte gut mit dem roten Ledersessel neben Wolfes Schreibtisch. Es hätten drei von ihrer Sorte hineingepaßt. Sie hatte mich ihr den Mantel im Flur abnehmen lassen und hatte noch immer das hübsche kleine wollene Teil an, das sie auf der Party getragen hatte. Es war nicht wirklich gelb, aber es war Gelb darin enthalten. Ich hätte es als blaßgold bezeichnet, und zusammen mit dem roten Sessel und der Teetönung ihres glatten, kleinen, scharfgeschnittenen Gesichts hätte es ein sehr hübsches Fotomotiv hergegeben.

Sie saß auf der Ecke, ihr Rückgrat aufrecht und ihre Hände in ihrem Schoß zusammengelegt. »Ich hatte Angst, Sie anzurufen«, sagte sie, »weil Sie es mir hätten verbieten können, herzukommen. Also bin ich einfach vorbeigekommen. Werden Sie mir verzeihen?«

Wolfe brummte. Kein Zugeständnis. Sie lächelte ihn an, ein freundliches Lächeln, oder so dachte ich zumindest. Immerhin war sie zur Hälfte Orientalin.

»Ich muß mich zusammennehmen«, zwitscherte sie. »Ich bin nervös, weil es so aufregend ist, hier zu sein.« Sie drehte ihren Kopf. »Dort sind der Handschuh und die Bücherregale und der Safe und die Couch und natürlich Archie Goodwin. Und Sie, Sie, hinter Ihrem Schreibtisch in Ihrem enormen Sessel! Oh, ich kenne diesen Ort! Ich habe so viel über Sie gelesen – alles, was es über Sie gibt, glaube ich. Es ist aufregend, hier zu sein, wirklich hier, in diesem Sessel, und Sie zu sehen. Natürlich habe ich Sie diesen Nachmittag gesehen, aber das war etwas anderes. Sie hätten jeder sein können in diesem albernen Santa-Claus-Kostüm. Ich wollte Ihnen am Bart ziehen.«

Sie lachte, ein freundliches kleines Bimmeln wie von einer Glocke.

Ich glaube, ich sah recht perplex drein. Das war mein Eindruck, nachdem die Worte durch meine Ohren zu meinem Schaltpult drinnen durchgedrungen und herumgewirbelt worden waren. Ich war zu beschäftigt damit, mein Gesicht in den Griff zu bekommen, um Wolfe anzusehen, aber er war wahrscheinlich noch beschäftigter, weil sie ihn direkt ansah. Ich richtete meine Augen auf ihn, als er sprach.

»Ich bin leider ratlos, Miss Quon, sollte ich Sie recht verstanden haben. Wenn Sie glauben, daß Sie mich diesen Nachmittag in einem Santa-Claus-Kostüm gesehen haben, irren Sie sich.«

»Oh, es tut mir leid!« rief sie aus. »Dann haben Sie es ihnen nicht erzählt?«

»Meine werte Dame.« Seine Stimme wurde schärfer. »Wenn Sie in Rätseln sprechen müssen, sprechen Sie mit Mr. Goodwin. Er mag so etwas.«

»Aber es tut mir wirklich leid, Mr. Wolfe. Ich hätte Ihnen erst erklären sollen, woher ich es weiß. Heute morgen hat mir Kurt beim Frühstück erzählt, daß Sie ihn angerufen und mit ihm vereinbart hätten, auf der Party als Santa Claus zu erscheinen, und heute nachmittag habe ich ihn gefragt, ob Sie gekommen sind, und er sagte, daß Sie da wären und Sie das Kostüm anziehen würden. Daher weiß ich davon. Aber Sie haben es nicht der Polizei erzählt? Dann ist es ja gut, daß ich es ihnen auch nicht erzählt habe, nicht wahr?«

»Das ist interessant«, sagte Wolfe kalt. »Was erwarten Sie durch diese Phantasterei zu erreichen?«

Sie schüttelte ihren hübschen kleinen Kopf. »Sie, mit Ihrer Menge Verstand. Sie müssen erkennen, daß es keinen Zweck hat. Wenn ich es der Polizei erzähle, werden sie, selbst wenn sie mir nicht glauben wollen, Ermittlungen anstellen. Ich weiß, daß sie nicht so gut ermitteln können wie Sie, aber sie werden sicher etwas finden.«

Er schloß seine Augen, preßte seine Lippen zusammen und lehnte sich in seinem Sessel zurück. Ich blieb wachsam, konzentrierte mich auf sie. Sie mochte ungefähr einhundertundzwei Pfund wiegen. Ich hätte sie unter einem Arm tragen und die andere Hand auf ihren Mund pressen können. Es würde allerdings nichts nutzen, sie nach oben ins Gästezimmer zu bringen, denn sie hätte ein Fenster öffnen und schreien können, aber es gab da einen kleinen Raum im Keller, neben Fritz' Zimmer, mit einer alten Couch drin. Oder als Alternative hätte ich eine Pistole aus meiner Schreibtischschublade holen und sie erschießen können. Wahrscheinlich wußte niemand, daß sie hierhergekommen war.

Wolfe öffnete seine Augen und richtete sich auf. »Nun gut. Es ist nach wie vor phantastisch, aber ich gebe zu, daß Sie eine unangenehme Situation fabrizieren könnten, indem Sie diese zusammengesponnene Geschichte zur Polizei bringen. Ich kann mir nicht vorstellen, daß Sie hierhergekommen sind, nur um mir zu erzählen, daß Sie das vorhaben. Was haben Sie vor?«

»Ich denke, daß wir einander verstehen«, zwitscherte sie.

»Ich verstehe nur, daß Sie etwas wollen. Was?«

»Sie sind so direkt«, beklagte sie sich. »So dermaßen abrupt, daß ich etwas Falsches gesagt haben muß. Aber ich will wirklich etwas. Sehen Sie, da die Polizei denkt, daß der Mann der Täter war, der Santa Claus gespielt hat und weggerannt ist, kann sie nicht auf die richtige Spur kommen, bevor es zu spät ist. Das würden Sie doch nicht wollen, oder?«

Keine Antwort.

»Ich würde es nicht wollen«, sagte sie, und ihre Hände in ihrem Schoß ballten sich zu kleinen Fäusten. »Ich würde nicht wollen, daß derjenige, der Kurt ermordet hat, entkommen würde, egal, wer es war. Aber sehen Sie, ich weiß, wer ihn ermordet hat. Ich habe es der Polizei erzählt, aber sie werden mir nicht zuhören, bis sie Santa Claus gefunden haben, oder wenn sie mir zuhören, werden sie denken, daß ich nur eine eifersüchtige Katze bin, und außerdem bin ich eine Orientalin, und ihre Vorstellungen von Orientalen sind sehr primitiv. Ich wollte sie dazu zwingen, mir zuzuhören, indem ich ihnen erzählen wollte, wer Santa Claus war, aber ich weiß durch das, was ich gelesen habe, wie sie über Sie denken, und ich hatte Angst, daß sie versuchen würden zu beweisen, daß Sie es waren, der Kurt ermordet hat, und natürlich könnten Sie es tatsächlich gewesen sein, denn Sie sind weggerannt, und dann würden sie mir immer noch nicht zuhören, wenn ich ihnen erzähle, wer ihn wirklich umgebracht hat.«

Sie unterbrach sich, um Luft zu holen. Wolfe warf schnell ein: »Wer hat es getan?«

Sie nickte. »Ich werde es Ihnen erzählen. Margot Dickey und Kurt hatten eine Affäre. Vor ein paar Monaten machte

Kurt sich an mich heran, und es war hart für mich, weil ich – ich«, sie runzelte die Stirn, suchte nach einem Wort und fand es. »Ich hegte Gefühle für ihn. Ich hegte starke Gefühle. Aber sehen Sie, ich bin Jungfrau, ich wollte ihm nicht nachgeben. Ich weiß nicht, was ich getan hätte, wenn ich nicht gewußt hätte, daß er eine Affäre mit Margot hatte, aber ich wußte davon, und ich erzählte ihm, daß der erste Mann, mit dem ich schlafen würde, mein Ehemann sein würde. Er sagte, daß er bereit wäre, Margot aufzugeben, aber selbst wenn er das täte, könnte er mich wegen Mrs. Jerome nicht heiraten, weil sie dann aufhören würde, ihm mit ihrem Geld den Rücken zu stärken. Ich weiß nicht, was er Mrs. Jerome bedeutete, aber ich weiß, was sie ihm bedeutete.«

Ihre Hände öffneten und schlossen sich erneut zu Fäusten. »Das ging eine Zeitlang so weiter, aber Kurt hegte auch für mich Gefühle. Spät in der letzten Nacht, es war nach Mitternacht, rief er mich an und erklärte, daß er mit Margot ein für allemal Schluß gemacht hatte und er mich heiraten wolle. Er wollte vorbeikommen und mich sehen, aber ich antwortete ihm, daß ich im Bett liegen würde und wir einander am Morgen sowieso sehen würden. Er sagte, das wäre im Atelier, wo auch andere Leute anwesend sein würden, also versprach ich ihm schließlich, daß ich zum Frühstück in sein Appartement kommen würde, und das hielt ich ein, heute morgen. Aber ich bin noch immer Jungfrau, Mr. Wolfe.«

Er hatte sie mit halbgeschlossenen Augen fixiert. »Das ist Ihr Privileg, Madam.«

»Oh!« meinte sie. »Ist es ein Privileg? Es war dort, beim Frühstück, wo er mir von Ihnen erzählte, von Ihrem Arrangement, Santa Claus zu spielen. Als ich ins Studio kam, war ich überrascht, Margot dort zu sehen und wie freundlich sie war. Das war Teil ihres Plans, jedem gegenüber freundlich und vergnügt zu sein. Sie hat der Polizei erzählt, daß Kurt sie heiraten wollte, daß sie sich letzte Nacht entschlossen hatten, nächste Woche zu heiraten. In der Weihnachtswoche. Ich bin Christin.«

Wolfe regte sich in seinem Sessel. »Sind wir am springenden Punkt angelangt? Hat Miss Dickey Mr. Bottweill umgebracht?«

»Ja. Natürlich hat sie das.«

»Haben Sie das der Polizei erzählt?«

»Ja. Ich habe ihnen nicht alles erzählt, was ich Ihnen erzählt habe, aber genug.«

»Mit Beweisen?«

»Nein. Ich habe keine Beweise.«

»Dann sind Sie gegenüber einer Verleumdungsklage verwundbar.«

Sie öffnete ihre Fäuste und drehte ihre Handflächen nach oben. »Macht das etwas? Wenn ich weiß, daß ich recht habe? Wenn ich es *weiß*? Aber sie war so clever, sie hat es so angestellt, daß es keine Beweise geben kann. Jeder, der heute dort war, wußte von dem Gift, und sie alle hatten die Gelegenheit, es in die Flasche zu schütten. Sie können niemals beweisen, daß sie es getan hat. Sie können nicht einmal beweisen, daß sie lügt, wenn sie sagt, daß Kurt sie heiraten wollte, denn er ist tot. Sie hat sich heute so benommen, wie sie sich benommen hätte, wenn ihre Geschichte wahr gewesen wäre. Aber es muß irgendwie bewiesen werden. Es muß einfach Beweise geben, um es zu belegen!«

»Und Sie wollen von mir, daß ich diese Beweise finde?«

Sie ließ das unkommentiert. »Was ich gedacht habe, Mr. Wolfe, ist, daß sie ebenfalls verwundbar sind. Es wird jederzeit die Gefahr bestehen, daß die Polizei herausfindet, wer Santa Claus war, und wenn sie herausfinden, daß Sie es waren und Sie es ihnen nicht gesagt haben …«

»Das habe ich nicht zugegeben«, schnappte Wolfe.

»Dann wollen wir doch einfach feststellen, daß jederzeit die Gefahr bestehen wird, daß ich ihnen erzähle, was mir Kurt erzählt hat, und Sie haben zugegeben, daß das unangenehm sein würde. Also wäre es besser, wenn Beweise belegen würden, wer einerseits Kurt umgebracht hat und andererseits wer Santa Claus war. Wäre dem nicht so?«

»Fahren Sie fort.«

»Also dachte ich mir, wie einfach es für Sie sein würde, die Beweise zu bekommen. Sie haben Männer, die Aufträge für Sie erledigen, die alles für Sie tun würden, und einer von ihnen könnte sagen, daß Sie ihn darum gebeten haben, dorthin zu gehen und Santa Claus zu spielen, und daß er das getan habe. Natürlich könnte es nicht Mr. Goodwin sein, weil er auf der Party war, und es müßte ein Mann sein, dem sie nicht beweisen könnten, daß er woanders war. Er könnte sagen, daß er, während er im Umkleideraum war, um das Kostüm anzuziehen, jemanden im Büro gehört und hinausgespäht habe, um zu sehen, wer es war, und er sah, wie Margot Dickey die Flasche aus der Schreibtischschublade nahm und etwas hineintat und die Flasche wieder zurück in die Schublade stellte und hinausging. Das muß nämlich der Zeitpunkt gewesen sein, in dem sie es getan hat, weil Kurt immer einen Pernod trank, wenn er vom Mittagessen zurückkam.«

Wolfe rieb sich seine Lippe mit einer Fingerspitze. »Ich verstehe«, murmelte er.

Sie war noch nicht fertig. »Er könnte sagen«, fuhr sie fort, »daß er wegrannte, weil er Angst hatte und zuerst Ihnen davon erzählen wollte. Ich glaube nicht, daß sie ihm etwas antun würden, wenn er morgen früh zu ihnen gehen und ihnen alles erzählen würde, oder? Ebensowenig wie mir. Ich glaube nicht, daß sie mir etwas antun würden, wenn ich morgen früh zu ihnen gehen und ihnen erzählen würde, daß ich mich daran erinnert habe, daß mir Kurt erzählt hat, daß Sie Santa Claus sein würden, und daß er mir heute nachmittag gesagt hat, daß Sie im Umkleideraum das Kostüm anlegen würden. Das wäre die gleiche Geschichte, oder nicht?«

Ihr kleiner geschwungener Mund verengte und weitete sich zu einem Lächeln. »Das ist es, was ich will«, zwitscherte sie. »Habe ich es so erzählt, daß Sie es verstehen?«

»Das haben Sie tatsächlich«, versicherte Wolfe ihr. »Sie haben es vortrefflich dargestellt.«

»Wäre es günstiger für Sie, Inspektor Cramer hierher kommen zu lassen, damit Sie es ihm selbst sagen, anstatt Ihren Mann hingehen zu lassen, damit er es ihm erzählt? Sie könnten Ihren Mann hierher bestellen. Sie sehen, ich weiß durch all die Dinge, die ich gelesen habe, wie Sie solche Angelegenheiten regeln.«

»Das könnte günstiger sein«, gab er zu. Sein Tonfall war trocken, aber nicht feindselig. Ich bemerkte, wie ein Muskel nahe seinem rechten Ohr zuckte, aber sie konnte das nicht sehen. »Ich nehme an, Miss Quon, daß es vergeblich ist, die Möglichkeit zu erwähnen, daß einer von den anderen ihn ermordet hat, und daß es in dem Fall bedauerlich wäre ...«

»Verzeihen Sie mir, daß ich Sie unterbreche.« Das Zwitschern war noch immer ein Zwitschern, aber harter Stahl schwang darin mit. »Ich weiß, daß sie ihn getötet hat.«

»Das tue ich nicht. Und selbst wenn ich mich Ihrer Überzeugung beuge, müßte ich, bevor ich auf die List eingehe, die Sie vorschlagen, sichergehen, daß es keine Tatsachen gibt, die diese List zunichte machen könnten. Dafür werde ich nicht lange brauchen. Sie werden morgen von mir hören. Ich werde ...«

Sie unterbrach ihn schon wieder. »Ich kann nicht länger als bis morgen früh damit warten, der Polizei zu erzählen, was mir Kurt gesagt hat.«

»Pfui. Sie können und werden. In dem Augenblick, in dem Sie das enthüllen, haben Sie keine Peitsche mehr, mit der Sie mich zappeln lassen können. Sie werden morgen von mir hören. Nun will ich nachdenken. Archie?«

Ich verließ meinen Stuhl. Sie sah zu mir auf und dann wieder zu Wolfe hinüber. Für einige Sekunden saß sie dort, dachte nach, natürlich unergründlich, dann stand sie auf. »Es war sehr aufregend, hier zu sein«, sagte sie, der Stahl war verschwunden, »Sie hier zu sehen! Sie müssen mir verzeihen, daß ich nicht angerufen habe. Ich hoffe, daß es früh am morgigen Tag sein wird.« Sie drehte sich um und ging auf die Tür zu, und ich folgte ihr.

Nachdem ich ihr mit ihrem Kapuzenmantel geholfen und sie herausgelassen und beobachtet hatte, wie sie ihren Weg die sieben Stufen hinunter fand, schloß ich die Tür, legte die

Türkette vor, kehrte ins Büro zurück und sagte zu Wolfe: »Es hat aufgehört zu schneien. Was glauben Sie, wer sich dafür am besten eignen wird, Saul oder Fred oder Orrie oder Bill?«

»Setzen Sie sich«, grollte er. »Sie durchschauen die Frauen. Nun?«

»Nicht diese. Ich passe. Ich würde weder auf die eine noch auf die andere Weise einen Pfennig auf sie verwetten. Würden Sie?«

»Nein. Sie ist wahrscheinlich eine Lügnerin und vielleicht sogar seine Mörderin. Ich muß alles wissen, was dort heute passiert ist, nachdem ich gegangen bin. Jedes Wort und jede Geste.«

Ich setzte mich und erzählte es ihm. Die Frageperiode eingeschlossen, dauerte es eine Stunde und fünfunddreißig Minuten. Es war nach ein Uhr, als er seinen Stuhl zurückschob, seine massige Gestalt hochstemmte, mir eine gute Nacht wünschte und ins Bett ging.

6

Um halb drei am folgenden Samstag nachmittag saß ich in einem Raum in einem Gebäude in der Leonard Street, dem Raum, in dem ich einmal dem stellvertretenden Bezirksstaatsanwalt das Mittagessen gemopst hatte. Es würde für mich keinen Grund geben, die Vorstellung zu wiederholen, weil ich gerade aus Ost's Restaurant wiedergekommen war, wo ich einen Teller Eisbein mit Sauerkraut verspeist hatte.

Soweit ich wußte, waren nicht nur keine Schritte unternommen worden, Margot den Mord anzuhängen, es waren überhaupt noch keine Schritte unternommen worden. Da Wolfe jeden Morgen von neun bis elf oben in den Pflanzenzimmern ist, und da er von einem Tablett oben in seinem Raum frühstückt, und da ich um zehn Uhr in der Stadt erwartet wurde, hatte ich ihn kurz vor neun auf dem Haustelefon angeklingelt, um nach Instruktionen zu fragen, und mir war gesagt worden, daß er keine hatte. Downtown Assistant DA Farrell hatte, nachdem er mich eine Stunde lang im Vorzimmer hatte warten lassen, zwei Stunden mit mir verbracht, zusammen mit einem Stenographen und einem Schnüffler, der Freitag nachmittag am Tatort gewesen war. Farrell huschte hin und her, durchkreuzte den ganzen Raum, nicht nur aufgrund dessen, was ich bereits berichtet hatte, sondern auch aufgrund meiner vorhergehenden Beziehung zum Personal von Bottweill. Er fragte mich nur einmal, ob ich irgend etwas über Santa Claus wüßte, also mußte ich nur einmal lügen, wenn man nicht mitzählt, daß ich wieder unterließ, meine Heiratslizenz zu erwähnen. Als er eine Pause vorschlug und mich anwies, um zwei Uhr dreißig zurückzukommen, rief ich Wolfe auf meinem Weg zum Eisbein von Ost's an, um ihm zu erzählen, daß ich nicht wüßte, wann ich zu Hause sein würde, und wieder hatte er keine Instruktionen. Ich sagte, daß ich bezweifelte, daß Cherry Quon bis nach Neujahr damit warten würde, die Geschichte auszuplaudern, und er antwortete, daß er das auch täte, und hängte auf.

Als ich um zwei Uhr dreißig wieder in Farrells Büro geführt wurde, war er alleine – kein Stenograph und kein

Schnüffler. Er fragte mich, ob ich ein gutes Mittagessen gehabt habe, und wartete sogar meine Antwort ab, händigte mir irgendwelche maschinengeschriebenen Blätter aus und lehnte sich in seinem Stuhl zurück.

»Lesen Sie es sich durch«, sagte er, »und schauen Sie, ob Sie es unterschreiben wollen.«

Sein Tonfall schien anzudeuten, daß ich das vielleicht nicht wollen würde, also ging ich es vorsichtig durch, ganze fünf Seiten. Ich fand keinerlei redaktionelle Überarbeitungen, gegen die etwas einzuwenden war, zog meinen Stuhl auf eine Ecke seines Schreibtisches zu, legte die Aussage auf die Tischfläche und holte meinen Schreiber aus meiner Tasche.

»Einen Augenblick«, sagte Farrell. »Sie sind kein schlechter Kerl, obwohl Sie sich überheblich geben, also warum sollte ich Ihnen nicht einen Tip geben? Das da sagt ausdrücklich, daß Sie alles berichtet haben, was Sie gestern nachmittag dort getan haben.«

»Yeah, ich habe es gelesen. Also?«

»Also wer hat Ihre Fingerabdrücke auf einige der Papierfetzen in Bottweills Papierkorb getan?«

»Ich soll verflucht sein«, sagte ich. »Ich habe vergessen, Handschuhe anzuziehen.«

»In Ordnung, Sie sind überheblich. Das weiß ich bereits.« Seine Augen nagelten mich fest. »Sie müssen diesen Papierkorb durchsucht haben, jedes Teil, als Sie in Bottweills Büro gegangen waren, um angeblich Santa Claus zu suchen, und Sie haben es nicht einfach vergessen. Sie vergessen keine Sachen. Also haben Sie es absichtlich ausgelassen. Ich will wissen, warum, und ich will wissen, was Sie aus jenem Abfallkorb genommen haben und was Sie damit gemacht haben.«

Ich grinste ihn an. »Ich soll außerdem verflucht sein, weil ich gedacht habe, daß ich wüßte, wie gründlich Sie sind, und offensichtlich wußte ich das nicht. Ich hätte nicht gedacht, daß Sie so weit gehen würden, den Inhalt eines Papierkorbes abzustauben, wenn es nichts gab, um ihn mit dem Fall in Zusammenhang zu bringen, aber ich sehe ein, daß ich unrecht hatte, und ich hasse es, unrecht zu haben.« Ich zuckte mit den Schultern. »Nun, man lernt jeden Tag etwas Neues.« Ich drehte die Aussage in die richtige Position, unterschrieb sie unten auf der letzten Seite, schob sie ihm hinüber, faltete die Karbondurchschrift und steckte sie in meine Tasche.

»Ich schreibe es dazu, wenn Sie darauf bestehen«, sagte ich ihm, »aber ich bezweifle, ob es den Ärger wert ist. Santa Claus war weggerannt, Kiernan rief die Polizei an, und ich schätze, daß ich etwas durcheinander war. Ich muß mich nach etwas umgesehen haben, was mir einen Hinweis auf Santa Claus hätte geben können, und mein Blick fiel auf den Papierkorb, und ich durchsuchte ihn. Ich habe es nicht erwähnt, weil es nicht sehr intelligent war, und ich mag es, wenn Menschen, vor allen Dingen Polizisten, denken, daß ich intelligent bin. Das ist Ihr ›Warum‹. Was die Frage angeht, was ich herausgenommen habe, so lautet die Antwort: nichts. Ich habe den Papierkorb ausgekippt, alles wieder hineingetan und nichts weggenommen. Wollen Sie von mir, daß ich das hineinschreibe?«

»Nein. Ich will es mit Ihnen diskutieren. Ich weiß, daß Sie intelligent *sind.* Und Sie waren nicht durcheinander. Sie sind nie durcheinander. Ich will den wirklichen Grund wissen, warum Sie den Papierkorb durchsucht haben, wonach Sie gesucht haben, ob Sie es gefunden haben und was Sie damit gemacht haben.«

Es kostete mich über eine Stunde, wovon ich zwanzig Minuten im Büro des Bezirksstaatsanwaltes selbst verbrachte, zusammen mit Farrell und einem weiteren Assistenten. An einem Punkt sah es aus, als würden sie mich als wichtigen Zeugen festhalten, aber dazu braucht es einen Haftbefehl, das Weihnachtswochenende hatte begonnen, und es gab keinen Beweis dafür, daß ich ihnen einen Beweis vorenthalten hatte, also scheuchten sie mich schließlich hinaus, nachdem ich eine Einfügung per Hand in meine Aussage geschrieben hatte. Es war unanständig, solche wichtigen Leute des öffentlichen Dienstes dort sitzen zu lassen, während ich die Einfügung auf meine Durchschrift übertrug, aber ich liebe es, Dinge vollständig zu erledigen.

Als ich nach Hause kam, war es zehn Minuten nach vier, und natürlich war Wolfe nicht im Büro, weil seine Nachmittagssitzung oben in den Pflanzenzimmern von vier bis sechs andauerte. Es lag keine Notiz von ihm auf meinem Schreibtisch, also gab es augenscheinlich noch immer keine Instruktionen, aber es war eine Information darauf zu finden. Bei meinem Schreibtischaschenbecher, der hauptsächlich zur Dekoration da ist, da ich selten rauche – ein Geschenk von einem früheren Klienten, nicht für Wolfe, sondern für mich –, handelt es sich um eine Jadeschüssel von fünfzehn Zentimetern Durchmesser. Er stand dort an seinem Platz, und in ihm lagen Stummel von Pharaoh-Zigaretten.

Saul Panzer raucht Pharaohs, ägyptische Zigaretten. Ich nehme an, daß das auch ein paar andere Leute tun, aber die Wahrscheinlichkeit, daß einer davon an meinem Schreibtisch gesessen hatte, während ich weg war, war zu gering, um sich darüber Gedanken zu machen. Und nicht nur, daß Saul hier gewesen war. Wolfe wollte zudem, daß ich das wußte, weil eins der acht Millionen Dinge, die er in seinem Büro nicht toleriert, Aschenbecher mit Überresten sind. Er würde sogar persönlich direkt ins Badezimmer gehen, um den Aschenbecher zu leeren.

Also wurden schließlich doch noch Schritte unternommen. Was für Schritte? Saul, ein freier Mitarbeiter und der beste Detektiv weit und breit, verlangt und bekommt sechzig Dollar pro Tag und ist zweimal soviel wert. Wolfe hatte ihn nicht wegen eines Routinebotengangs zu sich gerufen, und natürlich kam mir nicht einen Moment lang die Idee, daß er darauf eingegangen war, ihn als Santa-Claus-Double zu verdingen. Jemandem einen Mord anzuhängen, selbst einer Frau, die schuldig sein könnte, war kein Bestandteil seines Trickrepertoires. Ich ging zum Haustelefon und rief in den Pflanzenzimmern an, und nach einer Weile erklang Wolfes Stimme in meinem Ohr.

»Ja, Fritz?«

»Nicht Fritz. Ich. Ich bin zurück. Nichts Dringliches zu berichten. Sie haben meine Fingerabdrücke auf Teilen im Papierkorb gefunden, aber ich bin ihnen entkommen, ohne Blut lassen zu müssen. Geht es in Ordnung, wenn ich meinen Aschenbecher leere?«

»Ja. Bitte tun Sie das.«

»Was ist also zu erledigen?«

»Ich werde Ihnen das um sechs Uhr erzählen. Vielleicht früher.«

Er hängte auf. Ich ging zum Safe und sah im Geldfach nach, ob Saul mit großzügigen Geldern versorgt worden war, aber das Geld lag so da, wie ich es beim letzten Mal gesehen hatte, und es war keine Eintragung im Buch. Ich leerte den Aschenbecher. Dann ging ich in die Küche, wo ich Fritz vorfand, der eine Mixtur in eine Schüssel mit Schweinelenden goß, und ihm sagte, daß ich hoffte, daß Saul sein Mittagessen genossen habe, und Fritz sagte, daß er nicht zum Mittagessen geblieben sei. Also mußten, direkt nachdem ich am Morgen gegangen war, Schritte in die Wege geleitet worden sein. Ich ging ins Büro zurück, las die Karbondurchschrift meiner Aussage durch, bevor ich sie abheftete, und verbrachte die Zeit damit, mir acht verschiedene Möglichkeiten auszudenken, mit denen Saul hätte beauftragt werden können, aber keine von ihnen war vielversprechend. Kurz nach fünf klingelte das Telefon. Es war Saul. Er sagte, daß er froh darüber sei, daß ich heil wieder nach Hause gekommen wäre, und ich antwortete, daß ich das auch wäre.

»Nur eine Nachricht für Mr. Wolfe«, meinte er. »Sag ihm, daß alles vorbereitet ist, ohne Schwierigkeiten.«

»Ist das alles?«

»Richtig. Man sieht sich.«

Ich legte den Hörer auf, saß einen Augenblick da, um zu überlegen, ob ich zu den Pflanzenzimmern hochgehen oder das Haustelefon benutzen sollte, entschied, daß das letztere genügen würde, zog den Apparat an mich heran und drückte den Knopf. Als Wolfes Stimme erklang, war sie gereizt; er haßt es, dort oben gestört zu werden.

»Ja?«

»Saul hat angerufen und mir aufgetragen, Ihnen zu sagen, daß alles vorbereitet ist, ohne Schwierigkeiten. Gratulation. Bin ich im Weg?«

»Seltsamerweise nicht. Stellen Sie Stühle für Besucher bereit, zehn sollten genügen. Vier oder fünf werden kurz nach sechs Uhr kommen; ich hoffe, nicht mehr. Weitere werden später kommen.«

»Erfrischungen?«

»Getränke, natürlich. Nichts sonst.«

»Sonst noch etwas für mich?«

»Nein.«

Er war weg. Bevor ich wegen der Stühle ins Vorzimmer und wegen des Proviants in die Küche ging, nahm ich mir die Zeit, mich selbst zu fragen, ob ich die geringste Ahnung hatte, welche Art Scharade er sich dieses Mal hatte einfallen lassen. Ich hatte keinen blassen Schimmer.

7

Es waren vier. Sie kamen alle zwischen sechs Uhr fünfzehn und sechs Uhr zwanzig – zuerst Mrs. Perry Porter Jerome und ihr Sohn Leo, dann Cherry Quon und schließlich Emil Hatch. Mrs. Jerome schnappte sich den roten Ledersessel, aber ich setzte sie, mitsamt ihrem Pelz und allem anderen, auf einen der gelben um, als Cherry kam. Ich war bereit zuzugeben, daß auch Cherry zu einem ganz anderen Stuhl hätte geführt werden können, einem, an dem Stromanschlüsse angebracht waren, aber ich dachte auch, daß sie diesen Hintergrund verdiente und nicht Mrs. Jerome. Um sechs Uhr dreißig, als ich sie verließ, um den Korridor zum Eßzimmer zu durchqueren, hatten sie nicht ein Wort miteinander gewechselt.

Wolfe hatte im Eßzimmer gerade eine Flasche Bier ausgetrunken. »Okay«, sagte ich ihm, »es ist sechs Uhr einunddreißig. Nur vier. Kiernan und Margot Dickey haben sich nicht blicken lassen.«

»Zufriedenstellend.« Er stand auf. »Haben sie Informationen verlangt?«

»Zwei von ihnen haben das, Hatch und Mrs. Jerome. Ich habe ihnen erzählt, daß diese von Ihnen kommen werden, wie befohlen. Das war einfach, da ich keine habe.«

Er ging in Richtung Büro, und ich folgte ihm. Obwohl sie, außer Cherry, nicht wußten, daß er ihnen am Tag zuvor Champagner eingeschenkt hatte, war eine Vorstellung nicht notwendig, da sie ihn alle während der Gobelinjagd getroffen hatten. Nachdem er die im roten Ledersessel sitzende Cherry umrundet hatte, stellte er sich hinter seinen Schreibtisch, fragte, wie es ihnen ginge und setzte sich.

»Ich danke Ihnen nicht für Ihr Kommen«, sagte er, »weil Sie in Ihrem eigenen Interesse gekommen sind, nicht in meinem. Ich habe ...«

»Ich bin gekommen«, warf Hatch ein, mürrischer denn je, »um herauszufinden, was Sie vorhaben.«

»Das werden Sie«, versicherte Wolfe ihm. »Ich habe jedem von Ihnen eine inhaltlich identische Nachricht gesandt, die besagt, daß Mr. Goodwin gewisse Informationen hat, von denen er meint, daß er sie spätestens heute abend der Polizei übergeben muß, aber ich habe ihn davon überzeugt, mich die Sache erst mit Ihnen diskutieren zu lassen. Bevor ich ...«

»Ich habe nicht gewußt, daß noch andere hier sein würden«, platzte Mrs. Jerome heraus und starrte Cherry zornig an.

»Ebensowenig wie ich«, sagte Hatch und starrte Mrs. Jerome zornig an.

Wolfe ignorierte das. »Die Nachricht, die ich Miss Quon geschickt habe, unterscheidet sich etwas von den anderen, aber das braucht Sie nicht zu kümmern. Bevor ich Ihnen erzähle, wie Mr. Goodwins Information aussieht, brauche ich ein paar Fakten von Ihnen. Zum Beispiel weiß ich, daß jeder von Ihnen – Miss Dickey und Mr. Kiernan eingeschlossen, die wahrscheinlich später zu uns stoßen werden –, daß jeder von Ihnen eine Gelegenheit hätte finden können, das Gift in die Flasche zu schütten. Streitet das irgend jemand von Ihnen ab?«

Cherry, Mrs. Jerome und Leo redeten alle auf einmal. Hatch sah bloß mürrisch drein.

Wolfe hob die Hand, um sie zu beschwichtigen. »Wenn ich bitten darf. Ich zeige nicht mit einem Finger der Anklage auf einen von Ihnen. Ich drücke lediglich aus, daß niemand von Ihnen, Miss Dickey und Mr. Kiernan eingeschlossen, beweisen kann, daß er keine Gelegenheit dazu hatte. Können Sie das?«

»Quatsch.« Leo Jerome war empört. »Es war dieser Kerl, der den Santa Claus gespielt hat. Natürlich war er es. Ich war die gesamte Zeit mit Bottweill und meiner Mutter zusammen, zunächst in der Werkstatt und dann in seinem Büro. Ich kann *das* beweisen.«

»Aber Bottweill ist tot«, erinnerte Wolfe ihn, »und Ihre Mutter ist Ihre Mutter. Sind Sie kurz vor ihnen ins Büro hinaufgegangen, oder ist Ihre Mutter kurz vor Ihnen und Bottweill hinaufgegangen? Gibt es einen akzeptablen Beweis, daß Sie das nicht getan haben? Die anderen haben das gleiche Problem. Miss Quon?«

Es bestand keine Gefahr, daß Cherry das Spiel verdarb. Wolfe hatte mir erzählt, was er ihr am Telefon erzählt hatte: daß er einen Plan erstellt hatte, von dem er dachte, daß sie dabei ihre Genugtuung bekommen würde, und wenn sie um Viertel nach sechs käme, würde sie beobachten können, wie sein Plan aufging. Sie hatte, seit er hereingekommen war, ihre Augen nur auf ihn gerichtet. Nun zwitscherte sie: »Wenn Sie meinen, daß ich nicht beweisen kann, daß ich gestern nicht allein im Büro war, nein, das kann ich nicht.«

»Mr. Hatch?«

»Ich bin nicht hierhergekommen, um etwas zu beweisen. Ich habe Ihnen erzählt, weshalb ich gekommen bin. Welche Informationen hat Goodwin?«

»Wir werden schon noch darauf kommen. Zuerst ein paar weitere Fakten. Mrs. Jerome, wann haben Sie davon erfahren, daß Bottweill sich dazu entschlossen hatte, Miss Quon zu heiraten?«

Leo schrie: »Nein!«, aber seine Mutter war zu sehr damit beschäftigt, Wolfe anzustarren, um ihn zu hören. »Was?« krächzte sie. Dann fand sie ihre Stimme wieder. »Kurt *sie* heiraten? Diese kleine Dirne?«

Cherry rührte nicht einen Muskel, ihre Augen waren noch immer auf Wolfe gerichtet.

»Das ist wunderbar!« sagte Leo. »Das ist phantastisch!«

»Nicht so verdammt wunderbar«, meldete sich Emil Hatch. »Ich verstehe, Wolfe. Goodwin hat keine Informationen, und ebensowenig haben Sie welche. Weshalb Sie wollten, daß wir zusammenkommen und beginnen, aufeinander loszugehen, verstehe ich nicht. Ich weiß nicht, warum Sie daran interessiert sind, aber vielleicht werde ich es herausfinden, wenn ich Ihnen zur Hand gehe. Dieser Haufen da hat die feinste Kollektion an Bosheiten hervorgebracht, die man finden kann. Vielleicht haben wir alle Gift in die Flasche gegeben, und das ist der Grund dafür, warum es eine solch große Dosis war. Wenn es wahr ist, daß Kurt sich entschlossen hatte, Cherry zu heiraten, und Al Kiernan davon wußte, wäre das der Auslöser gewesen. Al hätte hundert Kurts umgebracht, wenn es ihm Cherry eingebracht hätte. Wenn Mrs. Jerome davon wußte, denke ich, daß sie sich für Cherry und nicht für Kurt entschieden hätte, aber vielleicht hat sie auch begriffen, daß es bald eine andere geben würde und sie das Problem genausogut ein für allemal beseitigen könnte. Was Leo angeht, denke ich, daß er Kurt ziemlich gut leiden konnte, aber wem kann man schon glauben? Kurt melkte das Vermögen seiner Mama, von dem Leo hoffte, daß er es eines Tages erben würde, und ich schätze, daß das Vermögen nicht ganz das verspricht, was man von ihm annimmt. Tatsächlich ...«

Er brach den Satz ab, und ich stand von meinem Stuhl auf. Leo wollte sich erheben, offensichtlich mit der Absicht, dem kreativen Künstler einen Schlag zu verpassen. Ich ging auf ihn zu, um ihn abzufangen, und im selben Augenblick, in dem ich ihm einen Schubs gab, riß seine Mutter ihn an seinem Mantelsaum zurück. Das hielt ihn nicht nur auf, sondern brachte ihn fast aus dem Gleichgewicht, und ich steuerte ihn mit meiner anderen Hand zurück auf seinen Stuhl und stellte mich dann neben ihn.

Hatch fragte: »Soll ich fortfahren?«

»Auf jeden Fall«, sagte Wolfe.

»Tatsächlich erscheint es trotzdem am wahrscheinlichsten, daß Cherry die Mörderin ist. Sie ist die Klügste der Bande und hat mit Abstand den stärksten Willen. Aber ich verstehe, daß Margot für sich beansprucht, daß er sie heiraten wollte, während Cherry sagt, daß Kurt *sie* heiraten wollte. Natürlich kompliziert das die Angelegenheit, und Margot wäre sowieso meine zweite Wahl. Margot hat mehr als genug von der Art Stolz, der nur hauchdünn ist und deshalb keinem Kratzer standhalten kann. Wenn Kurt sich entschlossen hatte, Cherry zu heiraten, und das Margot erzählt hat, war er sogar ein noch größerer Idiot, als ich sowieso schon dachte. Was uns auf mich bringt. Ich bin ein Fall für sich. Ich verachte sie alle. Wenn ich mich entschlossen hätte, zum Gift zu greifen, hätte ich es sowohl in den Champagner als auch in den Pernod getan, und ich hätte Wodka getrunken, den ich vorziehe – und apropos, auf dem Tisch steht eine Flasche mit einem Korbeloff-Wodka-Etikett. Ich habe seit fünfzehn Jahren keinen Korbeloff mehr getrunken. Ist sie echt?«

»Sie ist. Archie?«

Einer Gruppe geladener Gäste Getränke zu servieren, kann eine angenehme Pflicht sein, aber das war es diesmal nicht. Als ich Mrs. Jerome nach ihrem Wunsch fragte, sah sie mich nur zornig an, aber nachdem ich Cherrys Wunsch nach Scotch mit Soda erfüllt und Hatch mit einer großzügigen Dosis Korbeloff – unverdünnt – versorgt hatte, und Leo mir gesagt hatte, daß er gerne Bourbon mit Wasser hätte, murmelte seine Mutter, daß sie das auch nehmen würde. Während ich den Bourbon einschenkte, überlegte ich, wie es jetzt weitergehen würde. Es sah so aus, als wäre es für Wolfe an der Zeit, die Informationen weiterzugeben, von denen ich meinte, daß ich sie ohne Verzögerung der Polizei geben müsse, was schwierig war, da ich ja gar keine hatte. Das war ein guter Köder gewesen, um sie hierherzulocken, aber was jetzt? Ich nehme an, daß es Wolfe gelungen wäre, sie irgendwie hinzuhalten, aber das brauchte er nicht. Er hatte nach Bier geklingelt, und Fritz brachte es und stellte das Tablett auf Wolfes Schreibtisch, als die Türglocke ging. Ich gab Leo seinen Bourbon mit Wasser und ging auf den Korridor. Draußen auf der Treppe stand Inspektor Cramer von der Mordkommission, sein großes rundes Gesicht berührte fast die Glasscheibe.

Wolfe hatte mir genug erzählt, bevor die Gesellschaft kam, um mir den allgemeinen Ablauf des Programms nahezubringen, und somit war der Anblick von Cramer, nur Cramer, eine Enttäuschung. Aber als ich den Korridor hinunterging, erschienen weitere Umrisse, niemand von ihnen ein Unbekannter, und das sah schon besser aus. Tatsächlich sah es hervorragend aus. Ich schwang die Tür weit auf, und sie kamen herein – Cramer, dann Saul Panzer, danach Margot Dickey, Alfred Kiernan und, die Nachhut bildend, Sergeant Purley Stebbins. Bis ich die Tür geschlossen und verriegelt hatte, hatten sie ihre Mäntel ausgezogen, einschließlich Cramer, und das war ebenso hervorragend, bedeutete es doch, daß er erwartete, eine Weile zu bleiben.

Normalerweise marschierte er, einmal drin, ohne große Förmlichkeiten den Korridor hinunter und ins Büro, aber diesmal winkte er die anderen vor, mich eingeschlossen, und er und Stebbins traten als letzte ins Zimmer, trieben uns sozusagen hinein. Ich überschritt die Türschwelle und trat zur Seite, um das Vergnügen zu haben, sein Gesicht zu sehen, wenn seine Augen die Leute, die bereits da waren, und die wartenden leeren Stühle erblickten. Ohne Zweifel hatte er erwartet, Wolfe alleine vorzufinden, ein Buch lesend. Er kam zwei Schritte herein, starrte zornig umher, wandte dann sein zorniges Starren Wolfe zu und bellte: »Was hat das alles zu bedeuten?«

»Ich habe Sie erwartet«, sagte Wolfe höflich. »Miss Quon, wenn es Ihnen nichts ausmacht, den Platz zu wechseln, Mr. Cramer mag diesen Sessel. Guten Abend, Miss Dickey. Mr. Kiernan, Mr. Stebbins. Wenn Sie sich alle setzen würden ...«

»Panzer!« bellte Cramer. Saul, der sich auf einen Stuhl im hinteren Teil des Raumes zubewegt hatte, blieb stehen und drehte sich um.

»Ich leite das hier«, gab Cramer bekannt. »Panzer, Sie stehen unter Arrest, und Sie werden bei Stebbins bleiben und Ihren Mund halten. Ich will nichts ...«

»Nein«, unterbrach Wolfe ihn scharf. »Wenn er unter Arrest steht, bringen Sie ihn hier heraus. Sie leiten das hier nicht, nicht in meinem Haus. Wenn Sie für einige der Anwesenden einen Haftbefehl haben oder sie mit rechtmäßiger Polizeigewalt festgenommen haben, nehmen Sie sie mit und verlassen Sie diese Räumlichkeiten. Wollen Sie mich unter Druck setzen, Mr. Cramer? Sie sollten mich besser kennen.«

Das war der springende Punkt: Cramer kannte ihn. Da war die Bühne, und alles war vorbereitet. Da waren Mrs. Jerome und Leo und Cherry und Emil Hatch und die leeren Stühle, und vor allem war da das Faktum, daß er erwartet worden war. Er hätte das Wolfe nicht abgenommen; er hätte Wolfe in keiner Beziehung etwas abgenommen; aber jedesmal, wenn er *un*erwartet auf unserer Treppe erschien, ließ ich die Türkette vor, bis er sein Anliegen dargelegt und ich es Wolfe weiterberichtet hatte. Und jedesmal, wenn er *erwartet* worden war, war nie klar gewesen, womit Wolfe ihn konfrontieren wollte. Also verzichtete Cramer auf sein Bellen und knurrte lediglich: »Ich wollte mit Ihnen reden.«

»Natürlich.« Wolfe deutete auf den roten Ledersessel, den Cherry geräumt hatte. »Setzen Sie sich.«

»Nicht hier. Allein.«

Wolfe schüttelte seinen Kopf. »Das wäre Zeitverschwendung. Auf diese Art geht es besser und schneller. Sie wissen ziemlich gut, Sir, daß es ein Fehler war, hier hineinzuplatzen und mich anzubrüllen, daß Sie in meinem Haus die Leitung übernehmen würden. Entweder gehen Sie mit denjenigen, die Sie rechtmäßig mitnehmen dürfen, oder Sie setzen sich, während ich Ihnen erzähle, wer Kurt Bottweill ermordet hat.« Wolfe wackelte mit einem Finger. »Ihr Sessel.«

Cramers rundes, rotes Gesicht war durch die Kälte draußen noch röter gewesen als normal, und jetzt wurde es noch röter. Er blickte sich um, preßte seine Lippen zusammen, bis sie nicht mehr zu sehen waren – und ging zum roten Ledersessel und setzte sich.

8

Wolfe ließ seine Augen umherwandern, während ich mich zu meinem Schreibtisch durchkämpfte. Saul war schließlich bei einem Stuhl im hinteren Teil des Raumes angelangt, aber Stebbins ebenfalls. Der Polizist stand jetzt direkt neben ihm. Margot war an den Jeromes und Emil Hatch vorbeigegangen, um zum Stuhl in meiner Nähe am einen Ende der Stuhlreihe zu gelangen, und Cherry und Al Kiernan saßen am anderen Ende, ein kleines Stück hinter den anderen versetzt. Hatch hatte seinen Korbeloff ausgetrunken und stellte das Glas auf den Boden, aber Cherry und die Jeromes hielten sich noch an ihren Longdrinks fest.

Wolfes Augen blieben an Cramer hängen, während er sprach. »Ich muß zugeben, daß ich ein wenig übertrieben habe. Ich kann Ihnen im Augenblick nicht sagen, wer Bottweill ermordet hat – ich habe nur eine Mutmaßung –, aber bald kann ich es tun, und ich werde es tun. Zunächst ein paar Fakten für Sie. Ich nehme an, daß Sie wissen, daß Mr. Goodwin sich in den letzten zwei Monaten einige Male mit Miss Dickey getroffen hat. Er sagt, daß sie gut tanzt.«

»Yeah.« Cramers Stimme klang wie Schmirgelpapier der grobkörnigsten Sorte. »Sie können sich das für später aufheben. Ich will wissen, ob Sie Panzer losgeschickt haben, um sich ...«

Wolfe schnitt ihm das Wort ab. »Das werden Sie erfahren. Ich komme schon darauf. Aber Sie werden es wohl lieber aus erster Hand hören. Archie, wenn es Ihnen nichts ausmacht: Berichten Sie, worum Miss Dickey Sie letzten Montag abend gebeten hat und was geschehen ist.«

Ich räusperte mich. »Wir tanzten im Flamingo Club. Sie sagte, daß Bottweill ihr seit einem Jahr erzählt hätte, daß er sie nächste Woche heiraten würde, aber die nächste Woche kam nie, und sie wollte ihn zu einem Showdown zwingen. Sie fragte mich, ob ich eine Blanko-Heiratslizenz bekommen und für sie und mich ausfüllen und ihr geben könnte, und sie würde sie Bottweill zeigen und ihm ›jetzt oder nie‹ sagen. Ich bekam das Blankopapier am Dienstag und füllte es aus, und am Mittwoch gab ich es ihr.«

Ich unterbrach meinen Bericht. Wolfe drängte mich. »Und gestern nachmittag?«

»Sie erzählte mir, daß der Lizenztrick perfekt funktioniert habe. Das war ungefähr eine Minute bevor Bottweill das Atelier betrat. Ich habe in meiner Aussage gegenüber dem Bezirksstaatsanwalt bestätigt, daß sie mir erzählt habe, daß Bottweill sie heiraten würde, aber ich habe die Lizenz nicht erwähnt. Es war nebensächlich.«

»Hat sie Ihnen erzählt, was mit der Lizenz passiert ist?«

Also legten wir tatsächlich alle Karten auf den Tisch. Ich nickte. »Sie sagte, daß Bottweill sie zerrissen und die Fetzen in den Papierkorb neben seinem Schreibtisch in seinem Büro geworfen hätte. In der Nacht zuvor. Donnerstag abend.«

»Und was haben Sie getan, als Sie ins Büro gingen, nachdem Bottweill gestorben war?«

»Ich kippte den Papierkorb um und legte das Zeug wieder hinein, Stück für Stück. Es war kein Teil der Lizenz zu finden.«

»Haben Sie sich dessen versichert?«

»Ja.« Wolfe ließ mich in Ruhe und fragte Cramer: »Irgendwelche Fragen?«

»Nein. Er hat in seiner Aussage gelogen. Ich werde mich später darum kümmern. Was ich will –«

Margot Dickey platzte plötzlich heraus: »Dann hat Cherry sie genommen!« Sie verrenkte sich den Hals, um über die anderen hinwegsehen zu können. »Du hast sie genommen, du Schlampe!«

»Das habe ich nicht.« Der Stahl war wieder in Cherrys Zwitschern aufgetaucht. Ihre Augen blieben auf Wolfe gerichtet, und sie sagte zu ihm: »Ich werde nicht länger warten ...«

»Miss Quon!« schnappte er. »Ich erledige das.« Er kehrte zu Cramer zurück. »Eine weitere Tatsache. Gestern hatte ich eine Verabredung mit Mr. Bottweill zum Mittagessen in Rusterman's Restaurant. Er hatte einmal an meinem Tisch mit mir diniert und wollte sich revanchieren. Kurz bevor ich ging, um die Verabredung einzuhalten, rief er mich an, um mich um einen Gefallen zu bitten. Er sagte, daß er sehr beschäftigt sei und vielleicht ein paar Minuten zu spät kommen würde, und daß er ein Paar weißer Baumwollhandschuhe, mittlere Größe, für einen Mann brauchte, und ob ich an irgendeinem Laden auf dem Weg anhalten und sie ihm besorgen könnte. Es hörte sich in meinen Ohren nach einer eigenartigen Frage an, aber er war ein eigenartiger Mann. Da Mr. Goodwin Pflichten nachzugehen hatte und ich nicht mit Taxen fahre, wenn es eine Alternative dazu gibt, hatte ich bei Baxter's einen Wagen bestellt, und der Chauffeur empfahl mir einen Laden in der 8. Avenue zwischen der 35. und 40. Straße. Wir hielten dort an, und ich kaufte die Handschuhe.«

Cramers Augen waren dermaßen enge Schlitze, daß

nichts von ihrem Blaugrau zu sehen war. Er kaufte Wolfe nicht ein einziges Wort ab, was ungerecht war, weil einiges davon der Wahrheit entsprach.

Wolfe fuhr fort. »Am Mittagstisch gab ich Mr. Bottweill die Handschuhe, und er erklärte, etwas vage, wofür er sie benutzen wollte. Ich verstand so viel, daß er Mitleid mit irgendeinem Landstreicher gehabt hatte, den er auf einer Parkbank gesehen hatte, und ihn engagiert hatte, auf seiner Büroparty Getränke auszuschenken, als Santa Claus kostümiert, und daß es nur einen einzigen Weg gab, die Hände des Landstreichers salonfähig zu machen, und der war, ihn Handschuhe tragen zu lassen. Sie schütteln Ihren Kopf, Mr. Cramer?«

»Sie haben verdammt recht, daß ich das tue. Sie hätten das gemeldet. Es gibt keinen Grund auf Erden, das nicht zu tun. Fahren Sie fort und kommen Sie zum Ende.«

»Ich werde erst das hier beenden. Ich habe das nicht gemeldet, weil ich dachte, daß Sie den Mörder ohnehin finden würden. Es war praktisch sicher, daß der Landstreicher nur aus Angst Reißaus genommen hatte, da er unmöglich von dem Giftglas in der Werkstatt wissen konnte, ganz zu schweigen von anderen Dingen. Und wie Sie wissen, besitze ich eine starke Aversion, was Einmischungen in Angelegenheiten angeht, die mich nicht betreffen oder interessieren. Sie können das natürlich überprüfen – beim Personal von Rusterman's, meine Anwesenheit dort mit Mr. Bottweill, und beim Chauffeur, mein Konferieren mit ihm über die Handschuhe und unser Anhalten an dem Laden, um sie zu kaufen.«

»Sie melden es jetzt.«

»Das tue ich tatsächlich.« Wolfe blieb gelassen. »Weil ich von Mr. Goodwin erfahren habe, daß Sie Ihre Suche nach dem Mann, der als Santa Claus dort war, ausgedehnt und intensiviert haben, und mit Ihrer Armee und Ihren Quellen hätten Sie wahrscheinlich nur so lange gebraucht, bis die Ferien zu Ende gewesen wären, um zu erfahren, wo die Handschuhe gekauft worden sind, und Sie hätten eine Beschreibung von dem Mann erhalten, der sie gekauft hat. Meine Statur ist nicht einzigartig, aber sie ist – ungewöhnlich, und die einzige Frage war, wie lange Sie gebraucht hätten, um auf mich zu kommen, und dann hätte ich mich einer Inquisition stellen müssen. Offensichtlich mußte ich Ihnen diese Begebenheit melden und Ihren Tadel ertragen, es nicht früher gemeldet zu haben, aber ich wollte es so erträglich wie möglich halten. Ich hatte einen großen Vorteil: Ich wußte, daß der Mann, der als Santa Claus aufgetreten ist, mit ziemlicher Sicherheit nicht der Mörder war, und ich entschloß mich, den Vorteil zu nutzen. Ich mußte zunächst ein Gespräch mit einem dieser Leute führen, und das tat ich, mit Miss Quon, die gestern abend hierhergekommen ist.«

»Warum Miss Quon?«

Wolfe drehte eine Hand um. »Wenn ich geendet habe, können Sie entscheiden, ob solche Details wichtig sind. Mit ihr habe ich über ihre Kollegen an jenem Ort und deren Beziehungen zueinander diskutiert, und ich kam zu der Überzeugung, daß Bottweill sich tatsächlich entschlossen hatte, sie zu heiraten. Das war alles. Sie können ebenso später entscheiden, ob es die Mühe wert ist, sie nach einer Bestätigung zu fragen, und ich hege keinerlei Zweifel, daß sie Ihnen diese geben wird.«

Er sah Cherry an, natürlich nach einem Zeichen der Gefahr suchend. Sie hatte einmal angefangen, mit ihrer Geschichte herauszuplatzen, und könnte es wieder versuchen. Aber sie begegnete seinem Blick und rührte keinen Muskel.

Wolfe wandte sich wieder Cramer zu. »Heute morgen habe ich gehandelt. Mr. Goodwin war abwesend, im Büro des Bezirksstaatsanwalts, also rief ich Mr. Panzer her. Nachdem er eine Stunde mit mir hier verbracht hatte, ging er los, um einige Aufträge zu erledigen. Der erste war, herauszufinden, ob Bottweills Papierkorb seit seiner Unterhaltung mit Miss Dickey in seinem Büro am Donnerstagabend geleert worden war. Wie Sie wissen, ist Mr. Panzer äußerst kompetent. Über Miss Quon bekam er den Namen und die Adresse der Putzfrau, fand sie und sprach mit ihr und erfuhr, daß der Papierkorb gegen sechs Uhr am Dienstagnachmittag geleert worden war und seitdem nicht mehr. Währenddessen rief ich –«

»Cherry nahm sie – die Teile«, sagte Margot.

Wolfe ignorierte sie. »Währenddessen rief ich jeden Beteiligten an – Mrs. Jerome und ihren Sohn, Miss Dickey, Miss Quon, Mr. Hatch und Mr. Kiernan – und lud sie ein, um sechs Uhr fünfzehn zu einer Unterredung hierherzukommen. Ich habe ihnen erzählt, daß Mr. Goodwin Informationen habe, die er der Polizei zu geben vorhabe – was nicht der Wahrheit entsprach –, und daß ich dachte, daß es das Beste wäre, es erst mit ihnen durchzusprechen.«

»Ich habe es gewußt«, murmelte Hatch.

Wolfe ignorierte auch ihn. »Mr. Panzers zweiter Auftrag, oder ganze Reihe von Aufträgen, war die Auslieferung einiger Botschaften. Er hatte sie in Blockschrift, nach meinem

Diktat hier am heutigen Morgen, auf schlichte Papierblätter geschrieben und sie in schlichte Umschläge gesteckt und mit Adresse versehen. Sie waren identisch und lauteten wie folgt:

Als ich mein Kostüm gestern dort anzog, sah ich Sie durch den Türspalt, und ich sah, was Sie taten. Wollen Sie, daß ich es der Polizei erzähle? Seien Sie heute um 6 Uhr 30 am Grand Central Informationsstand auf der oberen Ebene. Ich werde auf Sie zukommen und ›Saint Nick‹ sagen.

»Bei Gott«, sagte Cramer, »Sie geben es zu.«

Wolfe nickte. »Ich erkläre es Ihnen. Die Botschaften waren mit ›Santa Claus‹ unterschrieben. Mr. Panzer begleitete den Boten, der sie zu den Personen brachte, die ich ihm genannt hatte, und er versicherte sich, daß sie ausgeliefert wurden. Sie waren keine willkürlichen Schüsse ins Blaue, wie es vielleicht auf den ersten Blick erscheinen mag. Wenn einer von diesen Menschen Bottweill ermordet hatte, war es wahrscheinlich, daß das Gift in die Flasche gekippt wurde, als der Landstreicher sich das Santa-Claus-Kostüm anzog; Miss Quon hat mir erzählt – wie sie auch Ihnen zweifellos erzählt hat –, daß Bottweill stets einen Pernod trank, wenn er vom Mittagessen zurückkam; und da das Erscheinen von Santa Claus auf der Party für alle eine Überraschung gewesen war und keiner von ihnen wußte, wer er war, war es sehr wahrscheinlich, daß der Mörder glauben würde, daß er beobachtet worden war und daß er tatsächlich dazu gezwungen war, sich mit dem Schreiber der Botschaft zu treffen. Somit war es eine logische Vermutung, daß einer der Schüsse sein Ziel erreichen würde. Die Frage war, welcher?«

Wolfe hielt inne, um sich Bier einzuschenken. Er schenkte es ein, aber ich nahm an, daß der Grund, warum er sich wirklich unterbrochen hatte, der war, eine Lücke für einen Kommentar oder Protest anzubieten. Niemand äußerte einen, nicht einmal Cramer. Sie alle saßen nur da und starrten ihn an. Ich dachte daran, daß er ein Detail hübsch ausgelassen hatte: daß die Botschaft von Santa Claus nicht an Cherry Quon gegangen war. Sie wußte zuviel über ihn.

Wolfe stellte die Flasche ab und drehte sich um, um sich wieder Cramer zuzuwenden. »Es existierte natürlich die Möglichkeit, daß mehr als einer von ihnen mit der Botschaft zur Polizei gehen würde, aber selbst wenn Sie entschieden hätten, daß es ein Trick war, weil die Botschaft an mehr als eine Person geschickt worden war, würden Sie wissen wollen, wer hinter der Sache steht, und Sie hätten einen von ihnen unter Observierung zu dem Rendezvous geschickt. Einer oder mehrere – außer dem Mörder – hätten zu Ihnen kommen können, Inspektor Cramer, oder niemand. Und sicherlich würde nur der Mörder zu dem Rendezvous gehen, ohne Sie erst zu Rate zu ziehen. Also, wenn einer von diesen sechs Menschen schuldig war und wenn für Santa Claus die Möglichkeit bestanden hatte, ihn zu beobachten, schien seine Enthüllung ziemlich sicher. Saul, Sie können jetzt berichten. Was ist passiert? Sie waren kurz vor sechs Uhr dreißig in der Nähe des Informationsstandes?«

Nacken wurden gedreht, um Saul Panzer sehen zu können. Er nickte. »Ja, Sir. Um sechs Uhr zwanzig. Innerhalb von drei Minuten hatte ich drei Männer der Mordkommission erkannt, die sich auf verschiedene Flecken verteilt hatten. Ich weiß nicht, ob sie mich erkannten oder nicht. Um sechs Uhr achtundzwanzig sah ich Alfred Kiernan in die Nähe des Standes gehen und dort stehenbleiben, ungefähr drei Meter davon entfernt. Ich war drauf und dran, auf ihn zuzugehen und mit ihm zu sprechen, als ich Margot Dickey von der 42. Straße hochkommen sah. Sie näherte sich dem Stand bis auf neun Meter und sah sich dort um. Ihren Instruktionen folgend für den Fall, daß mehr als eine von ihnen erschien – und Margot Dickey war eine von ihnen –, ging ich zu ihr und sagte: ›Saint Nick.‹ Sie fragte: ›Wer sind Sie, und was wollen Sie?‹ Ich sagte: ›Entschuldigen Sie mich, ich bin gleich wieder da‹ und ging zu Alfred Kiernan herüber und sagte: ›Saint Nick.‹ Direkt nachdem ich das gesagt hatte, hob er eine Hand zu seinem Ohr, und dann kamen sie, die drei, die ich erkannt hatte, und noch zwei, und dann Inspektor Cramer und Sergeant Stebbins. Ich hatte Angst, daß Miss Dickey wegrennen würde, und sie startete auch los, aber sie hatten mich mit ihr reden gesehen, und zwei von ihnen hielten sie fest.«

Saul hielt wegen einer Unterbrechung inne. Purley Stebbins, der neben ihm saß, stand auf und ging zu Margot Dickey hinüber und stellte sich dort hinter ihren Stuhl. Es schien mir unnötig, da ich nicht mehr als eine Armlänge von ihr entfernt saß und man mir durchaus zutrauen konnte, daß ich sie festgehalten hätte, wenn sie irgend etwas versucht hätte, aber Purley ist nie sehr rücksichtsvoll gegenüber anderer Leute Gefühle, besonders gegenüber meinen nicht.

Saul fuhr fort: »Natürlich war es Miss Dickey, der mein

Interesse galt, weil die Männer auf ein Signal von Kiernan angerückt waren. Aber sie hatten sie, also ging das in Ordnung. Sie brachten uns in einen Raum hinter der Gepäckannahme und fielen über mich her, und ich folgte Ihren Instruktionen. Ich erzählte ihnen, daß ich keine Frage beantworten würde, und überhaupt nichts sagen würde, außer in der Anwesenheit von Nero Wolfe, weil ich unter Ihren Befehlen handeln würde. Als sie erkannten, daß ich das ernst meinte, brachten sie uns zu zwei Polizeiwagen und fuhren uns hierhin. Sonst noch etwas?«

»Nein«, antwortete Wolfe ihm. »Zufriedenstellend.« Er wandte sich an Cramer. »Ich nehme an, daß Mr. Panzer mit der Schlußfolgerung recht hat, daß Mr. Kiernan Ihren Männern ein Zeichen gegeben hat. Also war Mr. Kiernan mit der Botschaft zu Ihnen gekommen?«

»Ja.« Cramer hatte aus seiner Tasche eine Zigarre hervorgeholt und drückte sie in seiner Hand zusammen. Er tut das manchmal, wenn er statt dessen lieber Wolfes Kehle zusammendrücken würde. »Ebenso taten das drei der anderen – Mrs. Jerome, ihr Sohn und Hatch.«

»Aber Miss Dickey nicht?«

»Nein. Ebensowenig Miss Quon.«

»Miss Quon widerstrebte es wahrscheinlich, verständlicherweise. Sie hat mir gestern abend erzählt, daß die Meinung der Polizei von Orientalen sehr primitiv ist. Was Miss Dickey angeht, darf ich bemerken, daß ich nicht überrascht bin. Aus einem Grund, der Sie nichts angeht, bin ich sogar ein wenig erfreut darüber. Ich habe Ihnen erzählt, daß sie Mr. Goodwin erzählt hat, daß Bottweill die Heiratslizenz zerrissen und die Fetzen in seinen Papierkorb geworfen hätte, und sie waren nicht darin, als Mr. Goodwin sie gesucht hat, und der Papierkorb war seit dem frühen Dienstagabend nicht mehr geleert worden. Es ist schwierig, einen Grund dafür zu finden, warum irgend jemand in dem Papierkorb herumfischen sollte, um besagte Fetzen zu beseitigen, also hat Miss Dickey vermutlich gelogen; und wenn sie bezüglich der Lizenz gelogen hat, steht der Rest von dem, was sie Mr. Goodwin erzählt hat, ebenso unter Zweifel.«

Wolfe drehte einen Handteller nach oben. »Warum sollte sie ihm erzählen, daß Bottweill sie heiraten würde, wenn es nicht der Wahrheit entsprach? Sicherlich eine Dummheit, da er die Wahrheit zwangsläufig erfahren würde. Aber es war nicht so dumm, wenn sie wußte, daß Bottweill bald sterben würde; tatsächlich war sie weit davon entfernt, dumm zu sein, wenn sie das Gift bereits in die Flasche gegeben hatte; es würde sie von einem Motiv befreien oder ihr zumindest in der Sache helfen. Es ist eine berechtigte Annahme, daß Bottweill ihr bei ihrem Treffen in seinem Büro am Donnerstag abend nicht gesagt hat, daß er sie heiraten würde, sondern daß er sich entschlossen hat, Miss Quon zu heiraten, und sie entschloß sich, ihn umzubringen, und setzte ihren Plan auch in die Tat um. Und es muß zugegeben werden, daß sie wahrscheinlich nie entlarvt worden wäre, hätte es nicht die durch Santa Claus hervorgerufenen Komplikationen und meine daraus resultierende Einmischung gegeben. Haben Sie irgendeinen Kommentar abzugeben, Miss Dickey?«

Cramer verließ seinen Stuhl, befahl ihr: »Antworten Sie nicht. Ich übernehme die Sache jetzt«, aber sie sprach trotzdem.

»Cherry hat diese Teile aus dem Papierkorb genommen! Sie hat es getan! Sie hat ihn umgebracht!« Sie wollte aufstehen, doch Purley hatte sie am Arm gepackt, und Cramer sagte ihr, während er auf sie zuging: »Miss Quon ist nicht dorthin gegangen, um einen Erpresser zu treffen, aber Sie haben das getan. Sehen Sie in ihre Tasche, Purley. Ich werde Sie im Auge behalten.«

9

Cherry Quon saß erneut in ihrem roten Kostüm in dem roten Ledersessel. Die anderen waren gegangen, und sie und Wolfe und ich waren allein. Sie hatten Margot Dickey keine Handschellen angelegt, aber Purley hatte ihren Arm festgehalten, während sie über die Türschwelle traten, Cramer direkt hinter ihnen. Saul Panzer, nicht mehr länger in polizeilichem Gewahrsam, war auf ihren Wunsch hin mitgegangen. Mrs. Jerome und Leo waren als erste gegangen. Kiernan hatte Cherry gefragt, ob er sie nach Hause bringen könne, aber Wolfe hatte nein gesagt, er wollte mit ihr unter vier Augen reden, und Kiernan und Hatch waren zusammen weggegangen, was einen guten weihnachtlichen Geist bewies, weil Hatch keine Ausnahmen gemacht hatte, als er gesagt hatte, daß er sie alle verachtete.

Cherry saß auf der Ecke des Stuhls, die Wirbelsäule aufrecht, die Hände in ihrem Schoß zusammengelegt. »Sie haben es nicht auf die Weise erledigt, die ich vorgeschlagen habe«, zwitscherte sie, ohne Stahl.

»Nein«, stimmte Wolfe ihr zu, »aber ich habe es erledigt.« Er war kurz angebunden. »Sie hatten eine kleine Sache ignoriert, die Möglichkeit nämlich, daß Sie selbst Bottweill ermordet haben könnten. Das habe *ich* nicht, das versichere ich Ihnen. Ich konnte Ihnen unter den Gegebenheiten schlecht eine der Botschaften von Santa Claus schikken; aber wenn diese Botschaften keine Beute an die Oberfläche geschwemmt hätten, wenn keiner von ihnen zu dem Rendezvous gegangen wäre, ohne zuerst die Polizei zu benachrichtigen, hätte ich angenommen, daß Sie schuldig wären, und wäre weiter vorgegangen, um Sie zu entlarven. Wie, das weiß ich nicht – ich warte mit solchen Überlegungen, bis es soweit ist –, und jetzt, da Miss Dickey den Köder angenommen und sich selbst betrogen hat, spielt es sowieso keine Rolle mehr.«

Ihre Augen waren größer geworden. »Sie haben wirklich gedacht, daß ich Kurt getötet haben könnte?«

»Natürlich. Eine Frau, die in der Lage ist, einen Versuch zu unternehmen, mich dazu zu erpressen, Beweise für einen Mord zu erfinden, wäre zu allem in der Lage. Und, wo wir von Beweisen reden, während es keine Gewißheit für die Entscheidung einer Jury geben kann, wenn eine junge Frau von angenehmem Äußeren des Mordes angeklagt wird, so können Sie doch sicher sein, daß Mr. Cramer alles ausgraben wird, was er finden kann, jetzt, da eindeutig feststeht, daß Miss Dickey schuldig ist. Und ich bin mir sicher, daß er genügend finden wird. Das bringt mich zu dem Punkt, über den ich reden wollte. Auf der Suche nach Beweisen werden Sie alle befragt werden, ausgiebig und wiederholt. Es wird …«

»Das würden wir nicht«, warf Cherry ein, »wenn Sie es

auf die Weise erledigt hätten, die ich vorgeschlagen habe. Das wäre Beweis genug gewesen.«

»Ich habe meine Weise vorgezogen.« Wolfe, der ein ganz bestimmtes Ziel vor Augen hatte, riß sich zusammen. »Es wird für Sie eine Tortur sein. Sie werden Sie ausführlich über Ihr Gespräch mit Bottweill gestern morgen beim Frühstück befragen, alles wissen wollen, was er über dieses Treffen mit Miss Dickey in seinem Büro am Donnerstag abend gesagt hat, und unter dem Druck der Inquisition könnte Ihnen versehentlich etwas über das herausrutschen, was er Ihnen über Santa Claus erzählt hat. Wenn Sie das tun, werden sie der Sache sicherlich nachgehen. Ich rate Ihnen dringend, so einen Ausrutscher zu vermeiden. Selbst wenn sie Ihnen glauben, ist die Identität von Santa Claus nicht mehr wichtig, da sie den Mörder haben, und wenn sie mit einer solchen Geschichte zu mir kommen, werde ich keine großen Schwierigkeiten haben, damit fertig zu werden.«

Er drehte eine Handfläche nach oben. »Und am Ende werden sie Ihnen wahrscheinlich nicht glauben. Sie werden denken, daß Sie es aus irgendeinem verschlagenen und obskuren Grund erfunden haben – wie Sie selbst sagen – Sie sind eine Orientalin –, und alles, was Sie ernten würden, wären mehr Fragen. Sie könnten Sie sogar verdächtigen, daß Sie irgendwie in den Mord verwickelt waren. Die Polizei ist ziemlich kompetent, was unlogische Verdächtigungen betrifft. Also schlage ich diese Überlegungen ebenso in Ihrem Interesse wie auch in meinem vor. Ich denke, daß Sie klug genug sein werden, Santa Claus zu vergessen.«

Sie sah ihn an, direkt und ohne mit einer Wimper zu zucken. »Ich bin gerne klug«, sagte sie.

»Ich bin sicher, daß Sie das sind, Miss Quon.«

»Ich glaube immer noch, daß Sie es auf meine Weise hätten erledigen sollen, aber das Thema ist jetzt erledigt. Ist das alles?«

Er nickte. »Das ist alles.«

Sie sah mich an, und ich brauchte eine Sekunde, um mir bewußt zu werden, daß sie mich anlächelte. Ich dachte, daß es mir nicht schaden würde, zurückzulächeln, und tat es. Sie stand vom Sessel auf und kam auf mich zu, eine Hand ausstreckend, und ich stand auf und ergriff sie. Sie sah zu mir auf.

»Ich würde gerne Mr. Wolfe die Hand schütteln, aber ich weiß, daß er Händeschütteln nicht mag. Wissen Sie, Mr. Goodwin, es muß ein sehr großes Vergnügen sein, für einen so cleveren Mann wie Mr. Wolfe zu arbeiten. So extrem clever. Es war sehr aufregend für mich, hier zu sein. Nun muß ich auf Wiedersehen sagen.«

Sie drehte sich um und ging.

Nachweis

Margery Allingham (20. Mai 1904 in London – 30. Juni 1966 in Colchester, Essex)
Der Mann mit dem Sack. Aus dem Englischen von Otto Bayer. Aus: Margery Allingham, *Der vollkommene Butler.* Diogenes Verlag, Zürich. Copyright © 1973 by Chorion Ltd., London

Gilbert Keith Chesterton (29. Mai 1874, Kensington – 14. Juni 1936, Beaconsfield)
Die Sternschnuppe. Aus dem Englischen von Heinrich Fischer. Aus: G. K. Chesterton, *Die seltsamen Schritte.* Copyright © 1980, 2004 by Diogenes Verlag, Zürich

Agatha Christie (15. September 1890, Torquay – 12. Januar 1976, Wallingford)
Eine Weihnachtstragödie. Aus dem Englischen von Maria Meinert. Aus: Agatha Christie, *Der Dienstagabend-Klub.* Copyright © 1962 by Scherz Verlag, Bern, München, Wien. Alle Rechte vorbehalten S. Fischer Verlag GmbH, Frankfurt am Main
Das Rätsel um den Weihnachtspudding. Aus dem Englischen von Michaela Link. Aus: Agatha Christie, *Ein diplomatischer Zwischenfall.* Copyright © 1967 by Scherz Verlag, Bern, München, Wien. Alle Rechte vorbehalten S. Fischer Verlag GmbH, Frankfurt am Main

Arthur Conan Doyle (22. Mai 1895, Edinburgh – 7. Juli 1930, Crowborough, Sussex)
Der blaue Karfunkel. Aus dem Englischen von Margarethe Nedem. Aus: Arthur Conan Doyle, *Sherlock Holmes Geschichten.* Copyright © 1984 by Diogenes Verlag, Zürich

Georges Simenon (13. Februar 1903, Lüttich – 4. September 1989, Lausanne)
Weihnachten mit Maigret. Aus dem Französischen von Hans-Joachim Hartstein. Copyright © 1951 by Georges Simenon Limited, a Chorion company/1986 by Diogenes Verlag, Zürich

Rex Stout (1. Dezember 1886, Noblesville/Indiana – 27. Oktober 1975, Danbury, Connecticut)
Die Weihnachtsfeier. Aus dem Amerikanischen von Ingo Dierkschnieder. Copyright © 1956 by Rex Stout

O du schreckliche

Kriminelle Weihnachtsgeschichten
Ausgewählt von Daniel Kampa

Das Fest der Liebe, die heilige Nacht? Weihnachten kann auch ganz anders sein: eine verbrecherische, sogar mörderische Angelegenheit. Schlimm für diejenigen, die es erwischt, und auch für jene, die, anstatt zu Hause zu feiern, in der Kälte ermitteln müssen. Aber gut für alle Leserinnen und Leser, die sich auf spannende und abwechslungsreiche Weihnachtsfälle gefasst machen können. So schreiben Ingrid Noll, Paul Auster oder Patricia Highsmith über die unschöne Angewohnheit, an Weihnachten nicht zu schenken, sondern zu stehlen, Henry Slesar erzählt von einem Mann, der in der Klemme steckt, weil er Weihnachten zu sehr liebt, Arthur Conan Doyle berichtet über die Verlegenheit, in einer Weihnachtsgans einen blauen Karfunkel zu finden, und P. D. James über das noch größere Ungemach, am Weihnachtsmorgen einen Toten in der Bibliothek zu entdecken.

»Dramatisch, überraschend, mysteriös – so triumphiert ein Weihnachtskrimi.«
Albini Zöllner / Berliner Zeitung

Ausgewählte Geschichten auch als
Diogenes Hörbuch erschienen, gelesen von
Uta Hallant, Hans Korte und Alice Schwarzer

Hinterhältige Weihnachten im Diogenes Verlag

Früher war nicht nur mehr Lametta, sondern irgendwie türmten sich auch höhere Stapel von Geschenken unter dem Weihnachtsbaum...

Früher war mehr Lametta

Hinterhältige Weihnachtsgeschichten
Herausgegeben von Daniel Keel und Daniel Kampa

Endlich macht Weihnachten wieder Spaß: die hinterhältigsten Weihnachtsgeschichten der besten Erzähler. Mit Loriots *Adventsgedicht* als Zugabe.

»Loriot, Doris Dörrie, Axel Hacke, Ingrid Noll – sie alle haben nicht nur Gutes vom Fest zu erzählen. In amüsanter Weise darf sich hier jeder Weihnachtsmuffel verstanden fühlen.« *Cosmopolitan, München*

Ausgewählte Geschichten auch als
Diogenes Hörbuch erschienen, gelesen von
Uta Hallant, Anna König und Martin Suter

Früher war noch mehr Lametta

Hinterhältige Weihnachtsgeschichten
Herausgegeben von Daniel Kampa

Zum Glück gibt es dieses Jahr zum Feste wieder nur das Beste – an hinterhältigen Weihnachtsgeschichten: von Doris Dörrie, Alice Munro, Axel Hacke, Loriot, Helmut Qualtinger, Muriel Spark, David Sedaris, Raymond Carver, Jonathan Franzen, Italo Calvino, Siegfried Lenz, Martin Suter, Reiner Zimnik und nicht zuletzt John Updike und Roland Topor.

»Ein Riesenspaß, nicht nur zum Fest.«
Rostocker Sonntag, Rostock

Ausgewählte Geschichten auch als Diogenes Hörbuch
erschienen, gelesen von Anna König, Hans Korte,
Martin Suter und Cordula Trantow

Früher war noch viel mehr Lametta

Hinterhältige Weihnachtsgeschichten
Herausgegeben von Daniel Kampa

»Schon seit Beginn der Woche achtundvierzig steht auf dem Empfangspult ein Adventsgebinde, das die Rezeptionistin möglicherweise selbst gesteckt hat... Schläfli will es nicht wissen! Zu Beginn der Woche neunundvierzig spiegelt sich dann auch prompt die erste Kerze so festlich in den erwartungsvollen Augen der Rezeptionistin, dass Schläfli nicht umhin kann, eine Bemerkung zu machen. ›Ah, jede Kerze anders‹, murmelt er und rettet sich in den Lift. Mein Gott, auch noch jede Kerze anders!, denkt er angewidert. Für den Rest der Woche gelingt es ihm dann aber einigermaßen, die Anzeichen auf die Woche zwoundfünfzig zu ignorieren.« Aber auch Martin Suters Held Schläfli muss schließlich kapitulieren, denn alle Jahre wieder... ist kein Entrinnen. Zum Glück gibt es für alle Weihnachtsmuffel wieder neue hinterhältige Weihnachtsge schichten von Friedrich Dürrenmatt bis Doris Dörrie.

Ausgewählte Geschichten auch als
Diogenes Hörbuch erschienen, gelesen von
Claus Biederstaedt und Anna König

Früher war mehr Bescherung

Hinterhältige Weihnachtsgeschichten
Herausgegeben von Daniel Kampa

»Es gibt tatsächlich Menschen, die Weihnachtsfeste veranstalten. Ist das komisch!«, hat sich schon Gustave Flaubert gewundert. Was würde er wohl vom heutigen Geschenkwahn halten, der uns jedes Jahr in Trab hält. Kompletter Irrsinn! (Es sei denn, man kauft Bücher und unterstützt so Buchhandel und Verlage.) *Früher war mehr Bescherung* ist mehr als ein neuer Band mit garantiert hinterhältigen Weihnachtsgeschichten... Es ist schlicht das perfekte Geschenk für alle, die nichts wollen oder schon alles haben.

Charles Dickens

Drei Weihnachtsgeschichten

Aus dem Englischen von Gustav Meyrink

Dieser Band versammelt drei der schönsten Weihnachtsgeschichten von Dickens: *Der Behexte und der Pakt mit dem Geiste, Die Silvesterglocken* und *Auf der Walstatt des Lebens.*

»Hast Du eigentlich Dickens' *Weihnachtsgeschichten* schon gelesen? Ich habe erst zwei gelesen, aber ich habe mir die Augen ausgeweint und mußte fürchterlich gegen das Schluchzen ankämpfen. Aber, mein Gott, sie sind gut – und ich fühle mich danach so gut – ich werde keine Zeit verlieren und etwas Gutes tun – ich will ausgehen und jemanden trösten – ich werde Geld spenden. Oh, es muß herrlich sein, solche Bücher geschrieben zu haben und die Herzen der Menschen mit Mitleid zu füllen.« *Robert Louis Stevenson*

»Dickens' Figuren gehören der Poesie an, wie die Figu?ren bei Dante und Shakespeare, indem ein Satz von ihnen oder über sie bereits genügen kann, um sie uns völlig gegenwärtig zu machen.« *T. S. Eliot*

»Ich lese immer wieder Dickens, um mit dieser Energie, dieser Fülle von Leben in Verbindung zu bleiben.« *John Irving*

Alle Jahre wieder

Romantische Weihnachtsgeschichten
Herausgegeben von Daniel Keel und Daniel Kampa

Lektüre für die schönste Zeit des Jahres: ›Das kleine Mädchen mit den Schwefelhölzchen‹ von Hans Christian Andersen trippelt mit bloßen Füßen durch die kalte Winternacht, in einem Ausschnitt aus Dickens' *Ein Weihnachtslied in Prosa* erfährt der Geizhals Scrooge, daß der Geist der Weihnachtsnacht besonders arme Familien mit Freude beschenkt, und bei Astrid Lindgren sorgt die kleine Madita dafür, daß auch ihr Freund Abbe ein Weihnachtsgeschenk bekommt. Doch nicht nur zeitlose Klassiker, die man alle Jahre wieder lesen will, versammelt diese Anthologie, sondern auch neue Geschichten: Doris Dörrie überrascht mit einer polnischen Weihnachtsgans, und bei Paul Auster begeht ein Zigarrenverkäufer an Weihnachten einen Diebstahl, dabei aber trotzdem eine gute Tat. Außerdem erinnern sich Carson McCullers, Truman Capote, Dylan Thomas und Ingrid Noll an die Festtage ihrer Kindheit.
Ein bewegendes Zusammentreffen brillanter Autoren, von denen jeder Weihnachten auf ganz besondere Weise erzählt.

»Liebeläutend zieht durch Kerzenhelle
Mild, wie Wälderduft, die Weihnachtszeit
Und ein schlichtes Glück streut auf die Schwelle
Schöne Blumen der Vergangenheit.«
Joachim Ringelnatz